# Orgullo y prejuicio

**ALMA** POCKET ILUSTRADOS

# Orgullo y prejuicio

Jane Austen

*Ilustraciones de*
Dàlia Adillon

Edición revisada y actualizada

Título original: *Pride and Prejudice*

© de esta edición:
Editorial Alma
Anders Producciones S.L., 2019
www.editorialalma.com

 @almaeditorial

© Traducción: Alejandro Pareja Rodríguez
Traducción cedida por Editorial EDAF, S. L. U.

© Ilustraciones: Dàlia Adillon

Diseño de la colección: lookatcia.com
Diseño de cubierta: lookatcia.com
Maquetación y revisión: LocTeam

ISBN: 978-84-17430-71-9
Depósito legal: B11046-2019

Impreso en España
Printed in Spain

Este libro contiene papel de color natural de alta calidad que no amarillea (deterioro por oxidación) con el paso del tiempo y proviene de bosques gestionados de manera sostenible.

# Índice

TERCERA PARTE

# PRIMERA PARTE

# Capítulo I

Es una verdad reconocida universalmente que a todo hombre soltero que posee una gran fortuna le hace falta una esposa.

Por poco que se conozcan los sentimientos o las opiniones de un hombre tal a su llegada a una comarca, esta verdad está tan bien fijada en las mentes de las familias de los alrededores que al hombre se le considera propiedad legítima de alguna de sus hijas.

—Mi querido señor Bennet —dijo cierto día a éste su esposa—, ¿te has enterado de que la casa de Netherfield se ha arrendado por fin?

El señor Bennet respondió que no.

—Pues lo está —repuso ella—, ya que la señora Long acaba de estar allí y me lo ha contado todo.

El señor Bennet no respondió.

—¿No te interesa saber quién la ha arrendado? —exclamó su esposa con impaciencia.

—Eres tú quien quiere contármelo, y yo no tengo inconveniente en oírlo.

Esta invitación fue suficiente.

—Pues, querido, has de saber que la señora Long dice que Netherfield lo ha ocupado un joven de gran fortuna procedente del norte de Inglaterra; que llegó el lunes en un carruaje de cuatro caballos a ver la finca y le agradó tanto que cerró el trato con el señor Morris inmediatamente; que tomará posesión antes de san Miguel y que algunos criados suyos llegarán a la casa a finales de la semana entrante.

—¿Cómo se llama?

—Bingley.

—¿Está casado o soltero?

—¡Oh! ¡Soltero, querido, desde luego! Es hombre soltero de gran fortuna; de cuatro o cinco mil libras de renta al año. ¡Qué cosa tan buena para nuestras niñas!

—¿Por qué? ¿En qué les puede afectar?

—Querido señor Bennet —respondió la esposa de éste—, ¿cómo puedes ser tan aburrido? Has de saber que estoy pensando en que se case con una de ellas.

—¿Se ha establecido aquí con esa intención?

—¡Intención! ¡Qué disparate! ¿Cómo puedes hablar así? Pero es muy probable que sí pueda enamorarse de una de ellas, y por eso debes visitarlo en cuanto llegue.

—No veo motivo para ello. Podéis ir las niñas y tú, o puedes mandarlas solas, lo que quizá fuera mejor todavía, pues en vista de que tú eres tan hermosa como cualquiera de ellas, podría suceder que al señor Bingley le agradases más que a ninguna otra del grupo.

—Me adulas, querido. Es cierto que sí he tenido mi atractivo, pero no pretendo ser nada extraordinario a estas alturas. Cuando una mujer tiene cinco hijas crecidas, debe dejar de pensar en su propia belleza.

—En tales casos, no es frecuente que la mujer tenga mucha belleza en que pensar.

—Pero, querido, desde luego que debes ir a ver al señor Bingley cuando llegue al vecindario.

—No puedo prometértelo, la verdad.

—Pero ¡piensa en tus hijas! Piensa simplemente en qué partido sería para una de ellas. Sir William y lady Lucas están decididos a ir nada más que por ello, pues ya sabes que en general no visitan a los recién llegados. Debes ir, desde luego, pues sería imposible que lo visitásemos nosotras si no vas tú.

—Eres demasiado escrupulosa, sin duda. Me atrevo a decir que el señor Bingley se alegrará mucho de veros, y le enviaré por ti unas líneas para asegurarle que consiento de buena gana en que se case con la niña que elija, aunque deberé recomendarle a mi pequeña Lizzy.

—No quiero que hagas tal cosa. Lizzy no es mejor que las demás en nada; y estoy segura de que no es ni la mitad de hermosa que Jane, ni tiene la mitad del buen humor de Lydia. A pesar de lo cual, tú siempre la prefieres a ella.

—Ninguna tiene grandes prendas —respondió él—; todas son tan tontas e ignorantes como el resto de las niñas; pero Lizzy tiene un poco más de viveza que sus hermanas.

—Señor Bennet, ¿cómo eres capaz de vilipendiar de esta manera a tus propias hijas? Te complaces en mortificarme. No tienes la menor compasión de mis pobres nervios.

—Me interpretas mal, querida. Albergo un gran respeto por tus nervios. Son viejos amigos míos. Llevo al menos veinte años oyéndote hablar de ellos con gran consideración.

El señor Bennet era una combinación tan extraña de viveza, humor sarcástico, reserva y capricho que veintitrés años de experiencia no habían bastado a su esposa para comprender su carácter. La mente de ella resultaba más fácil de calar. Era una mujer de entendimiento mediocre, pocos conocimientos y genio incierto. Cuando estaba descontenta, se creía nerviosa. La misión de su vida era casar a sus hijas; su solaz eran las visitas y las novedades.

# Capítulo II

El señor Bennet fue de los primeros que acudieron a ponerse a disposición del señor Bingley. Siempre había tenido la intención de visitarlo, aunque había asegurado a su esposa hasta el último momento que no iría; y ella no tuvo noticia de la visita hasta la noche después de que ésta tuviera lugar. El asunto se desveló entonces de la manera siguiente:

El señor Bennet observó que su hija segunda se ocupaba en coser una cinta al borde de un sombrero, y le dirigió de pronto la palabra en estos términos:

—Espero que al señor Bingley le guste, Lizzy.

—No estamos en condiciones de saber qué es lo que gusta al señor Bingley, ya que no hemos de visitarlo —dijo la madre de ésta con resentimiento.

—Pero, mamá —dijo Elizabeth—, olvida usted que lo veremos en las fiestas y que la señora Long prometió presentárnoslo.

—Yo no creo que la señora Long vaya a hacer tal cosa. Tiene dos sobrinas propias. Es una mujer egoísta, hipócrita, y no la tengo en muy buena estima.

—Yo tampoco —dijo el señor Bennet—; y me alegro de descubrir que no te fías de sus servicios.

La señora Bennet no se dignó a dar respuesta alguna; antes bien, incapaz de contenerse, se puso a regañar a una de sus hijas.

—¡Deja de toser de esa manera, Kitty, por Dios! Ten un poco de compasión de mis nervios. Me los estás haciendo pedazos.

—Kitty no tiene discreción con sus toses —dijo el padre de ésta—; tose a destiempo.

—No toso por diversión —replicó Kitty, irritada—. ¿Cuándo será tu próximo baile, Lizzy?

—De mañana en quince días.

—Así es —exclamó su madre—, y la señora Long no volverá hasta el día antes; de manera que le resultará imposible presentárnoslo, pues a ella misma no se lo habrán presentado todavía.

—Entonces, querida, ganarás a tu amiga por la mano y tú le presentarás al señor Bingley a ella.

—Imposible, señor Bennet, imposible: ¡si yo misma no lo conozco! ¿Cómo eres capaz de burlarte de mí de esa manera?

—Celebro tu circunspección. En efecto, quince días es muy poco tiempo para conocer a alguien. En dos semanas no se llega a conocer a fondo a un hombre. Pero si no nos aventuramos nosotros, alguien lo hará. Al fin y al cabo, la señora Long y sus sobrinas esperarán a que se les presente una oportunidad; por lo tanto, y dado que ella lo considerará un acto de caridad, yo mismo me encargaré de realizar esa diligencia, si tú la rechazas.

Las niñas miraron fijamente a su padre. La señora Bennet no dijo más que:

—¡Tonterías, tonterías!

—¿Qué puede querer decir esta expresión tan enfática? —exclamó él—. ¿Te parecen tonterías las fórmulas de presentación y la importancia que se les atribuye? En eso no puedo estar de acuerdo contigo del todo. ¿Qué dices tú, Mary? Ya sé que eres una señorita muy reflexiva y que lees grandes libros y los extractas.

Mary quiso decir algo sensato, pero no supo.

—Mientras Mary ordena sus ideas, volvamos al señor Bingley —siguió diciendo el señor Bennet.

—Estoy harta del señor Bingley —exclamó su esposa.

—Esto sí que lo lamento; pero ¿por qué no me lo habías dicho? Si lo hubiera sabido esta mañana, no lo habría visitado, desde luego. Es una verdadera lástima; pero como ya he hecho la visita, es demasiado tarde para rehuirlo.

El asombro de las damas fue tan grande como él deseaba; puede que el de la señora Bennet superara al de las demás; aunque cuando hubo pasado el primer tumulto de alegría, ésta empezó a anunciar que era lo que ella había esperado desde el primer momento.

—¡Qué buen gesto de tu parte, querido señor Bennet! Pero ya sabía yo que acabaría por persuadirte. Estaba convencida de que querías demasiado a tus niñas como para descuidar un asunto como éste. Vaya, ¡cuánto me alegro! Y también ha sido buena broma haber ido esta mañana sin decirnos palabra hasta ahora.

—Ahora, Kitty, puedes toser cuanto quieras —dijo el señor Bennet; y, dicho esto, salió de la sala, fatigado de los arrebatos de su esposa.

—¡Qué padre tan excelente tenéis, niñas! —exclamó ésta cuando se cerró la puerta—. No sé cómo podréis pagarle su bondad; ni yo tampoco, por otra parte. A nuestra edad no es tan agradable andar conociendo gente nueva todos los días, os lo puedo asegurar; pero estamos dispuestos a hacer lo que sea por vosotras. Lydia, amor mío, aunque es verdad que eres la más pequeña, estoy segura de que el señor Bingley querrá bailar contigo en el próximo baile.

—¡Oh! —dijo Lydia animosa—, no tengo miedo; pues, aunque es verdad que soy la más joven, soy la más alta.

El resto de la velada se pasó en conjeturas sobre cuándo devolvería la visita del señor Bennet y debatiendo cuándo debían invitarlo a comer.

# Capítulo III

No obstante, todas las preguntas que pudo hacer la señora Bennet con la ayuda de sus cinco hijas no bastaron para arrancar a su marido ninguna descripción satisfactoria del señor Bingley. Lo atacaron de diversos modos: con preguntas a cara descubierta, suposiciones ingeniosas y presunciones distantes; pero él esquivó la destreza de todas, y ellas, por fin, se vieron obligadas a aceptar la información de segunda mano de su vecina, lady Lucas. El informe de ésta fue altamente favorable. Sir William había quedado encantado con él. Era bastante joven, maravillosamente apuesto, agradabilísimo y, para rematarlo todo, pensaba acudir al próximo baile con un grupo numeroso. ¡Nada podía ser más delicioso! Ser aficionado al baile equivalía a avanzar un buen paso hacia el enamorarse; y se avivaron mucho las esperanzas de ganar el corazón del señor Bingley.

—Con sólo que vea a una de mis hijas establecida felizmente en Netherfield —dijo la señora Bennet a su marido—, y a todas las demás igual de bien casadas, no me quedará nada que desear.

El señor Bingley devolvió la visita al señor Bennet a los pocos días y pasó unos diez minutos sentado con él en su biblioteca. Había albergado esperanzas de que se le permitiera contemplar a las señoritas, de cuya belleza había oído hablar mucho; pero sólo vio al padre. Las señoritas tuvieron algo más de fortuna, pues gozaron de la ventaja de comprobar desde una ventana alta que llevaba casaca azul y montaba un caballo negro.

Se envió poco más tarde una invitación a comer; y la señora Bennet ya había proyectado los platos que habían de acreditarla como ama de casa, cuando llegó una respuesta que lo pospuso todo. El señor Bingley debía estar en la capital al día siguiente y, en consecuencia, no podía aceptar el honor de su invitación, etcétera. La señora Bennet se quedó bastante desconcertada. No se le ocurría qué asuntos podría tener en la capital el señor Bingley tan poco tiempo después de su llegada al condado de Hertfordshire; y empezó a temer que estuviera siempre volando de un lado a otro sin establecerse nunca en la casa de Netherfield como debía. Lady Lucas acalló un poco sus miedos planteando la idea de que si había ido a Londres era sólo para reunir a un grupo numeroso para el baile; y pronto se supo que el señor Bingley iba a traer consigo a doce damas y a siete caballeros para el evento en cuestión. Las niñas se afligieron ante tal número de damas, pero se consolaron la víspera del baile al enterarse de que en vez de a doce sólo se traía de Londres a seis: sus cinco hermanas y una prima. Y cuando el grupo entró en la sala del evento, sólo constaba de cinco personas en total: el señor Bingley, sus dos hermanas, el marido de la mayor y otro joven.

El señor Bingley era apuesto y caballeroso; tenía el semblante agradable y modales afables y sin afectación. Sus hermanas eran mujeres bonitas, con aire de ir francamente a la moda. Su cuñado, el señor Hurst, tenía aspecto de caballero y nada más; pero su amigo, el señor Darcy, no tardó en ganarse la atención de la sala con su buena figura y talla, sus rasgos apuestos, su noble semblante y el dato que se difundió a los cinco minutos de entrar él: que tenía una renta de diez mil libras al año. Los caballeros dictaminaron que era hombre de buena facha, las damas afirmaron que era mucho más apuesto que el señor Bingley, y todos lo miraron con gran admiración durante la mitad de la velada, aproximadamente; hasta que en sus modales se apreció una falta que dio un vuelco a su popularidad; pues se descubrió que era soberbio; que se consideraba por encima de los que lo rodeaban y por encima de dejarse agradar; y ni siquiera sus grandes fincas del condado de Derbyshire pudieron salvarlo entonces de tener un semblante muy severo y desagradable ni de ser indigno de compararse con su amigo.

El señor Bingley no tardó en presentarse a todas las personas principales que estaban en la sala; estuvo animado y afable, bailó todas las piezas, se incomodó por lo temprano que concluía el baile y habló de dar uno él mismo en Netherfield. Estas cualidades tan amables debieron hablar por sí solas. ¡Qué contraste hacía con su amigo! El señor Darcy sólo bailó una vez con la señora Hurst y otra con la señorita Bingley, rehusó ser presentado a ninguna otra dama y pasó el resto de la velada paseándose por la sala, hablando de vez en cuando con alguna persona de su grupo. Su reputación quedó decidida. Era el hombre más soberbio y desagradable del mundo, y todos esperaban que no volviera allí jamás. Entre sus opositores más violentos se contaba la señora Bennet, cuyo desagrado ante la conducta general del señor Darcy se agudizó hasta llegar al resentimiento particular por el desprecio que había hecho éste a una de sus hijas.

Por la escasez de caballeros, Elizabeth Bennet se había visto a obligada a pasarse dos piezas sentada; y durante una parte de ese tiempo, el señor Darcy había estado de pie lo bastante cerca como para que ella oyese una conversación que mantuvo con el señor Bingley, quien había dejado el baile unos minutos con el fin de animar a su amigo para que se sumase a él.

—Vamos, Darcy —le dijo—, he de hacerte bailar. Me fastidia verte solo de pie de esa manera tan tonta. Más te valdría bailar.

—No bailaré de ninguna manera. Ya sabes cómo lo detesto, a no ser que conozca de modo particular a mi pareja. En un evento como éste sería insoportable. Tus hermanas están ocupadas, y no hay ninguna otra mujer en toda la sala cuya compañía en el baile no representase un castigo para mí.

—¡Yo no sería tan exigente como tú ni aunque me hicieran rey! —exclamó el señor Bingley—. Te doy mi palabra de honor de que no había conocido en toda mi vida a tantas muchachas agradables como en esta velada; y ya ves que algunas son extraordinariamente lindas.

—Tú sí que estás bailando con la única muchacha bonita de la sala —dijo el señor Darcy, mirando a la mayor de las señoritas Bennet.

—¡Oh! ¡Es la criatura más hermosa que he visto en mi vida! Pero justo detrás de ti está sentada una de sus hermanas, que es muy linda, y yo diría que muy agradable. Permíteme que pida a mi pareja que te la presente.

—¿Por cuál lo dices? —preguntó el señor Darcy, y, tras volverse, miró un momento a Elizabeth, hasta que sus miradas se cruzaron y él apartó la suya diciendo con frialdad:

—Es pasable, pero no lo bastante bonita como para tentarme a mí; de momento no estoy de humor para dar importancia a las señoritas a las que han despreciado otros hombres. Más te vale que vuelvas con tu pareja y disfrutes de sus sonrisas, pues conmigo pierdes el tiempo.

El señor Bingley siguió su consejo. El señor Darcy se alejó, y Elizabeth se quedó con unos sentimientos no muy cordiales hacia él. No obstante, relató el caso entre sus amigas con mucha gracia, pues tenía un carácter desenvuelto y juguetón que la hacía disfrutar con cualquier cosa ridícula.

La velada transcurrió, en general, de manera agradable para toda la familia. La señora Bennet había visto que el grupo de Netherfield admiraba mucho a su hija mayor. El señor Bingley había bailado con ella dos veces, y las hermanas de éste la habían honrado con su trato. Aquello produjo a Jane una satisfacción tan grande como a su madre, aunque más callada. Elizabeth percibió el agrado de Jane. Mary había oído que decían de ella a la señorita Bingley que era la muchacha más instruida de la comarca; y Catherine y Lydia habían tenido la fortuna de no estar nunca sin parejas de baile, que de momento era lo más que habían aprendido a desear en un baile. Por lo tanto, regresaron de buen ánimo a Longbourn, el pueblo donde vivían y del que eran los habitantes más destacados. Se encontraron al señor Bennet todavía levantado. Éste perdía la noción del tiempo con un libro; y en la circunstancia presente sentía bastante curiosidad por lo que hubiera sucedido en una velada que había suscitado unas expectativas tan espléndidas. Había albergado, más bien, la esperanza de que su esposa se hubiera llevado una desilusión con el forastero; pero no tardó en descubrir que le tocaba oír una relación muy distinta.

—¡Oh, querido señor Bennet —dijo ésta al entrar en la sala—, hemos pasado una velada deliciosa, un baile excelente! Ojalá hubieras estado tú. ¡Se deshicieron en halagos hacia Jane! Todos comentaban su buen parecer, ¡y al señor Bingley le pareció hermosísima y bailó con ella dos veces! Figúrate, querido: ¡bailó dos veces con ella, en efecto!, y en toda la sala no hubo una sola criatura a la que él pidiera una pieza por segunda vez. Se lo pidió primero a la señorita Lucas. ¡Cuánto me enfadó verla de pareja con él! Sin embargo, no la admiró en absoluto; la verdad es que nadie puede admirarla, ¿sabes?, y pareció muy impresionado con Jane mientras ésta hacía las mudanzas del baile. De modo que preguntó quién era, y se hizo presentar, y le pidió el baile de parejas siguiente. Después bailó el tercer baile de parejas con la señorita King, y el cuarto con Maria Lucas, y el quinto otra vez con Jane, y el sexto con Lizzy, y el baile del *boulanger*.

—¡Si hubiera tenido la menor compasión de mí —exclamó su marido con impaciencia—, no habría bailado ni la mitad! Por Dios, no me hables más de sus parejas de baile. ¡Ojalá se hubiera torcido el tobillo en la primera pieza!

—¡Oh!, querido, estoy encantada con él. ¡Qué enormemente apuesto es! Y sus hermanas son unas mujeres encantadoras. No había visto en mi vida nada más elegante que sus vestidos. Yo diría que los encajes del vestido de la señora Hurst...

Aquí sufrió una nueva interrupción. El señor Bennet prohibió cualquier descripción de galas. La señora Bennet se vio obligada, por tanto, a buscar otro capítulo de la historia y relató con gran amargura de ánimo y alguna exageración la grosería escandalosa del señor Darcy.

—Pero te puedo asegurar que Lizzy no se pierde gran cosa por no ser del gusto de ése —añadió—, pues es un hombre muy desagradable, repelente, y al que en absoluto vale la pena agradar. ¡Tan altanero y tan engreído que no se le podía soportar! No hace más que pasearse por aquí y por allá dándose aires de grandeza. ¡Y no era lo bastante apuesto como para bailar con él! Quisiera que hubieses estado allí, querido, para que le hubieras dicho una agudeza de las tuyas. Detesto absolutamente a ese hombre.

# Capítulo IV

Cuando Jane y Elizabeth se quedaron solas, la primera, que antes había estado prudente en sus alabanzas del señor Bingley, expresó a su hermana hasta qué punto lo admiraba.

—Es exactamente lo que debe ser un joven —dijo—: razonable, de buen humor, animado; ¡y yo no había visto nunca unos modales tan acertados! ¡Tanta afabilidad junto con una buena educación tan perfecta!

—Y, además, es apuesto —repuso Elizabeth—, como también debe ser un joven si puede. Con esto se rematan sus prendas.

—Me halagó mucho que me pidiera que bailase con él por segunda vez. No esperaba recibir tal fineza.

—¿Que no te lo esperabas? Pues yo sí. Pero en eso nos diferenciamos mucho tú y yo. Las finezas te toman siempre por sorpresa a ti, y a mí nunca. ¿Qué cosa podía ser más natural que volver a pedirte un baile? No pudo menos de advertir que eras como cinco veces más hermosa que cualquier otra mujer de la sala. No hay que agradecérselo a su galantería. Pues bien, es verdad que es muy agradable y te doy licencia para que te guste. Otras personas mucho más estúpidas te han gustado.

—¡Lizzy, querida!

—¡Oh! Bien sabes que tienes una facilidad excesiva para que te guste la gente. Jamás ves defectos en nadie. Todo el mundo es bueno y agradable a tus ojos. Jamás te he oído hablar mal de un ser humano en toda tu vida.

—No quiero censurar a nadie con precipitación; pero siempre digo lo que pienso.

—Bien lo sé, y eso es lo maravilloso: ¡que con el buen sentido que tienes estés tan sinceramente ciega ante las necedades y los disparates de los demás! Es bien común la candidez fingida: una se la encuentra por todas partes. Pero ser cándida sin alarde ni de intento; tomar lo bueno del carácter de cada persona y mejorarlo todavía más, sin decir nada de lo malo, eso es propio de ti solamente. Así que te agradan también las hermanas de este hombre, ¿verdad? Sus modales no están a la altura de los de él.

—Desde luego que no... al principio. Pero son unas mujeres muy agradables cuando se conversa con ellas. La señorita Bingley va a vivir con su hermano y a ocuparse de su casa; y o mucho me equivoco o encontraremos en ella a una vecina muy encantadora.

Elizabeth escuchó en silencio, pero no se quedó convencida. La conducta de las hermanas del señor Bingley en el baile no había sido como para causar buena impresión. Con una observación más viva, un carácter menos sumiso que el de su hermana y poco dada a dejarse influir por los halagos, Elizabeth estaba muy poco dispuesta a aprobarlas. En realidad eran unas damas muy buenas; no carecían de buen humor cuando les parecía ni de la capacidad de resultar agradables cuando les venía en gana, pero eran orgullosas y engreídas. Eran bastante hermosas, se habían educado en uno de los colegios privados más importantes de la capital, poseían una fortuna de veinte mil libras, tenían la costumbre de gastar más de lo que les convenía y de tratarse con personas de categoría, y todo ello les daba derecho en todos los sentidos a formarse un buen concepto de sí mismas y malo de los demás. Pertenecían a una familia respetable del norte de Inglaterra, circunstancia ésta que tenían mejor grabada en la memoria que la de que la fortuna de su hermano y la de ellas era fruto del comercio.

El señor Bingley había heredado bienes por valor de casi cien mil libras esterlinas de su padre, cuya intención había sido adquirir una finca, pero había muerto sin llegar a hacerlo. El señor Bingley tenía esa misma intención, y algunas veces parecía decidido a hacer la elección dentro de su condado; pero, como ahora disponía de una buena residencia y la libertad de una casa solariega con finca, muchos de los que conocían la tranquilidad de su humor consideraban que quizá pasara el resto de sus días en Netherfield, dejando que fuese la generación siguiente la que comprara.

Sus hermanas deseaban con impaciencia que adquiriese una finca propia; pero, aunque de momento sólo estaba establecido como arrendatario, la señorita Bingley no dejaba por eso de sentarse a la cabecera de su mesa de buena gana, ni tampoco la señora Hurst, que se había casado con un hombre más elegante que rico, dejaba de estar dispuesta a considerar la casa de su hermano como propia cuando a ella le convenía. No hacía dos años que el señor Bingley había cumplido la mayoría de edad cuando una recomendación casual lo había tentado a examinar la finca y casa de Netherfield. La había examinado, en efecto, por dentro y por fuera, durante media hora; le agradó su situación y los cuartos principales, le satisfizo lo que dijo el propietario en alabanza de la finca y la alquiló al momento.

Entre Darcy y él existía una amistad muy firme, a pesar de la gran oposición de sus caracteres. Bingley apreciaba a Darcy por su carácter tranquilo, abierto y maleable, aunque ninguna disposición podía contrastar más con la suya propia, y a pesar de que él mismo no parecía insatisfecho con la suya. Bingley tenía una firme confianza en la fuerza del afecto de Darcy y un alto concepto de su buen juicio. Darcy era el más inteligente de los dos. Bingley no era tonto ni mucho menos, pero Darcy era más inteligente, además de altanero, reservado y exigente, y sus modales, aunque de buena educación, no resultaban atractivos. Su amigo lo superaba mucho en este sentido. Bingley podía contar con caer bien dondequiera que se presentara; Darcy ofendía a la gente constantemente.

Bastante característico de ello fue el modo en que hablaron de la fiesta de Meryton. Bingley no se había encontrado en su vida a gente más agradable ni a muchachas más lindas; todo el mundo había estado de lo más amable y atento con él; no había habido formalismos ni rigideces; pronto se había sentido en condiciones de amistad con todos los presentes en la sala; y en cuanto a la señorita Bennet, no concebía que pudiera existir un ángel más hermoso. Darcy, por el contrario, había visto una colección de personas con poca belleza y nada de moda, por ninguna de las cuales había sentido el más mínimo interés y de ninguna de las cuales había recibido ninguna atención ni agrado. Reconocía que la señorita Bennet era linda, pero dijo que sonreía demasiado.

La señora Hurst y su hermana así lo reconocieron, pero, con todo, la admiraban y la apreciaban, y dictaminaron que era una dulce muchacha y que no tendrían inconveniente en tratarla más. Quedó establecido, por tanto, que la señorita Bennet era una muchacha dulce, y el hermano de ellas consideró que esta recomendación lo autorizaba a pensar en ella cuanto quisiera.

# Capítulo V

A un corto paseo de Longbourn vivía una familia con la que los Bennet mantenían un trato especialmente íntimo. Sir William Lucas se había dedicado primero al comercio en Meryton, donde había reunido una fortuna aceptable y había alcanzado el título de caballero en virtud de un discurso que había dirigido al rey siendo alcalde. Esta distinción le había impresionado quizá demasiado. Le había hecho aborrecer su comercio y su vida en una ciudad provinciana; y, abandonando ambas cosas, se había mudado con su familia a una casa situada a una milla de Meryton, que desde aquella época se había llamado Villa Lucas, donde podía pensar con agrado en su propia importancia y, sin el obstáculo de los negocios, dedicarse únicamente a ser amable con todo el mundo. Pues, aunque su categoría lo regocijaba, no lo volvía arrogante; al contrario, era todo atenciones con todo el mundo. De naturaleza inofensivo, amistoso y servicial, su presentación en el palacio de Saint James lo había vuelto además cortés.

Lady Lucas era una mujer de muy buena pasta, aunque no lo bastante inteligente para que la señora Bennet la considerara una vecina valiosa. Tenían varios hijos. La mayor, una joven sensata e inteligente de unos veintisiete años de edad, era amiga íntima de Elizabeth.

Era absolutamente necesario que las señoritas Lucas y las señoritas Bennet se reunieran tras un baile para comentarlo; y la mañana siguiente a éste las primeras llegaron a Longbourn para oír y contar.

—Tú sí que empezaste bien la velada, Charlotte —dijo la señora Bennet a la señorita Lucas con autodominio fruto de la urbanidad—. Fuiste la primera elegida por el señor Bingley.

—Sí; pero dio muestras de gustarle más la segunda.

—¡Oh! Lo dices por Jane, supongo, porque bailó con ella dos veces. En efecto, parece que le gustó... Sí, diría que sí. Algo oí..., aunque no sé qué..., algo del señor Robinson.

—Se refiere quizá a la conversación que oí por casualidad entre el señor Robinson y él; ¿no se la había contado? ¿Que el señor Robinson le preguntó si le gustaban nuestras fiestas de Meryton y si no creía que había muchas mujeres lindas en la sala, y que cuál le parecía más linda? ¿Y que él respondió al instante a la última pregunta: «¡Oh! La señorita Bennet mayor, sin duda alguna; el punto no admite discusión»?

—¡Caramba! Vaya, la cosa queda bien decidida..., sí que parece que..., aunque, con todo, el tema puede quedar en nada, ya sabéis.

—Lo que yo oí por casualidad viene más al caso que lo que oíste tú, Eliza —dijo Charlotte—. No vale tanto la pena escuchar al señor Darcy como a su amigo, ¿verdad? ¡Pobre Eliza! ¡Decir de ella que es sólo pasable...!

—Te ruego que no metas en la cabeza a Lizzy la idea de enfadarse por lo mal que la trató, pues es un hombre tan desagradable que sería toda una desventura gustarle. La señora Long me contó anoche que se había pasado media hora sentado cerca de ella sin abrir los labios una sola vez.

—¿Estás segura, mamá? —dijo Jane—. ¿No hay un leve error? Vi claramente al señor Darcy hablar con ella.

—Sí; porque ella le preguntó por fin si le gustaba Netherfield, y él no pudo menos de responderle; pero ella me dijo que pareció enfadarse bastante porque le hubieran dirigido la palabra.

—La señorita Bingley me dijo que no suele hablar mucho nunca —expuso Jane—, si no es entre sus amigos íntimos. Con éstos es notablemente agradable.

—No me creo una palabra, querida. Si hubiera sido tan agradable, habría hablado con la señora Long. Pero ya me imagino lo que fue; todos dicen que el orgullo lo devora, y yo diría que se habría enterado de alguna manera de que la señora Long no tiene coche propio y que había venido al baile en una silla de postas de alquiler.

—No me importa que no hablase con la señora Long —dijo la señorita Lucas—, pero quisiera que hubiese bailado con Eliza.

—En otra ocasión, Lizzy —intervino la madre de ésta—, yo en tu lugar no querría bailar con él.

—Creo, señora, que puedo prometerle que no bailaré con él jamás.

—Lo que es a mí, su orgullo no me ofende tanto como suele ofender el orgullo, pues tiene su disculpa —dijo la señorita Lucas—. No es de extrañar que un joven tan elegante, de buena familia, con fortuna, con todas las buenas prendas, tenga tan buen concepto de sí mismo. Si puedo expresarlo de este modo, tiene derecho a sentirse orgulloso.

—Es muy cierto —repuso Elizabeth—, y yo podría perdonarle con facilidad su orgullo, si no me hubiera herido el mío.

—El orgullo es un defecto muy común, según creo —observó Mary, que se preciaba de la solidez de sus reflexiones—. En vista de todo lo que he leído, estoy convencida de que es muy común, de que la naturaleza humana es especialmente proclive a él y de que somos muy pocos los que no albergamos un sentimiento de autocomplacencia por alguna cualidad verdadera o imaginada. La vanidad y el orgullo son cosas diferentes, aunque esas palabras se empleen con frecuencia como si fueran sinónimas. Una persona puede ser orgullosa sin ser vanidosa. El orgullo está más relacionado con el concepto que tenemos de nosotros mismos; la vanidad, con lo que queremos que piensen de nosotros los demás.

—Si yo fuera tan rico como el señor Darcy, no me importaría ser orgulloso —exclamó un joven Lucas que había venido con sus hermanas—. Tendría una jauría de perros raposeros y me bebería una botella de vino cada día.

—Entonces beberías mucho más de lo que te convendría —dijo la señora Bennet— y, si yo te viera, te quitaría la botella al instante.

El muchacho aseguró que no se la quitaría; ella siguió afirmando que sí se la quitaría, y la discusión acabó sólo cuando terminó la visita.

# Capítulo VI

Las damas de Longbourn no tardaron en recibir a las de Netherfield. La visita fue devuelta al poco tiempo como es debido. Los modales agradables de la señorita Bennet se fueron ganando la buena voluntad de la señora Hurst y la señorita Bingley; y aunque se juzgó que la madre era insoportable y que no valía la pena hablar con las hermanas menores, se manifestó a las dos mayores el deseo de tratarlas más. Jane recibió esta atención con el mayor placer, pero Elizabeth seguía viendo arrogancia en el modo en que trataban a todos, sin apenas hacer excepción siquiera con su hermana, y no podía apreciarlas. Aunque valoraba la amabilidad relativa que manifestaban para con su hermana, sabía que con toda probabilidad se debía a la influencia de la admiración que sentía el hermano por ella. Siempre que se veían resultaba evidente que Bingley admiraba a Jane, y a Elizabeth le parecía igualmente evidente que Jane se iba rindiendo a la predilección que había empezado a albergar por él desde el primer momento, y que iba camino de enamorarse del todo. Sin embargo, se daba cuenta, con gran satisfacción, de que no era probable que el mundo en general descubriera aquello, ya que en Jane se combinaba una gran fuerza de sentimientos con una compostura de ánimo y una alegría constante en sus modales que la protegerían de las sospechas de los impertinentes. Comentó esto a su amiga, la señorita Lucas.

—Puede que sea agradable ser capaz de engañar a la opinión pública en un caso como éste —respondió Charlotte—, pero a veces es una desventaja

ser tan enormemente discreta. Si una mujer oculta con tal maña su afecto al objeto de éste, puede perder la oportunidad de ganárselo; y entonces será un triste consuelo considerar que todo el mundo se ha quedado igualmente a oscuras. En casi todos los apegos hay tanta proporción de agradecimiento y vanidad que no es prudente descuidar ninguno de los dos factores. Todas podemos empezar libremente: una leve preferencia es bastante natural; pero somos muy pocas las que tenemos valor suficiente para estar verdaderamente enamoradas sin dar aliento. En nueve de cada diez casos, a la mujer le conviene manifestar más afecto del que siente. A Bingley le gusta tu hermana, sin duda; pero puede que no llegue más allá de gustarle si ella no lo anima.

—Pero ella sí que lo anima, en la medida que se lo permite su carácter. Si yo misma advierto el aprecio que le tiene, es que él debe de ser muy simple para no descubrirlo también.

—Recuerda, Eliza, que él no conoce la disposición de Jane como tú.

—Pero si una mujer tiene interés en un hombre y no se esfuerza por ocultarlo, él debe darse cuenta de ello.

—Debe, quizá, si la ve lo suficiente. Pero aunque Bingley y Jane se ven con tolerable frecuencia, no pasan nunca muchas horas juntos; y como siempre se ven en grupos numerosos y variados, es imposible que dediquen todos los momentos a conversar entre ellos. Por lo tanto, Jane deberá aprovechar al máximo cada minuto en el que pueda disponer de su atención. Cuando lo tenga asegurado, ella dispondrá de más tiempo libre para enamorarse todo lo que quiera.

—Tu plan es bueno —repuso Elizabeth— cuando no está en juego más que el deseo de casarse bien, y si yo estuviera decidida a conseguir un marido rico, o un marido cualquiera, me parece que lo adoptaría. Pero no son éstos los sentimientos de Jane; ella no obra con un plan preconcebido. De momento, ni siquiera puede estar segura del grado de su propio afecto ni de si es razonable o no. Sólo hace quince días que lo conoce. Ha bailado cuatro veces con él en Meryton; lo vio una mañana en casa de él, y desde entonces ha cenado con él y más compañía en cuatro ocasiones. Esto no es suficiente para que ella se haga cargo de su carácter.

—Tal como tú lo presentas, no. Si se hubiera limitado a cenar con él, quizá no habría descubierto más que si tiene buen apetito o no; pero debes recordar que también han pasado juntos cuatro veladas... y cuatro veladas pueden hacer mucho.

—Sí, estas cuatro veladas les han permitido averiguar qué juegos de cartas les gustan a cada uno; pero no creo que hayan podido descubrir gran cosa en lo que respecta a las características destacadas de cada uno.

—Bueno —dijo Charlotte—, deseo éxito a Jane de todo corazón; y creo que si se casara mañana tendría tantas posibilidades de ser feliz como si se pasara un año entero estudiando el carácter de él. La felicidad en el matrimonio es enteramente una cuestión de azar. El que ambos conozcan perfectamente de antemano sus idiosincrasias respectivas, el que éstas sean parecidísimas no facilita para nada la felicidad de los dos. Siempre siguen volviéndose lo bastante distintos después como para llevarse su parte de disgustos; y es mejor conocer lo menos posible los defectos de la persona con quien has de pasar tu vida.

—Me haces reír, Charlotte; pero eso no tiene sentido. Sabes que no lo tiene y que tú misma jamás te comportarías de ese modo.

Elizabeth, ocupada en observar las atenciones del señor Bingley para con su hermana, estaba lejos de sospechar que ella misma empezaba a ser objeto de cierto interés ante los ojos del amigo de aquél. Al principio, el señor Darcy apenas había reconocido que Elizabeth era linda; la había mirado sin admiración en el baile; y cuando volvieron a verse, sólo la había mirado para criticarla. Pero en cuanto hubo dejado claro ante sí mismo y sus amigos que la muchacha apenas tenía un buen rasgo en la cara, empezó a darse cuenta de que la hermosa expresión de sus ojos oscuros aportaba a su rostro una inteligencia fuera de lo común. A este descubrimiento le siguieron otros igualmente mortificantes. Aunque había detectado con ojo crítico más de una falta de simetría perfecta en sus formas, se vio obligado a reconocer que su figura era ligera y agradable; y, a pesar de haber afirmado que los modales de Elizabeth no eran los del mundo elegante, su desenvoltura afable lo cautivó. Ella era absolutamente inconsciente de esto; para ella, él no era más que el hombre que no era agradable en ninguna parte y que no la había considerado lo bastante hermosa para bailar con ella.

El señor Darcy empezó a desear conocerla mejor y, como paso previo a conversar con ella en persona, atendía a las conversaciones de ella con los demás. Ella observó que él lo hacía. Sucedió en casa de sir William Lucas, donde se había reunido un grupo numeroso.

—¿Qué pretenderá el señor Darcy escuchando mi conversación con el coronel Forster? —dijo Elizabeth a Charlotte.

—Sólo el señor Darcy podrá responder a esa pregunta.

—Pues, si lo vuelve a hacer, le daré a entender que sé lo que pretende. Tiene una mirada muy satírica y, si no empiezo por ser impertinente yo misma, no tardaré en tenerle miedo.

Cuando el señor Darcy se acercó a ellas poco después, aunque sin intención aparente de hablar, la señorita Lucas desafió a su amiga a que le mencionara la cuestión; con lo cual provocó al instante a hacerlo a Elizabeth, que se volvió hacia él y dijo:

—¿No le parece a usted, señor Darcy, que acabo de expresarme notablemente bien cuando le insistía al coronel Forster para que diera un baile en Meryton?

—Con gran energía; aunque es un tema que siempre da energía a las damas.

—Es usted severo con nosotras.

—Pronto le tocará a ella que la molesten —dijo la señorita Lucas—. Voy a abrir el piano, Eliza, y ya sabes lo que viene a continuación.

—¡Qué amiga tan extraña eres! ¡Querer siempre que toque y cante delante de todos y de cualquiera! Si mi vanidad se hubiera decantado por la música, serías preciosa para mí. Pero, tal como son las cosas, la verdad es que prefiero no sentarme a tocar delante de los que deben de estar acostumbrados a oír a los mejores intérpretes.

Sin embargo, ante la insistencia de la señorita Lucas, añadió:

—Muy bien; si ha de ser, será.

Y dirigiendo una mirada seria al señor Darcy, dijo:

—Hay un viejo dicho que todo el mundo conoce por aquí: «Guarde usted el aliento para enfriar las gachas», y yo guardaré el mío para mi canción.

Su interpretación fue agradable, aunque no de primera categoría ni mucho menos. Después de una o dos canciones, y antes de que tuviera tiempo de responder a los ruegos de varias personas que le pedían que volviera a cantar, la sustituyó de buena gana al instrumento su hermana Mary, quien se había esforzado mucho por adquirir conocimientos e instrucción como consecuencia de ser la menos agraciada de la familia, y siempre estaba impaciente por lucirlos.

Mary no tenía ni genio ni buen gusto, y, aunque la vanidad le había dado aplicación, también le había dado un aire pedante y presuntuoso que habría estropeado hasta un grado de pericia superior al que había alcanzado ella. A Elizabeth, desenvuelta y sin afectación, la habían escuchado con mucho más agrado, a pesar de que no tocaba ni la mitad de bien; y Mary, después de tocar un largo concierto, recibió de buena gana alabanzas y agradecimientos interpretando melodías escocesas e irlandesas que le habían pedido sus hermanas menores, quienes, con algunos de los Lucas y dos o tres oficiales, se pusieron a bailar con gusto en un extremo de la sala.

El señor Darcy permanecía de pie cerca de ellas sumido en una indignación silenciosa ante tal manera de pasar la velada, dejando de lado toda conversación, y estaba demasiado absorto en sus pensamientos para advertir que tenía por vecino a sir William Lucas, hasta que sir William empezó a hablar de esta manera:

—¡Qué pasatiempo tan encantador para los jóvenes es éste, señor Darcy! Al fin y al cabo, no hay nada como la danza. Yo la considero uno de los refinamientos de la sociedad culta.

—Ciertamente, señor; y tiene asimismo la ventaja de estar en boga entre las sociedades menos cultas del mundo. Todos los salvajes saben bailar.

Sir William se limitó a sonreír.

—Su amigo baila de una manera deliciosa —añadió después de una pausa, al ver que Bingley se sumaba al grupo—, y no me cabe duda de que usted también domina esta ciencia, señor Darcy.

—Creo que usted me vio bailar en Meryton, señor.

—Sí, en efecto, y fue un espectáculo que me produjo un agrado nada despreciable. ¿Suele usted bailar en el palacio de Saint James?

—Nunca, señor.

—¿No le parece a usted que sería un halago que el lugar merece?

—Es un halago que no brindo nunca a ningún lugar si puedo evitarlo.

—Tiene usted casa en la capital, supongo.

El señor Darcy asintió haciendo una reverencia.

—Yo mismo acaricié en cierta época la idea de establecerme en la capital... ya que me agrada la sociedad superior; pero no estaba muy seguro de que el aire de Londres fuera a sentar bien a lady Lucas.

Hizo una pausa con la esperanza de recibir contestación; pero su compañero no se sintió inclinado a darle ninguna; y en vista de que Elizabeth se dirigía hacia ellos en aquel instante, se le ocurrió hacer algo muy galante y le dijo en voz alta:

—Querida señorita Eliza, ¿por qué no baila usted? Señor Darcy, debe usted permitirme que le presente a esta joven señorita como compañera de baile muy deseable que es. Estoy seguro de que no se podrá usted negar a bailar teniendo delante tanta belleza.

Y tomó la mano de Elizabeth y quiso dársela al señor Darcy, quien, aunque sorprendidísimo, no dejaba de estar dispuesto a recibirla, cuando ella se apartó al instante y dijo a sir William con cierta descompostura:

—En verdad, señor, no tengo la menor intención de bailar. Le suplico que no suponga de mí que he venido hacia aquí para mendigar una pareja de baile.

El señor Darcy pidió con seria corrección que se le concediera el honor de su mano, pero fue en vano. Elizabeth estaba decidida, y sir William no la hizo vacilar en absoluto con sus intentos de persuadirla.

—Brilla usted tanto en la danza, señorita Eliza, que es una crueldad que me niegue usted la dicha de verla; y si bien a este caballero no le gusta en general dicho pasatiempo, estoy seguro de que no tendrá reparo en darnos ese gusto durante media hora.

—El señor Darcy es todo cortesía —dijo Elizabeth, sonriendo.

—Sí que lo es, en verdad; pero si consideramos el incentivo, querida señorita Eliza, no podrá extrañarnos que nos complazca; pues ¿quién podría poner reparos a tal pareja?

Elizabeth echó una mirada maliciosa y se retiró. Su resistencia no había perjudicado el concepto que tenía de ella el caballero, y éste estaba pensando en ella con alguna complacencia cuando la señorita Bingley lo abordó en estos términos:

—Adivino en qué está reflexionando usted.

—Yo diría que no.

—Está usted considerando lo insoportable que sería pasar muchas veladas de este modo, en esta compañía; y en verdad que yo comparto del todo la opinión de usted. ¡Nunca había pasado tal fastidio! ¡Toda esta gente tan insulsa y sin embargo tan ruidosa, tan insignificante y sin embargo tan presumida! ¡Cuánto daría yo por oír las críticas que usted podría hacerles!

—Su conjetura está completamente equivocada, se lo aseguro. Tenía la mente ocupada en una cuestión más agradable. Estaba meditando sobre el enorme placer que puede proporcionar un par de ojos hermosos en la cara de una mujer preciosa.

La señorita Bingley le clavó inmediatamente los ojos en la cara y le pidió que le dijera cuál era la dama que tenía el honor de inspirarle tales reflexiones. El señor Darcy respondió con gran arrojo:

—La señorita Elizabeth Bennet.

—¡La señorita Elizabeth Bennet! —repitió la señorita Bingley—. No quepo en mí de asombro. ¿Desde cuándo goza de tal favor? Y dígame, se lo ruego: ¿cuándo tendré que darles la enhorabuena?

—Es exactamente lo que esperaba que me preguntase usted. Las damas tienen la imaginación muy veloz: salta en un instante de la admiración al amor, del amor al matrimonio. Ya sabía yo que me daría usted la enhorabuena.

—No; si usted habla en serio, consideraré que la cuestión queda absolutamente establecida. Tendrá usted una suegra encantadora; y, desde luego, estará siempre con ustedes en Pemberley.

Él la escuchó con indiferencia absoluta mientras ella quiso entretenerse de este modo; y como la compostura del señor Darcy la convenció de que podía hablar a salvo, dio rienda suelta a su ingenio durante largo rato.

# Capítulo VII

Los bienes del señor Bennet consistían casi exclusivamente en unas fincas que rentaban dos mil libras esterlinas al año y que, por desgracia para sus hijas, eran un mayorazgo vinculado que, a falta de herederos masculinos, pasaría a un pariente lejano; y la fortuna de la madre de las muchachas, aunque adecuada para su situación en la vida, mal podría bastar para cubrir la falta de la del señor Bennet. El padre de ella había sido abogado en Meryton y le había dejado cuatro mil libras esterlinas.

La madre tenía una hermana casada con un señor llamado Phillips, que había sido pasante de su padre y le había sucedido en el bufete, y un hermano establecido en Londres que se dedicaba a un ramo respetable del comercio.

El pueblo de Longbourn estaba a sólo una milla de Meryton; una distancia muy cómoda para las señoritas, que solían caer en la tentación de visitar el pueblo tres o cuatro veces cada semana, para presentar sus respetos a su tía y visitar una sombrerería de señoras que había de camino. Las dos más jóvenes de la familia, Catherine y Lydia, eran las que prestaban estas atenciones con mayor asiduidad; tenían las mentes más desocupadas que sus hermanas, y cuando no se les ofrecía nada mejor, era preciso dar un paseo hasta Meryton para entretener las horas de la mañana y tener de qué hablar por la tarde; y por muy desprovista de novedades que estuviera en general la región, siempre se las arreglaban para enterarse de algo por medio de su tía.

Por el momento estaban bien surtidas de novedades y de felicidad gracias a la llegada reciente a la comarca de un regimiento de milicia, que tendría su cuartel general en Meryton, donde pasaría todo el invierno.

Sus visitas a la señora Phillips les proporcionaban datos muy interesantes. Cada día aprendían algo más acerca de los nombres de los oficiales y sus parentelas. Los alojamientos de cada uno no permanecieron mucho tiempo en secreto, y al cabo empezaron a conocer a los oficiales en persona. El señor Phillips los visitaba a todos, y esto abría a sus sobrinas una fuente de felicidad que no habían conocido hasta entonces. Sólo sabían hablar de oficiales; y la gran fortuna del señor Bingley, cuya mención animaba a su madre, no valía nada a los ojos de ellas al lado del uniforme de un alférez.

Una mañana, después de haber escuchado sus efusiones sobre el tema, el señor Bennet observó con frialdad:

—Según se desprende de vuestra manera de hablar, colijo que debéis de ser dos de las muchachas más tontas de todo el país. Hacía tiempo que lo sospechaba, pero ahora estoy convencido.

Catherine se quedó desconcertada y no contestó; pero Lydia, completamente indiferente, siguió manifestando su admiración hacia el capitán Carter y cuánto esperaba poder verlo en el transcurso del día, ya que el capitán salía para Londres a la mañana siguiente.

—Querido, me asombra que estés tan dispuesto a tomar por tontas a tus propias hijas —dijo la señora Bennet—. Aunque yo quisiera pensar mal de los hijos de alguien, en ningún caso lo pensaría de los míos.

—Si mis hijas son tontas, espero ser consciente de ello siempre.

—Sí... pero resulta que todas son muy listas.

—Según creo y espero, éste es el único punto en que no estamos de acuerdo tú y yo. Había albergado la esperanza de que nuestras opiniones concordaran en todos los extremos, pero me veo obligado a disentir de ti en la medida en que creo que nuestras dos hijas menores son notablemente necias.

—Querido señor Bennet, no debes esperar que estas niñas gocen del buen juicio de su padre y su madre. Estoy segura de que cuando alcancen nuestra edad, no pensarán en los oficiales más que pensamos nosotros.

Recuerdo una época en que a mí me gustaba mucho un casaca roja... y la verdad es que todavía me gusta, en el fondo; y si un coronel joven y apuesto, con una renta de cinco o seis mil libras al año, quiere a una de mis hijas, yo no le diría que no; y creo que al coronel Forster le sentaba muy bien el uniforme la otra noche en casa de sir William.

—Mamá —exclamó Lydia—, la tía dice que el coronel Forster y el capitán Carter no van a casa de la señorita Watson con tanta frecuencia como a poco de llegar; ahora los ve muchas veces delante de la biblioteca de Clarke.

A la señora Bennet le impidió responder la entrada del lacayo con una nota para la señorita Bennet; venía de Netherfield, y el criado se quedó esperando la respuesta. A la señora Bennet le brillaron los ojos de placer, y mientras su hija leía, decía con impaciencia:

—Bueno, Jane, ¿de quién es? ¿De qué se trata? ¿Qué dice? Date prisa, cuéntanoslo; date prisa, amor mío.

—Es de la señorita Bingley —dijo Jane, y la leyó en voz alta.

Querida amiga:

Si no tienes la bondad de cenar hoy con Louisa y conmigo, correremos el peligro de odiarnos la una a la otra durante el resto de nuestras vidas, pues dos mujeres no pueden pasarse un día entero solas sin terminar riñendo. Ven en cuanto puedas al recibir esta nota. Mi hermano y los caballeros cenarán con los oficiales. Siempre tuya,

Caroline Bingley

—¡Con los oficiales! —exclamó Lydia—. Me extraña que la tía no nos haya contado eso.

—Salen a cenar —dijo la señora Bennet—, ¡qué mala suerte!

—¿Puedo usar el coche? —preguntó Jane.

—No, querida; más vale que vayas a caballo, porque parece que va a llover, y en tal caso deberás quedarte allí toda la noche.

—Sería un buen plan —dijo Elizabeth—, si pudieras saber con seguridad que no se van a ofrecer a traerla a casa.

—¡Oh! Pero los caballeros se habrán llevado la silla de postas del señor Bingley para ir a Meryton, y los Hurst no tienen caballos para la suya.

—Preferiría con mucho ir en el coche.

—Pero, querida, estoy segura de que tu padre no puede prescindir de los caballos. Hacen falta en la granja, señor Bennet, ¿no es así?

—Hacen falta en la granja más veces de las que los puedo usar yo.

—Pero si los tiene usted hoy, habrán de servir para lo que quiere mi madre —dijo Elizabeth.

Arrancó por fin a su padre la declaración de que los caballos estaban ocupados; por tanto, Jane se vio obligada a ir a caballo, y su madre la acompañó hasta la puerta con muchos alegres pronósticos de que haría mal tiempo. Sus esperanzas se vieron cumplidas: empezó a llover con fuerza poco después de marcharse Jane. Sus hermanas se inquietaron por ella, pero su madre se quedó encantada. Siguió lloviendo toda la tarde sin parar; Jane no podría volver, de ninguna manera.

—¡Qué idea tan afortunada la mía, en verdad! —dijo la señora Bennet más de una vez, como si hubiera que atribuirle a ella sola el mérito de que lloviera. Sin embargo, sólo a la mañana siguiente conoció cuán feliz había sido su argucia. Apenas habían terminado de desayunar cuando un criado de Netherfield trajo la nota siguiente para Elizabeth:

Mi querida Lizzy:

Me encuentro muy indispuesta esta mañana, lo que supongo se debe a haberme empapado ayer. Mis amables amigos no van a consentir que regrese hasta que me encuentre mejor. También se empeñan en que me vea el señor Jones (no te alarmes, por lo tanto, si te enteras de que ha venido a verme), y, aparte de tener la garganta irritada y dolor de cabeza, no me pasa gran cosa.

Tuya, etcétera.

—Vaya, querida —dijo el señor Bennet cuando Elizabeth hubo leído la nota en voz alta—, si tu hija padece una enfermedad grave, si se muere, representaría un gran consuelo saber que todo fue por perseguir al señor Bingley y obedeciendo tus órdenes.

—¡Oh! No temo que muera. Las personas no se mueren por un resfriadillo de nada. La cuidarán bien. Mientras siga allí, todo va bien. Iría a verla yo si pudiera disponer del coche.

Elizabeth, que se sentía verdaderamente inquieta, resolvió ir a verla, a pesar de que el coche no estaba disponible; y como ella no era gran amazona, solamente le quedaba la alternativa de ir a pie. Manifestó su resolución.

—¿Cómo puedes ser tan tonta de pensar en tal cosa, con tanto barro? —exclamó su madre—. Cuando llegues allí, no estarás presentable.

—Estaré muy presentable para ver a Jane, que es lo único que quiero.

—¿Pretendes sugerirme con esto que pida los caballos, Lizzy? —le preguntó su padre.

—Desde luego que no, no quiero evitarme el paseo. La distancia no significa nada cuando hay un motivo; son sólo tres millas. Volveré para comer.

—La diligencia que te inspira tu afecto me parece admirable —observó Mary—, pero todo impulso de los sentimientos debe regirse por la razón; y, en mi opinión, los esfuerzos deben ser siempre proporcionados a las necesidades.

—Te acompañaremos hasta Meryton —dijeron Catherine y Lydia.

Elizabeth aceptó su compañía, y las tres señoritas se pusieron en camino juntas.

—Si nos damos prisa, quizá podamos ver un poco al capitán Carter antes de que se marche —dijo Lydia mientras caminaban.

Se separaron en Meryton; las dos menores se dirigieron al alojamiento de una de las esposas de los oficiales y Elizabeth prosiguió su camino sola, cruzando prado tras prado con paso vivo, salvando los portones y saltando por encima de los charcos con diligencia impaciente, y se encontró por fin a la vista de la casa, con los tobillos cansados, las medias sucias y la cara ardiente del calor del ejercicio.

La hicieron pasar al comedor, donde estaban reunidos todos salvo Jane, y donde su aparición suscitó bastante sorpresa. A la señora Hurst y a la señorita Bingley les parecía casi increíble que hubiera caminado tres millas tan temprano, con tiempo tan desagradable y sola; y Elizabeth se quedó convencida de que la despreciaban por ello. No obstante, la recibieron con mucha educación; y en los modales de su hermano había algo mejor que buena educación: había buen humor y amabilidad. El señor Darcy dijo muy poca cosa, y el señor Hurst nada en absoluto. El primero estaba indeciso entre la admiración por el aspecto brillante que había dado el ejercicio al semblante de Elizabeth y las dudas sobre si las circunstancias justificaban que hubiera venido sola desde tan lejos. El segundo sólo pensaba en su desayuno.

Cuando preguntó por el estado de su hermana, recibió una respuesta poco favorable. La señorita Bennet había dormido mal, y, aunque estaba levantada, tenía mucha fiebre y no estaba en condiciones de salir de su cuarto. Elizabeth se alegró de que la llevaran con ella enseguida; y Jane, que sólo había dejado de expresar en su nota cuánto deseaba aquella visita por miedo a causar alarma o molestias, se quedó encantada de verla entrar. Sin embargo, no estaba en condiciones de conversar mucho, y cuando la señorita Bingley las dejó a solas, apenas pudo decir nada salvo manifestar su agradecimiento por la amabilidad extraordinaria con que la trataban. Elizabeth la escuchó en silencio.

Cuando terminó el desayuno, se reunieron con ellas las hermanas; y la propia Elizabeth empezó a apreciarlas cuando vio el afecto y la solicitud por Jane de que daban muestras. Llegó el boticario y, tras examinar a su paciente, dijo, como cabía esperar, que tenía un resfriado fuerte y que debían procurar que lo superara; le recomendó que volviera a la cama y le prometió enviarle unas medicinas. Los consejos se siguieron de buena gana, pues aumentaban los síntomas de fiebre y le dolía mucho la cabeza. Elizabeth no abandonó su cuarto ni un instante, ni tampoco faltaron mucho tiempo de allí las otras damas; de hecho, al estar fuera los caballeros, no tenían nada que hacer en otra parte.

Cuando el reloj dio las tres, a Elizabeth le pareció que debía marcharse y así lo dijo, muy a disgusto. La señorita Bingley le ofreció el coche, y ella estaba a punto de aceptarlo cuando Jane manifestó tal inquietud por separarse de ella que la señorita Bingley se vio obligada a convertir la oferta del coche en una invitación para quedarse en Netherfield de momento. Elizabeth consintió, muy agradecida, y se despachó un criado a Longbourn para que hiciera saber a la familia que se quedaba allí y le trajera provisión de ropa.

# Capítulo VIII

Las dos damas se retiraron a las cinco de la tarde para vestirse, y a las seis y media llamaron a comer a Elizabeth. No pudo dar respuesta muy favorable a las preguntas atentas que le hicieron entonces, entre las que tuvo el placer de distinguir la solicitud muy superior del señor Bingley. Jane no estaba mejor, ni mucho menos. Las hermanas, al oírlo, repitieron tres o cuatro veces cuánto lo lamentaban, lo espantoso que era tener un resfriado fuerte y cuantísimo les fastidiaba a ellas estar enfermas; y después no volvieron a acordarse de la cuestión. Su indiferencia hacia Jane cuando no la tenían delante permitió a Elizabeth volver a gozar de toda la antipatía que sentía antes hacia ellas.

Su hermano, en efecto, era el único del grupo a quien podía ver Elizabeth con alguna complacencia. Su preocupación por Jane era evidente, y las atenciones que le dedicaba a ella eran muy agradables e impedían que se sintiera tan intrusa como juzgaba que la consideraban los demás. Ninguno le prestaba mucha atención salvo él. La señorita Bingley estaba absorta en el señor Darcy, la hermana de ésta poco menos, y en cuanto al señor Hurst, a cuyo lado estaba sentada Elizabeth, era un hombre indolente que sólo vivía para comer, beber y jugar a los naipes y que, cuando descubrió que Elizabeth prefería un plato sencillo a un ragú, se quedó sin nada que decirle.

Cuando terminó la comida, volvió al momento con Jane, y, en cuanto hubo salido de la habitación, la señorita Bingley se puso a hablar mal de ella. Dictaminó que tenía pésimos modales, mezcla de orgullo e impertinencia; que no tenía conversación, ni estilo, ni belleza. La señora Hurst opinó lo mismo, y añadió:

—En suma, no tiene nada a su favor, salvo el ser una andarina excelente. No olvidaré jamás el aspecto que tenía esta mañana. La verdad es que casi parecía una salvaje.

—Así es, Louisa, en efecto. Yo apenas pude guardar la compostura. ¡Qué disparate, venir siquiera! ¿Por qué ha tenido que ponerse a corretear ella por el campo, porque su hermana tenía un resfriado? ¡Y qué pelo, tan desordenado, tan suelto!

—Sí; y las enaguas; espero que le hayas visto las enaguas; estoy completamente segura de que tenían un palmo de barro; y el vestido que se había bajado para ocultarlas no cumplía su misión.

—Puede que la estés pintando con mucha exactitud, Louisa —dijo Bingley—, pero a mí se me pasó por alto todo eso. Me pareció que la señorita Elizabeth Bennet tenía un gran aspecto cuando entró en la habitación esta mañana. No me fijé en absoluto en sus enaguas sucias.

—Estoy segura de que usted sí que lo observó, señor Darcy —dijo la señorita Bingley—, y tiendo a creer que no querría usted ver a su hermana ponerse en evidencia de ese modo.

—Por supuesto que no.

—¡Caminar tres millas, o cuatro, o cinco, o las que sean, hasta los tobillos de barro, sola del todo! ¿Qué pretendería con ello? A mí me parece que da muestras de una especie abominable de independencia engreída, una indiferencia ante el decoro muy provinciana.

—De lo que da muestras es de un afecto muy agradable hacia su hermana —dijo Bingley.

—Me temo, señor Darcy, que esta aventura haya afectado bastante a la admiración que sentía usted por sus hermosos ojos —observó la señorita Bingley con un medio susurro.

—En absoluto —repuso él—; el ejercicio aún los hizo brillar más.

Hubo una breve pausa tras estas palabras, y la señora Hurst empezó a hablar otra vez.

—Tengo un enorme aprecio a la señorita Jane Bennet, verdaderamente es una muchacha muy dulce, y deseo con todo corazón que encuentre un buen partido. Pero me temo que no tiene la menor posibilidad de ello, con ese padre y esa madre y una parentela tan baja.

—Creo que te he oído decir que su tío es abogado en Meryton.

—Sí; y tienen otro que vive en las cercanías de Cheapside.

—Eso es magnífico —añadió su hermana; y las dos se rieron de buena gana.

—Aunque tuvieran todo Cheapside lleno de tíos, no por ello serían menos agradables en un ápice —exclamó Bingley.

—Pero sí que se reducirían apreciablemente sus posibilidades de casarse con hombres de alguna importancia en el mundo —repuso Darcy.

Bingley no contestó a estas palabras; pero sus hermanas asintieron enérgicamente y pasaron un rato riéndose a costa de los parientes vulgares de su querida amiga.

Sin embargo, volvieron a su cuarto con ternura renovada al salir del comedor y se quedaron sentadas a su lado hasta que las llamaron para tomar café. Seguía muy enferma, y Elizabeth no quiso apartarse de su lado para nada hasta bien entrada la noche, cuando tuvo el alivio de verla quedarse dormida, y entonces le pareció que debía bajar ella misma, más por corrección que porque le agradara. Cuando entró en el salón se encontró a todo el grupo jugando al *loo,* y la invitaron inmediatamente a sumarse a ellos; pero ella, sospechando que jugaban fuerte, rehusó y, sirviéndose de su hermana a modo de excusa, dijo que se entretendría con un libro el breve rato que podía pasar abajo. El señor Hurst la miró con asombro.

—¿Prefiere usted leer a jugar a las cartas? —le dijo—. Es bastante singular.

—La señorita Eliza Bennet aborrece las cartas —aseguró la señorita Bingley—. Es una gran lectora, y ninguna otra cosa le place.

—No merezco ni tal alabanza ni tal censura —exclamó Elizabeth—; no soy una gran lectora, y me placen muchas cosas.

—Estoy segura que le place atender a su hermana —dijo Bingley—, y confío en que su placer pronto será mayor al verla restablecida del todo.

Elizabeth le dio las gracias de corazón, y se dirigió después a la mesa, donde había unos pocos libros. Él se brindó inmediatamente a traerle otros, todos los que contenía su biblioteca.

—Y quisiera que mi colección fuera mayor, para servir a usted y por mi propio buen nombre; pero soy un perezoso y, aunque no tengo muchos, son más de los que he abierto nunca.

Elizabeth le aseguró que los que estaban en la sala le servirían perfectamente.

—Me asombra que nuestro padre nos haya dejado una colección de libros tan exigua —dijo la señorita Bingley—. ¡Qué biblioteca tan deliciosa tiene usted en Pemberley, señor Darcy!

—Es normal que sea buena —respondió éste—, siendo como es obra de muchas generaciones.

—Y usted también le ha añadido mucho, está comprando libros constantemente.

—Me parece inconcebible que se descuide una biblioteca familiar en tiempos como los que corren.

—¡Que se descuide! Estoy segura de que usted no descuida nada que pueda aportar algo a las bellezas de tan noble residencia. Charles, quisiera que cuando construyas tu casa, fuese la mitad de deliciosa que la de Pemberley.

—Así lo deseo yo.

—Pero te aconsejo encarecidamente que compres en esa comarca y tomes la finca de Pemberley como una especie de modelo. En toda Inglaterra no hay condado mejor que el de Derbyshire.

—De buena gana; compraría la propia finca de Pemberley si Darcy quisiera venderla.

—Estoy hablando de cosas factibles, Charles.

—Palabra de honor, Caroline, me parece más factible conseguir la finca de Pemberley comprándola que imitándola.

Lo que se decía interesaba tanto a Elizabeth que le dejaba muy poca atención libre para dedicarla a su libro; y al poco rato lo dejó de lado por completo, se acercó a la mesa de cartas y se situó entre el señor Bingley y su hermana mayor para observar la partida.

—¿Ha crecido mucho la señorita Darcy desde la primavera pasada? —preguntó la señorita Bingley—. ¿Será tan alta como yo?

—Creo que sí. Ahora tiene aproximadamente la talla de la señorita Elizabeth Bennet, o un poco más.

—¡Cuántas ganas tengo de volver a verla! No he conocido nunca a nadie que me encantara tanto. ¡Qué semblante, qué modales! ¡Y qué bien instruida para su edad! Toca el piano de una manera exquisita.

—A mí me maravilla que las señoritas jóvenes puedan tener la paciencia necesaria para estar tan bien instruidas como están todas —dijo Bingley.

—¡Que todas las señoritas jóvenes están bien instruidas! Charles, querido, ¿qué quieres decir con eso?

—Sí, creo que todas. Todas pintan mesas, decoran pantallas de lámparas y bordan bolsillos. Apenas conozco a nadie que no sepa hacer todo esto, y estoy seguro de que no he oído nunca hablar por primera vez de una señorita sin que me informaran de que está muy bien instruida.

—Tu lista del alcance común de la instrucción tiene mucho de verdad —dijo Darcy—. Esta palabra se aplica a muchas mujeres que sólo la merecen por saber bordar un bolsillo o decorar una pantalla. Pero estoy muy lejos de mostrarme de acuerdo contigo en tu valoración de las damas en general. Entre todas mis conocidas no puedo jactarme de poder contar a más de media docena que estén instruidas de verdad.

—Ni yo tampoco, estoy segura de ello —dijo la señorita Bingley.

—Entonces —observó Elizabeth—, debe de ser que su concepto de mujer instruida es demasiado exigente.

—Sí, es verdad que lo es.

—¡Oh! Desde luego —exclamó la fiel asistente de Darcy—, no se puede considerar instruida de verdad a una mujer que no supere con mucho lo que se suele encontrar. Una mujer debe conocer a fondo la música, el canto, el dibujo, la danza y las lenguas modernas para merecer ese título; y además de todo esto debe poseer un algo en su porte y en su manera de andar, en su tono de voz, en su manera de hablar y sus expresiones, pues de lo contrario sólo merecería a medias el calificativo.

—Debe poseer todo esto —añadió Darcy—, y a todo esto debe añadir todavía algo más sustancial: la cultura adquirida a base de muchas lecturas.

—Ya no me sorprende que usted conozca sólo a seis mujeres instruidas. Ahora me extraña más bien que conozca a alguna.

—¿Es usted tan severa con su propio sexo como para dudar que sea posible todo esto?

—Yo no he visto jamás a una mujer así. No he visto jamás tal capacidad, y gusto, y aplicación y elegancia juntas como las describe usted.

Tanto la señora Hurst como la señorita Bingley se quejaron de cuán injusta era la duda que daba a entender ella, y ambas estaban alegando que conocían a muchas mujeres que se ceñían a tal descripción, cuando el señor Hurst las llamó al orden quejándose con acidez de que no prestaban atención a la partida. En vista de que esto puso fin a toda conversación, Elizabeth salió de la habitación poco después.

—Elizabeth Bennet —dijo la señorita Bingley cuando se hubo cerrado la puerta tras salir aquélla— es una de esas señoritas que tratan de hacerse agradables al sexo opuesto desacreditando al suyo propio; y yo diría que esto da resultado con muchos hombres. Sin embargo, opino que es un recurso pobre, una maña muy rastrera.

—Sin duda —repuso Darcy, a quien iban dirigidas principalmente estas palabras—, todas las artes que dan en usar las damas en un momento u otro para resultar cautivadoras tienen algo de rastrero. Cualquier cosa que tenga alguna afinidad con la astucia es despreciable.

Esta respuesta no satisfizo a la señorita Bingley tanto como para que prosiguiera con el tema.

Elizabeth se reunió otra vez con ellos únicamente para decir que su hermana estaba peor y que no podía dejarla. Bingley pidió que se mandara llamar inmediatamente al señor Jones, mientras sus hermanas, convencidas de que ningún facultativo rural podría servir de nada, recomendaron mandar un carruaje urgente a Londres para que trajera a uno de los médicos más eminentes. Esto no lo consintió Elizabeth, pero estaba algo más dispuesta a que se siguiera la propuesta del hermano; y se acordó que se haría llamar al señor Jones por la mañana temprano si la señorita Bennet no se encontraba francamente mejor. Bingley estaba bastante preocupado; sus hermanas anunciaron que estaban muy afligidas. Entretuvieron su tristeza, no obstante, cantando dúos después de la cena, mientras él no encontró mejor manera de aliviar sus sentimientos que dando a su ama de llaves instrucciones para que se tuvieran todas las atenciones posibles con la señorita enferma y su hermana.

# Capítulo IX

Elizabeth pasó la mayor parte de la noche en el cuarto de su hermana, y a la mañana siguiente tuvo el gusto de poder enviar una respuesta aceptable a las preguntas que le transmitió el señor Bingley muy temprano por medio de una criada, y un rato más tarde a las de las dos damas elegantes que servían de doncellas a sus hermanas. A pesar de esta mejoría, no obstante, pidió que se enviara una nota a Longbourn para pedir a su madre que visitara a Jane y juzgara por sí misma su situación. La nota se despachó al momento, y su contenido se cumplió con la misma rapidez. La señora Bennet llegó a Netherfield acompañada de sus dos hijas menores poco después del desayuno de la familia.

Si la señora Bennet se hubiera encontrado a Jane en situación de peligro evidente, se habría entristecido mucho; pero al comprobar que su enfermedad no era de cuidado, no sintió ningún deseo de que se recuperara inmediatamente, ya que su vuelta a la salud tendría la consecuencia probable de hacerla salir de Netherfield. No atendió, por tanto, a la propuesta de su hija de que la llevasen a su casa; ni tampoco lo consideró recomendable en absoluto el boticario, que había llegado casi al mismo tiempo. Tras pasarse un ratito sentada junto a Jane, al aparecer la señorita Bingley y proponérselo, la madre y las tres hijas la acompañaron al comedor. Bingley las recibió, manifestando su confianza en que la señora Bennet no hubiera encontrado a la señorita Bennet peor de lo esperado.

—Pues así ha sido, señor —fue su respuesta—. Está demasiado enferma para moverse. El señor Jones ha dicho que no debemos pensar en trasladarla. Tendremos que abusar un poco más de su amabilidad.

—¡Trasladarla a Longbourn! —exclamó Bingley—. Eso, ni pensarlo. Estoy convencido de que mi hermana no querrá consentir que la trasladen.

—Puede confiar usted, señora —dijo la señorita Bingley con fría corrección—, en que la señorita Bennet recibirá todas las atenciones posibles mientras siga con nosotros.

La señora Bennet le dio las gracias con profusión.

—Francamente —añadió—, no sé qué habría sido de ella si no hubiera tenido tan buenos amigos, pues está muy enferma y sufre muchísimo, aunque con la mayor paciencia del mundo, como siempre, pues tiene sin falta el carácter más encantador que he conocido en mi vida. Suelo decir a mis otras niñas que no son nada al lado de ella. Esta sala que tiene usted aquí, señor Bingley, es deliciosa, y la vista sobre el paseo es encantadora. No conozco ninguna casa de la comarca que se iguale a la de Netherfield. Espero que no piense usted abandonarla precipitadamente, aunque sólo la haya alquilado por un periodo corto.

—Yo lo hago todo con precipitación —respondió él—; y, por tanto, si me resuelvo a salir de Netherfield, lo más probable es que me vaya al cabo de cinco minutos. De momento, no obstante, me considero establecido aquí de manera fija.

—Es exactamente lo que habría supuesto yo de usted —dijo Elizabeth.

—Empieza a comprenderme usted, ¿no es así? —exclamó él, volviéndose hacia ella.

—¡Ah! Sí; le entiendo perfectamente.

—Me gustaría tomarlo como un cumplido; pero me temo que es lastimoso que lo calen a uno con tanta facilidad.

—Pues así es. No se desprende la consecuencia de que un carácter profundo e intrincado sea más o menos estimable que el de usted.

—Lizzy —exclamó su madre—, acuérdate de dónde estás y no te desmandes de esa manera salvaje que se te consiente en casa.

—No sabía hasta ahora que fuera usted una estudiosa de los caracteres —añadió Bingley acto seguido—. Debe de ser una materia de estudio entretenida.

—Sí; pero los caracteres intrincados son los más entretenidos. Tiene esa ventaja, al menos.

—En general, el campo solamente puede proporcionar pocos modelos para tales estudios —dijo Darcy—. En un ambiente rural se mueve uno entre una sociedad restringida y nada variada.

—Pero las propias personas cambian tanto que siempre hay algo nuevo que observar en ellas.

—Sí, en efecto —exclamó la señora Bennet, ofendida por aquella manera suya de hablar de un ambiente rural—. Le aseguro que hay tanto de eso en el campo como en la capital.

Todos se quedaron sorprendidos, y Darcy, después de mirarla unos instantes, se apartó en silencio. La señora Bennet, que se imaginaba haberse apuntado una victoria absoluta sobre él, siguió adelante en son triunfal.

—Yo, por mi parte, no veo que Londres tenga ventaja alguna sobre el campo, a excepción de las tiendas y los parajes públicos. El campo es muchísimo más agradable, ¿verdad, señor Bingley?

—Cuando estoy en el campo, nunca siento deseos de dejarlo —respondió él—, y cuando estoy en la capital viene a pasarme lo mismo. Cada uno tiene sus ventajas, y soy capaz de ser igualmente feliz en cualquiera de los dos.

—Sí; es porque tiene usted buena disposición. Pero me ha parecido que ese caballero —dijo, mirando al señor Darcy— creía que el campo no vale nada.

—La verdad, mamá, está usted equivocada —dijo Elizabeth, sonrojándose por la conducta de su madre—. Ha entendido usted muy mal al señor Darcy. Lo único que ha querido decir era que en el campo no se conoce tanta variedad de gente como en la capital, cosa que usted misma debe reconocer que es cierta.

—Desde luego, querida, nadie lo niega; pero en lo de que en esta comarca no se conoce a mucha gente, creo que hay pocas comarcas mayores. Nosotros tratamos con veinticuatro familias.

Bingley sólo pudo guardar la compostura por atención a Elizabeth. Su hermana fue menos delicada y volvió los ojos hacia el señor Darcy con una sonrisa muy expresiva. Elizabeth, por decir algo que hiciera cambiar de conversación a su madre, preguntó entonces si Charlotte Lucas había estado en Longbourn desde que se había marchado ella.

—Sí, vino ayer de visita con su padre. Qué hombre tan agradable es sir William, ¿verdad, señor Bingley? ¡Un hombre tan a la moda! ¡Qué gentil y desenvuelto! Siempre tiene algo que decir a todo el mundo. En eso creo yo que consiste la buena educación; y esas personas que se imaginan muy importantes y no abren nunca la boca la entienden muy mal.

—¿Cenó Charlotte con ustedes?

—No; quiso volverse a su casa. Me parece que hacía falta para ayudar a preparar unos pasteles de carne. Yo, por mi parte, señor Bingley, siempre tengo sirvientes que son capaces de hacer su trabajo ellos solos; mis hijas se han criado de una manera muy diferente. Pero que juzgue cada uno por sí mismo, y las Lucas son unas niñas muy buenas, se lo aseguro. ¡Lástima que no sean hermosas! Tampoco es que considere que Charlotte sea muy fea... pero es que es amiga íntima nuestra.

—Parece una joven muy agradable.

—¡Oh, sí, desde luego! Pero debe reconocer usted que es muy poco agraciada. La propia lady Lucas lo ha dicho con frecuencia y ha envidiado la belleza de mi Jane. No me gusta presumir de mi propia hija, pero, sin duda, Jane... No es corriente ver a nadie más agraciada. Lo dice todo el mundo. No me dejo llevar por mi propia parcialidad. Cuando sólo tenía quince años, había un hombre en el establecimiento de mi hermano Gardiner, en la capital, que estaba tan enamorado de ella que mi cuñada estaba segura de que le pediría relaciones antes de que nos marchásemos. Pero no lo hizo. Puede que le pareciera demasiado joven. No obstante, escribió unos versos sobre ella, y eran muy lindos.

—Y así concluyó su afecto —dijo Elizabeth con impaciencia—. Me imagino que ha habido muchos afectos superados del mismo modo. ¡Me pregunto quién sería el primero que descubrió la eficacia de la poesía para expulsar al amor!

—Yo he acostumbrado a considerar que la poesía alimenta el amor —dijo Darcy.

—Puede que alimente un amor bueno, robusto y sano. A lo que ya es fuerte, todo lo nutre. Pero si no es más que una inclinación leve, tenue, estoy convencida de que basta con un buen soneto para consumirla del todo.

Darcy se limitó a sonreír; y la pausa general subsiguiente hizo temblar a Elizabeth por miedo a que su madre volviera a ponerse en evidencia. Quería hablar, pero no se le ocurría nada que decir, y tras un breve silencio la señora Bennet empezó a dar de nuevo las gracias al señor Bingley por su amabilidad con Jane, junto con sus disculpas por molestarlo también con Lizzy. El señor Bingley respondió con una corrección nada afectada, y obligó a su hermana menor a responder también con corrección y a decir lo que hacía al caso. La verdad es que ella representó su papel sin mucha cortesía, pero la señora Bennet quedó satisfecha y pidió poco después su coche. A esta señal se adelantó la menor de sus hijas. Las dos muchachas habían pasado toda la visita susurrando entre ellas, y lo que salió de ello fue que la más pequeña recordase al señor Bingley que había prometido a su llegada dar un baile en Netherfield.

Lydia era una muchacha recia, crecida, de quince años, de tez hermosa y rostro de buen humor; favorita de su madre, cuyo afecto la había llevado a presentarla en público desde una edad temprana. Tenía mucha energía física y una especie de confianza natural en sí misma que había aumentado hasta convertirse en seguridad gracias a las atenciones de los oficiales, que la aceptaban bien por las buenas comidas de su tío y por los modales desenvueltos de ella misma. Fue muy capaz, por tanto, de abordar al señor Bingley sobre la cuestión del baile, y le recordó abruptamente que sería lo más vergonzoso del mundo que no cumpliera su palabra. La respuesta que dio él a este ataque repentino fue deliciosa para los oídos de la madre de la muchacha.

—Estoy completamente dispuesto a mantener mi compromiso, se lo aseguro; y cuando se haya recuperado su hermana, usted misma dirá el día en que se ha de celebrar el baile, si gusta. Pero no querrá usted bailar estando ella enferma.

Lydia se dio por satisfecha.

—¡Oh! Sí, será mucho mejor esperar a que Jane esté buena, y por entonces es muy probable que el capitán Carter esté de nuevo en Meryton. Y cuando usted haya celebrado su baile —añadió—, me empeñaré en que ellos también celebren otro. Diré al coronel Forster que sería vergonzoso que no lo hiciera.

La señora Bennet y sus hijas se marcharon acto seguido, y Elizabeth regresó al instante junto a Jane, dejando a las dos damas y al señor Darcy que comentaran su conducta y la de sus parientes; aunque no pudieron convencer a este último para que se sumara a las censuras que pronunciaron contra ella, a pesar de todos los comentarios ingeniosos que hizo la señorita Bingley sobre los ojos hermosos.

# Capítulo X

El día transcurrió de manera muy parecida al anterior. La señora Hurst y la señorita Bingley habían pasado varias horas de la mañana con la enferma, que siguió mejorando, aunque despacio; y Elizabeth se reunió con su grupo en el salón al caer la tarde. Sin embargo, no apareció la mesa de *loo*. El señor Darcy escribía y la señorita Bingley, sentada cerca de él, observaba la redacción de la carta y le llamaba la atención repetidas veces dándole recados para su hermana. El señor Hurst y el señor Bingley jugaban al *piquet,* y la señora Hurst observaba la partida.

Elizabeth tomó una labor de aguja y encontró bastante entretenimiento en atender a lo que pasaba entre Darcy y su compañera. Las alabanzas perpetuas de la dama, ya fuera por su buena letra o por la regularidad de las líneas o por la extensión de su carta, junto con la indiferencia absoluta con que se recibían sus lisonjas, formaban un diálogo curioso que concordaba exactamente con la opinión que tenía Elizabeth de cada uno de los dos.

—¡Cuánto agradará a la señorita Darcy recibir una carta como ésta!

Él no respondió.

—Escribe usted con una rapidez poco común.

—Se equivoca usted. Escribo más bien despacio.

—¡Cuántas cartas tendrá usted que escribir al cabo del año! ¡Y cartas de negocios, además! ¡Qué repelentes me parecerían a mí!

—Entonces, es una suerte que me toque a mí escribirlas en vez de a usted.

—Le ruego que diga a su hermana que tengo ganas de verla.

—Ya se lo he dicho una vez a petición de usted.

—Mucho me temo que tiene usted mal la pluma. Permítame que se la corte. Corto muy bien las plumas.

—Muchas gracias... pero siempre me las corto yo mismo.

—¿Cómo se las arregla usted para escribir con letra tan regular?

Él guardó silencio.

—Dígale a su hermana que me complace mucho saber cuánto ha mejorado con el arpa; y le ruego que le comunique que el diseñito que ha mandado para una mesa me tiene arrobada y que lo considero infinitamente superior al de la señorita Grantley.

—¿Me autoriza usted a dejar sus arrebatos hasta una nueva carta? Ahora no me queda sitio para hacerles justicia.

—¡Oh! No tiene importancia. La veré en enero. Pero ¿le escribe usted siempre unas cartas tan largas y encantadoras, señor Darcy?

—Suelen ser largas; aunque no me corresponde a mí decir si son siempre encantadoras.

—A mí me parece regla fija que la persona que sabe escribir una carta larga con soltura no puede escribir mal.

—Eso no le sirve a Darcy como cumplido, Caroline —exclamó el hermano de ésta—, pues no escribe con soltura. Es demasiado aficionado a las palabras de cuatro sílabas. ¿Verdad, Darcy?

—Mi estilo de redacción es muy distinto del tuyo.

—¡Oh! —exclamó la señorita Bingley—. Charles escribe de la manera más descuidada que se pueda imaginar. Se come la mitad de las palabras y emborrona la otra mitad.

—Las ideas me fluyen con tanta rapidez que no tengo tiempo de expresarlas; a consecuencia de lo cual, a veces mis cartas no comunican ninguna idea en absoluto a mis corresponsales.

—Su humildad, señor Bingley, lo pone por encima de los reproches —dijo Elizabeth.

—Nada más engañoso que la humildad aparente —dijo Darcy—. Con frecuencia no es más que un desprecio a la opinión de los demás, y a veces es una forma indirecta de jactarse.

—¿Y de cuál de las dos cosas calificarías mi último pequeño ejemplo de modestia?

—De una forma indirecta de jactarte; pues en realidad estás orgulloso de tus defectos como escritor, ya que los consideras fruto de una rapidez de pensamiento y un descuido en la ejecución que juzgas, si no estimables, al menos muy interesantes. El que está dotado de la capacidad de hacer algo con rapidez siempre la valora mucho, y en muchos casos sin prestar atención alguna a la imperfección de la ejecución. Cuando dijiste a la señora Bennet esta mañana que si te resolvías a marcharte de Netherfield te irías al cabo de cinco minutos, lo dijiste como una especie de panegírico, de cumplido hacia ti mismo. Sin embargo, ¿qué tiene de loable una precipitación con la que deberías dejar sin resolver muchos asuntos necesarios, y que no podría aportarte ninguna ventaja verdadera a ti mismo ni a nadie?

—No —exclamó Bingley—, esto es demasiado, recordar por la noche todas las tonterías que se dijeron por la mañana. Y, con todo, te doy mi palabra de honor que creo que lo que dije de mí es cierto, y lo sigo creyendo. Por tanto, al menos no me arrogué una precipitación innecesaria de carácter con el único fin de presumir delante de las damas.

—Yo diría que lo creías; pero no estoy convencido ni mucho menos de que te fueras a marchar con tal celeridad. Tu conducta dependería de la suerte tanto o más que la de cualquier hombre que yo conozca; y si en el momento en que te montabas en tu caballo un amigo tuyo te dijera: «Bingley, sería mejor que te quedaras hasta la semana que viene», lo más probable es que lo hicieras, que no te marcharas; y con una palabra más podrías quedarte un mes entero.

—Lo único que ha demostrado usted con esto es que el señor Bingley no hizo justicia a su propia disposición —exclamó Elizabeth—. Acaba de poner de manifiesto usted su carácter mucho más que lo puso él mismo.

—Me complace enormemente que convierta usted lo que dice mi amigo en un cumplido a la bondad de mi temperamento —dijo Bingley—. Pero me temo que le está dando usted una aplicación que no era la que pretendía el caballero, ni mucho menos; pues, sin duda, él tendría mejor concepto de mí si en tal circunstancia yo respondiera con una negativa firme y me marchara a todo galope.

—¿Consideraría entonces el señor Darcy que la precipitación de sus intenciones primitivas quedaría reparada por su terquedad en aferrarse a ellas?

—No soy capaz de explicar la cuestión con exactitud, palabra; deberá hablar el propio Darcy.

—Espera usted que justifique unas opiniones que ha dado en atribuirme, pero que yo no he reconocido. Con todo, consintiendo en que el caso sea tal como lo expone usted, debe recordar, señorita Bennet, que el amigo que se supone que le pide que vuelva a la casa y retrase sus planes no ha hecho más que pedírselo, solicitárselo sin apoyar con un solo argumento su conveniencia.

—Usted no atribuye mérito al plegarse de buena gana, con soltura, a la persuasión de un amigo.

—Ceder sin convicción no dice nada a favor de la inteligencia del uno ni del otro.

—Me parece, señor Darcy, que no cuenta usted en absoluto con la influencia de la amistad y el afecto. La consideración hacia el que nos pide algo nos hace ceder con frecuencia y de buena gana a lo que nos pide, sin esperar ningún argumento que nos convenza. No estoy hablando en concreto de un caso como el que ha supuesto usted acerca del señor Bingley. Quizá debamos esperar a que se presente la circunstancia para discutir entonces su conducta. Pero en los casos generales y corrientes entre amigo y amigo, en los que uno pide al otro que cambie una decisión de poca importancia, ¿tendría usted mal concepto de la persona por haber cedido a la petición sin esperar a dejarse convencer con argumentos?

—Antes de seguir adelante con este tema, ¿no sería conveniente dejar sentado con mayor precisión el grado de importancia que se debe atribuir a la petición, así como el grado de intimidad que existe entre las partes?

—Faltaría más —exclamó Bingley—; oigamos todos los detalles, sin olvidar la talla y el tamaño relativo de los dos; pues esto tiene mayor peso en la discusión de lo que usted podría creer, señorita Bennet. Le aseguro a usted que si Darcy no fuera un sujeto tan grande y tan alto comparado conmigo, yo no lo trataría con tanta deferencia, ni mucho menos. Afirmo que no conozco nada más temible que Darcy en ciertas ocasiones y en ciertos lugares; sobre todo en su casa y los domingos por la tarde, cuando no tiene nada que hacer.

El señor Darcy sonrió; pero a Elizabeth le pareció que estaba más bien ofendido y, por lo tanto, contuvo la risa. La señorita Bingley se quejó con calor del ultraje que había sufrido Darcy, riñendo a su hermano por decir tales disparates.

—Advierto tus designios, Bingley —dijo su amigo—. No te gustan las discusiones y quieres acallar ésta.

—Puede que sí. Las discusiones se parecen demasiado a las disputas. Mucho os agradecería a la señorita Bennet y a ti si quisierais aplazar la vuestra hasta que yo me haya marchado de la sala; entonces podréis decir de mí lo que queráis.

—Lo que pide usted no representa ningún sacrificio por mi parte —dijo Elizabeth—; y al señor Darcy le conviene mucho más terminar de escribir su carta.

El señor Darcy siguió su consejo y terminó de escribir su carta, en efecto.

Cuando hubo concluido esta tarea, solicitó a la señorita Bingley y a Elizabeth que lo obsequiaran con algo de música. La señorita Bingley corrió al piano con alguna presteza; y, después de pedir cortésmente a Elizabeth que comenzara ella, y de que ésta rehusara con la misma cortesía y más sinceridad, se sentó.

La señora Hurst cantó con su hermana; y mientras estaban ocupadas en ello, Elizabeth hojeaba algunos libros de partituras que estaban sobre el instrumento, y no pudo menos de observar con cuánta frecuencia se clavaban en ella los ojos del señor Darcy. Apenas era capaz de figurarse que pudiera ser objeto de la admiración de un hombre de tal categoría; sin embargo, sería todavía más extraño que la mirara porque no le agradase. Con todo, lo único que se pudo figurar al fin fue que había llamado su atención por haber en ella algo más erróneo y reprensible, según el concepto que tenía él de lo correcto, que en cualquiera otra de las personas presentes. Esta suposición no la lastimó. Lo apreciaba demasiado poco como para que le importase merecer o no su aprobación.

Después de interpretar unas canciones italianas, la señorita Bingley cambió el ambiente con una animada melodía escocesa, y poco después el señor Darcy se acercó a Elizabeth y le dijo:

—¿No siente usted gran inclinación, señorita Bennet, de aprovechar esta oportunidad de bailar un *reel*?

Ella sonrió, pero no contestó. Él repitió la pregunta, algo sorprendido de su silencio.

—¡Oh! —dijo ella—, ya le había oído la primera vez, pero no había sido capaz de determinar una respuesta inmediata. Sé que usted quería que dijera que sí para gozar del placer de despreciar mi gusto; pero yo me complazco siempre en desbaratar los planes de este tipo y en privar a las personas de la vileza que maquinan. Por lo tanto, me he decidido a decirle que no quiero bailar un *reel* en absoluto; y ahora despréciame usted si se atreve.

—Desde luego que no me atrevo.

Elizabeth, que había esperado más bien que se sintiera afrentado, se maravilló de su galantería. Sin embargo, los modales de Elizabeth tenían tal mezcla de dulzura y malicia que era difícil que pudieran afrentar a nadie, y Darcy no se había sentido jamás tan hechizado por una mujer como lo estaba por ella. Creía, verdaderamente, que podía llegar a correr peligro si no fuera por la inferioridad de la familia de ella.

La señorita Bingley vio o sospechó lo suficiente como para ponerse celosa; y sus deseos de quitarse de encima a Elizabeth apoyaron un poco la gran impaciencia que sentía por la mejoría de su querida amiga Jane.

Intentó con frecuencia provocar en Darcy el desagrado por su huésped, hablando de su supuesto matrimonio y esbozando la felicidad de que gozaría él con tal enlace.

—Espero que haga usted algunas indicaciones a su suegra —dijo mientras paseaban juntos por el jardín al día siguiente—, cuando tenga lugar el feliz evento, sobre la conveniencia de que contenga la lengua; y, si alcanza a tanto, que cure a las muchachas menores de la costumbre de perseguir a los oficiales. Y si me es lícito tocar un tema tan delicado, procure usted frenar ese algo que tiene su dama y que roza la presunción y la impertinencia.

—¿Tiene usted algo más que proponerme para mi felicidad doméstica?

—¡Oh, sí! Que haga usted poner los retratos de su tío y tía políticos los Phillips en la galería de Pemberley. Colóquelos junto a los de su tío abuelo, el juez. Pertenecen a la misma profesión, sabe usted, sólo que en ramas diferentes. En cuanto al retrato de su Elizabeth, no deberá mandarlo hacer, pues ¿qué pintor podría hacer justicia a esos ojos tan hermosos?

—En verdad que no sería fácil captar su expresión; pero podrían reproducirse su color y su forma, así como las pestañas, tan notables por su finura.

En aquel instante se encontraron con la señora Hurst y la propia Elizabeth, que llegaron por un camino lateral.

—No sabía que tenían ustedes la intención de darse un paseo —dijo la señorita Bingley, algo confusa por miedo a que les hubieran oído.

—Nos han tratado ustedes abominablemente —respondió la señora Hurst—; ¡marcharse corriendo sin decirnos que salían!

Después, tomando el brazo desocupado del señor Darcy, dejó que Elizabeth caminara sola. Por aquel camino sólo podían ir tres personas juntas. El señor Darcy notó la grosería de las otras y dijo inmediatamente:

—Este camino no es lo bastante ancho para nuestro grupo. Será mejor que vayamos a la avenida.

Pero Elizabeth, que no tenía la menor inclinación de seguir con ellos, repuso de buen humor:

—No, no; quédense ustedes donde están. Forman un grupo encantador y muy favorecido. Un cuarto elemento estropearía el efecto pintoresco. Adiós.

Y dicho esto se alejó corriendo alegremente, regocijándose mientras paseaba con la esperanza de volver a estar en su casa al cabo de un día o dos. Jane ya se había recuperado lo suficiente como para tener la intención de salir de su cuarto un par de horas aquella tarde.

# Capítulo XI

Cuando las damas se retiraron después de comer, Elizabeth corrió al lado de su hermana y, viendo que estaba bien protegida del frío, la acompañó al salón, donde la recibieron sus dos amigas con muchas manifestaciones de placer; y Elizabeth no las había visto jamás tan agradables como lo estuvieron durante la hora que transcurrió hasta que aparecieron los caballeros. Tenían unas dotes de conversación considerables. Eran capaces de describir una fiesta con precisión, de contar una anécdota con ingenio y de reírse de sus conocidos con humor.

Pero cuando entraron los caballeros, Jane dejó de ser el primer objeto de atención. La señorita Bingley volvió al instante los ojos hacia Darcy y no había dado cuatro pasos cuando ya quiso decirle algo. Darcy se dirigió a la señorita Bennet con una felicitación cortés; el señor Hurst también le dedicó una ligera reverencia y dijo que «se alegraba mucho»; pero la efusión y el calor quedaron reservados para el saludo de Bingley. Estaba lleno de alegría y atenciones. Pasó la primera media hora alimentando el fuego para que ella no se resintiera del cambio de habitación; y, a petición de él, Jane se trasladó al otro lado de la chimenea para estar más lejos de la puerta. Después, Bingley se sentó a su lado y apenas dirigió la palabra a nadie más. Elizabeth, que hacía sus labores en el rincón opuesto, lo veía todo con mucho agrado.

Cuando terminaron de tomar el té, el señor Hurst recordó a su cuñada la mesa de cartas, pero fue en vano. Ésta se había enterado por su cuenta de que el señor Darcy no quería jugar a las cartas; y el señor Hurst vio rechazada enseguida hasta una franca petición. Ella le aseguró que nadie se proponía jugar, y el silencio que guardaron todos los presentes sobre el asunto pareció justificarla. En consecuencia, al señor Hurst no le quedó nada más que hacer que arrellanarse en uno de los sofás y quedarse dormido. Darcy tomó un libro; la señorita Bingley hizo otro tanto; y la señora Hurst, cuya ocupación principal era juguetear con sus brazaletes y anillos, intervenía de cuando en cuando en la conversación que mantenía su hermano con la señorita Bennet.

La señorita Bingley estaba tan ocupada en observar cómo avanzaba el señor Darcy en la lectura de su libro como en leer el de ella; y no dejaba de hacerle preguntas o de mirar la página que leía él. Sin embargo, no fue capaz de hacerle entablar conversación alguna; él se limitaba a responder a su pregunta y seguía leyendo. Por fin, agotada por el intento de entretenerse con su propio libro, que sólo había elegido por tratarse del segundo volumen de la obra que leía él, soltó un gran bostezo y dijo:

—¡Qué agradable es pasar una velada de esta manera! ¡Digo yo que, al fin y al cabo, no hay placer como el de leer! ¡Cuánto antes se cansa uno de cualquier cosa que de un libro! Cuando tenga casa propia, me sentiré desgraciada si no tengo una biblioteca excelente.

Nadie dio ninguna respuesta. Entonces volvió a bostezar, dejó su libro a un lado y recorrió la sala con la vista buscando algo con que entretenerse. Cuando oyó a su hermano mencionar algo a la señorita Bennet acerca de un baile, se volvió de repente hacia él y dijo:

—Por cierto, Charles, ¿dices en serio lo de que piensas dar un baile en Netherfield? Antes de que te decidas a ello, te recomiendo que consultes los deseos de los presentes; o mucho me equivoco, o hay entre nosotros algunos para los que un baile representaría más bien un castigo que un deleite.

—Si lo dices por Darcy —exclamó su hermano—, podrá irse a acostar antes de que empiece, si quiere; pero, lo que es el baile, ya está decidido; y, en cuanto Nicholls lo tenga todo dispuesto, enviaré mis invitaciones.

—Me gustarían infinitamente más los bailes si se llevaran a cabo de manera diferente —repuso ella—; pero el proceso habitual de estos actos tiene un cierto tedio insoportable. Sin duda sería mucho más racional que el orden del día consistiera en conversar en vez de bailar.

—Yo diría que sería mucho más racional, Caroline querida, pero entonces no se parecería tanto, ni con mucho, a un baile.

La señorita Bingley no respondió, y al poco rato se levantó y empezó a pasearse por la sala. Tenía una figura elegante y caminaba bien; pero Darcy, a quien iba dirigido todo ello, seguía sumido inflexiblemente en su estudio. Desesperada, decidió hacer un intento más y, dirigiéndose a Elizabeth, dijo:

—Señorita Eliza Bennet, permítame que la persuada a darse una vuelta por la sala como hago yo. Le aseguro que es muy refrescante después de pasarse tanto rato sentada en una misma postura.

Elizabeth se quedó sorprendida, pero accedió a ello inmediatamente. La señorita Bingley también consiguió el verdadero objetivo de su solicitud cortés: el señor Darcy levantó la vista. Le produjo tanta novedad aquella atención como podía producírsela a la propia Elizabeth, y cerró inconscientemente su libro. Lo invitaron al momento a sumarse al grupo, pero él rehusó, observando que sólo se le ocurrían dos motivos para que ellas quisieran pasear juntas sala arriba y sala abajo, y que si se unía a ellas obstaculizaría cualquiera de los dos.

—¿Qué querrá decir? Me muero de ganas de saber lo que quiere decir con eso —dijo la señorita Bingley, y preguntó a Elizabeth si entendía algo de aquello.

—En absoluto —respondió ella—; pero puede confiar usted en que se propone juzgarnos con severidad, y la mejor manera de desilusionarlo será no preguntarle nada al respecto.

La señorita Bingley, no obstante, era incapaz de desilusionar en nada al señor Darcy, e insistió, por lo tanto, en pedir una explicación de cuáles eran los dos motivos que decía.

—No tengo la más mínima objeción a explicarlos —dijo el señor Darcy en cuanto ella le dejó hablar—. O bien han elegido esta manera de pasar la tarde porque son confidentes y tienen que debatir asuntos secretos, o porque son conscientes de que sus figuras lucen mejor caminando. Si se da el primer caso, yo no haría más que estorbarlas; y si se da el segundo, podré admirarlas mucho mejor sentado junto al fuego.

—¡Oh! ¡Qué escándalo! —exclamó la señorita Bingley—. No había oído nunca una cosa tan abominable. ¿Cómo lo castigaremos por haber dicho tales cosas?

—Nada más fácil, si ésa es su inclinación —dijo Elizabeth—. Todos podemos fastidiarnos y castigarnos los unos a los otros. Hágale rabiar... ríase de él. Siendo amiga íntima suya como es usted, sabrá el modo de hacerlo.

—Le doy mi palabra de que no lo sé. Le aseguro a usted que eso no me lo ha enseñado todavía mi amistad íntima. ¡Hacer rabiar a un hombre con modales tranquilos y presencia de ánimo! No, no... Me parece que en este terreno nos puede plantar cara. Y, en cuanto a la risa, no nos pondremos en evidencia, si a usted le parece bien, intentando reírnos sin tener de qué. El señor Darcy se puede felicitar a sí mismo.

—¡Que no se puede reír una del señor Darcy! —exclamó Elizabeth—. Ésta es una ventaja poco común, y espero que siga siendo poco común, pues, lo que es a mí, me parecería una gran pérdida conocer a mucha gente así. ¡Con lo que me gusta reírme!

—La señorita Bingley me atribuye más de lo justo —dijo él—. Hasta los hombres más sabios y mejores..., más aún, hasta los actos más sabios y mejores de éstos, pueden ser puestos en ridículo por una persona cuyo primer objetivo en la vida es la broma.

—Desde luego que existen personas así —repuso Elizabeth—, pero espero no ser yo una de ellas. Espero no ridiculizar jamás lo sabio y lo bueno. Las locuras y los disparates, los caprichos y los despropósitos sí que me divierten, lo reconozco, y me río de ellos siempre que tengo la ocasión. Pero supongo que de estas cosas es precisamente de las que carece usted.

—Quizá nadie pueda carecer de ellas. No obstante, he aspirado toda mi vida a evitar aquellas debilidades que suelen exponer al ridículo a un entendimiento vigoroso.

—Tales como la vanidad y el orgullo.

—Sí; la vanidad es una debilidad, desde luego. Pero el orgullo... Cuando hay una verdadera superioridad de espíritu, el orgullo estará siempre sujeto a un buen régimen.

Elizabeth se volvió para disimular una sonrisa.

—Supongo que ya habrá concluido usted su examen del señor Darcy —dijo la señorita Bingley—. Dígame, se lo ruego: ¿cuál es el resultado?

—Me ha convencido perfectamente de que el señor Darcy no tiene ningún defecto. Él mismo lo confiesa sin rebozo.

—No —dijo Darcy—; no he pretendido tal cosa. Tengo bastantes defectos, pero no son de entendimiento, o en eso confío. En cuanto a mi temperamento, no puedo responder de él. Creo que es demasiado poco flexible; demasiado poco, desde luego, para lo que conviene al mundo. No soy capaz de olvidar las locuras y vicios de los demás tan pronto como debiera, ni tampoco las ofensas que me hacen. Mis sentimientos no se desfiguran cada vez que se intenta moverlos. Quizá pudiera calificarse mi temperamento de rencoroso. Cuando pierdo el buen concepto de alguien, lo pierdo para siempre.

—¡Ésa sí que es una gran falta! —exclamó Elizabeth—. El resentimiento implacable sí que es una tacha en un carácter. Pero ha elegido usted bien su defecto. La verdad es que no puedo reírme de él. Está usted a salvo de mí.

—Creo que en toda disposición existe una tendencia hacia cierto mal determinado, un defecto natural que no se puede superar ni con la mejor educación.

—Y el defecto de usted es odiar a todo el mundo.

—Y el suyo es interpretar mal a todo el mundo a propósito —respondió él con una sonrisa.

—Mejor escuchemos un poco de música —exclamó la señorita Bingley, cansada de una conversación en la que ella no participaba—. Louisa, ¿no te importará que despierte al señor Hurst?

Su hermana no tuvo nada que objetar, y se abrió el piano; y Darcy, tras unos momentos de reflexión, no lo lamentó. Empezaba a percibir los peligros de prestar demasiada atención a Elizabeth.

# Capítulo XII

En virtud de lo que acordaron las hermanas, Elizabeth escribió a la mañana siguiente a su madre para pedirle que les enviaran el coche en el transcurso del día. Pero la señora Bennet, que había contado con que sus hijas
se quedaran en Netherfield hasta el martes siguiente, cuando se cumpliría
exactamente una semana desde que Jane llegara, no estaba muy dispuesta
a recibirlas antes. Por tanto, su contestación no fue propicia, por lo menos
para los deseos de Elizabeth, que estaba impaciente por volver a su casa.
La señora Bennet les mandó aviso de que no podrían disponer de ninguna
manera del coche hasta el martes; y añadió en una posdata que si el señor
Bingley y su hermana les insistían para que se quedaran más tiempo, ella
podría arreglarse muy bien sin ellas. No obstante, Elizabeth estaba francamente resuelta a no quedarse más tiempo; ni tampoco se esperaba mucho
que la invitaran a ello; y temiendo, por otra parte, que se considerase que
estaban alargando innecesariamente su estancia, exhortó a Jane a que pidiera prestado inmediatamente el coche del señor Bingley; y por fin quedó
establecido entre ellas que anunciarían su intención primitiva de salir de
Netherfield aquella mañana y que pedirían el coche.

La comunicación suscitó muchas manifestaciones de preocupación, y
se expresaron tantos deseos de que se quedasen al menos hasta el día siguiente que acabaron por convencer a Jane y se aplazó su marcha. La señorita Bingley lamentó entonces haber propuesto el retraso, pues los celos y

la antipatía que le producía una de las hermanas superaban con mucho su afecto por la otra.

El señor de la casa sintió verdadera lástima al enterarse de que se marcharían tan pronto, e intentó repetidas veces convencer a la señorita Bennet de que no sería prudente por su parte, de que no estaba lo bastante recuperada; pero Jane sabía ser firme cuando le parecía que tenía la razón.

La noticia fue bien recibida por parte del señor Darcy: Elizabeth ya había pasado tiempo suficiente en Netherfield. Lo atraía más de lo que él quería, y la señorita Bingley era descortés con ella y se burlaba de él más de lo habitual. Tomó la sabia resolución de procurar con especial cuidado no dejar escapar entonces ninguna muestra de admiración, nada que pudiera hacer a Elizabeth albergar la esperanza de ser capaz de influir en su felicidad; comprendía que si acaso se había apuntado tal idea, la conducta de él en el último día debía tener un peso material para confirmarla o aplastarla. Fiel a su propósito, apenas le dirigió una decena de palabras durante todo el sábado y, aunque en cierta ocasión se quedaron a solas media hora, se ciñó muy escrupulosamente a su libro sin mirarla siquiera.

El domingo, tras el servicio religioso de la mañana, tuvo lugar la separación que tan agradable era para casi todos. La cortesía con que trataba la señorita Bingley a Elizabeth aumentó con gran rapidez al final, así como el afecto de aquélla hacia Jane. Cuando se despidieron, después de asegurar a esta última cuánto placer le daría verla siempre, ya fuera en Longbourn o en Netherfield, y de abrazarla con gran ternura, hasta dio la mano a la primera. Elizabeth se despidió de todo el grupo con mucha alegría de ánimo.

Su madre no las recibió en casa con gran cordialidad. La señora Bennet se sorprendió de su llegada y opinó que habían hecho muy mal en causar tantas molestias, y que estaba segura de que Jane se habría vuelto a resfriar. Pero su padre, aunque muy lacónico en sus expresiones de agrado, se alegró verdaderamente de verlas; había notado cuán importantes eran en el círculo familiar. La conversación de las veladas, cuando estaban todos reunidos, había perdido buena parte de su animación y casi todo su sentido con la ausencia de Jane y Elizabeth.

Se encontraron a Mary absorta, como de costumbre, en el estudio de la armonía y la naturaleza humana; y pudieron admirar algunos pasajes y escuchar algunas observaciones nuevas de moralidad trillada. Catherine y Lydia les tenían reservada una información de distinta especie. Habían pasado muchas cosas y se habían dicho muchas cosas en el regimiento desde el miércoles anterior; varios oficiales habían comido últimamente con su tío, habían dado de latigazos a un soldado, y hasta se había dado a entender que el coronel Forster se iba a casar.

# Capítulo XIII

—Espero, querida —dijo el señor Bennet a su esposa a la mañana siguiente, mientras desayunaban—, que hayas encargado hoy una buena comida, pues tengo todos los motivos para esperar que se sume alguien a nuestro grupo familiar.

—¿A quién te refieres, querido? Yo no tengo noticia de que venga nadie, estoy segura de ello, a no ser que se presente Charlotte Lucas... y espero que mis comidas le parezcan adecuadas. Me parece que no suele ver otras tales en su casa.

—La persona de quien hablo es un caballero, y forastero.

A la señora Bennet le brillaron los ojos.

—¡Un caballero, y forastero! ¡Es el señor Bingley, estoy segura! Jane, ¿por qué no me has dicho ni una palabra de esto? Pues bien, estoy segura de que me alegraré muchísimo de ver al señor Bingley. Pero... ¡Dios mío! ¡Qué desventura! Hoy no queda nada de pescado. Lydia, amor mío, toca la campanilla; debo hablar con Hill ahora mismo.

—No, no es el señor Bingley —dijo su marido—; es una persona a quien no he visto en toda mi vida.

Esto suscitó el asombro general, y el señor Bennet tuvo el placer de ser interrogado con interés por su esposa y sus cinco hijas al mismo tiempo.

Después de entretenerse un rato con su curiosidad, se explicó en estos términos:

—Recibí esta carta hace cosa de un mes, y le di respuesta hace cosa de quince días, pues el caso me pareció algo delicado y que exigía atención desde el primer momento. Es de mi primo, el señor Collins, quien, cuando yo muera, podrá echaros de esta casa en cuanto le plazca.

—¡Ay, querido! —exclamó su esposa—, ¡no soporto oír hablar de eso! Te ruego que no hables de ese hombre odioso. Me parece lo más duro del mundo que tus bienes estén vinculados y se los quiten a tus propias hijas; y estoy segura de que, si yo hubiera estado en tu lugar, ya habría intentado hace mucho tiempo hacer algo al respecto.

Jane y Elizabeth intentaron explicarle en qué consistía un mayorazgo vinculado. Lo habían procurado a menudo en otras ocasiones, pero era una cuestión en la que la señora Bennet no atendía a razones, y siguió despotricando amargamente contra la crueldad de quitar unos bienes a una familia de cinco hijas para asignárselos a un hombre que no importaba a nadie.

—Ciertamente es un asunto muy inicuo —dijo el señor Bennet—, y nada podrá limpiar al señor Collins de la culpa de heredar la finca de Longbourn. No obstante, si quieres escuchar esta carta, puede ser que su manera de expresarse te ablande un poco.

—No, estoy segura de que no, y me parece que el que te escriba siquiera es una gran impertinencia por su parte y una gran hipocresía. Odio a los falsos amigos de esta especie. ¿Por qué no puede seguir riñendo contigo como hizo antes su padre?

—Pues parece, en efecto, que ha tenido ciertos escrúpulos filiales en ese asunto, como oirás.

Hunsford, cercanías de Westerham, Kent

15 de octubre

Muy señor mío:

Los desacuerdos que subsistían entre mi difunto padre de digna memoria y usted siempre me produjeron gran desasosiego, y desde que tuve la desventura de perderlo he deseado con frecuencia curar la herida; a pesar de lo cual, me lo impidieron durante algún tiempo mis propias dudas, temiendo que pudiera parecer poco respetuoso a su memoria que yo estuviera en buenos términos con una persona con la que él siempre había querido estar en desavenencia. —¿Ves, señora Bennet?— No obstante, ya he tomado una decisión sobre el asunto, pues al haber recibido órdenes sagradas el día de Pascua, he tenido la fortuna de ser distinguido por la protección de la muy honorable lady Catherine de Bourgh, viuda de sir Lewis de Bourgh, cuya generosidad y munificencia me han elevado al valioso puesto de rector de esta parroquia, donde me aplicaré con tesón a comportarme con el máximo respeto hacia su señoría y a estar siempre dispuesto a realizar los ritos y ceremonias instituidos por la Iglesia anglicana. En mi calidad de clérigo, además, considero un deber fomentar y establecer la bendición de la paz en todas las familias a las que alcance mi influencia; y confío, sobre esos principios, que mi propuesta actual sea muy meritoria, y que usted, por su parte, pase por alto amablemente la circunstancia de que yo sea el sucesor del mayorazgo vinculado de Longbourn y que esto no lo lleve a rechazar la rama de olivo que le tiendo. No puedo menos de preocuparme por ser un medio de hacer daño a sus estimables hijas, y le suplico que me autorice a pedirle disculpas por ello, así como a asegurarle mi disposición a compensarlas de todas las maneras posibles... pero ya hablaremos de esto. Si no tiene usted nada que objetar a recibirme en su casa, espero con satisfacción visitarlos a usted y a su familia el lunes, 18 de noviembre, hacia las cuatro de la tarde, y abusaré probablemente de su hospitalidad hasta el sábado de la semana siguiente, cosa que puedo hacer sin inconveniente, ya que lady Catherine está lejos de poner objeciones a mi ausencia ocasional algún domingo, con tal de que se haga venir a algún otro clérigo para que cumpla los deberes del día.

Quedo, señor mío, con un respetuoso saludo a su señora esposa e hijas, su sincero amigo,

William Collins

—Como ves, es muy posible que a las cuatro en punto aparezca este caballero conciliador —manifestó el señor Bennet al tiempo que doblaba la carta—. Parece ser un joven educado y atento. No dudo de que su amistad nos será valiosa, especialmente si lady Catherine tiene a bien permitirle venir a visitarnos.

—A pesar de todo, lo que dice de las niñas tiene cierto sentido. Si está dispuesto a compensarlas de alguna manera, no seré yo quien lo desanime.

—Aunque es difícil adivinar de qué manera se propone hacernos la reparación que considera que se nos debe, desde luego que la intención lo honra —dijo Jane.

Lo que más impresionó a Elizabeth fue la deferencia extraordinaria que manifestaba hacia lady Catherine y su amable intención de bautizar, casar y enterrar a sus feligreses siempre que hiciera falta.

—Creo que debe de ser una rareza —dijo—. No acabo de entenderlo. Su estilo tiene algo de muy pomposo. Y ¿qué puede querer decir al disculparse por ser el sucesor del mayorazgo? No podemos suponer que lo evitaría si pudiera. ¿Le parece a usted posible que sea hombre razonable, padre?

—No, querida mía, creo que no. Albergo grandes esperanzas de encontrarlo muy al contrario. En su carta hay una mezcla de servilismo y presunción que promete mucho. Espero con impaciencia el momento de verlo.

—Su carta no parece defectuosa en cuanto a composición —dijo Mary—. La imagen de la rama de olivo tal vez no sea nueva del todo, pero creo que está bien expresada.

Ni la carta ni el que la había escrito interesaron en ninguna medida a Catherine ni a Lydia. Era prácticamente imposible que su primo llegara con casaca roja, y hacía varias semanas que no les agradaba la compañía de hombre alguno que fuera vestido de otro color. En cuanto a su madre, la carta del señor Collins había disipado una buena parte de su animadversión y se disponía a recibirlo con una compostura que asombraba a su marido e hijas.

El señor Collins se presentó puntual y fue recibido por toda la familia con gran cortesía. El señor Bennet dijo poca cosa, en realidad, pero las damas estaban bien dispuestas a hablar, y el señor Collins no parecía necesitar de estímulo ni manifestaba ninguna inclinación al silencio. Era un joven alto, de aspecto corpulento, de veinticinco años de edad. Tenía un aire grave y majestuoso y sus modales eran muy formales. Al poco rato de sentarse felicitó a la señora Bennet por tener una familia de hijas tan hermosas; dijo que había oído hablar mucho de su belleza, pero que en este caso la fama se había quedado corta respecto de la realidad. Añadió que no dudaba de que las vería casadas a todas a su debido tiempo. Esta galantería no fue muy del gusto de algunos de los oyentes, pero la señora Bennet, que no rechazaba nunca un cumplido, le contestó de muy buena gana.

—Es usted muy amable, estoy segura; y deseo de todo corazón que así sea, pues de lo contrario quedarían muy desamparadas. ¡Las cosas están dispuestas de una manera tan extraña!

—Alude usted, quizá, a la vinculación de esta hacienda.

—¡Ah! Sí, señor, en efecto. Deberá usted reconocer que es un asunto penoso para mis pobres niñas. No es que yo pretenda culparle a usted, pues sé que estas cosas las mueve todas el azar en este mundo. Cuando una hacienda queda vinculada, nadie sabe dónde va a ir a parar.

—Soy muy consciente, señora, de los apuros de mis bellas primas, y podría decir mucho sobre el tema si no fuera porque me cuido de parecer atrevido o precipitado. Puedo asegurar a las señoritas, no obstante, que vengo dispuesto a admirarlas. No diré más de momento; pero, quizá, cuando nos conozcamos mejor...

Lo interrumpió la llamada a comer, y las muchachas se sonrieron unas a otras. No eran ellas los únicos objetos de admiración del señor Collins.

Examinó y alabó el salón, el comedor y todos sus muebles; y su manera de aprobarlo todo habría conmovido a la señora Bennet de corazón si no hubiera sido por lo mucho que la mortificó figurarse que lo estaba mirando todo como futura propiedad suya. También admiró mucho la comida a su debido tiempo; y suplicó que le hicieran saber cuál de sus bellas primas había cocinado unos platos tan excelentes. Pero la señora Bennet lo sacó ahí de su error asegurándole con alguna aspereza que su situación les permitía holgadamente mantener a una buena cocinera, y que sus hijas no tenían nada que hacer en la cocina. Él pidió perdón por haberla disgustado. Ella declaró con tono más suave que no estaba ofendida en absoluto, pero él siguió pidiendo disculpas durante cerca de un cuarto de hora.

# Capítulo XIV

El señor Bennet apenas habló durante la cena; pero cuando se retiraron los criados le pareció que había llegado el momento de mantener algo de conversación con su huésped, y abordó por tanto un tema en que esperaba que éste pudiera brillar, observando que parecía muy afortunado con su protectora. Al parecer, era muy notable la atención que prestaba a sus deseos lady Catherine de Bourgh y las consideraciones que tenía para su comodidad. El señor Bennet no podría haber escogido mejor. El señor Collins la alabó con elocuencia. El tema lo elevó hasta una actitud todavía más solemne de la habitual, y declaró con aire de gran importancia que «no había presenciado en su vida tal conducta en una persona de categoría, tal afabilidad y condescendencia, como las que había recibido él de lady Catherine. Ésta había tenido la bondad de aprobar los dos sermones que él había tenido ya el honor de predicar ante ella. También lo había invitado a comer dos veces en Rosings, y lo había mandado llamar el mismo sábado pasado para completar su partida de *quadrille* aquella tarde. Él conocía a muchas personas que consideraban orgullosa a lady Catherine, pero no había visto en ella nada más que afabilidad. Siempre le había hablado como hablaría a cualquier otro caballero; no había hecho la menor objeción a que él se sumara a la sociedad de la comarca ni a que saliera de vez en cuando de la parroquia durante una semana o dos para visitar a sus parientes. Hasta había tenido la condescendencia de aconsejarle que se casara en cuanto pudiese, siempre que eligiera con prudencia; y le había venido a visitar en una ocasión a su humilde casa rectoral, donde había dado su aprobación perfecta a todas las alteraciones que había hecho él, y hasta se había dignado sugerir otras ella misma: unos estantes en la alacena de arriba».

—Todo eso es muy correcto y cortés, estoy segura —dijo la señora Bennet—, y yo diría que se trata de una mujer muy agradable. Lástima que las grandes señoras no se parezcan más a ella en general. ¿Vive cerca de usted, señor?

—Sólo un camino separa el jardín de mi humilde morada de Rosings Park, la residencia de su señoría.

—Dijo usted que era viuda, ¿no es así? ¿Tiene familia?

—Sólo tiene una hija, que heredará Rosings y otras propiedades muy extensas.

—¡Ah! —dijo la señora Bennet, sacudiendo la cabeza—; entonces está en mejor situación que muchas niñas. Y ¿cómo es la señorita? ¿Es hermosa?

—Es una señorita encantadora en sumo grado. La propia lady Catherine dice que está muy por encima de la más hermosa de su sexo en cuanto a verdadera belleza, pues lleva en sus rasgos la marca de la joven señorita de cuna distinguida. Por desgracia, es de constitución enfermiza, lo que le ha impedido adelantar en su instrucción en muchas cosas que no podría menos de haber llegado a dominar, según me comunica la señora que se ocupaba de su educación y que sigue residiendo con ellos. Sin embargo, es amabilísima y suele tener la condescendencia de pasar por delante de mi humilde morada en su pequeño faetón tirado por ponis.

—¿Ha sido presentada oficialmente? No me suena su nombre entre los de las damas de la corte.

—Lamentablemente, su delicado estado de salud le impide ir a la capital; y así, como dije a lady Catherine cierto día, ha despojado a la corte británica de uno de sus ornamentos más brillantes. A su señoría pareció agradarle la idea, y bien se pueden figurar ustedes cuánto me alegro de ofrecer en toda ocasión esos pequeños cumplidos que siempre resultan aceptables para las damas. Más de una vez he observado a lady Catherine que su encantadora hija parecía nacida para ser duquesa y que el título más elevado, en vez de encumbrarla, quedaría adornado por ella. Éstos son los detalles que agradan a su señoría, y es una especie de atención que me considero especialmente obligado a prestar.

—Juzga usted muy bien —dijo el señor Bennet—, y es venturoso para usted poseer el talento de adular con delicadeza. ¿Me permite que le pregunte si esas atenciones halagüeñas resultan del impulso del momento, o si son fruto de una preparación previa?

—Surgen principalmente de lo que pasa en el momento, y aunque a veces me entretengo en discurrir y disponer pequeños cumplidos elegantes que se puedan adaptar a circunstancias ordinarias, siempre procuro darle el aire más natural que puedo.

Las expectativas del señor Bennet se habían cumplido plenamente. Su primo era tan disparatado como había esperado él, y lo escuchaba con vivo placer, manteniendo al mismo tiempo la compostura más formal y sin necesitar de compañero para gozar de su deleite, a excepción de alguna mirada que dirigía a Elizabeth de vez en cuando.

Sin embargo, a la hora del té ya había tenido suficiente, y el señor Bennet se alegró de llevar de nuevo a su huésped al salón, y, cuando hubo terminado el té, se alegró de invitarlo a leer en voz alta para las damas. El señor Collins accedió de buena gana y se sacó un libro; pero él, al verlo (pues tenía todas las señas de pertenecer a una biblioteca de préstamo), retrocedió bruscamente y, disculpándose, aseguró que jamás leía novelas. Kitty lo miró fijamente y Lydia soltó una exclamación. Se sacaron otros libros, y tras alguna deliberación eligió los sermones de Fordyce. Lydia se quedó boquiabierta al verlo abrir el volumen, y antes de que hubiera terminado de leer tres páginas con voz solemne y muy monótona, lo interrumpió diciendo:

—¿Sabe usted, mamá, que el tío Phillips está pensando en despedir a Richard? Y, si lo despide, lo piensa contratar el coronel Forster. Me lo dijo la tía el sábado. Mañana iré andando a Meryton para enterarme de algo más y preguntar cuándo vuelve de la capital el señor Denny.

Las dos hermanas mayores de Lydia la mandaron callar; pero el señor Collins, muy ofendido, dejó su libro y dijo:

—He observado en muchas ocasiones lo poco que interesan a las señoritas jóvenes los libros de corte serio, aunque estén escritos exclusivamente para ellas. Me maravilla, lo confieso; pues ciertamente no puede haber nada tan ventajoso para ellas como la instrucción. Pero dejaré de importunar a mi joven prima.

Luego, dirigiéndose al señor Bennet, se ofreció como rival en una partida de chaquete. El señor Bennet aceptó el desafío, observando que obraba con gran prudencia al dejar a las niñas con sus propios entretenimientos insignificantes. La señora Bennet y sus hijas se disculparon con gran urbanidad por la interrupción de Lydia y le prometieron que no volvería a suceder si él continuaba con su libro; pero el señor Collins, después de asegurarles que no guardaba rencor a su joven prima y que no consideraría de ningún modo su conducta como una afrenta, se sentó en otra mesa con el señor Bennet y se dispuso a jugar al chaquete.

# Capítulo XV

El señor Collins no era hombre sensato, y ni la educación ni el trato habían suplido mucho esta falta natural. Había pasado la mayor parte de su vida bajo el gobierno de un padre ignorante y avaro. Y si bien había estudiado en una de las grandes universidades, se había limitado a cursar allí los estudios necesarios sin entablar ninguna amistad útil. El sometimiento con que lo había criado su padre le había dado en un principio una gran humildad de conducta; pero estaba contrarrestada ahora por el engreimiento propio de la persona sin carácter que vivía aislada y que tenía en consecuencia la impresión de haber alcanzado una prosperidad temprana e inesperada. Una circunstancia casual le había valido una recomendación ante lady Catherine de Bourgh cuando estaba vacante el curato de Hunsford; y el respeto que sentía ante el alto título de ella y la veneración que le dedicaba como protectora, combinados con el gran concepto que tenía de sí mismo, de su autoridad como clérigo y su derecho como rector, hacían de él en conjunto una mezcla de orgullo y obsequiosidad, de presunción y humildad.

Ahora que poseía una buena casa y una renta muy suficiente, tenía intención de casarse; y había buscado la reconciliación con la familia Longbourn con vistas a conseguirse una esposa, pues pensaba elegir a una de las hijas si las encontraba tan hermosas y amables como se decía que eran. Éste era su plan para compensar, para reparar el hecho de heredar los bienes del padre de ellas; y le parecía excelente, muy conveniente y adecuado, y enormemente generoso y desinteresado por su parte.

Su plan no varió al verlas. La cara adorable de la señorita Bennet mayor confirmó su punto de vista y dejó bien sentados todos sus conceptos más estrictos sobre la preferencia que debe darse a las hijas mayores; y así, durante la primera tarde, se decidió definitivamente por ella. A la mañana siguiente, no obstante, hubo un cambio; pues mantuvo una conversación de un cuarto de hora con la señora Bennet antes de desayunar, coloquio que comenzó por su casa rectoral y lo condujo de manera natural a reconocer sus esperanzas de poder encontrar en Longbourn a la que sería señora de dicha casa, y que inspiró a la señora Bennet, entre sonrisas de gran complacencia y expresiones de ánimo en general, una advertencia en contra de la misma Jane en que se había fijado él. «En lo que se refería a sus hijas menores, no se atrevía a dar fe de ello —no podía dar una respuesta segura—, aunque al menos, que ella supiera, no tenían ningún pretendiente anterior; pero su hija mayor, debía decir, le parecía su deber dar a entender, que tenía muchas posibilidades de estar prometida dentro de muy poco tiempo.»

El señor Collins sólo tenía que cambiar de Jane a Elizabeth y, espoleado por la señora Bennet, hizo el cambio enseguida. Elizabeth, que seguía a Jane en edad y belleza, fue la nueva candidata.

La señora Bennet captó la indirecta y confió en que pronto podría tener casadas a dos hijas; y el hombre de quien no soportaba oír hablar el día antes pasó a gozar entonces de su favor.

Lydia no olvidó su intención de ir andando hasta Meryton; todas sus hermanas accedieron a ir con ella salvo Mary, y el señor Collins las acompañaría a petición del señor Bennet, que sentía grandes deseos de librarse de él y poder quedarse a solas en su biblioteca; pues el señor Collins lo había seguido hasta allí después del desayuno y ahí se había quedado, ocupado supuestamente con uno de los infolios más grandes de la colección, pero en realidad hablando al señor Bennet, con pocas pausas, de su casa y su jardín de Hunsford. Esta conducta descompuso enormemente al señor Bennet. Él siempre había podido gozar de sosiego y tranquilidad en su biblioteca; y, aunque, según decía a Elizabeth, estaba preparado para

encontrarse locuras y vanidades en todas las demás habitaciones de la casa, acostumbraba a estar libre de ellas allí. Por todo ello, tuvo la cortesía de invitar enseguida al señor Collins a unirse a sus hijas en su paseo; y el señor Collins, que en realidad tenía muchas más dotes de paseante que de lector, cerró con sumo gusto su gran libro y se marchó.

Pasaron el rato entre comentarios huecos y pomposos por su parte y frases corteses de asentimiento por la de sus primas hasta que entraron en Meryton. A partir de entonces ya no pudo ganarse la atención de las menores. Éstas se pusieron inmediatamente a recorrer la calle con la vista buscando a los oficiales, y sólo podría distraerlas un sombrero muy bonito o una muselina que fuera francamente nueva en un escaparate.

Pero pronto se ganó la atención de todas las señoritas un joven a quien no habían visto nunca, con gran aspecto de caballero y que caminaba con otro oficial por el otro lado de la calle. El oficial era el mismo señor Denny por cuyo regreso de Londres venía a preguntar Lydia, y les hizo una reverencia al pasar. A todas les llamó la atención la apariencia del desconocido, todas se preguntaron quién sería, y Kitty y Lydia, decididas a enterarse si era posible, encabezaron la marcha para cruzar la calle, so pretexto de que querían algo de una tienda de enfrente; y tuvieron la fortuna de alcanzar la acera cuando los dos caballeros, que volvían atrás, llegaban al mismo punto. El señor Denny les dirigió la palabra de inmediato y les pidió permiso para presentarles a su amigo el señor Wickham, que había vuelto de la capital con él el día anterior, y se alegraba de decir que había aceptado un despacho de oficial en su unidad. Aquello era perfectamente oportuno, pues al joven sólo le faltaba el uniforme para ser absolutamente encantador. Su aspecto decía mucho en su favor; tenía las mejores prendas de la hermosura, bello semblante, buen porte y una manera de hablar muy agradable. Después de las presentaciones, manifestó por su parte una feliz disposición para la conversación, una disposición perfectamente correcta y modesta al mismo tiempo; y todo el grupo seguía reunido de pie y hablando con mucho agrado cuando les llamó la atención un ruido de caballos y se vio llegar a Darcy y Bingley a caballo por la calle. Al percibir a las damas del grupo, los dos caballeros fueron directamente hacia ellas y comenzaron las cortesías de rigor.

El portavoz principal era Bingley, y el objeto principal, la señorita Bennet mayor. Se dirigía entonces a Longbourn con el fin expreso de interesarse por ella. El señor Darcy lo corroboró con una inclinación de cabeza, y empezaba a tomar la determinación de no poner los ojos en Elizabeth, cuando éstos se le quedaron fijos de pronto al ver al forastero, y Elizabeth, que acertó a ver el semblante de ambos al mirarse entre sí, se llenó de asombro ante el efecto que les producía el encuentro. Los dos cambiaron de color, el uno se puso blanco, el otro, rojo. Tras unos instantes, el señor Wickham se tocó el sombrero, saludo que el señor Darcy apenas se dignó devolver. ¿Qué podía significar aquello? Era imposible imaginarlo, y también era imposible no desear saberlo.

Al cabo de unos momentos, el señor Bingley se despidió, aunque sin dar muestras de haber observado lo que había pasado, y siguió cabalgando con su amigo.

El señor Denny y el señor Wickham acompañaron a las señoritas hasta la puerta de la casa del señor Phillips y se despidieron después haciendo reverencias, a pesar de la insistencia de la señorita Lydia en que entrasen, y a pesar incluso de que la señora Phillips abrió la ventana del salón y secundó la invitación en voz alta.

La señora Phillips siempre se alegraba de ver a sus sobrinas; y dio la bienvenida especialmente a las dos mayores, a causa de su ausencia reciente. Les estaba expresando vivamente lo sorprendida que estaba ante su vuelta tan repentina a casa, de la que, como no las había ido a buscar su propio coche, no habría sabido nada si no hubiera visto por casualidad por la calle al mancebo de la botica del señor Jones, quien le había dicho que ya no debían enviar más medicinas a Netherfield porque las señoritas Bennet ya se habían marchado, cuando se vio obligada a prestar atención al señor Collins, al presentárselo Jane. Lo recibió con su mejor cortesía, que él le devolvió con tanta o más, disculpándose por personarse allí de esa manera sin conocerla previamente, aunque no podía menos de abrigar la esperanza de que su conducta podía estar justificada por su relación con las señoritas que lo habían presentado a ella. Este exceso de buenos modales impresionó mucho a la señora Phillips; pero pronto dejó de observar al desconocido ante las exclamaciones y preguntas sobre el otro; del cual, no obstante, sólo pudo decir a sus sobrinas lo que ya sabían: que el señor Denny lo había traído de Londres e iba a recibir el despacho de teniente en el regimiento del condado. Dijo que llevaba una hora observándolo mientras él se paseaba calle arriba y calle abajo, y si hubiera aparecido el señor Wickham, no cabe duda de que Kitty y Lydia habrían proseguido con esa misma ocupación; pero, por desgracia, ya no pasaba nadie ante las ventanas salvo unos pocos oficiales que, comparados con el forastero, se habían convertido en «sujetos necios y desagradables». Algunos de ellos habían de comer con los Phillips al día siguiente, y su tía les prometió pedir a su marido que visitara al señor Wickham y le extendiera a él también la invitación, si la familia de Longbourn podía venir por la tarde. Así se acordó, y la señora Phillips prometió que jugarían una partida amena, cómoda y ruidosa de lotería, y después cenarían algo caliente. La perspectiva de estos deleites era muy alentadora, y se despidieron todos muy alegres. El señor Collins repitió sus disculpas al salir de la sala, y se le aseguró con cortesía incansable que eran absolutamente innecesarias.

Mientras caminaban hacia su casa, Elizabeth refirió a Jane lo que había visto pasar entre los dos caballeros; pero si bien Jane habría defendido a cualquiera de los dos o a ambos, si hubieran dado la impresión de hacer algo malo, fue tan incapaz como su hermana de encontrar una explicación a tal conducta.

El señor Collins satisfizo mucho a la señora Bennet a su regreso expresando su admiración por los modales y la educación de la señora Phillips. Aseguró que, a excepción de lady Catherine y su hija, no había visto jamás a una mujer más elegante; pues no sólo lo había recibido con absoluta cortesía, sino que lo había incluido expresamente en su invitación para la tarde siguiente, a pesar de ser él un completo desconocido para ella hasta entonces. Suponía que aquello podía atribuirse en parte a su parentesco con ellas, pero, con todo, no había recibido tantas atenciones en toda su vida.

# Capítulo XVI

Como no se puso ningún reparo a que las jovencitas pasaran la velada con su tía, y todos los escrúpulos del señor Collins acerca de abandonar al señor y a la señora Bennet durante una tarde de su visita se rechazaron con gran firmeza, el coche los llevó a sus cinco primas y a él hasta Meryton a una hora conveniente. Las muchachas tuvieron el placer de enterarse, al entrar en el salón, de que el señor Wickham había aceptado la invitación de su tío y estaba ya en la casa.

Cuando se comunicó esta información y todos hubieron tomado asiento, el señor Collins tuvo ocasión de mirar a su alrededor y admirar lo que veía, y le impresionó tanto el tamaño de la estancia y su mobiliario que afirmó que casi podía sentirse en el comedorcito de desayuno de verano de la casa de Rosings; comparación ésta que al principio no suscitó mucha satisfacción; pero cuando la señora Phillips supo por él lo que era la casa de Rosings y quién era su propietaria, cuando hubo escuchado la descripción de uno solo de los salones de lady Catherine y se enteró de que sólo la chimenea había costado ochocientas libras esterlinas, percibió todo el alcance del cumplido, y no se habría ofendido por que compararan su salón con el cuarto del ama de llaves.

El señor Collins pasó un rato alegre describiéndole toda la grandeza de lady Catherine y su mansión, con algunas digresiones ocasionales alabando su propia humilde morada y las mejoras que estaba realizando en ella, hasta que se reunieron con ellos los caballeros. Collins halló en la señora Phillips a una oyente muy atenta cuya buena opinión del señor Collins aumentaba con lo que oía, y ya estaba tomando la resolución de retransmitírselo todo a sus vecinas en cuanto pudiera. A las muchachas, sin embargo, que no podían soportar a su primo y que no tenían nada que hacer más que desear un instrumento de música y examinar las imitaciones mediocres de porcelana china que estaban en la repisa de la chimenea, les pareció muy larga la espera. Aunque al final terminó. Llegaron los caballeros, y, cuando entró en la sala el señor Wickham, a Elizabeth le pareció que ni antes se había fijado en él ni después lo había recordado con la admiración necesaria. Los oficiales del regimiento del condado eran, en general, unos caballeros muy encomiables, y los mejores de ellos se encontraban entre los presentes; pero el señor Wickham los superaba tanto a todos en figura, semblante, porte y prestancia como ellos mismos superaban al tío Phillips, carirredondo y envarado y con olor a vino de Oporto en el aliento, quien entró tras ellos en la sala.

El señor Wickham fue el hombre dichoso hacia el que se volvieron casi todos los ojos femeninos, y Elizabeth fue la mujer dichosa junto a la que él se sentó por fin. El modo tan agradable en que participó inmediatamente en la conversación, a pesar de que ésta sólo versaba sobre el hecho de que hacía una noche entrada en agua, hizo pensar a Elizabeth que la habilidad de un interlocutor puede dar interés al tema más vulgar, aburrido y trillado.

El señor Collins, con tales rivales por la atención de las hermosas damas como el señor Wickham y los oficiales, pareció sumirse en la insignificancia. Las señoritas no lo tenían en cuenta, desde luego, pero todavía encontraba de vez en cuando a una oyente amable en la señora Phillips, y contó con abundante provisión de café y bollos gracias a su atención. Cuando se dispusieron las mesas de cartas, tuvo ocasión de devolverle a su vez la cortesía sentándose a jugar al *whist*.

—De momento soy mal jugador —dijo—, pero me alegraré de mejorar, pues en mi situación en la vida...

La señora Phillips se alegró mucho de que accediera a jugar, pero no pudo esperar a oír sus motivos.

El señor Wickham no jugaba al *whist,* y fue recibido con sumo agrado en la otra mesa, entre Elizabeth y Lydia. Al principio pareció existir el peligro de que Lydia lo acaparara del todo, pues era una parlanchina muy resuelta. Sin embargo, como también era aficionadísima a la lotería, no tardó demasiado en interesarse por el juego, hacer apuestas y celebrar los aciertos como para estar pendiente de nadie en particular. De este modo, el señor Wickham quedó libre para hablar con Elizabeth, atendiendo a la vez a la marcha del juego, y ella estaba muy dispuesta a escucharlo, aunque no tenía esperanza de que le contara lo que más deseaba oír: la historia de su relación con el señor Darcy. Ni siquiera se atrevió a citar el nombre de ese caballero. Sin embargo, su curiosidad se vio satisfecha inesperadamente. Fue el propio señor Wickham quien abordó el tema al preguntar a Elizabeth a qué distancia estaba Netherfield de Meryton. Tras recibir su contestación, le preguntó con titubeos cuánto tiempo llevaba residiendo allí el señor Darcy.

—Hace cosa de un mes —dijo Elizabeth; y después, no queriendo dejar el tema, añadió—: Posee grandes propiedades en el condado de Derbyshire, según tengo entendido.

—Sí —respondió el señor Wickham—, tiene allí amplias posesiones que le dejan una renta neta de diez mil libras al año. No podría usted haberse encontrado a una persona más capacitada que yo mismo para darle información cierta sobre esta cuestión, pues he mantenido relaciones particulares con su familia desde mi infancia.

Elizabeth no pudo evitar un gesto de sorpresa.

—Bien puede sorprenderse usted de tal afirmación, señorita Bennet, después de haber visto, como pudo ver probablemente, la gran frialdad con que nos saludamos ayer. ¿Ha tratado usted mucho al señor Darcy?

—Lo suficiente para no querer tratarlo más —exclamó Elizabeth acaloradamente—. He pasado cuatro días en la misma casa que él, y lo considero muy desagradable.

—Yo no tengo derecho a dar mi opinión sobre si es agradable o no —dijo Wickham—. No estoy en condiciones de formarme una opinión. Lo conozco desde hace demasiado tiempo y demasiado bien como para juzgarlo con equidad. Aunque a mí me resulta imposible ser imparcial, creo que la opinión que tiene usted de él asombraría en general, y quizá no la manifestase usted con tanto vigor en otra parte. Aquí está usted entre su propia familia.

—Le doy mi palabra de que aquí no digo más de lo que diría en cualquier casa de la comarca, salvo en la de Netherfield. No lo aprecian en absoluto en Hertfordshire. A todo el mundo le repele su orgullo. No oirá usted hablar de él favorablemente a nadie.

—No puedo fingir que lamente que a él o a cualquiera lo estimen más de lo que se merece —dijo Wickham tras una breve interrupción—; pero, en el caso de él, creo que no suele suceder. Todo el mundo se ciega ante su fortuna y su importancia, o se asusta de sus modos altivos e imponentes, y sólo lo ven como quiere él que lo vean.

—Por lo poco que lo conozco, diría que se trata de un hombre de mal genio.

Wickham sacudió la cabeza.

—Me pregunto si piensa quedarse en esta región mucho tiempo —dijo Wickham cuando volvieron a tener ocasión de hablar.

—No tengo la menor idea; aunque tampoco oí nada de que se fuera a marchar cuando estuve en Netherfield. Confío en que su presencia en la comarca no afecte a los planes de usted de permanecer en el regimiento del condado.

—¡Oh, no! Lo que es a mí, el señor Darcy no me va a echar de aquí. Si es él el que no quiere verme, deberá marcharse él. No estamos en términos de amistad, y encontrarme con él siempre me resulta doloroso, pero no tengo ningún motivo para evitarlo, aparte de algo que puedo proclamar delante de todo el mundo: el sentimiento de haber sido muy mal tratado, y la lástima dolorosísima por que él sea como es. Su padre, señorita Bennet, el difunto señor Darcy, fue uno de los hombres más buenos que han visto la luz del día, y fue el mejor amigo que he tenido jamás; y no puedo hallarme en compañía de este señor Darcy sin que mil tiernos recuerdos me hagan sufrir hasta lo más hondo de mi alma. Su conducta para conmigo ha sido escandalosa, pero creo firmemente que sería capaz de perdonárselo todo y cualquier cosa antes que defraudar las esperanzas de su padre y manchar su memoria.

A Elizabeth le pareció que el tema se volvía más interesante y escuchaba con toda su atención; pero el asunto era tan delicado que no pudo formular más preguntas.

El señor Wickham empezó a hablar de temas más generales, de Meryton, la comarca, su vida social, y parecía altamente satisfecho de todo lo que había visto hasta entonces. Hablaba de esta última con cortesía delicada pero muy comprensible.

—Lo que más me atrajo a ingresar en el regimiento del condado fue la perspectiva de un trato social constante con buena compañía. Yo ya sabía que era una unidad muy agradable y respetable, y mi amigo Denny me tentó todavía más al describirme el lugar actual de su acuartelamiento y las grandes atenciones y los conocimientos excelentes que habían conseguido en Meryton. Reconozco que la vida social es fundamental para mí. Soy un hombre desilusionado y mi ánimo no soporta la soledad. Necesito una ocupación y tener vida social. Yo no me he criado para la vida militar, pero las circunstancias la han vuelto deseable. Mi profesión debía haber sido la Iglesia: estudié para la Iglesia, y ahora debería estar en posesión de un curato muy rentable, si así le hubiera gustado al caballero de quien estábamos hablando hace poco.

—¡No me diga!

—Sí; el difunto señor Darcy me legó en su testamento el mejor curato de los que tenía derecho a designar cuando quedara libre. Era mi padrino, y me tenía un apego enorme. No puedo hacer justicia a su amabilidad. Quiso dejarme en buena situación y así creyó hacerlo; pero cuando vacó el curato, se lo entregaron a otro.

—¡Cielo santo! —exclamó Elizabeth—; pero ¿cómo pudo ser? ¿Cómo se pudo pasar por alto su testamento? ¿Por qué no recurrió usted a la justicia?

—El legado estaba redactado en unos términos tan informales que no quedaba nada que esperar de la justicia. Una persona de honor no podría haber dudado de las intenciones con que se había redactado, pero el señor Darcy optó por dudar de ellas, o por tratarlo como una mera recomendación condicional, afirmando que yo había perdido todo derecho por mi prodigalidad, mi imprudencia... en suma, por cualquier cosa o por nada. Lo cierto es que el curato quedó vacante hace dos años, precisamente cuando yo tenía edad para ocuparlo, y que se lo entregaron a otro; y no es menos cierto que yo no puedo acusarme de haber hecho, en realidad, nada como para merecer que me lo quitaran. Tengo un genio caluroso, precipitado, y es posible que le haya dicho con demasiada libertad la opinión que tengo de él. No recuerdo haber hecho nada peor. El caso es que somos hombres muy distintos y que él me odia.

—¡Esto es escandaloso! Se merecería la reprobación pública.

—La recibirá, tarde o temprano, pero no será de mi mano. No puedo ni desafiarlo ni ponerlo en evidencia hasta que consiga olvidar a su padre.

Elizabeth valoró aquellos sentimientos suyos, y mientras los expresaba le pareció más apuesto que nunca.

—Pero ¿qué motivo puede haber tenido? —le preguntó tras una pausa—. ¿Qué puede haberlo inducido a comportarse de una manera tan cruel?

—La antipatía absoluta, pertinaz, que siente hacia mí; una antipatía que no puedo menos de atribuir en cierta medida a los celos. Si el difunto señor Darcy me hubiera apreciado menos, su hijo podría haberme soportado mejor; pero creo que el apego extraordinario que tenía hacia mí lo irritaba desde una edad muy temprana. No tenía temple para sobrellevar la especie de competencia que había entre nosotros, la especie de preferencia que se me solía dar a mí.

—Aunque no he apreciado nunca al señor Darcy, no lo había creído nunca tan malo. No había pensado nunca tan mal de él. Suponía que despreciaba a su prójimo en general, pero no sospechaba que pudiera caer hasta tal venganza maliciosa, tal injusticia, tal falta de humanidad como ésta.

Sin embargo, tras unos minutos de reflexión, Elizabeth siguió diciendo:

—Sí recuerdo que un día, en Netherfield, se jactó de la implacabilidad de sus resentimientos, de tener una naturaleza rencorosa. Debe de tener un carácter espantoso.

—No me atrevo a hablar de esa cuestión —respondió Wickham—; apenas podría hacerle justicia.

Elizabeth volvió a sumirse en hondos pensamientos y exclamó, al cabo de un rato:

—¡Tratar así al ahijado, al amigo, al favorito de su padre!

Podría haber añadido: «¡A un joven como usted, cuyo semblante mismo puede dar fe de su amabilidad!», pero se conformó con decir:

—... ¡Y a un hombre, además, que seguramente había sido su compañero desde la infancia, con el que mantenía relaciones estrechísimas, según me parece que ha dicho usted!

—Nacimos en una misma parroquia, en una misma finca; pasamos juntos la mayor parte de nuestra juventud; habitábamos una misma casa, compartíamos unos mismos pasatiempos, éramos objeto de un mismo cuidado paterno. Mi padre empezó a ejercer la misma profesión que al parecer ejerce con tanto crédito su tío, el señor Phillips; pero lo dejó todo para ponerse al servicio del señor Darcy y dedicó todo su tiempo a la administración de la finca de Pemberley. El señor Darcy lo tenía en grandísima estima, como a un amigo muy íntimo y de confianza. El propio señor Darcy solía reconocer que debía mucho a la activa labor de administración de mi padre, y cuando, poco antes de la muerte de mi padre, el señor Darcy le hizo voluntariamente la promesa de dejarme en buena situación, estoy convencido de que le parecía tanto una deuda de gratitud hacia él como una muestra de afecto hacia mí.

—¡Qué raro! —exclamó Elizabeth—. ¡Qué abominable! ¡Me extraña que este señor Darcy no le haya tratado a usted con justicia aunque sólo sea por su propio orgullo! Aunque no hubiera tenido otro motivo mejor, su orgullo le debería haber impedido cometer esa falta de honradez, pues debo calificarla de falta de honradez.

—Sí que es extraño —respondió Wickham—, pues en casi todos sus actos se puede detectar el orgullo como causa última, y el orgullo ha sido con frecuencia su mejor amigo. Ha sido el sentimiento que más lo ha acercado a la virtud. Pero nadie es constante, y en su conducta para conmigo intervinieron impulsos más poderosos que el propio orgullo.

—¿Es posible que un orgullo tan abominable como el suyo le haya hecho algún bien?

—Sí. Con frecuencia lo ha llevado a ser desprendido y generoso, a repartir su dinero con liberalidad, a dar muestras de hospitalidad, a ayudar a sus arrendatarios y asistir a los pobres. Son frutos del orgullo familiar y del orgullo filial (pues está muy orgulloso de lo que fue su padre). Lo motiva mucho el no aparentar que deshonra a su familia, que no es menos querido que ellos o que no echa a perder la influencia de la casa de Pemberley. También tiene orgullo fraternal, que, sumado a algo de afecto fraternal, lo hace ser un tutor muy amable y cuidadoso de su hermana, y en general oirá usted decir de él que es el más atento y mejor de los hermanos.

—¿Qué clase de muchacha es la señorita Darcy?

Wickham sacudió la cabeza.

—Quisiera poder calificarla de amable. Me resulta doloroso hablar mal de una Darcy. Sin embargo, se parece demasiado a su hermano: es orgullosa en extremo. De niña, era afectuosa y agradable, y a mí me tenía mucho cariño, y yo me he pasado muchas horas entreteniéndola. Pero ahora no significa nada para mí. Es una muchacha hermosa de unos quince o dieciséis años, y, según tengo entendido, está muy bien instruida. Ha residido en Londres desde la muerte de su padre, donde vive con una dama que se ocupa de su educación.

Después de muchas interrupciones y de tocar otros muchos temas, Elizabeth no pudo menos que volver una vez más al primero, diciendo:

—¡Me asombra su amistad íntima con el señor Bingley! ¿Cómo es posible que el señor Bingley, que parece el buen humor personificado y que es, según creo, verdaderamente amable, sea amigo de un hombre como el señor Darcy? ¿Cómo pueden llevarse bien? ¿Conoce usted al señor Bingley?

—En absoluto.

—Es hombre de buen carácter, amable, encantador. No es posible que sepa lo que es el señor Darcy.

—Probablemente no; pero el señor Darcy puede resultar agradable cuando quiere. No le faltan dotes. Puede ser compañero afable si piensa que le merece la pena. Cuando está entre sus iguales en riqueza, es un hombre muy distinto al que es con los menos prósperos. Su orgullo no lo abandona nunca; pero con los ricos es generoso, justo, sincero, racional, honrado, y quizá agradable, con algo que le aporta la fortuna y el porte.

La partida de *whist* terminó poco después, los jugadores se reunieron alrededor de la otra mesa y el señor Collins se instaló entre su prima Elizabeth y la señora Phillips. Esta última le hizo la pregunta de rigor sobre qué tal le había ido en la partida. No le había ido demasiado bien, ya que había perdido todas las manos; pero cuando la señora Phillips empezó a condolerse de ello, él le aseguró con mucha seriedad sincera que aquello no importaba nada, que para él el dinero era una simple fruslería, y le suplicó que no se inquietara.

—Sé muy bien, señora —le dijo—, que cuando las personas se sientan a una mesa de cartas, deben correr el albur de estas cosas, y por ventura yo no me encuentro en unas circunstancias tales como para dar importancia a cinco chelines. No cabe duda de que hay muchos que no podrían decir otro tanto; pero, gracias a lady Catherine de Bourgh, yo estoy muy lejos de la necesidad de prestar atención a pequeñeces.

Aquello llamó la atención del señor Wickham, quien, tras observar al señor Collins unos instantes, preguntó a Elizabeth en voz baja si su pariente conocía estrechamente a la familia de Bourgh.

—Lady Catherine de Bourgh le ha entregado un curato hace muy poco tiempo —respondió ella—. No tengo idea de cómo llegó a saber ésta del señor Collins en un principio, pero lo cierto es que no hace mucho que él la conoce.

—Sabrá usted, por supuesto, que lady Catherine de Bourgh y lady Anne Darcy eran hermanas y que aquélla es, en consecuencia, tía del actual señor Darcy.

—No, en verdad que no. No sabía nada de la parentela de lady Catherine. No tenía noticias de su existencia hasta anteayer.

—Su hija, la señorita de Bourgh, heredará una gran fortuna, y se cree que su primo y ella unirán las dos haciendas.

Esta información hizo sonreír a Elizabeth, que pensó en la pobre señorita Bingley. Bien vanas serían todas sus atenciones, vano e inútil el afecto que demostraba a la hermana del señor Darcy y el modo en que alababa a éste, si ya estaba destinado para otra.

—El señor Collins habla muy bien de lady Catherine y de su hija —dijo ella—; pero en vista de algunos detalles que ha referido de su señoría, sospecho que su agradecimiento lo engaña y que, a pesar de ser su protectora, es una mujer arrogante y engreída.

—Creo que es ambas cosas en sumo grado —repuso Wickham—. Hace muchos años que no la veo, pero recuerdo muy bien que nunca me gustó y que tenía unos modos dictatoriales e insolentes. Tiene fama de ser notablemente sensata e inteligente, pero yo creo más bien que una parte de sus prendas se debe a su categoría y a su fortuna, otra parte a sus modales autoritarios y el resto al orgullo de su sobrino, que quiere que todos los que se traten con él tengan un entendimiento de primera clase.

Elizabeth reconoció que lo había expuesto de una manera muy racional, y siguieron hablando juntos con satisfacción mutua hasta que la cena puso fin a las partidas de naipes y permitió a las demás damas participar de las atenciones del señor Wickham. Con lo ruidosos que eran los invitados a la cena de la señora Phillips no era posible mantener una conversación, pero los modales del señor Wickham le hicieron ganarse el buen concepto de todos. Todo lo que decía estaba bien dicho, y todo lo que hacía estaba hecho con gracia. Cuando Elizabeth salió, no podía quitarse de la cabeza al señor Wickham. Pasó todo el camino de vuelta a casa sin poder pensar en nada más que en él y en lo que le había contado; pero durante todo el camino no tuvo tiempo siquiera de pronunciar su hombre, pues ni Lydia ni el señor Collins guardaron un momento de silencio. Lydia hablaba sin cesar del juego de la lotería, de las fichas que había perdido y de las fichas que había ganado; y el señor Collins describía la cortesía del señor y la señora Phillips, aseguraba que no daba la menor importancia a lo que había perdido al *whist,* enumeraba todos los platos de la cena y, aun temiendo repetidas veces estar abrumando a sus primas, tenía más cosas que decir de las que pudo expresar a gusto antes de que el coche se detuviera en la casa de Longbourn.

# Capítulo XVII

Al día siguiente, Elizabeth relató a Jane la conversación que habían mantenido el señor Wickham y ella. Jane la escuchó con asombro e inquietud. No podía creer que el señor Darcy pudiera ser tan indigno de la consideración del señor Bingley; y, sin embargo, era superior a sus fuerzas poner en tela de juicio la sinceridad de un joven de aspecto tan agradable como Wickham. La posibilidad de que éste hubiera tenido que soportar un trato tan despiadado era suficiente para despertar sus sentimientos más tiernos; y por tanto ya no le quedaba más posibilidad que pensar bien de los dos, defender la conducta de cada uno y achacar a un accidente o a un error lo que no se pudiera explicar de otra manera.

—Yo diría que los dos se engañan de una manera u otra de la que no podemos hacernos idea —dijo—. Puede que algunas personas con intereses propios los hayan malquistado el uno con el otro. En suma, es imposible que nosotras conjeturemos las causas o las circunstancias que los pueden haber distanciado sin verdadera culpa por ninguna de las dos partes.

—Es muy cierto, desde luego; y ahora, mi querida Jane, ¿qué puedes decir a favor de las personas con intereses propios que probablemente habrán intervenido en el asunto? Discúlpalas también a ellas; pues de lo contrario nos veremos obligadas a pensar mal de alguien.

—Ríete cuanto quieras, pero no me harás cambiar de opinión a fuerza de risas. Mi querida Lizzy, hazme el favor de considerar en qué lugar tan deshonroso queda el señor Darcy al tratar de ese modo al favorito de su padre, a una persona a quien su padre había prometido dejar en buena situación. Es imposible. Ningún hombre dotado de simple humanidad, ningún hombre que valorara en algo su propia reputación, sería capaz de hacer tal cosa. ¿Es posible que se engañen tan enormemente con él sus amigos más íntimos? ¡Oh, no!

—Me resulta mucho más fácil creer que el señor Bingley se engañe que no que el señor Wickham se invente una historia propia como la que me contó anoche: nombres, datos, relatado todo sin rodeos. Si no es así, que lo contradiga el señor Darcy. Además, tenía aspecto de decir la verdad.

—Es francamente difícil…, es inquietante. Una no sabe qué pensar.

—Perdona; una sabe muy bien qué pensar.

Pero Jane sólo podía pensar con certidumbre una única cosa: que si era verdad que el señor Bingley se engañaba, sufriría mucho cuando el asunto saliera a la luz pública.

Las dos señoritas salieron del jardín, donde mantenían esta conversación, ante la llegada de las personas mismas de las que estaban hablando. El señor Bingley y sus hermanas habían venido a invitarlas en persona al baile de Netherfield, tan esperado, que se había organizado para el martes siguiente. Las Bingley estuvieron encantadas de ver de nuevo a su querida amiga, dijeron que hacía un siglo que no la veían y le preguntaron repetidamente qué había estado haciendo desde que se habían despedido. Prestaron poca atención al resto de la familia; evitaron cuanto pudieron a la señora Bennet, no dijeron gran cosa a Elizabeth y nada en absoluto a los demás. Volvieron a marcharse al poco rato, levantándose de sus asientos con una diligencia que tomó por sorpresa a su hermano y salieron aprisa, como si estuvieran impacientes por huir de las finuras de la señora Bennet.

La perspectiva del baile de Netherfield resultaba agradabilísima para todos los miembros femeninos de la familia. La señora Bennet quiso considerar que se daba en honor de su hija mayor, y se sintió especialmente halagada por haber sido invitada por el señor Bingley en persona, en vez de haber recibido una tarjeta ceremoniosa. Jane se representaba una velada feliz en compañía de sus dos amigas y recibiendo las atenciones de su hermano; y

Elizabeth pensaba con agrado en bailar mucho con el señor Wickham y en verlo todo confirmado en el aspecto y la conducta del señor Darcy. La felicidad que esperaban Catherine y Lydia dependía menos de un suceso o de una persona en particular, pues si bien cada una de ellas tenía, como Elizabeth, la intención de pasarse media velada bailando con el señor Wickham, éste no era de ninguna manera el único compañero de baile que podría satisfacerlas, y un baile siempre era un baile. Y hasta la propia Mary aseguró a su familia que no le disgustaba la idea de ir.

—Siempre que pueda contar con las mañanas para mí —dijo—, me bastará con eso, y no me parece que sea un sacrificio participar en alguna ocasión en actos vespertinos. Todos tenemos obligaciones sociales, y yo me cuento entre los que consideran deseables para todos algunos ratos de recreo y esparcimiento.

Elizabeth estaba de tan buen ánimo en esta ocasión que, aunque no solía dirigir la palabra al señor Collins sin necesidad, no pudo menos que preguntarle si pensaba aceptar la invitación del señor Bingley y y, en caso afirmativo, si le parecería correcto sumarse a las actividades de la velada. Oyó con cierta sorpresa que éste no albergaba el menor escrúpulo en ese sentido y que estaba muy lejos de temer una represión por parte del arzobispo ni de lady Catherine de Bourgh por atreverse a bailar.

—Le aseguro que no soy ni mucho menos de la opinión de que un baile de esta especie, organizado por un joven de buena reputación para gente respetable, pueda tener nada de malo —dijo—. Y estoy tan lejos de poner reparos en bailar yo mismo que tendré la esperanza de gozar del honor de que cada una de mis bellas primas me conceda un baile en el transcurso de la velada. Aprovecho esta oportunidad para pedirle a usted, señorita Elizabeth, las dos primeras piezas; preferencia ésta que confío que tome a bien mi prima Jane, sin achacarla a ninguna falta de respeto hacia ella.

Elizabeth se sintió completamente acorralada. Había confiado plenamente en que el señor Wickham le pidiese esas mismas piezas, ¡y bailar, en cambio, con el señor Collins...! Su buen ánimo no había sido nunca tan inoportuno. Sin embargo, la cosa no tenía remedio. La felicidad del señor Wickham y la suya propia tendrían que retrasarse un poco más a la fuerza, y aceptó la propuesta del señor Collins de la mejor manera que pudo. La galantería de éste le agradaba tanto menos en la medida en que daba a entender algo más. Se le ocurrió entonces que ella era la elegida entre sus hermanas para ser señora de la casa rectoral de Hunsford y para ayudar a completar las partidas de *quadrille* en Rosings a falta de visitantes más aceptables. Aquella idea no tardó en convertirse en certidumbre al observar las atenciones crecientes de él y al oír sus intentos frecuentes de celebrar su juicio y su vivacidad; y aunque este efecto de sus encantos le producía más asombro que placer, su madre no tardó mucho en darle a entender que la posibilidad de aquel matrimonio le resultaba enormemente agradable. Elizabeth, no obstante, no quiso captar la indirecta, pues era muy consciente de que cualquier respuesta por su parte tendría como consecuencia una disputa grave. Era posible que el señor Collins no llegara a pedir su mano, y hasta que la pidiera era inútil discutir sobre él.

Si no hubiera existido el baile de Netherfield como tema de conversación y materia para hacer preparativos, las Bennet menores se habrían encontrado a estas alturas en un estado muy lamentable, pues desde el día de la invitación hasta el día del baile llovió de una manera tan constante que no pudieron ir andando a Meryton ni una sola vez. No pudieron salir a ver a su tía ni a los oficiales ni a enterarse de novedades; hasta las mismas escarapelas para los zapatos del baile de Netherfield se trajeron por encargo. La propia Elizabeth podría haber visto puesta a prueba su paciencia con aquel tiempo que dejaba en suspenso los progresos de su amistad con el señor Wickham. Sólo la esperanza de ir a un baile el martes pudo hacer soportables para Kitty y Lydia un viernes, sábado, domingo y lunes como aquéllos.

# Capítulo XVIII

A Elizabeth no se le había ocurrido en ningún momento dudar de la presencia del señor Wickham hasta que entró en el salón de la casa de Netherfield y lo buscó en vano entre el enjambre de casacas rojas que allí había. Ninguno de aquellos recuerdos que razonablemente podrían haberla alarmado había debilitado su certeza de encontrárselo. Se había vestido con más cuidado del habitual y se había preparado con el mayor ánimo para conquistar aquella parte de su corazón que quedaba por ser sojuzgada, confiando en que fuera tan poca que pudiera ganarse en el transcurso de la velada. Pero surgió en un solo instante la sospecha terrible de que en la invitación que había enviado Bingley a los oficiales se hubiera omitido a propósito al señor Wickham para dar ese gusto al señor Darcy; y, aunque no era exactamente así, su ausencia absoluta fue confirmada por su amigo Denny, a quien consultó con interés Lydia, y que les dijo que Wickham había tenido que ir a la capital por asuntos propios el día anterior y no había regresado todavía, y añadió con una sonrisa significativa:

—Me imagino que sus asuntos no lo habrían requerido precisamente ahora si no fuera porque quería evitar a cierto caballero que está aquí.

Aunque Lydia no oyó esta parte de la comunicación, sí que la captó Elizabeth, y, al confirmarle que Darcy no era menos responsable de la ausencia de Wickham que si la primera conjetura hubiera sido acertada, la desilusión inmediata le agudizó hasta tal grado todos los sentimientos de

desagrado que sentía hacia el primero que apenas fue capaz de responder con corrección pasable a las preguntas corteses que aquél se acercó a hacerle poco después. Hacer caso a Darcy, soportarlo, tener paciencia con él, era ofender a Wickham. Se decidió a no mantener ninguna conversación con él, y se apartó con un mal humor que no pudo superar del todo ni siquiera hablando con el señor Bingley, cuya parcialidad ciega la irritaba.

Pero Elizabeth no estaba hecha para el mal humor, y, aunque todos los planes que se había hecho para la velada habían quedado estropeados, aquello no pudo durarle mucho en el ánimo. Después de contar todas sus penas a Charlotte Lucas, a quien llevaba una semana sin ver, fue capaz al poco rato de pasar voluntariamente a hablar de las rarezas de su primo y a señalárselo especialmente. Las dos primeras piezas de baile, no obstante, trajeron una nueva congoja; fueron como una penitencia. El señor Collins, torpe y solemne, disculpándose en vez de atender y moviéndose mal muchas veces sin ser consciente de ello, la llenó de tanta vergüenza y desolación como puede dar una pareja de baile durante un par de piezas. El momento en que se libró de él fue de éxtasis para ella.

Bailó a continuación con un oficial y tuvo el consuelo de hablar de Wickham y de oír que era apreciado por todos. Cuando terminaron esas piezas, volvió con Charlotte Lucas, y estaba conversando con ella cuando la abordó de pronto el señor Darcy, que la tomó tan de sorpresa al solicitarle un baile que ella, sin saber lo que hacía, accedió. Él volvió a alejarse al momento, y ella se quedó lamentándose de su poca presencia de ánimo. Charlotte intentó consolarla:

—Yo diría que lo vas a encontrar muy agradable.

—¡No lo quiera el cielo! ¡Ésa precisamente sería la mayor desventura de todas! ¡Encontrar agradable a un hombre al que una está decidida a odiar! No me desees ese mal.

Cuando volvió a comenzar el baile, no obstante, y Darcy se aproximó a solicitar la pieza prometida, Charlotte no pudo menos de advertirle en un susurro que no fuera necia ni permitiera que su encaprichamiento por Wickham la hiciera aparecer desagradable ante los ojos de un hombre que tenía diez veces la categoría de éste. Elizabeth no contestó y ocupó su lugar en la posición de partida del baile, asombrada de tanta dignidad como había alcanzado al permitírsele estar delante del señor Darcy, y leyendo un asombro igual en las caras de sus vecinos. Bailaron algún tiempo sin decir palabra; y ella empezó a figurarse que el silencio de ambos había de durar hasta que terminaran las dos piezas, y se resolvió al principio a no romperlo; hasta que, imaginándose de repente que sería mayor castigo para su compañero de baile obligarlo a hablar, hizo una leve observación sobre la danza. Él respondió y volvió a guardar silencio. Tras una pausa de varios minutos, ella volvió a dirigirle la palabra por segunda vez:

—Ahora le toca a usted decir algo, señor Darcy. Yo he hablado de la danza, y usted debería hacer algún comentario sobre el tamaño de la sala o el número de parejas.

Él sonrió y le aseguró que diría lo que ella quisiera que dijera.

—Muy bien. Esa respuesta bastará de momento. Puede que más adelante haga la observación de que los bailes privados son mucho más agradables que los públicos. Pero ahora ya podemos guardar silencio.

—¿Entonces, habla usted según unas reglas cuando baila?

—A veces. Hay que hablar un poco, sabe usted. Parecería raro pasar media hora juntos en silencio completo; no obstante, hay algunos para los que conviene que la conversación esté ordenada de tal modo que tengan que molestarse en decir lo mínimo posible.

—¿Se refiere usted en este caso a sus propios sentimientos, o se figura que está dando gusto a los míos?

—Las dos cosas —respondió Elizabeth maliciosamente—, pues he visto siempre una gran semejanza en nuestra manera de ser. Los dos tenemos una disposición antisocial, somos taciturnos, no queremos hablar a no ser que esperemos decir algo que sorprenda a toda la sala y que se transmita a la posteridad con valor proverbial.

—Estoy seguro de que éste no es un retrato muy parecido del carácter de usted —dijo él—. No me atrevo a decir cuánto se aproxima al mío. Usted lo considerará, sin duda, un cuadro fiel.

—No debo ser yo la que juzgue mis propia obras.

Él no respondió, y volvieron a guardar silencio hasta que hubieron hecho las mudanzas del baile, cuando le preguntó si sus hermanas y ella solían ir andando a Meryton con frecuencia. Ella contestó afirmativamente, e, incapaz de resistir la tentación, añadió:

—Cuando usted nos encontró allí el otro día, acabábamos de conocer a alguien.

El efecto fue inmediato. Una altivez más profunda se extendió por sus facciones, pero no dijo palabra, y Elizabeth, aunque se culpó a sí misma por su propia debilidad, no pudo seguir adelante. Darcy habló al cabo y dijo con aire incómodo:

—El señor Wickham goza de unos modales tan afortunados que pueden servirle para hacer amigos; es menos seguro que sea igualmente capaz de conservarlos.

—Ha tenido la desventura de perder la amistad de usted —respondió Elizabeth con énfasis—, y de una manera que muy bien puede hacerle sufrir toda la vida.

Darcy no contestó y dio muestras de querer cambiar de tema. En aquel momento apareció cerca de ellos sir William Lucas con intención de pasar al otro lado de la sala cruzando el baile; pero al percibir al señor Darcy se detuvo y, con una reverencia muy cortés, le felicitó por lo bien que bailaban su pareja y él.

—He recibido una satisfacción inmensa, señor mío. No es corriente ver una manera de bailar tan superior. Es evidente que pertenece usted a los círculos más elevados. Permítame decirle, no obstante, que su bella pareja no desdice de usted y que debo esperar que este gusto se repita con frecuencia, sobre todo cuando tenga lugar cierto hecho deseable, querida señorita Eliza —mirando a la hermana de ésta y a Bingley—. ¡Cuántos parabienes llegarán entonces! Apelo al señor Darcy... pero no quiero interrumpirle, señor. No me agradecería usted que lo apartara del embrujo de la conversación de esta joven señorita, cuyos ojos brillantes también me están riñendo.

Darcy apenas oyó el final de esta alocución; pero la alusión que había hecho sir William a su amigo le impresionó mucho, al parecer, y dirigió los ojos con expresión muy seria hacia Bingley y Jane, que bailaban juntos. Se recuperó enseguida, no obstante, se volvió hacia su pareja y dijo:

—La interrupción de sir William me ha hecho olvidar de qué estábamos hablando.

—Creo que no estábamos hablando en absoluto. Sir William no ha podido interrumpir a dos personas que tuvieran menos que decirse en toda la sala. Ya hemos probado dos o tres temas sin éxito, y no se me ocurre de qué podríamos hablar ahora.

—¿Qué le parecen a usted los libros? —dijo él, sonriendo.

—Los libros... ¡Oh, no! Estoy segura de que no leemos nunca los mismos o, al menos, no sacamos las mismas impresiones.

—Lamento que lo crea usted así; pero, en tal caso, al menos no nos ha de faltar tema de conversación. Podemos comparar nuestras opiniones diferentes.

—No; no puedo hablar de libros en un salón de baile; siempre tengo otras cosas en la cabeza.

—En tal ambiente, la ocupa siempre lo presente, ¿no es verdad? —dijo él con expresión de duda.

—Sí, siempre —respondió ella, sin saber lo que decía, pues sus pensamientos se habían apartado mucho del tema, como pareció poco después al exclamar ella de pronto—: Recuerdo haberle oído decir una vez, señor Darcy, que usted no perdonaba casi nunca, que su resentimiento era implacable una vez formado. Supongo que será usted muy prudente a la hora de concebir sentimientos.

—Lo soy —dijo él con voz firme.

—¿Y que no se deja cegar usted nunca por los prejuicios?

—Espero que no.

—Las personas que no cambian nunca de opinión tienen un deber especial de asegurarse de juzgar bien al principio.

—¿Me permite que le pregunte cuál es el objeto de estas preguntas?

—Simplemente, el de ilustrar el carácter de usted —dijo ella, esforzándose por quitarse de encima la seriedad—. Intento comprenderlo.

—¿Y con qué resultados?

—No avanzo en absoluto —dijo ella, sacudiendo la cabeza—. Oigo decir de usted cosas tan diversas que me desconciertan enormemente.

—Bien creo que pueda oír cosas muy diversas de mí —dijo él con seriedad—, y quisiera, señorita Bennet, que no esbozara usted mi carácter de momento, pues tengo motivos para creer que la obra no respondería bien ni de usted ni de mí.

—Pero si no hago su retrato ahora, quizá no vuelva a tener nunca ocasión de hacerlo.

—No quisiera aplazar de ningún modo nada que pudiera darle gusto a usted —respondió él con frialdad. Ella no dijo más, y terminaron de bailar la pieza y se separaron en silencio e insatisfechos los dos, aunque no en el mismo grado; pues Darcy llevaba en el pecho un sentimiento bastante intenso hacia ella que pronto le valió el perdón, y dirigió toda su ira hacia otro.

No hacía mucho que se habían separado, cuando se acercó a Elizabeth la señorita Bingley y la abordó con una expresión de desdén correcto.

—¡De modo, señorita Eliza, que está usted encantada con George Wickham, según he oído decir! Su hermana me ha estado hablando de él, y me ha preguntado mil cosas; y veo que al joven se le ha olvidado decirle, entre lo que le ha comunicado, que era hijo del viejo Wickham, el último administrador del señor Darcy. Permítame que le recomiende, no obstante, como amiga, que no preste una confianza implícita a todas sus afirmaciones. Que el señor Darcy lo haya tratado mal es completamente falso; al contrario, siempre se ha portado con él con notable bondad, a pesar de que George Wickham ha tratado al señor Darcy de la manera más infame. No conozco los detalles, pero sé muy bien que el señor Darcy no tiene la menor culpa, que no soporta oír pronunciar el nombre de George Wickham y que, aunque a mi hermano le pareció que no podía evitar incluirlo en su invitación a los oficiales, se alegró enormemente de que él mismo se hubiera quitado de en medio. Su llegada misma a la región ha sido, en verdad, una gran insolencia por su parte, y no sé cómo se ha tomado esa libertad. Lamento desvelarle así la culpa de su favorito, señorita Eliza; pero, francamente, teniendo en cuenta su origen, no se podía esperar gran cosa de él.

—Según lo presenta usted, parece que su culpa y su origen son una misma cosa —dijo Elizabeth, airada—, pues lo peor de lo que la he oído a usted acusarle es de ser hijo del administrador del señor Darcy, y eso, se lo aseguro, me lo comunicó él mismo.

—Le ruego me disculpe —replicó la señorita Bingley, retirándose con un gesto burlón—. Perdone usted mi intromisión: era con buena intención.

«¡Qué muchacha tan insolente! —dijo Elizabeth para sus adentros—. Mucho te equivocas si pretendes hacerme cambiar de opinión con un ataque tan miserable como éste. Sólo veo en él tu propia ignorancia voluntaria y la malicia del señor Darcy.» Buscó después a su hermana mayor, que se había encargado de hacer averiguaciones sobre el mismo asunto, consultando a Bingley. Jane vino a su encuentro con una sonrisa de dulce complacencia, un brillo de felicidad en la expresión, que indicaban de sobra lo satisfecha que estaba con los sucesos de la velada. Elizabeth interpretó al instante sus sentimientos, y en ese momento la solicitud por Wickham, el resentimiento contra sus enemigos y todo lo demás se retiró ante la esperanza de que Jane se encontrara por el buen camino de la felicidad.

—Quiero que me cuentes lo que has descubierto acerca del señor Wickham —dijo Elizabeth, con el semblante no menos risueño que el de su hermana—, aunque es posible que hayas pasado el rato de una manera demasiado agradable como para pensar en una tercera persona; en cuyo caso, puedes estar segura de que te lo dispensaré.

—No —respondió Jane—, no me he olvidado de él; pero no puedo contarte nada satisfactorio. El señor Bingley no conoce toda su historia e ignora del todo las circunstancias que puedan haber ofendido más al señor Darcy; pero da fe de la buena conducta, la probidad y el honor de su amigo, y está completamente convencido de que el señor Wickham se ha merecido muchas menos atenciones de las que ha recibido por parte del señor Darcy. Lamento decir que, según lo exponen tanto él como sus hermanas, el señor Wickham no es ni mucho menos un joven respetable. Me temo que ha sido muy imprudente y que se ha merecido perder la consideración del señor Darcy.

—¿El señor Bingley no conoce en persona al señor Wickham?

—No; no lo había visto nunca hasta el otro día por la mañana, en Meryton.

—Entonces, sólo cuenta lo que le ha oído decir al señor Darcy. Con eso me conformo. Pero ¿qué dice de la cuestión del curato?

—No recuerda las circunstancias con exactitud, aunque lo ha oído contar más de una vez al señor Darcy; cree, no obstante, que sólo se le legó condicionalmente.

—No dudo de la sinceridad del señor Bingley —dijo Elizabeth acaloradamente—; pero debes disculparme si no me bastan sus afirmaciones. Yo diría que el señor Bingley ha defendido muy hábilmente a su amigo; pero, teniendo en cuenta que no está familiarizado con varias partes de la historia y que se ha enterado del resto por ese mismo amigo, me aventuro a seguir teniendo de los dos caballeros la misma opinión que antes.

Pasó entonces a una conversación más grata para ambas y en la que no podían tener diferencias de sentir. Elizabeth escuchó con deleite las esperanzas felices, aunque modestas, que tenía Jane de gozar de la consideración del señor Bingley, y le dijo todo lo que pudo para aumentar su confianza. Cuando se sumó a ellas el propio señor Bingley, Elizabeth se retiró para ir con la señorita Lucas, y apenas había dado respuesta a la pregunta de ésta sobre si su último compañero de baile había sido agradable, cuando se acercó a ellas el señor Collins y les dijo con gran júbilo que había tenido la fortuna de hacer un descubrimiento importantísimo.

—Me he enterado por un azar singular de que se encuentra ahora en la sala un pariente próximo de mi protectora —dijo—. Oí por azar al propio caballero mencionar a la joven señorita que hace los honores de la casa los nombres de su prima la señorita de Bourgh y de la madre de la niña, lady Catherine. ¡De qué manera tan maravillosa suceden estas cosas! ¡Quién podría creer que iba a encontrarme, por ventura, con un sobrino de lady Catherine de Bourgh en este baile! Me siento muy agradecido por haber hecho este descubrimiento a tiempo de presentarle mis respetos, cosa que pienso hacer ahora mismo, y espero que me dispense por no habérselos presentado antes. Mi ignorancia total del parentesco deberá servirme de disculpa.

—¡No pensará presentarse usted mismo al señor Darcy!

—Desde luego que sí. Le suplicaré que me perdone por no haberlo hecho antes. Creo que es sobrino de lady Catherine. Podré asegurarle que su señoría se encontraba muy bien hace ayer una semana.

Elizabeth intentó firmemente disuadirlo de tal plan, asegurándole que el señor Darcy consideraría una libertad imperdonable, más que un cumplido para su tía, que le dirigiera la palabra sin haber sido presentado; que no había la menor necesidad de que se prestasen atención el uno al otro; y que, caso de haberla, debía ser el señor Darcy, el de mayor categoría, quien solicitara la presentación. El señor Collins la escuchó con aire de estar decidido a seguir su propia inclinación y, cuando terminó de hablar, respondió así:

—Querida señorita Elizabeth, tengo la mejor opinión del mundo sobre el juicio excelente de usted en todas las cuestiones a las que alcanza su entendimiento; pero permítame que le diga que ha de haber una amplia diferencia ente las fórmulas establecidas para las ceremonias entre los seglares y las que rigen al clero. Consienta usted que le haga la observación de que considero al estado clerical como igual en dignidad al más encumbrado del reino... siempre que se mantenga, al mismo tiempo, la oportuna humildad de conducta. Deberá consentírseme, por tanto, que siga en esta ocasión los dictados de mi conciencia, que me llevan a cumplir con lo que considero un deber. Disculpe usted que deje de aprovechar sus consejos, que habrán de ser mi guía constante en todas las demás materias, aunque en el caso que nos ocupa me considero más capacitado que una joven señorita como usted a decidir qué es lo correcto, en virtud de mi educación y mis hábitos de estudio.

Y tras hacer una profunda reverencia la dejó para atacar al señor Darcy, cuya reacción ante su atrevimiento observó Elizabeth con interés, y cuyo asombro al ser abordado de aquella manera fue evidente. El primo de Elizabeth prologó su discurso con una reverencia solemne, y aunque ella no oyó una sola palabra de tal discurso, le pareció que lo estaba oyendo y leyó en el movimiento de sus labios las palabras «disculpa», «Hunsford» y «lady Catherine de Bourgh». Le disgustaba verlo ponerse en evidencia ante un hombre como aquél. El señor Darcy lo miraba con asombro mal contenido, y cuando el señor Collins le dejó por fin tiempo para hablar, le respondió con aire de corrección distante. Sin embargo, el señor Collins no perdió el ánimo para volver a hablar, y pareció que el desprecio del señor Darcy aumentaba notablemente con la longitud de la segunda alocución de aquél, pues cuando esta terminó no hizo más que una leve reverencia y se retiró. El señor Collins volvió entonces al lado de Elizabeth.

—No tengo motivo para quedar insatisfecho del modo en que he sido recibido, se lo aseguro —dijo—. El señor Darcy ha parecido muy complacido por la atención. Me ha respondido con la máxima cortesía, y hasta me ha hecho el cumplido de decir que estaba tan convencido del buen juicio de lady Catherine que no dudaba que ésta jamás podría otorgar un favor a quien no fuera digno de él. Ha sido, en verdad, una idea muy bonita. En conjunto, estoy muy complacido con él.

Como Elizabeth ya no tenía ninguna cuestión de su propio interés en qué ocuparse, dedicó su atención casi por completo a su hermana y al señor Bingley, y la serie de reflexiones agradables a las que dio lugar su observación la hicieron casi tan feliz como Jane. La vio en su imaginación instalada en esa misma casa, con toda la felicidad que puede dar un matrimonio nacido del afecto verdadero; y en esas circunstancias se sentía capaz de procurar, incluso, apreciar a las dos hermanas de Bingley. Vio con claridad que los pensamientos de su madre se inclinaban en el mismo sentido, y se determinó a no acercarse a ésta por miedo a oír demasiado. Por ello, cuando se sentaron a cenar, le pareció que había sido un azar perverso el que las había situado con sólo una persona de por medio; y se enojó mucho al descubrir que su madre estaba hablando con esta persona, que era lady Lucas, libre y abiertamente, de su esperanza de que Jane se casara pronto con el señor Bingley. El tema animaba a la señora Bennet, que parecía incapaz de cansarse de enumerar las ventajas de aquel partido. Los primeros puntos de los que se congratulaba eran que fuera un joven tan encantador, y tan rico, y que viviera a sólo tres millas de ellos. También la reconfortaba mucho pensar cuánto apreciaban a Jane las dos hermanas, y lo segura que estaba de que éstas debían desear emparentar tanto como podía desearlo ella. Aquello, además, era muy prometedor para sus hijas menores, ya que el hecho de que Jane se casara tan bien debía hacerlas conocer a otros hombres ricos. Por último, era muy agradable, a su edad, poder dejar a sus hijas solteras al cuidado de su hermana, para no tener que hacer más vida social de la que le apetecía. Era necesario hacer pasar estas circunstancias como placenteras, pues así lo mandaba la etiqueta en tales casos; pero nadie estaba más a gusto quedándose en su casa que la señora Bennet, en cualquier época de su vida. Concluyó con muchas expresiones de deseo de que lady Lucas pudiera tener la misma fortuna dentro de poco tiempo, aunque era evidente que creía de manera triunfal que no tenía la menor posibilidad de ello.

Elizabeth intentó en vano poner freno al flujo rápido de las palabras de su madre o convencerla de que describiera su felicidad con un susurro menos perceptible; pues percibía, con desazón indescriptible, que el señor Darcy, que estaba sentado frente a ellas, captaba lo principal. Su madre no hizo más que reñirla por ser tan absurda.

—¿Qué me importa a mí el señor Darcy, dime, para que le tenga miedo? Estoy segura de que no le debemos ninguna cortesía especial como para estar obligadas a no decir nada que a él no le pueda gustar oír.

—Por amor de Dios, mamá, hable más bajo. ¿Qué bien le puede hacer a usted ofender al señor Darcy? Lo único que conseguirá es quedar mal ante su amigo.

Sin embargo, nada de lo que pudo decir la influyó en absoluto. Su madre se empeñó en exponer sus puntos de vista con el mismo tono de voz perceptible. Elizabeth se sonrojó una y otra vez de vergüenza y disgusto. No podía evitar dirigir miradas frecuentes al señor Darcy, a pesar de que cada mirada la convencía de lo que más temía; pues, aunque éste no siempre estaba mirando a su madre, Elizabeth estaba convencida de que tenía puesta la atención en ella. La expresión de la cara de Darcy fue cambiando paulatinamente del desprecio indignado a una seriedad firme y sosegada.

Sin embargo, llegó un momento en que a la señora Bennet no le quedó más que decir, y dejó a lady Lucas, quien llevaba mucho rato bostezando por oír repetir unos deleites que ella no se veía con muchas posibilidades de compartir, para que encontrara consuelo en el jamón y el pollo frío. Elizabeth respiró aliviada. Sin embargo, el intervalo de tranquilidad no fue largo, pues, cuando hubo terminado la cena, se habló de cantar, y tuvo la mortificación de ver que Mary se disponía a entretener a los presentes sin que se lo hubieran pedido demasiado. Intentó impedir aquella muestra de amabilidad con muchas miradas significativas y gestos silenciosos, pero fue en vano; Mary no quiso entenderlos; le resultaba deliciosa una oportunidad como aquélla de exhibirse, y comenzó su canción. Elizabeth tenía clavados los ojos en ella con sensaciones muy dolorosas, y la vio desgranar las estrofas sucesivas con una impaciencia que fue muy mal satisfecha al concluirlas; pues Mary, al recibir entre el agradecimiento de la mesa una levísima alusión a que quizá se le pudiera pedir que volviera a cantar, empezó otra canción tras una pausa de medio minuto. Mary no estaba capacitada ni mucho menos para tal exhibición; tenía la voz débil y cantaba con afectación. Elizabeth estaba pasando un suplicio. Miró a Jane para ver cómo lo llevaba ésta, pero Jane estaba hablando con Bingley con gran compostura. Miró a sus dos hermanas y las vio hacerse gestos de burla la una a la otra, y a Darcy, quien mantenía, no obstante, una seriedad imperturbable. Miró a su padre para suplicarle que interviniera con el fin de que Mary no se pasara cantando toda la noche. Éste captó la intención y, cuando Mary hubo terminado su segunda canción, dijo en voz alta:

—Con eso basta y sobra, niña. Ya nos has deleitado durante un buen rato. Deja que las demás señoritas tengan tiempo de lucirse.

Mary se quedó un poco desconcertada, aunque hizo como que no había oído; y Elizabeth, que lo sintió por ella y por las palabras de su padre, se temió que su inquietud no hubiera hecho ningún bien. Se pidió entonces a otros invitados que cantaran.

—Si yo tuviera la ventura de saber cantar —dijo el señor Collins—, tendría mucho gusto, estoy seguro, en ofrecer a los presentes un aria; pues considero que la música es una diversión muy inocente y perfectamente compatible con el estado de clérigo. No quiero afirmar, sin embargo, que esté justificado que dediquemos demasiado tiempo a la música, pues hay otras cosas a las que atender, ciertamente. El rector de una parroquia tiene mucho que hacer. En primer lugar, debe establecer un acuerdo para percibir los diezmos de una manera que sea beneficiosa para él y no ofenda a su señor. Debe componer sus propios sermones; y no le sobrará mucho tiempo para atender a los deberes de su parroquia y al cuidado y mejora de su vivienda, que no podrá menos de hacer tan cómoda como pueda. Y no me parece poco importante que mantenga unos modos atentos y conciliadores con todos, sobre todo con aquéllos a los que debe su puesto. No lo considero exento de tal deber, ni puedo tener buen concepto del hombre que pase por alto una ocasión de dar fe de su respeto hacia cualquier persona relacionada con la familia.

Y, con una reverencia dirigida al señor Darcy, puso fin a su discurso, que había pronunciado en voz tan alta como para que la oyera la mitad de la sala. Muchos se le quedaron mirando, muchos sonrieron, pero nadie parecía más divertido que el propio señor Bennet, mientras que su esposa felicitaba con toda seriedad al señor Collins por haber hablado de una manera tan sensata, y comentó en un medio susurro a lady Lucas que se trataba de un joven muy listo y muy bueno.

A Elizabeth le daba la impresión de que, si su familia se hubiera puesto de acuerdo para ponerse en evidencia en todo lo posible durante la velada, habría sido imposible que representaran sus papeles con más ánimo o mayor éxito; y le pareció venturoso para Bingley y su hermana que a éste le hubiera pasado desapercibida una parte de la exhibición, y que sus sentimientos no fueran tales como para dejarse afectar mucho por las locuras que había debido de presenciar. Sin embargo, ya era bastante malo que las dos hermanas del señor Bingley y el señor Darcy contasen con tal oportunidad de ridiculizar a sus parientes, y no era capaz de determinar qué era más intolerable, si el desprecio callado del caballero o las sonrisas insolentes de las damas.

El resto de la velada no le aportó mucho solaz. La importunó el señor Collins, quien siguió a su lado con gran perseverancia y, aunque no pudo conseguir que volviera a bailar con él, le impidió bailar con otros. Ella le suplicó en vano que bailase con alguna otra, ofreciéndose a presentarle a cualquier señorita de la sala. Él le aseguró que el baile en sí le resultaba absolutamente indiferente; que su objetivo principal era alcanzar crédito ante los ojos de ella por medio de atenciones delicadas, y que, por ello, debía empeñarse en pasar toda la velada cerca de ella. Tal proyecto no admitía discusión. Elizabeth encontró su mayor alivio en su amiga la señorita Lucas, que se sumaba a ellos con frecuencia y tenía la bondad de entablar conversación con el señor Collins.

Al menos, se había librado de la molestia de recibir nuevas atenciones por parte del señor Darcy; aunque éste se encontró en muchas ocasiones a corta distancia de ella y muy desocupado, no se acercó nunca lo bastante como para hablar. A Elizabeth le pareció que sería probablemente una consecuencia de sus alusiones al señor Wickham, y se regocijó de ello.

Los de Longbourn fueron los últimos invitados que se marcharon y, gracias a una maniobra de la señora Bennet, tuvieron que esperar su coche un cuarto de hora cuando ya se habían marchado todos los demás, cosa que les dio tiempo de ver de cuán buena gana esperaban su marcha algunos miembros de la familia. La señora Hurst y su hermana apenas abrieron la boca si no era para quejarse de lo cansadas que estaban, y era evidente su impaciencia por quedarse solas en la casa. Rechazaron todos los intentos de conversación de la señora Bennet, y con ello sumieron a todo el grupo en una languidez que fue muy poco aliviada por los largos discursos del señor Collins, que felicitaba al señor Bingley y sus hermanas por la elegancia de la velada y por la hospitalidad y la cortesía que habían caracterizado su conducta para con sus huéspedes. Darcy no dijo nada en absoluto. El señor Bennet, sumido igualmente en silencio, gozaba de la escena. El señor Bingley y Jane estaban de pie juntos, un poco apartados de los demás, y sólo se hablaban entre sí. Elizabeth guardaba un silencio tan constante como el de la señora Hurst o la señorita Bingley; y la propia Lydia estaba demasiado fatigada como para hacer algo más que exclamar de vez en cuando «¡Señor, qué cansada estoy!» con grandes bostezos.

Cuando se levantaron para despedirse, la señora Bennet manifestó con la cortesía más insistente la esperanza de ver pronto a toda la familia en Longbourn, y se dirigió especialmente al señor Bingley para asegurarle cuán feliz los haría comiendo con ellos en familia en cualquier momento, sin la solemnidad de una invitación formal. Bingley fue todo agrado y agradecimiento, y se comprometió con mucho gusto a aprovechar la primera oportunidad para ir a servirla a su vuelta de Londres, adonde tenía necesidad de partir al día siguiente para pasar allí un tiempo breve.

La señora Bennet quedó absolutamente satisfecha y salió de la casa con el convencimiento delicioso de que, teniendo en cuenta los preparativos necesarios de capitulaciones matrimoniales, coches nuevos y el ajuar para la boda, habría de ver sin duda a su hija establecida en Netherfield al cabo de tres o cuatro meses. Pensaba con igual certeza casar a otra hija con el señor Collins, y con bastante agrado, aunque no igual al anterior. Elizabeth era a la que menos quería de todas sus hijas y, aunque el hombre y el partido le parecían suficientes para ella, el señor Bingley y Netherfield los eclipsaban a ambos.

# Capítulo XIX

Al día siguiente hubo un nuevo acontecimiento en Longbourn. El señor Collins se declaró formalmente. Como se había resuelto a hacerlo sin pérdida de tiempo, en vista de que su licencia sólo alcanzaba hasta el sábado siguiente, y como no tenía ningún sentimiento de timidez que le provocara angustia ni siquiera en aquel momento, lo organizó de manera muy ordenada, con todas las prevenciones que suponía debían formar parte regular de un asunto como aquél. Habiendo encontrado juntas, poco después del desayuno, a la señora Bennet, Elizabeth y una de las muchachas menores, se dirigió a la madre con estas palabras:

—Señora, ¿podría confiar en el interés de su hermosa hija Elizabeth, si solicito el honor de una audiencia privada con ella en el curso de la mañana?

Antes de que Elizabeth hubiera tenido tiempo para otra cosa que no fuera sonrojarse de sorpresa, la señora Bennet respondió al instante:

—¡Dios mío! Sí, desde luego. Estoy segura de que Lizzy se alegrará mucho... Estoy segura de que no podrá poner ningún inconveniente. Vamos, Kitty, ven conmigo al piso de arriba.

Y, después de guardar su labor, se disponía a marcharse apresuradamente cuando Elizabeth la llamó:

—Mamá, querida, le ruego que no se vaya. El señor Collins deberá disculparme. No puede tener nada que decirme que no pueda oír cualquiera. Soy yo la que se va.

—No, no, Lizzy, ¡qué disparate! Quiero que te quedes donde estás.

Y viendo que Elizabeth, con aspecto atribulado e incómodo, daba muestras de pretender verdaderamente huir, añadió:

—Lizzy, insisto en que te quedes a escuchar al señor Collins.

Elizabeth no quiso oponerse a una orden tan perentoria, y, comprendiendo, además, tras un momento de consideración, que lo más prudente sería quitarse aquello de encima de la manera más rápida y tranquila posible, volvió a sentarse e intentó disimular con una ocupación constante sus sentimientos, que se dividían entre la congoja y la diversión. La señora Bennet y Kitty salieron, y, en cuanto se hubieron marchado, el señor Collins empezó a hablar.

—Créame, mi querida señorita Elizabeth, que su modestia, lejos de perjudicarla, viene a sumarse al resto de sus perfecciones. Habría sido usted menos adorable a mis ojos si no hubiera opuesto esta pequeña resistencia; pero permítame que le asegure que cuento con el permiso de su respetada madre para hablarle a usted de esta manera. No dudará usted de las intenciones de mi discurso, por mucho que su delicadeza natural la impulse a fingir: mis atenciones han sido demasiado destacadas como para no entenderse. Casi desde el momento en que entré en la casa la seleccioné a usted como compañera de mi vida futura. Sin embargo, antes de que me deje llevar por mis sentimientos sobre esta materia, quizá sería aconsejable que manifestara los motivos que tengo para contraer matrimonio; y, más aún, para haber venido a Hertfordshire con el designio de elegir esposa, como así lo hice, ciertamente.

La idea de que el señor Collins, con toda su compostura solemne, se dejara llevar por sus sentimientos puso a Elizabeth tan al borde de la risa que no pudo aprovechar la breve pausa que éste le concedió para intentar detenerlo, y el señor Collins siguió diciendo:

—Mis motivos para contraer matrimonio son, en primer lugar, que me parece correcto que todo clérigo en situación acomodada (como lo estoy yo) dé ejemplo de matrimonio en su parroquia; en segundo lugar, que estoy convencido de que aportará mucho a mi felicidad; y, en tercer lugar (cosa que quizá debiera haber mencionado antes), que se trata de un consejo y recomendación particular de la nobilísima señora a la que tengo el honor de llamar mi protectora. Ha tenido en dos ocasiones la condescendencia de comunicarme su opinión sobre este asunto (¡y sin que yo se la pidiera, además!); y el mismo sábado por la noche, antes de mi salida de Hunsford, entre dos manos de *quadrille,* mientras la señora Jenkinson colocaba el reposapiés de la señorita de Bourgh, dijo: «Señor Collins, debe casarse usted. Un clérigo como usted debe casarse. Elija bien, elija a una mujer que sea hidalga por mí, y por usted, que sea una persona activa y útil, que no se haya criado con lujos, sino que sea capaz de hacer que cunda mucho una renta pequeña. Se lo aconsejo. Búsquese usted a una mujer así en cuanto pueda, tráigasela a Hunsford, y yo la visitaré». Permítame, hermosa prima, que observe de pasada que no considero que la atención y las bondades de lady Catherine de Bourgh sean la menor de las ventajas que puedo ofrecerle a usted. Verá usted que sus modales superan todo lo que yo pueda describir; y creo que el ingenio y la viveza de usted le serán aceptables, sobre todo estando templados con el silencio y el respeto que ha de inspirar inevitablemente la categoría de esta señora. Baste con lo dicho acerca de mi intención general a favor del matrimonio; queda por explicar por qué volví los ojos hacia Longbourn en vez de a mi propia comarca, donde le puedo asegurar que existen muchas jovencitas agradables. Pero dándose el caso de que yo he de heredar esta hacienda tras la muerte de su respetable padre (al que deseo, no obstante, muchos años de vida), no podía quedar satisfecho de mí mismo sin resolverme a elegir una esposa entre sus hijas, para que sufran la menor pérdida posible cuando tenga lugar el luctuoso suceso (que espero, no obstante, como ya he dicho, que no tenga lugar hasta dentro de algunos años). Éste ha sido mi motivo, hermosa prima, y me atrevo a creer que no desmerecerá de mí ante la estimación de usted. Y ahora sólo me falta asegurarle a usted con los términos más vivos el fervor de mi cariño. La dote me resulta completamente indiferente y no haré ninguna petición de ese carácter a su padre, pues soy muy consciente de que no podría cumplirla, y de que lo único que puede alcanzar usted serán mil libras esterlinas de deuda pública al cuatro por ciento, que no pasarán a su poder hasta la muerte de su madre. Guardaré un silencio constante sobre esa cuestión, por consiguiente; y usted puede estar segura de que no saldrá de mis labios ningún reproche mezquino cuando estemos casados.

Ya resultaba absolutamente necesario interrumpirlo.

—Va usted demasiado deprisa, señor —exclamó ella—. Olvida usted que no le he dado respuesta. Permítame que se la dé sin más pérdida de tiempo. Acepte las gracias que le doy por la fineza que me hace. Aunque soy muy consciente de cuánto me honra su propuesta, me resulta imposible hacer otra cosa que rechazarla.

—No es nuevo para mí —respondió el señor Collins, agitando la mano con formalidad— que es habitual entre las señoritas rehusar las proposiciones del mismo hombre a quien secretamente desean aceptar, en la primera ocasión en que éste les pide relaciones; y que en algunas ocasiones esta negativa se repite una segunda vez, e incluso una tercera. Por ende, no me desanima de ningún modo lo que acaba usted de decir, y tengo la esperanza de llevarla al altar de aquí a poco tiempo.

—A fe mía, señor —exclamó Elizabeth—, su esperanza resulta extraordinaria después de lo que le he dicho. Le aseguro a usted que no soy de esas señoritas (si es que existen tales señoritas) que son tan osadas como para arriesgar su felicidad al azar de que se les pida la mano por segunda vez. Mi negativa es perfectamente seria. Usted no podría hacerme feliz a mí, y estoy convencida de que yo soy la última mujer del mundo que podría hacerlo feliz a usted. Más aún: estoy convencida de que, si me conociera su amiga lady Catherine, me encontraría mal dotada para ser su esposa, en todos los sentidos.

—Si tuviera la certeza de que lady Catherine lo pensaría así... —dijo el señor Collins con mucha seriedad—, pero no me imagino que su señoría pueda desaprobarla en absoluto. Y puede estar usted segura de que, cuando tenga el honor de volver a verla, le hablaré en los términos más elevados de la modestia, economía y demás prendas estimables de usted.

—En verdad, señor Collins, que toda alabanza que me dedique será innecesaria. Debe darme usted permiso para que juzgue por mí misma, y debe hacerme el favor de creer lo que digo. Le deseo que sea muy feliz y muy próspero, y al negarle mi mano, estoy haciendo todo lo que puedo para evitar que deje de serlo. Al hacerme usted esta propuesta, ya ha cumplido con la delicadeza de sus sentimientos respecto de mi familia, y puede tomar posesión de la hacienda de Longbourn cuando le corresponda, sin reprocharse nada. Por tanto, esta cuestión puede considerarse cerrada definitivamente.

Al decir esto se puso de pie y quiso salir de la sala, pero el señor Collins le habló de esta manera:

—Cuando tenga el honor de volver a hablarle acerca de este asunto, confiaré en recibir una contestación más favorable que la que me ha dado usted ahora, aunque estoy muy lejos de acusarla de crueldad en estos momentos, pues sé que es costumbre establecida entre las de su sexo rechazar a los hombres en su primera petición, y es posible que usted haya dicho ahora mismo lo que ha dicho con el fin de animarme, cosa que concordaría con la verdadera delicadeza del carácter femenino.

—De verdad, señor Collins, me desconcierta usted enormemente —exclamó Elizabeth algo acalorada—. Si lo que he dicho hasta aquí puede parecerle una manera de darle ánimos, no sé cómo expresar mi negativa de un modo que le convenza de que lo es.

—Querida prima mía, debe permitirme usted que me precie de que su rechazo a mi propuesta no son más que meras palabras. He aquí, brevemente, mis motivos para creerlo así. No me parece que mi mano sea indigna de que la acepte usted, ni que el estado que le puedo ofrecer sea sino muy deseable. Mi situación en la vida, mi trato con la familia de Bourgh y mi parentesco con la suya propia son unas circunstancias que dicen mucho a mi favor. Debe considerar usted, además, que, a pesar de sus múltiples atractivos, no cuenta ni mucho menos con la certeza de que le vuelvan a hacer otra propuesta de matrimonio. Su dote es, por desgracia, tan pequeña que desbaratará, con toda probabilidad, los efectos de su belleza y sus prendas estimables. En vista de que debo llegar, por tanto, a la conclusión de que no me rechaza usted en serio, optaré por achacarlo a su deseo de aumentar mi amor por la incertidumbre, según tienen por costumbre las damas elegantes.

—Le aseguro a usted, señor, que no aspiro en lo más mínimo a esa elegancia que consiste en atormentar a un hombre respetable. Prefiero que me hagan el cumplido de creerme persona sincera. Le agradezco una y mil veces el honor que me ha hecho con su propuesta, pero me resulta absolutamente imposible aceptarla. Mi sentimientos lo impiden en todos los sentidos. ¿Es que puedo hablar más claro? No me considere usted una dama elegante que pretende fastidiarlo, sino una criatura racional que dice la verdad de todo corazón.

—¡Es usted encantadora de cualquier manera! —exclamó él con aire de torpe galantería—; y estoy convencido de que mis propuestas, una vez confirmadas por la autorización expresa de sus dos excelentes progenitores, no podrán menos de resultar aceptables.

Elizabeth no quiso dar respuesta al que persistía tanto en engañarse a sí mismo, y se retiró en silencio inmediatamente, decidida, si éste se empeñaba en considerar sus negativas repetidas como muestras halagüeñas de estímulo, en recurrir a su padre, cuya negativa se expresaría de manera definitiva, y cuya conducta, al menos, no podría confundirse con la afectación y la coquetería de una dama elegante.

# Capítulo XX

El señor Collins no se quedó a solas mucho tiempo para meditar sobre su éxito amoroso; pues en cuanto la señora Bennet, que se había quedado rondando en el vestíbulo en espera del fin de la conferencia, vio que Elizabeth abría la puerta y pasaba ante ella con paso rápido hacia la escalera, entró en el comedor y felicitó al señor Collins y se felicitó a sí misma con calor por la perspectiva feliz de establecer un parentesco más estrecho. El señor Collins recibió estas felicitaciones y las devolvió con el mismo gusto, y procedió a referir los detalles particulares de la entrevista, con cuyo resultado confiaba en tener todos los motivos para estar satisfecho, pues la negativa constante que le había dado su prima debía de dimanar, como es natural, de su modestia tímida y de la verdadera delicadeza de su carácter.

Sin embargo, esta información sobresaltó a la señora Bennet; también ella habría tenido mucho gusto en quedarse satisfecha pensando que su hija había pretendido animarlo rehusando sus propuestas, pero no se atrevía a creerlo, y no pudo menos que decirlo así.

—Pero puede estar usted seguro, señor Collins, de que se hará entrar en razón a Lizzy —añadió—. Hablaré de esto con ella ahora mismo. Es una niña muy terca, muy boba, y no sabe lo que le conviene; pero yo haré que se entere.

—Perdone usted que la interrumpa, señora —exclamó el señor Collins—, pero si es verdad que es terca y boba, no sé si sería en conjunto una esposa muy deseable para un hombre de mi situación, que, como es natural, busca la felicidad en el estado matrimonial. Por lo tanto, si se empeña realmente en rechazar mis pretensiones, quizá fuera mejor no obligarla a aceptarme, porque si tiene tales defectos de carácter, no podría aportar gran cosa a mi felicidad.

—Me entiende usted mal, señor mío —dijo la señora Bennet, alarmada—. Lizzy sólo es terca en cuestiones como ésta. En todo lo demás tiene tan buen carácter como la mejor niña del mundo. Voy a hablar ahora mismo con el señor Bennet, y estoy segura de que arreglaremos esto con ella muy pronto.

No le dio tiempo de responder, y corriendo al instante hacia su marido, dijo en voz alta al entrar en la biblioteca:

—¡Oh! Señor Bennet, te necesitamos ahora mismo; esto es un alboroto. Debes venir y hacer que Lizzy se case con el señor Collins, pues ella jura que no lo quiere, y si no te das prisa será él el que cambie de opinión y no la quiera a ella.

Cuando entró, el señor Bennet levantó los ojos del libro y se los clavó en la cara con una despreocupación tranquila que no se modificó en absoluto con las palabras de su esposa.

—No tengo el gusto de entenderte —dijo cuando hubo terminado ella de hablar—. ¿De qué estás hablando?

—Del señor Collins y Lizzy. Lizzy dice que no quiere al señor Collins, y el señor Collins empieza a decir que no quiere a Lizzy.

—¿Y qué debo hacer yo al respecto? Parece que la cosa tiene muy mal arreglo.

—Habla tú con Lizzy. Dile que te empeñas en que se case con él.

—Que la llamen. Le diré mi opinión.

La señora Bennet tocó la campanilla, y se hizo llamar a la señorita Elizabeth a la biblioteca.

—Ven aquí, niña —exclamó su padre al verla aparecer—. Te he mandado llamar por un asunto importante. Tengo entendido que el señor Collins te ha hecho una propuesta de matrimonio. ¿Es verdad? —Elizabeth respondió que sí—. Muy bien. ¿Y has rechazado tú esta propuesta de matrimonio?

—Sí, señor.

—Muy bien. Vamos al caso. Tu madre se empeña en que la aceptes. ¿No es así, señora Bennet?

—Sí; si no, no quiero volver a verla más.

—Te encuentras ante una triste alternativa, Elizabeth. A partir de este día deberás ser una extraña para uno de tus progenitores. Si no te casas con el señor Collins, tu madre no querrá volver a verte, y si te casas con él, seré yo el que no querré volver a verte.

Elizabeth no pudo menos de sonreírse al oír tal conclusión después de tal comienzo, pero la señora Bennet, que estaba convencida de que su marido veía el asunto de la misma manera que ella, se llevó una gran desilusión.

—¿Qué quieres decir con esto, señor Bennet? Me prometiste que la obligarías a casarse con él.

—Querida —respondió su marido—, he de pedirte dos favores pequeños. En primer lugar, que me permitas servirme en esta ocasión con libertad de mi entendimiento, y, en segundo lugar, de mi habitación. Me gustaría quedarme solo en la biblioteca lo antes posible.

Sin embargo, a pesar de lo que la había desilusionado su marido, la señora Bennet no se rindió todavía. Habló con Elizabeth una y otra vez, exhortándola y amenazándola alternativamente. Intentó ganarse a Jane a su favor, pero Jane se negó a intervenir con toda la dulzura posible; y Elizabeth respondía a sus ataques unas veces con verdadero ardor y otras con alegría juguetona. No obstante, aunque variaban sus modos, no variaba nunca su determinación.

El señor Collins, mientras tanto, meditaba a solas sobre lo que había pasado. Albergaba demasiado buen concepto de sí mismo como para comprender qué motivos podía tener su prima para rechazarlo; y, aunque estaba dolido en su orgullo, no sufría de ninguna otra manera. Su afecto hacia Elizabeth era completamente imaginario, y la posibilidad de que ésta mereciera los reproches de su madre le impedía sentir ningún pesar.

Mientras la familia estaba sumida en esta confusión, llegó Charlotte Lucas para pasar el día con ellos. La recibió en el vestíbulo Lydia, quien corrió hacia ella y exclamó en un medio susurro:

—¡Cuánto me alegro de que hayas venido, con lo que nos estamos divirtiendo! ¿A que no sabes lo que ha pasado esta mañana? El señor Collins ha pedido la mano de Lizzy, y ella no lo quiere.

Apenas había tenido tiempo de responder Charlotte cuando se unió a ellas Kitty, que venía a contar la misma noticia; y en cuanto entraron en el comedor, donde estaba sola la señora Bennet, ésta empezó también a hablar del asunto, solicitando la compasión de la señorita Lucas y suplicando a ésta que convenciera a su amiga Lizzy de que acatara los deseos de toda su familia.

—Se lo suplico, querida señorita Lucas —añadió con tono melancólico—, pues nadie está de mi parte, nadie se pone a mi lado. Me están tratando con crueldad, nadie se compadece de mis pobres nervios.

La entrada de Jane y Elizabeth dispensó a Charlotte de responder.

—Sí, aquí llega —siguió diciendo la señora Bennet—, como si tal cosa, y sin que le importemos más que si estuviésemos en York, con tal de salirse con la suya. Pero te digo una cosa, señorita Lizzy: si se te mete en la cabeza rechazar de esta manera todas las propuestas de matrimonio, no encontrarás nunca marido; y a fe que no sé quién te mantendrá tras la muerte de tu padre. Yo no podré mantenerte, te lo advierto. A partir de hoy, hemos terminado tú y yo. Ya sabes que te dije en la biblioteca que no volvería a hablar contigo, y verás que sé cumplir mi palabra. No me gusta hablar con hijas desobedientes. Y la verdad es que tampoco me gusta hablar con nadie. Las personas que sufrimos tanto de trastornos nerviosos no podemos tener gran inclinación a hablar. ¡Nadie sabe lo que sufro! Pero siempre es así. La gente no se apiada nunca de los que no se quejan.

Sus hijas escucharon esta efusión en silencio, sabedoras de que cualquier intento de razonar con ella o tranquilizarla no serviría más que para aumentar su irritación. Siguió hablando, por tanto, sin interrupción por parte de ninguna, hasta que se reunió con ellas el señor Collins, quien entró en la sala con un aire más pomposo de lo habitual. La señora Bennet, al verlo, dijo a las muchachas:

—Ahora os pido, e insisto en ello, que todas guardéis silencio y nos dejéis al señor Collins y a mí conversar un poco juntos.

Elizabeth salió de la sala discretamente, seguida de Jane y Kitty, pero Lydia siguió en su puesto, decidida a enterarse de todo lo que pudiera; y Charlotte, detenida al principio por la cortesía del señor Collins, que le preguntó con gran minuciosidad por ella y por toda su familia, y después por un poco de curiosidad, se conformó con acercarse a la ventana y hacer como que no oía. La señora Bennet abrió la conversación propuesta diciendo con voz lastimera:

—¡Oh, señor Collins!

—Mi querida señora —respondió él—, guardemos silencio para siempre sobre este punto. Nada más lejos de mi ánimo —siguió diciendo acto seguido con una voz que indicaba su disgusto— que tomar a mal la conducta de su hija. Todos tenemos el deber de resignarnos a los males inevitables, y cuánto más tiene este deber un joven que ha gozado, como yo, de la fortuna de adelantar en la vida a una edad temprana; y confío en tener resignación. Quizá no menos por experimentar algunas dudas sobre mi felicidad real en el caso de que mi hermosa prima me hubiera hecho el honor de otorgarme su mano; pues muchas veces he observado que la resignación no es nunca tan perfecta como cuando el bien que se ha negado empieza a perder algún valor a nuestros ojos. Confío en que no considere usted que estoy manifestando falta de respeto a su familia, mi querida señora, retirando de este modo mis pretensiones hacia su hija sin haber tenido la atención de solicitar al señor Bennet y a usted que hagan valer su autoridad en mi nombre. Me temo que se pueda reprender mi conducta por haber aceptado el rechazo de labios de su hija en vez de los de usted. Pero todos estamos sujetos a error. Es seguro que he obrado con buena intención en todo este asunto. Mi propósito ha sido hacerme con una compañera amable para mí, prestando la debida consideración al bien de toda su familia, y si mis modos han sido reprensibles en absoluto, les ruego que me perdonen.

# Capítulo XXI

Ya casi había concluido el debate acerca de la propuesta del señor Collins, y a Elizabeth sólo le quedaba padecer los sentimientos incómodos que eran su consecuencia necesaria, y alguna alusión malhumorada que le hacía su madre de vez en cuando. En cuanto al caballero mismo, no expresaba sus propios sentimientos con muestras de vergüenza ni de abatimiento, ni procurando evitar a Elizabeth, sino con una rigidez de modales y un silencio resentido. Apenas le dirigía la palabra, y trasladó durante el resto del día las atenciones asiduas que le había dedicado con tanta intención a la señorita Lucas, cuya urbanidad al escucharlo sirvió de alivio oportuno a todos, y sobre todo a su amiga.

Al día siguiente no se mitigó el mal humor de la señora Bennet ni su mala salud. El señor Collins también se encontraba en el mismo estado de orgullo airado. Elizabeth había confiado en que su resentimiento pudiera hacerle acortar su visita, pero no dio muestras de haber afectado en lo más mínimo a sus planes. Había pensado marcharse el sábado desde el principio, y hasta el sábado se quedaría.

Después del desayuno, las muchachas fueron caminando hasta Meryton para preguntar si había vuelto el señor Wickham y para quejarse de su ausencia del baile de Netherfield. Él se unió a ellas en cuanto entraron en el pueblo, y las acompañó hasta la casa de su tía, donde habló por extenso de cuánto había sentido y cuánto lamentaba haber estado

ausente. No obstante, reconoció voluntariamente a Elizabeth que él mismo había buscado, en efecto, la necesidad de su ausencia.

—Al irse acercando la fecha, me pareció que era mejor no ver al señor Darcy; que estar en la misma sala que él, en una misma reunión, durante tantas horas, podría resultarme insoportable, y que podrían producirse escenas que fuesen desagradables no sólo para mí.

Ella celebró mucho su indulgencia, y tuvieron tiempo de comentarla a fondo y de alabarse mutuamente con gran cortesía, pues Wickham y otro oficial las acompañaron a pie hasta Longbourn y, durante el paseo, Wickham dedicó su atención especialmente a Elizabeth. El que él las acompañara fue una doble ventaja: ella recibió sus cumplidos y aprovechó para presentárselo a sus padres.

Poco después de su regreso, Jane recibió una carta; venía de Netherfield. El sobre contenía una hoja de papel pequeña, elegante, con filigrana en relieve, bien cubierta de una letra hermosa y ágil de mujer. Elizabeth vio que a su hermana le cambiaba el semblante al leerla y observó que prestaba una atención especial a ciertos pasajes. Jane no tardó en recuperarse y, tras guardar la carta, procuró intervenir en la conversación general con su alegría habitual; pero Elizabeth advirtió en ella una inquietud que hasta la hizo apartar su atención de Wickham. Apenas se habían despedido éste y su compañero cuando Jane la invitó a seguirla al piso de arriba con una mirada. Una vez hubieron llegado a su cuarto, Jane sacó la carta y dijo:

—Es de Caroline Bingley; su contenido me ha sorprendido mucho. Todos se han marchado de Netherfield a estas horas y van camino de la capital, sin intención de volver. Oye lo que dice.

Leyó entonces en voz alta el primer párrafo, que contenía la información de que acababan de tomar la decisión de irse inmediatamente a la capital siguiendo a su hermano y que pensaban comer en la calle Grosvenor, donde tenía casa el señor Hurst. El párrafo siguiente decía así: «No voy a fingir que echaré de menos nada de lo que dejo en Hertfordshire salvo tu compañía, querida amiga; pero espero volver a disfrutar en algún tiempo futuro de una renovación del trato delicioso que hemos mantenido, y hasta entonces podremos aliviar el dolor de la separación con una correspondencia muy frecuente y sin reservas. Así lo espero de ti». Elizabeth escuchó estas expresiones altisonantes con la insensibilidad que le daba su desconfianza; y, aunque la sorprendía el modo repentino en que se habían marchado, en realidad no vio en ello nada que lamentar. No era de suponer que su ausencia de Netherfield impidiese que estuviera allí el señor Bingley; y en cuanto a la pérdida del trato con ellas, estaba convencida de que Jane dejaría de valorarlo a cambio de disfrutar del de él.

—Es una desventura que no hayas podido ver a tus amigos antes de que se marcharan de la comarca —dijo, tras una breve pausa—. Pero ¿no podemos esperar que la época de felicidad futura que espera la señorita Bingley llegue antes de lo que ella se imagina, y que renovéis el trato delicioso que habéis conocido como amigas con mayor satisfacción todavía en calidad de cuñadas? No serán ellas las que obliguen a quedarse en Londres al señor Bingley.

—Caroline dice claramente que ninguno del grupo volverá a Hertfordshire este invierno. Te lo leeré.

«Cuando mi hermano nos dejó ayer, pensaba que el asunto que lo llevaba a Londres podría quedar resuelto en tres o cuatro días; pero como nosotras estamos seguras de que no puede ser así y convencidas, al mismo tiempo, de que cuando Charles llegue a la capital no tendrá prisa en volver a dejarla, hemos tomado la determinación de ir a reunirnos con él allí para que no se vea obligado a pasarse las horas libres en un incómodo hotel. Muchas conocidas mías ya están allí para pasar el invierno; ojalá tuviera noticias, mi querida amiga, de que tú te proponías sumarte a ellas, pero no cuento con ello. Albergo la esperanza más sincera de que tus Navidades en Hertfordshire estén llenas de los regocijos que suelen traer esas fechas, y de que tus galanes sean tan numerosos que te impidan lamentar la pérdida de los tres de los que vamos a privarte».

—Esto deja claro que él ya no vuelve en este invierno —añadió Jane.

—Lo único que deja claro es que la señorita Bingley no cree que vaya a venir.

—¿Por qué lo crees así? Eso dependerá de él. Él es dueño de sí mismo. Pero no lo sabes todo. Voy a leerte el pasaje que me ha hecho especial daño. A ti no te oculto nada.

«El señor Darcy está impaciente por ver a su hermana; y, a decir verdad, nosotros casi tenemos la misma impaciencia por verla. Francamente, no creo que Georgiana Darcy tenga igual en belleza, elegancia y formación; y el afecto que nos inspira a Louisa y a mí aumenta y se vuelve más interesante todavía por la esperanza que nos atrevemos a abrigar de que sea pronto nuestra cuñada. No sé si te he comentado alguna vez mis sentimientos sobre este asunto, pero no quiero marcharme de la comarca sin confiártelos, y espero que no los consideres irracionales. Mi hermano ya la admira en grado sumo; ahora tendrá ocasiones más frecuentes de verla con mucha intimidad; todos los parientes de ella desean el vínculo tanto como los de él; y creo que no me engaña la parcialidad de hermana cuando digo que Charles es muy capaz de ganarse el corazón de cualquier mujer. ¿Acaso, mi querida Jane, existiendo todas estas circunstancias a favor de la unión y ninguna en contra, me equivoco al albergar la esperanza de un hecho que hará felices a tantos?»

—¿Qué te parece este párrafo, mi querida Lizzy? —dijo Jane cuando terminó de leerlo—. ¿Acaso no está bastante claro? ¿No declara manifiestamente que Caroline ni espera ni desea que yo sea su cuñada; que está completamente convencida de la indiferencia de su hermano y que, si es que sospecha la naturaleza de mis sentimientos hacia él, desea prevenirme (¡con la mejor intención!)? ¿Es posible entenderlo de alguna otra manera?

—Sí que es posible, pues yo lo entiendo de una manera completamente distinta. ¿Quieres oírla?

—De muy buena gana.

—La oirás en muy pocas palabras. La señorita Bingley ha advertido que su hermano está enamorado de ti y quiere que se case con la señorita Darcy. Se va tras él a la capital con la esperanza de mantenerlo allí e intenta convencerte a ti de que a él no le importas.

Jane sacudió la cabeza.

—En verdad, Jane, debes creerme. Nadie que os haya visto juntos podría dudar de su afecto. Estoy segura de que la señorita Bingley no puede tener duda al respecto. No es tan ingenua. Si hubiera visto la mitad de amor hacia ella por parte del señor Darcy, ya habría encargado su traje de novia.

Pero he aquí el caso: no somos lo bastante ricos ni importantes para ellos, y ella está tanto más deseosa de que su hermano se case con la señorita Darcy por pensar que cuando ya se haya establecido un enlace con la familia, a ella le costará menos trabajo conseguir un segundo. El plan tiene algo de ingenio, sin duda, y yo diría que tendría éxito si no estuviera de por medio la señorita de Bourgh. Pero, querida Jane, no es posible que, porque la señorita Bingley te diga que su hermano admira mucho a la señorita Darcy, tú te imagines en serio que éste es consciente en menor grado de tus méritos que cuando se despidió de ti el martes, ni que ella será capaz de persuadirlo de que, en lugar de estar enamorado de ti, está muy enamorado de la amiga de ella.

—Si tú y yo tuviésemos el mismo concepto de la señorita Bingley, podrías tranquilizarme mucho al presentarme así todo esto —repuso Jane—. Pero yo sé que partes de una base poco firme. Caroline es incapaz de engañar a nadie voluntariamente; y lo único que puedo esperar en este caso es que se esté engañando a sí misma.

—Eso es. No podrías haber propuesto una idea más afortunada, ya que no quieres consolarte con las mías. Cree que se engaña, sin dudarlo. Tú ya has cumplido con ella y no debes preocuparte más.

—Pero, querida hermana, ¿acaso puedo ser feliz, aun suponiendo lo mejor, aceptando a un hombre cuyas hermanas y amigos desean todos que se case con otra?

—Eso lo debes decidir tú misma —dijo Elizabeth—; y si, tras una reflexión madura, llegas a la conclusión de que el disgusto de molestar a sus dos hermanas pesa más que la felicidad de ser su esposa, te recomiendo encarecidamente que lo rechaces.

—¿Cómo puedes hablar así? —dijo Jane con una tenue sonrisa—. Has de saber que, aunque la desaprobación de ellas me dolería enormemente, no podría dudar en casarme con él.

—No te creí capaz de hacerlo; y, siendo así, no puedo compadecerme de tu situación.

—Pero si ya no vuelve más en todo este invierno, no tendré ocasión de elegir. ¡En seis meses pueden pasar mil cosas!

Elizabeth trató con el máximo desdén la idea de que no regresara más. Le parecía que no era más que un reflejo de los deseos interesados de Caroline, y no se figuraba ni por un instante que esos deseos, por muy hábil o abiertamente que se expresaran, pudieran influir en un joven tan independiente en absoluto de todo el mundo.

Describió a su hermana sus impresiones sobre la cuestión con toda la energía que pudo, y pronto tuvo el placer de advertir el efecto feliz que le causaba. Jane no estaba descorazonada, y la fue llevando poco a poco a tener esperanza, aunque la desconfianza del afecto superaba a veces esa esperanza, de que Bingley regresaría pronto a Netherfield y colmaría todos los deseos de su corazón.

Acordaron que sólo darían a conocer a la señora Bennet la marcha de la familia, sin alarmarla por la conducta del caballero; pero hasta esta noticia le produjo bastante inquietud, y deploró como una enorme desventura que las señoras tuvieran que marcharse precisamente cuando empezaban a intimar tanto con ellas. Después de lamentarlo por extenso, tuvo, no obstante, el consuelo de que el señor Bingley volvería pronto y pronto comería en Longbourn, y concluyó diciendo con tranquilidad que, aunque sólo le había invitado a comer en familia, ella se encargaría de que se sirvieran dos platos.

# Capítulo XXII

Los Bennet estaban invitados a comer en casa de los Lucas, y la señorita Lucas tuvo de nuevo la bondad de atender al señor Collins durante buena parte del día. Elizabeth aprovechó una ocasión para agradecérselo.

—Así está de buen humor —le dijo—, y me haces un favor más grande de lo que puedo expresarte.

Charlotte aseguró a su amiga que la satisfacción que le producía servir de algo la compensaba con creces por el pequeño sacrificio de su tiempo. Esto fue muy amable por su parte, pero la amabilidad de Charlotte llegaba más allá de lo que pudiera concebir Elizabeth: su objeto era nada menos que protegerla de un nuevo cortejo por parte del señor Collins a base de ganárselo para sí misma. Tal era el proyecto de la señorita Lucas; y las apariencias eran tan favorables que, cuando se despidieron por la noche, casi se habría sentido segura del éxito si no hubiera sido porque él tenía que marcharse de Hertfordshire dentro de muy poco tiempo. Sin embargo, no hacía justicia en esto al carácter ardoroso e independiente del señor Collins, que lo llevó a escaparse de la casa de Longbourn a la mañana siguiente con notable sigilo para correr a Villa Lucas y postrarse a los pies de ella. Deseaba evitar que lo vieran sus primas, pues estaba seguro de que, si lo veían salir, no podrían dejar de conjeturar sus designios, y no quería que se conociera tal intento hasta que no se conociera también su éxito; pues, aunque se sentía casi seguro, y con razón, de que Charlotte lo había animado bastante, la aventura del miércoles lo había dejado relativamente falto de confianza en sí mismo. Fue recibido, no obstante, de la manera más halagüeña. La señorita Lucas lo vio llegar caminando a la casa desde una ventana del piso de arriba y salió al instante para encontrarse por casualidad con él en el camino. A pesar de todo, no se había atrevido a esperar tanto amor y elocuencia como la aguardaban.

En el poco tiempo que dejaron los largos discursos del señor Collins, todo quedó arreglado entre los dos con satisfacción de ambas partes; y mientras entraban en la casa él le suplicó con pasión que dijera la fecha en que haría de él el más feliz de los hombres; y si bien la dama tuvo que dejar de dar gusto a esa solicitud de momento, no se sentía inclinada a tomar a broma su felicidad. La estupidez de que lo había dotado la naturaleza había de impedir que su cortejo estuviera dotado de cualquier encanto que pudiera hacerlo interesante para una mujer; y a la señorita Lucas, que sólo lo aceptaba en virtud de su deseo puro y desinteresado de tomar estado, no le importaba si la fecha en que alcanzaba ese estado era muy temprana o no.

Se solicitó rápidamente el consentimiento de sir William y lady Lucas, que lo otorgaron con alegre prontitud. La situación presente del señor Collins hacía de él un partido muy favorable para su hija, a quien podían dar poca dote; y las perspectivas de riqueza futura de aquél eran notabilísimas. Lady Lucas se puso a calcular de inmediato, con más interés del que le había despertado nunca hasta entonces la cuestión, cuántos años podría vivir todavía el señor Bennet; y sir William anunció su firme opinión de que, en el momento en que el señor Collins tomase posesión de la hacienda de Longbourn, sería muy recomendable que tanto él como su esposa se presentaran en el palacio de Saint James. Toda la familia, en suma, se llenó de la alegría que merecía la ocasión. Las muchachas menores se forjaron esperanzas de ponerse de largo un año o dos antes de lo que habrían hecho de no ser por esta circunstancia; y los muchachos perdieron la aprensión de que Charlotte muriera solterona. La propia Charlotte estaba bastante serena. Se había salido con la suya, y había tenido tiempo para pensar sobre ello. Sus reflexiones eran satisfactorias en general. El señor Collins no era sensato ni agradable,

desde luego; su compañía era molesta y el afecto que sentía por ella debía de ser imaginario. No obstante, sería su marido. No es que ella tuviera gran concepto ni de los hombres ni del matrimonio, pero siempre había ambicionado casarse, pues era la única salida para las jóvenes bien educadas de poca fortuna y, por inciertas que fueran sus perspectivas de obtener felicidad, había de ser el medio más agradable de protegerlas de la necesidad. Ella ya había conseguido esta protección; y a sus veintisiete años de edad, sin haber sido nunca hermosa, percibía lo afortunado que era para ella. La circunstancia menos agradable de todo el negocio era la sorpresa que había de causar a Elizabeth Bennet, cuya amistad valoraba ella por encima de la de cualquier otra persona. Aquello extrañaría a Elizabeth, y seguramente la culparía, y, aunque ella no pensaba vacilar en su resolución, la reprobación de Elizabeth le dolería. Se resolvió a comunicárselo ella misma, y encargó por lo tanto al señor Collins, cuando éste regresó a Longbourn a comer, que no hiciera alusión alguna delante de la familia a lo que había pasado. Él dio una fiel promesa de guardar el secreto, como es natural, aunque le resultó difícil mantenerla, pues la curiosidad que había suscitado su larga ausencia inspiró a su vuelta unas preguntas tan directas que tuvo que aplicar cierto ingenio para evadirlas, a la vez que ejercitaba una gran abnegación, pues anhelaba hacer público su éxito amoroso.

Como tendría que partir al día siguiente tan de madrugada que no vería a ningún miembro de la familia, la ceremonia de la despedida se llevó a cabo cuando las damas se iban a retirar por la noche; y la señora Bennet dijo con gran amabilidad y cordialidad que se alegrarían mucho de verlo otra vez en Longbourn, siempre que sus ocupaciones le permitieran visitarlos.

—Querida señora, esta invitación me resulta especialmente gratificante, porque tenía la esperanza de recibirla —respondió él—, y puede estar bien segura de que haré uso de ella lo antes posible.

Todos se quedaron atónitos; y el señor Bennet, quien no deseaba ni mucho menos verlo regresar tan pronto, dijo enseguida:

—Pero, mi buen señor, ¿no corre usted con ello el peligro de incurrir en la desaprobación de lady Catherine? Más le vale descuidar a sus parientes que arriesgarse a ofender a su protectora.

—Señor mío —respondió el señor Collins—, debo agradecerle particularmente este consejo de amigo, y puede usted estar seguro de que yo no daría un paso de tal importancia sin el beneplácito de su señoría.

—Toda precaución será poca. Expóngase usted a cualquier peligro antes que el de disgustarla; y si le parece posible que se disguste por venir usted a visitarnos de nuevo, cosa que me parece probabilísima, quédese tranquilamente en su casa y esté seguro de que nosotros no nos ofenderemos.

—Créame, señor mío, su atención afectuosa despierta vivamente mi gratitud, y puede estar seguro de que recibirá en breve plazo una carta en la que le agradeceré ésta y todas las demás muestras de su consideración durante mi estancia en Hertfordshire. En cuanto a mis hermosas primas, y aunque es posible que mi ausencia no sea tan larga como para hacerlo necesario, me tomaré ahora la libertad de desearles salud y felicidad, sin exceptuar a mi prima Elizabeth.

Después de las frases corteses de rigor, las señoritas se retiraron, sorprendidas todas ellas por el hecho de que el señor Collins tuviera la intención de regresar pronto. La señora Bennet optó por entender con ello que se proponía cortejar a alguna de sus hijas menores, y quizá se hubiera podido convencer a Mary para que lo aceptara. Ésta valoraba mucho más que cualquiera de las otras las dotes del señor Collins: sus reflexiones tenían una solidez que solía llamarle la atención; y, aunque no era tan listo como ella ni mucho menos, le parecía que si lo animaba a leer y culturizarse con el ejemplo de ella, podía llegar a convertirse en un compañero muy agradable. Sin embargo, toda esperanza de esta especie quedó disipada a la mañana siguiente. La señorita Lucas vino de visita poco después del desayuno, y en conversación privada con Elizabeth le contó lo que había pasado el día anterior.

A Elizabeth se le había ocurrido una vez durante el último día o dos la posibilidad de que el señor Collins se creyera enamorado de su amiga; pero el que Charlotte pudiera animarlo le parecía una posibilidad casi tan remota como la de que lo hiciera así ella misma, y en consecuencia su asombro fue tan grande que superó al principio los límites del decoro y no pudo menos de exclamar:

—¡Prometida al señor Collins! Mi querida Charlotte... ¡es imposible!

La tranquilidad de semblante con que había contado su historia la señorita Lucas sufrió aquí una breve confusión al recibir un reproche tan directo; aunque, por no ser superior a lo que esperaba, no tardó en recobrar la compostura y repuso con calma:

—¿Por qué ha de sorprenderte, mi querida Eliza? ¿Te parece increíble que el señor Collins pueda merecer la buena opinión de una mujer, sólo porque no tuvo la fortuna de conseguir la tuya?

Pero Elizabeth ya se había recuperado y, esforzándose mucho, pudo asegurarle con tolerable firmeza que la perspectiva de las relaciones de ambos le resultaba muy agradable y que le deseaba toda la felicidad imaginable.

—Ya veo lo que sientes —repuso Charlotte—. Debes de estar sorprendida, muy sorprendida, en vista de que el señor Collins quería casarse contigo hace tan poco tiempo. Sin embargo, espero que cuando hayas tenido tiempo de reflexionar sobre ello, te quedes conforme con lo que he hecho. Sabes que no soy una romántica, nunca lo he sido. Sólo pido un hogar cómodo, y teniendo en cuenta el carácter del señor Collins, su parentela y situación en la vida, estoy convencida de que tengo tantas posibilidades de ser feliz con él como la mayoría de la gente que toma el estado del matrimonio.

—Sin duda —respondió Elizabeth en voz baja; y tras una pausa incómoda volvieron a reunirse las dos con el resto de la familia.

Charlotte no se quedó mucho tiempo más, y Elizabeth pudo reflexionar entonces sobre la noticia que había recibido. Tardó mucho tiempo en reconciliarse por completo con la idea de un matrimonio tan inadecuado. La extrañeza que le producía que el señor Collins hubiera hecho dos propuestas de matrimonio en tres días no era nada comparada con la de que la segunda hubiera sido aceptada. Siempre le había parecido que Charlotte tenía un concepto del matrimonio que no coincidía exactamente con el de la propia Elizabeth, pero no había creído posible que, a la hora de la verdad, ella hubiera sacrificado todos sus sentimientos más nobles en nombre del bienestar material. ¡Era muy humillante imaginarse a Charlotte como esposa del señor Collins! Y al pesar de ver a una amiga desacreditarse de esa manera y haber perdido mucha de la estima que le tenía se añadía el convencimiento inquietante de que era imposible que dicha amiga gozara de felicidad con la suerte que había elegido.

# Capítulo XXIII

Elizabeth estaba sentada con su madre y hermanas, reflexionando sobre la noticia que había recibido y dudando si estaba autorizada a hablar de ella, cuando se presentó el propio sir William Lucas, enviado por su hija, para anunciar a la familia su compromiso. Presentó el asunto felicitándolos y felicitándose mucho él mismo por la perspectiva de que emparentaran las dos familias, ante unos oyentes no ya asombrados sino incrédulos, pues la señora Bennet, con más perseverancia que buena educación, le aseguró que debía de estar equivocado por completo; y Lydia, siempre imprudente y a menudo descortés, exclamó bulliciosa:

—¡Cielo santo! ¿Cómo es capaz de contar usted ese cuento, sir William? ¿No sabe que el señor Collins quiere casarse con Lizzy?

Sólo la tolerancia de un cortesano podría haber soportado un trato semejante sin encolerizarse; pero la buena crianza de sir William le permitió aguantarlo todo; y aunque pidió licencia para confirmar la veracidad de su afirmación, escuchó todas las impertinencias con la cortesía más paciente.

Elizabeth, sintiéndose obligada a auxiliarlo en una situación tan desagradable, se adelantó entonces a confirmar su relato, indicando que ya lo conocía de boca de la propia Charlotte; y procuró poner freno a las exclamaciones de su madre y hermanas dando sinceramente la enhorabuena a sir William, a lo que se sumó Jane de inmediato, y haciendo diversas observaciones sobre la felicidad que podía esperarse de tal matrimonio, el carácter excelente del señor Collins y la cómoda distancia a que estaba situado Hunsford de Londres.

En realidad, la señora Bennet estuvo demasiado abrumada como para decir gran cosa mientras siguió allí sir William; pero en cuanto éste los hubo dejado, dio rápida salida a sus sentimientos. En primer lugar, se empeñó en no creerse nada del asunto; en segundo lugar, estuvo segurísima de que habían engañado al señor Collins; en tercer lugar, manifestó su confianza en que jamás serían felices juntos; y, en cuarto lugar, en que pudiera romperse el compromiso. Sin embargo, de aquello se deducían claramente dos consecuencias: la primera, que Elizabeth era la verdadera causa de la calamidad; y la segunda, que a ella misma, a la señora Bennet, la habían maltratado todos de un modo bárbaro; y pasó el resto del día dando vueltas sobre todo a estos dos puntos. Nada podía consolarla y nada podía apaciguarla. Y tampoco se agotó su resentimiento aquel día. Hubo de transcurrir una semana hasta que pudo ir a ver a Elizabeth sin reñirla, un mes hasta que pudo hablar con sir William o lady Lucas sin ser grosera, y tardó muchos meses en perdonar a su hija.

Las emociones del señor Bennet sobre aquella circunstancia eran mucho más tranquilas, y anunció que eran muy agradables, pues, según dijo, le resultaba gratificante descubrir que Charlotte Lucas, a quien había acostumbrado a considerar aceptablemente sensata, era tan necia como su esposa, y más que su hija.

Jane se reconoció algo sorprendida por el compromiso; pero habló menos de su asombro que de su deseo sincero de felicidad para ambos; y Elizabeth tampoco pudo incitarla a juzgarlo extravagante. Kitty y Lydia estaban lejos de envidiar a la señorita Lucas, pues el señor Collins no era más que un clérigo; y sólo vieron en ello una novedad que podrían difundir en Meryton.

Lady Lucas no pudo dejar de expresar su triunfo al poder exhibir a su vez ante la señora Bennet el agrado de tener bien casada a una hija; e hizo más visitas de lo habitual a la casa de Longbourn para hablar de lo contenta que estaba, aunque la cara amargada de la señora Bennet y sus comentarios malintencionados podrían haber bastado para quitarle el contento.

Entre Elizabeth y Charlotte había una reserva que las hacía guardar silencio a las dos sobre el asunto; y Elizabeth estaba convencida de que ya no podría volver a existir una confianza verdadera entre las dos. Lo desilusionada que se sentía con Charlotte la llevó a volverse con más cariño hacia su hermana, de cuya rectitud y delicadeza tenía tan buen concepto que le parecía que su opinión sobre ella nunca cambiaría, y por cuya felicidad se preocupaba cada vez más día a día, pues ya hacía una semana que se había marchado Bingley y no se había oído nada de que fuera a regresar.

Jane había respondido enseguida a la carta de Caroline, y contaba los días que podía tardar razonablemente en volver a tener noticias de ella. La carta prometida de agradecimiento del señor Collins llegó el martes, dirigida al padre de las muchachas y con frases de gratitud tan solemne como si hubiera residido un año entero con la familia. Después de cumplir su deber en ese sentido, pasaba a informarles, con muchas expresiones arrebatadas, de su felicidad por haber conseguido el afecto de su adorable vecina, la señorita Lucas, y explicaba a continuación que sólo con el fin de disfrutar de la compañía de ésta había estado tan dispuesto a cumplir con su amable deseo de verlo de nuevo en Longbourn, donde esperaba poder regresar el lunes de dentro de dos semanas; pues lady Catherine aprobaba tan cordialmente su matrimonio (añadía) que le había pedido que tuviera lugar lo antes posible, cosa que él confiaba que sirviera de argumento incontestable para llevar a su adorable Charlotte a designar enseguida el día en que lo convertiría en el más feliz de los hombres.

El regreso del señor Collins a Hertfordshire ya no resultaba agradable para la señora Bennet. Más bien al contrario, ésta estaba tan dispuesta a quejarse de ello como su propio marido. Era muy extraño que viniera a Longbourn en lugar de a Villa Lucas; también era muy incómodo y enormemente molesto. Le fastidiaba tener visitas en casa cuando se encontraba tan regular de salud, y los enamorados eran las personas más desagradables de todas. Éstos eran los murmullos delicados de la señora Bennet, que sólo cedían ante la congoja mayor que provocaba la ausencia continuada del señor Bingley.

Ni Jane ni Elizabeth estaban tranquilas con este asunto. Pasaba día tras día sin traer más noticias de él que el rumor que corrió al poco tiempo por

Meryton de que no volvería más a Netherfield en todo el invierno; rumor éste que sulfuró mucho a la señora Bennet, quien no dejaba nunca de contradecirlo calificándolo de falsedad harto escandalosa.

Hasta la propia Elizabeth empezó a temer, no que Bingley estuviera indiferente, sino que sus hermanas consiguieran retenerlo. Aun estando tan poco inclinada como estaba a admitir una idea tan perjudicial para la felicidad de Jane y tan deshonrosa para la firmeza de su amante, no pudo impedir que se le ocurriera con frecuencia. Se temía que los esfuerzos conjuntos de sus dos hermanas insensibles y de su amigo que tanto lo dominaba, sumados a los atractivos de la señorita Darcy y a las diversiones de Londres, fueran demasiado para la fuerza de su afecto.

En cuanto a Jane, su propia angustia en esta incertidumbre era más dolorosa que la de Elizabeth, como es natural, pero deseaba disimular lo que sentía, y por tanto no se aludía jamás al asunto entre Elizabeth y ella. Sin embargo, como la madre de ambas no se paraba en tales delicadezas, apenas pasaba una hora sin que hablara de Bingley, manifestara su impaciencia por la llegada de éste o incluso exigiera a Jane que reconociese que, si Bingley no volvía, debía considerarse muy mal tratada. Jane tuvo que poner en juego toda su firme benignidad para soportar estos ataques con una tranquilidad tolerable.

El señor Collins regresó con gran puntualidad el lunes al cabo de dos semanas, pero no fue recibido en Longbourn con tanta amabilidad como cuando había hecho su primera aparición, ni mucho menos. No obstante, él estaba demasiado feliz como para precisar muchas atenciones; y, por fortuna para los demás, su tarea de cortejar los dispensaba de su compañía en gran medida. Se pasaba la mayor parte de cada día en Villa Lucas, y a veces sólo regresaba a Longbourn con el tiempo justo de disculparse por su ausencia antes de que la familia se fuera a acostar.

La señora Bennet se encontraba verdaderamente en un estado muy lastimoso. La mera mención de cualquier cosa relacionada con aquel matrimonio le producía un arrebato de mal humor, y no podía ir a ninguna parte sin oír hablar de ello. Le resultaba odioso ver a la señorita Lucas. Como sucesora suya que había de ser en aquella casa, la miraba con un aborrecimiento celoso. Siempre que iba a visitarlos Charlotte, la señora Bennet se figuraba que ésta se estaba imaginando el momento de tomar posesión; y siempre que hablaba en voz baja con el señor Collins, estaba convencida de que hablaban de la hacienda de Longbourn y que decidían que habría que expulsarlas de la casa a ella y a sus hijas en cuanto hubiera muerto el señor Bennet. Se quejaba con amargura de todo esto a su marido.

—En verdad, señor Bennet —le dijo—, ¡es muy duro pensar que Charlotte Lucas será un día señora de esta casa, que yo me veré obligada a retirarme para que entre ella y que he de vivir para verla meterse aquí!

—Querida, aparta de ti esos pensamientos tan lúgubres. Esperemos cosas mejores. Hagámonos la ilusión de que seré yo quien te sobreviva.

Aquello no consoló mucho a la señora Bennet y, en consecuencia, en vez de dar respuesta, siguió con sus quejas anteriores.

—No soporto la idea de que se vayan a quedar con toda esta hacienda. Si no fuera por el mayorazgo vinculado, no me importaría.

—¿Qué es lo que no te importaría?

—No me importaría nada en absoluto.

—Demos gracias de que estés libre de tal estado de indiferencia.

—No puedo dar gracias, señor Bennet, por nada que tenga alguna relación con el mayorazgo vinculado. No entiendo cómo es posible que nadie tenga la mala conciencia de vincular una hacienda para quitársela a sus propias hijas, ¡y todo para beneficiar al señor Collins! ¿Por qué tiene que quedársela él y no otra persona cualquiera?

—Eso tendrás que entenderlo tú misma —dijo el señor Bennet.

# SEGUNDA
# PARTE

# Capítulo XXIV

Cuando llegó la carta de la señorita Bingley, puso fin a todas las dudas. Ya su primer párrafo hacía saber con seguridad que todos se habían establecido en Londres para pasar allí el invierno, y concluía exponiendo cuánto sentía su hermano no haber tenido tiempo para presentar sus respetos a sus amigos de Hertfordshire antes de marcharse de la región.

Se había perdido la esperanza por completo, y cuando Jane fue capaz de leer el resto de la carta encontró poco más que pudiera consolarla, salvo las expresiones de afecto por parte de su autora. Lo principal de la carta se dedicaba a las alabanzas de la señorita Darcy. Se repasaban de nuevo sus muchos atractivos, y Caroline se jactaba con alegría de la intimidad creciente que había entre las dos y se aventuraba a prever que se cumplirían los deseos que había apuntado en su carta anterior. Contaba también con gran placer que su hermano se alojaba en casa del señor Darcy, y citaba con arrebato algunos proyectos de este último respecto a adquirir mobiliario nuevo.

Elizabeth, a quien Jane leyó enseguida casi toda la carta, la oyó con indignación callada. Tenía el corazón dividido entre la preocupación por su hermana y el resentimiento contra todos los demás. No prestó crédito alguno a las afirmaciones de Caroline de que a su hermano le gustaba la señorita Darcy. No dudaba, como no había dudado nunca, de que en realidad quería a Jane; y, aunque siempre había tendido a apreciar al señor Bingley, no podía pensar sin ira, ni casi sin desprecio, en esa blandura de carácter, en esa falta de resolución digna, que lo convertía entonces en el esclavo de sus amigos intrigantes y lo hacía sacrificar su propia felicidad al capricho de las inclinaciones de tales amigos. No obstante, si lo único que hubiera sacrificado hubiera sido su propia felicidad, bien se le habría podido consentir que jugase con ella como le pareciera más oportuno; pero aquello también afectaba a la hermana de Elizabeth, y ésta consideraba que él mismo debía de ser consciente de ello. En suma, era una cuestión en la que podía reflexionar mucho tiempo sin sacar nada en limpio. No era capaz de pensar en otra cosa; y, a pesar de todo, ya se hubiera apagado de verdad el cariño de Bingley, ya se lo hubieran reprimido sus amigos con su intromisión; ya fuera él consciente del amor de Jane, o ya se le hubiera pasado por alto; fuera como fuese, aunque el resultado debía de afectar al concepto que tenía Elizabeth de Bingley, el caso era que la situación de su hermana venía a ser la misma y su tranquilidad quedaba igualmente herida.

Pasó un día o dos hasta que Jane tuvo el valor suficiente para hablar a Elizabeth de sus sentimientos; pero, por fin, cuando la señora Bennet las hubo dejado solas tras un episodio de irritación más largo de lo habitual acerca de la casa de Netherfield y su señor, no pudo menos de decir:

—¡Ojalá nuestra madre querida tuviera más control de sí misma! No se puede hacer idea del dolor que me causa criticándolo continuamente. Pero no estoy dispuesta a afligirme. Esto no puede durar mucho. Se le olvidará, y nos quedaremos como estábamos.

Elizabeth miró a su hermana con preocupación e incredulidad, pero no dijo nada.

—Dudas de mí —exclamó Jane, sonrojándose ligeramente—. No tienes motivos para ello, la verdad. Puede que viva en mi memoria como el hombre más estimable que he conocido, pero esto es todo. No tengo nada más que esperar ni que temer, ni ningún reproche que hacerle. ¡Ese dolor no lo tengo, gracias a Dios! Un poco más de tiempo, por tanto... e intentaré sentirme mejor, desde luego.

Añadió con voz más firme poco después:

—Tengo un consuelo inmediato: que sólo ha sido un error de la fantasía por mi parte, y que no ha hecho daño a nadie más que a mí.

—¡Eres demasiado buena, mi querida Jane! —exclamó Elizabeth—. Tu bondad y desprendimiento son francamente angelicales; no sé qué decirte. Me parece que no te he hecho justicia nunca ni te he querido como te mereces.

La señorita Bennet mayor rechazó con firmeza estar dotada de ningún mérito extraordinario, y alabó a su vez el afecto caluroso de su hermana.

—No —dijo Elizabeth—, esto no es justo. Tú quieres considerar respetable a todo el mundo y te duele que yo hable mal de nadie. Y cuando yo quiero considerarte perfecta a ti, te opones. No temas que cometa ningún exceso, que quiera participar de tu privilegio de pensar bien de todo el mundo. No debes temerlo. Hay pocas personas a las que yo quiera de verdad, y tengo buen concepto de menos todavía. Cuanto más veo el mundo, más insatisfecha estoy de él; y cada día que pasa confirma mi opinión sobre la incongruencia de todos los caracteres humanos y sobre la poca confianza que se puede depositar en las apariencias de mérito o buen sentido. Últimamente he visto dos ejemplos: uno no lo citaré; el otro es el enlace de Charlotte. ¡Es inexplicable! ¡Es inexplicable, se mire como se mire!

—Querida Lizzy, no caigas en sentimientos de esa especie. Echarían a perder tu felicidad. No tienes en cuenta como es debido las diferencias de situación y temperamento. Considera cuán respetable es el señor Collins y el carácter constante y prudente de Charlotte. Recuerda que ella pertenece a una familia numerosa; que él es un partido muy favorable en cuanto a los bienes de fortuna; y disponte a creer, por el bien de todos, que ella pueda sentir por nuestro primo algo parecido al afecto y al amor.

—Yo intentaría creer casi cualquier cosa por ti, pero a nadie más puede beneficiarle que yo crea tal cosa; pues si llegara a convencerme de que Charlotte siente algún afecto por él, esto sólo me serviría para tener un concepto de su entendimiento peor todavía del que tengo ahora de su corazón. Mi querida Jane, el señor Collins es un hombre altanero, ampuloso, estrecho de miras y tonto; tú lo sabes tan bien como yo, y te debe parecer, como me parece a mí, que la mujer que se case con él no puede tener muy sano el juicio. No la defenderás, por muy Charlotte Lucas que sea. No vas a forzar, por una persona, el sentido de lo que son los principios y la integridad, ni

vas a intentar convencerte a ti misma ni convencerme a mí de que el egoísmo es prudencia y la inconsciencia del peligro, un seguro de felicidad.

—Tengo que considerar que hablas de los dos con palabras demasiado fuertes —repuso Jane—, y espero que te convenzas de ello cuando los veas felices juntos. Pero basta de esto. Has hecho alusión a otra cosa. Dijiste que había dos casos. No puedo dejar de entenderte, pero te suplico, mi querida Lizzy, que no me hagas sufrir considerando digna de culpa a esa persona y diciendo que has perdido la buena opinión que tenías de él. No debemos estar tan dispuestos a figurarnos que nos han injuriado a propósito. No debemos esperar que un joven de carácter vivo sea siempre muy prudente y circunspecto. Lo que nos engaña no es a menudo más que nuestra propia vanidad. Las mujeres nos imaginamos que la admiración significa más de lo que es.

—Y los hombres se encargan de que se lo imaginen.

—Si lo hacen adrede, no tienen justificación; pero yo no me figuro que en el mundo haya tanta intención como se imaginan algunas personas.

—Estoy lejos de atribuir a la intención nada de la conducta del señor Bingley —dijo Elizabeth—; pero, sin proponérselo, se puede hacer daño a los demás o se les puede hacer infelices, pueden cometerse errores y provocarse sufrimientos. Para ello basta con obrar con irreflexión, sin atender a los sentimientos de los demás y sin decisión.

—¿Y tú lo achacas a alguna de estas cosas?

—Sí; a la última. Pero si sigo hablando, voy a disgustarte diciendo lo que opino de personas a las que estimas. Hazme callar mientras puedas.

—¿Te empeñas, pues, en suponer que sus hermanas influyen en él?

—Sí, junto con su amigo.

—No me lo puedo creer. ¿Por qué iban a intentar influir en él? Sólo pueden desear su felicidad, y si él me quiere, ninguna otra mujer podrá dársela.

—Tu primera premisa es falsa. Pueden desear muchas cosas aparte de su felicidad; pueden desear que aumente su riqueza y su categoría social, pueden querer que se case con una muchacha que tenga toda la trascendencia que da el dinero, la familia importante y el orgullo.

—No cabe la menor duda de que quieren que elija a la señorita Darcy —respondió Jane—, pero esto puede deberse a unos sentimientos más nobles de los que les supones. La conocen desde hace mucho más tiempo que a mí: no es de extrañar que la quieran más. No obstante, sean cuales sean sus deseos, es muy improbable que se hayan enfrentado a los de su hermano. ¿Qué hermana se consideraría con derecho a ello, a no ser que existiera algo muy censurable? Si creyeran que me quiere, no intentarían separarnos; si fuera verdad, no lo conseguirían. Al suponer que existe tal amor, presentas a todos con una conducta antinatural y errónea, y me haces sufrir a mí más todavía. No me aflijas con esa idea. No me avergüenzo de haberme equivocado; o, al menos, la vergüenza es leve, no es nada si se compara con lo que sentiría si pensara mal de él o de sus hermanas. Déjame que lo vea de la manera más positiva posible, de una manera en la que se pueda entender.

Elizabeth no pudo oponerse a tal deseo; y, a partir de entonces, apenas volvieron a nombrar entre ellas al señor Bingley.

La señora Bennet seguía extrañada y afligida porque él no regresaba, y aunque apenas pasaba un día sin que Elizabeth se lo explicara con claridad, era muy poco probable que ella llegara a considerar el asunto con menor perplejidad. Su hija se esforzaba por convencerla de lo que ella misma no creía: que sus atenciones hacia Jane no habían sido más que el efecto de un aprecio común y transitorio, que había cesado cuando había dejado de verla; pero, si bien su madre reconocía entonces que así podía ser, Elizabeth tenía que volver a repetir la misma historia todos los días. El mayor consuelo de la señora Bennet era que el señor Bingley debía volver a venir en verano.

El señor Bennet trataba la cuestión de otra manera.

—De modo, Lizzy —dijo un día—, que tu hermana se ha llevado un desengaño amoroso, según veo. La felicito. Lo que más gusta a una muchacha, aparte de casarse, es llevarse un pequeño desengaño amoroso de vez en cuando. Le da algo en qué pensar, y le aporta una especie de distinción entre sus amistades. ¿Cuándo te llegará la vez? No vas a consentir durante mucho tiempo ser menos que Jane. Ahora te toca a ti. Hay en Meryton bastantes oficiales como para desengañar a todas las señoritas de la comarca. Que el tuyo sea Wickham. Es un sujeto agradable, y seguro que te dará calabazas.

—Gracias, padre; pero me quedaría satisfecha con un hombre menos agradable. No todas podemos aspirar a la buena suerte de Jane.

—Es cierto —dijo el señor Bennet—, pero sirve de consuelo pensar que, te pase lo que te pase en ese sentido, tienes una madre afectuosa que lo verá de la mejor manera posible.

La compañía del señor Wickham contribuyó a disipar la melancolía en que los últimos sucesos nefastos habían sumido a muchos miembros de la familia de la casa de Longbourn. Lo veían con frecuencia, y a sus otras prendas se añadió entonces una falta general de reserva. Todo lo que ya sabía Elizabeth, las quejas que tenía el señor Wickham del señor Darcy y todo lo que había sufrido a sus manos se sabía ya abiertamente y era de dominio público, y todos se complacían de saber cuán poco les había gustado el señor Darcy antes de haber conocido nada de aquel asunto.

Jane era la única persona capaz de suponer que podían existir en aquel caso circunstancias eximentes que no conociera la sociedad de Hertfordshire. Su candor suave y constante siempre dejaba sitio a la indulgencia y tenía en cuenta la posibilidad de cometer un error; pero todos los demás condenaban al señor Darcy considerándolo el peor de los hombres.

# Capítulo XXV

Después de pasarse una semana entre promesas de amor y planes de felicidad, la llegada del sábado obligó al señor Collins a dejar a su adorable Charlotte. Sin embargo, por su parte podría distraer el dolor de la separación con los preparativos para recibir a su novia; pues tenía motivos para suponer que a poco de su regreso a Hertfordshire se señalaría el día en que se convertiría en el más feliz de los hombres. Se despidió de sus parientes de Longbourn con tanta solemnidad como antes; volvió a desear salud y felicidad a sus hermosas primas, y prometió al padre de éstas otra carta de agradecimiento.

El lunes siguiente, la señora Bennet tuvo el gusto de recibir a su hermano y a la esposa de éste, que venían a pasar las Navidades en Longbourn como tenían por costumbre. El señor Gardiner era un hombre sensato, caballeroso, muy superior a su hermana tanto en carácter como en educación. A las damas de Netherfield les habría costado trabajo creerse que un hombre que vivía del comercio, y sin perder nunca de vista sus almacenes, pudiera ser tan educado y agradable. La señora Gardiner, que era varios años más joven que la señora Bennet y la señora Phillips, era una mujer amable, inteligente y elegante, apreciadísima por todas sus sobrinas de Longbourn. Mantenía, sobre todo con las dos mayores, unas relaciones de afecto especial. Se habían alojado con frecuencia en su casa de la capital.

La primera tarea de la señora Gardiner a su llegada fue repartir sus regalos y describir las últimas modas. Hecho esto, pasó a desempeñar un papel menos activo. Le tocó escuchar. La señora Bennet tenía muchos agravios que relatar y mucho de que quejarse. Los habían tratado muy mal a todos desde que había visto a su cuñada por última vez. Dos de sus hijas habían estado a punto de casarse, y al final todo había quedado en nada.

—No culpo a Jane —siguió diciendo—, pues Jane habría conseguido al señor Bingley si hubiera estado en su mano. Pero ¡Lizzy! ¡Ay, cuñada! ¡Qué duro es pensar que ya podría ser esposa del señor Collins, si no fuera por su propia perversidad! Le pidió su mano en esta misma sala, y ella lo rechazó. La consecuencia será que lady Lucas casará a una hija suya antes que yo, y que la hacienda de Longbourn sigue tan vinculada como antes. Los Lucas son una gente muy artera, cuñada. Van a apoderarse de todo lo que puedan. Lamento decir esto de ellos, pero es que es así. Me pone muy nerviosa y enferma que se me contraríe tanto en mi propia familia y tener unos vecinos que piensan en sí mismos por encima de los demás. Con todo, que hayas venido ahora es el mayor de los consuelos, y me alegro mucho de oír lo que nos cuentas de las mangas largas.

La señora Gardiner, que ya conocía lo más sustancial de estas noticias por su correspondencia con Jane y Elizabeth, dio a su cuñada una breve respuesta y cambió de tema de conversación por consideración con sus sobrinas.

Más tarde, a solas con Elizabeth, habló algo más del asunto.

—Parece que podía haber sido un partido conveniente para Jane —dijo—. Siento que no haya salido adelante. Pero ¡estas cosas pasan tan a menudo! Un joven como es el señor Bingley según me lo habéis descrito se enamora con mucha facilidad de una muchacha linda durante unas semanas, y cuando se separan por alguna circunstancia casual, la olvida con tanta facilidad que estas inconstancias son muy frecuentes.

—En cierto modo es un gran consuelo —dijo Elizabeth—, pero a nosotras no nos sirve. No sufrimos por una circunstancia casual. No es frecuente que un joven de fortuna independiente se deje convencer por la intromisión de unos amigos de no pensar más en una muchacha de la que estaba enamorado fervientemente pocos días antes.

—Sin embargo, esa expresión, «enamorado fervientemente», es tan trillada, tan dudosa, tan indefinida, que no me permite hacerme gran idea del caso. Se suele aplicar tanto a sentimientos que surgen de media hora de trato como a un amor verdadero y fuerte. Dime, te lo ruego, ¿cuán ferviente era, en realidad, el amor del señor Bingley?

—Yo no había visto en mi vida una inclinación más prometedora; empezaba a desatender a las demás personas y a estar absorto por entero en ella. Era más claro y notorio a cada vez que se veían. En el baile que dio en su propia casa ofendió a dos o tres damas al no invitarlas a bailar; y yo misma le dirigí la palabra dos veces sin recibir contestación. ¿Podía haber síntomas mejores? ¿Acaso no es la descortesía general la esencia misma del amor?

—¡Ah, sí! Lo es, de esa clase de amor que yo le supongo. ¡Pobre Jane! Lo siento por ella, porque, con su disposición de carácter, puede que tarde en superarlo. Más valía que te hubiera pasado a ti, Lizzy; habrías tardado menos tiempo en echarlo a risa. Pero ¿crees que sería posible convencerla para que se viniera con nosotros a la vuelta? Un cambio de aires podría sentarle bien, y es posible que descansar un poco de su casa le favorezca tanto como cualquier otra cosa.

Aquella propuesta agradó enormemente a Elizabeth, que estuvo segura de que su hermana accedería de buena gana.

—Espero que no se deje influir por ninguna consideración respecto de ese joven —añadió la señora Gardiner—. Nosotros vivimos en una parte de la capital tan distinta, tratamos a gente tan distinta y salimos tan poco, como bien sabes, que es muy improbable que se encuentren siquiera, a no ser que él vaya a verla adrede.

—¡Y eso es imposible del todo, pues ahora está bajo la custodia de su amigo, y el señor Darcy no le consentiría que visitase a Jane en aquella parte de Londres! ¿Cómo ha podido pensar usted una cosa así, tía querida? Es posible que el señor Darcy haya oído hablar de un sitio llamado la calle Gracechurch, pero debe de pensarse que si entrase en él una vez no le bastaría con estarse lavando un mes entero para limpiarse de sus impurezas; y, no lo dude usted, el señor Bingley no da nunca un paso sin él.

—Tanto mejor. Confío en que no se encuentren en absoluto. Pero ¿no mantiene correspondencia Jane con la hermana de él? Ella sí que no podrá evitar venir de visita.

—Cortará la relación por completo.

Sin embargo, a pesar de la certidumbre de que daba muestras Elizabeth sobre este punto, además de sobre el más importante de que a Bingley le impedirían ver a Jane, advirtió en sí misma una solicitud que la convenció, al examinarla, de que no lo juzgaba imposible del todo. Era posible, y a veces le parecía probable, que se reanimara su afecto y que la influencia de sus amigos fuera vencida por la influencia más natural del atractivo de Jane.

Jane aceptó con gusto la invitación de su tía; y por entonces ya no tenía a los Bingley en el pensamiento más que en la medida en que esperaba que, dado que Caroline no vivía en la misma casa de su hermano, quizá pudiera pasar alguna mañana con ella sin correr el peligro de verlo a él.

Los Gardiner se quedaron una semana en Longbourn; y entre los Phillips, los Lucas y los oficiales no pasó un solo día sin que tuviesen un compromiso. La señora Bennet había organizado con tal cuidado el tiempo de su hermano y cuñada que éstos no comieron en familia ni una sola vez. Cuando el compromiso era en casa, siempre participaban en él algunos oficiales, entre los que se contaba con toda seguridad el señor Wickham; y en estas ocasiones la señora Gardiner, cuyas sospechas se habían despertado por las alabanzas calurosas de Elizabeth hacia aquél, observaba con atención a los dos. Lo que vio no la hizo suponer que estuvieran enamorados muy en serio, aunque la preferencia que manifestaban el uno por el otro era tan evidente que la inquietó un poco, y se resolvió a hablar del asunto con Elizabeth antes de marcharse de Hertfordshire y exponerle lo imprudente que era estimular un afecto como aquél.

Wickham, aparte de sus cualidades generales, sabía cómo agradar a la señora Gardiner. Ella había vivido mucho tiempo, hacía cosa de diez o doce años, antes de casarse, en el mismo lugar del condado de Derbyshire de donde él procedía. Los dos tenían, por tanto, muchos conocidos comunes; y si bien Wickham había estado poco por allí desde la muerte del padre de Darcy, todavía tenía la posibilidad de darle noticias más recientes de sus antiguos amigos que las que había podido recibir ella.

La señora Gardiner había visto la casa de Pemberley y conocía perfectamente la reputación del difunto señor Darcy. Aquí encontraron, en consecuencia, una materia de conversación inagotable. Comparar los recuerdos que tenía ella de la casa de Pemberley con la descripción minuciosa que podía hacerle Wickham, y tributar sus alabanzas a la buena fama de su difunto propietario deleitaba tanto a la señora Gardiner como a Wickham. Cuando éste le dio a conocer el modo en que lo había tratado el actual señor Darcy, intentó recordar algún aspecto del carácter que había atribuido la fama a dicho caballero mientras era todavía un muchacho y que pudiera concordar con ello, y por fin estuvo segura de recordar que había oído decir que el señor Fitzwilliam Darcy era un niño muy engreído y malicioso.

# Capítulo XXVI

En cuanto la señora Gardiner tuvo la primera oportunidad de hablar a solas con Elizabeth, le hizo fiel y amablemente aquella advertencia; después de decirle con sinceridad lo que creía, siguió de esta manera:

—Eres una muchacha demasiado sensata, Lizzy, como para enamorarte sólo porque se te previene contra ello; y por eso no temo hablar abiertamente. Te lo digo en serio: quiero que estés sobre aviso. No te comprometas ni intentes comprometerlo en un afecto que sería muy imprudente por la falta de fortuna. No tengo nada que decir en contra de él: es un joven muy interesante, y si tuviera la fortuna que debería tener creo que no podrías encontrar a otro mejor. Pero, tal como están las cosas, no debes dejarte llevar por tu fantasía. Tienes sensatez, y todos esperamos que la apliques. Estoy segura de que tu padre tiene confianza en tus buenas decisiones y conducta. No debes defraudar a tu padre.

—Se está poniendo usted muy seria, tía querida.

—Sí; y confío en ponerte seria a ti también.

—Pues bien, no tiene usted por qué alarmarse. Tendré cuidado conmigo misma y también con el señor Wickham. No se enamorará de mí si está en mi mano evitarlo.

—Elizabeth, ahora no estás siendo seria.

—Dispense usted; volveré a intentarlo. Ahora mismo no estoy enamorada del señor Wickham; no, desde luego que no lo estoy. Sin embargo, él es, sin comparación, el hombre más agradable que he visto en mi vida; y si llega a cobrarme verdadero afecto... creo que sería mejor que no. Ya veo cuán imprudente sería. ¡Oh! ¡Ese señor Darcy tan abominable! El buen concepto que tiene de mí mi padre me honra muchísimo, y sería una desgracia perderlo. No obstante, mi padre ve con buenos ojos al señor Wickham. En suma, tía querida, lamentaría mucho hacer infelices a cualquiera de ustedes; pero, como vemos todos los días que, cuando hay amor, la falta inmediata de fortuna no suele impedir que los jóvenes se comprometan los unos con los otros, ¿cómo puedo prometerle ser más prudente que tantas otras en mi caso si sufro la tentación? ¿O cómo voy a saber siquiera que sería prudente resistirme? Lo único que puedo prometerle, por tanto, es que no me precipitaré. No me precipitaré a considerarme a mí misma el primer objeto de su amor. Cuando esté con él, no me haré ilusiones. En suma, haré todo lo que pueda.

—Quizá fuera mejor que no lo animases a venir aquí con tanta frecuencia. Al menos, no deberías recordar a tu madre que lo invitara.

—Como hice el otro día —dijo Elizabeth con una sonrisa de entendimiento—. Sí, es muy cierto, sería prudente por mi parte abstenerme de hacer algo así. Pero no crea usted que él suele estar tanto por aquí. Si lo hemos invitado con tanta frecuencia en esta semana, ha sido por usted. Ya sabe usted lo que piensa mi madre de la necesidad de proporcionar compañía constante a sus huéspedes. Pero, de verdad, y dando mi palabra de honor, intentaré hacer lo que me parezca más prudente; y espero haberla dejado satisfecha con esto.

Su tía le aseguró que así era, y después de haberle dado las gracias Elizabeth por sus amables indicaciones, se separaron, estableciendo un ejemplo maravilloso de consejo dado y recibido sin resentimientos en una cuestión semejante.

El señor Collins regresó a Hertfordshire poco después de marcharse los Gardiner con Jane; pero, como se alojó con los Lucas, su llegada no incomodó mucho a la señora Bennet. Ya se avecinaba su boda, y ella estaba por fin tan resignada que la consideraba inevitable, hasta el punto de decir varias veces, con tono de mal humor, que «ojalá fueran felices». La boda iba a

celebrarse el jueves, y la señorita Lucas hizo su visita de despedida el miércoles. Cuando se levantó para marcharse, Elizabeth, avergonzada del modo
desagradable y desganado con que la había felicitado su madre, y emocio-
nada sinceramente ella misma, salió con ella de la habitación. Mientras ba-
jaban juntas las escaleras, Charlotte dijo:

—Confío en tener noticias tuyas muy pronto, Eliza.

—Las tendrás con toda seguridad.

—Y tengo que pedirte otro favor. ¿Querrás venir a verme?

—Espero que nos veamos con frecuencia en Hertfordshire.

—Es probable que pase algún tiempo sin salir de Kent. Así pues, promé-
teme que vendrás a Hunsford.

Elizabeth no pudo negarse, aunque no esperaba que la visita resultara
muy placentera para ella.

—Mi padre y Maria vendrán a verme en marzo —añadió Charlotte—, y
confío en que accederás a venir con ellos. En verdad, Eliza, serás tan bien
recibida como cualquiera de los dos.

Se celebró la boda; la novia y el novio salieron camino de Kent desde la
puerta de la iglesia, y todos tuvieron mucho que decir, o que oír, sobre el
asunto, como de costumbre. Elizabeth recibió pronto noticias de su amiga,
y mantuvieron una correspondencia tan regular y frecuente como siempre;
pero era imposible que fuera tan franca como antes. Elizabeth no podía escribirle sin sentir que había perdido todo el consuelo de la intimidad; y aunque estaba decidida a no flaquear en su correspondencia, era más bien en
recuerdo de lo que había sido, más que por lo que era. Recibió las primeras
cartas de Charlotte con bastante interés: no podía menos de sentir curiosidad por lo que diría de su nuevo hogar, si le había agradado lady Catherine y
si se atrevía a calificarse de feliz. No obstante, cuando Elizabeth leyó las cartas, le dio la impresión de que Charlotte se expresaba sobre todos los puntos exactamente tal y como ella podía haber previsto. Escribía con alegría, al
parecer estaba rodeada de comodidades, y no citaba nada que no fuera digno de alabanza. La casa, los muebles, la comarca y los caminos eran todos
de su gusto, y lady Catherine era de lo más amable y atenta. Era el cuadro
que había presentado el señor Collins de Hunsford y Rosings, suavizado de

una manera racional, y Elizabeth comprendió que debería esperar a visitarlo ella misma en persona para conocer el resto.

Jane ya había escrito a su hermana unas líneas para comunicarle que habían llegado bien a Londres, y Elizabeth esperaba que pudiera darle alguna noticia de los Bingley cuando volviera a escribirle.

La impaciencia con que esperaba esta segunda carta recibió el pago que suelen tener todas las impaciencias. Jane había pasado una semana en la capital sin ver a Caroline ni tener noticias suyas. Lo explicaba, no obstante, suponiendo que la última carta que había enviado a su amiga desde Longbourn se habría perdido accidentalmente.

«Nuestra tía va a ir mañana a esa parte de la capital —añadía—, y yo aprovecharé la ocasión para hacer una visita a la calle Grosvenor.»

Volvió a escribir después de haber hecho esta visita y de haber visto a la señorita Bingley.

«Me pareció que Caroline no estaba de buen ánimo —decía—, pero se alegró mucho de verme y me riñó por no haberla avisado de mi venida a Londres. Yo estaba en lo cierto, por tanto: mi última carta no le había llegado. Le pregunté por su hermano, naturalmente. Estaba bien, pero tan ocupado con el señor Darcy que no lo veían casi nunca. Me enteré de que esperaban a comer a la señorita Darcy. Hubiera deseado poder verla. Mi visita no fue larga, ya que Caroline y la señora Hurst iban a salir. Supongo que los veré pronto aquí.»

Elizabeth sacudió la cabeza al leer esta carta. La dejó convencida de que el señor Bingley sólo podría enterarse de que su hermana estaba en la capital por alguna casualidad.

Pasaron cuatro semanas sin que Jane lo hubiera visto. Se esforzaba por convencerse a sí misma de que no lo sentía, pero ya no podía seguir cerrando los ojos a la falta de atención de la señorita Bingley. Después de haberse pasado una quincena esperándola en casa todas las mañanas e inventando todas las tardes un nuevo modo de disculparla, la visitante apareció por fin, pero la brevedad de su estancia y, más aún, la alteración de sus modos no permitieron que Jane siguiera engañándose a sí misma. La carta que escribió a su hermana en esta ocasión dejaba claros sus sentimientos.

Estoy segura de que mi querida Lizzy será incapaz de presumir a mis expensas de su mejor criterio al confesar que me he engañado por completo respecto de la consideración que tenía por mí la señorita Bingley. Pero, mi querida hermana, aunque los hechos te han dado la razón, no me tengas por terca si sigo afirmando que, teniendo en cuenta su conducta, mi confianza era tan natural como tus sospechas. No comprendo en absoluto qué motivos tuvo ella para desear mi amistad íntima; pero estoy segura de que, si volvieran a darse las mismas circunstancias, yo volvería a engañarme otra vez. Caroline no devolvió mi visita hasta ayer; y entre tanto no recibí de ella ni una nota, ni una línea. Cuando vino por fin, saltaba a la vista que no lo hacía con gusto; se disculpó brevemente, de manera formal, por no haber venido antes, no dijo una palabra de querer volver a verme, y era en todos los sentidos una persona tan cambiada que, cuando se marchó, me resolví por completo a no seguir tratándola. Me da lástima, aunque no puedo evitar culparla. Hizo muy mal en elegirme como me eligió; puedo decir sin miedo a equivocarme que todas las propuestas de amistad íntima surgieron de ella. Pero siento lástima por ella, porque debe de tener la sensación de que se ha portado mal y porque estoy convencida de que la causa es su inquietud por su hermano. No es preciso que me explique más; y aunque tú y yo sabemos que esta inquietud es enteramente innecesaria, si ella la siente, no obstante, explicaría con facilidad su conducta para conmigo, y con tanto como lo quiere su hermana, es natural y hermoso que ella se inquiete por él. Con todo, no puedo menos de extrañarme de que ella tenga ahora esos miedos, pues si yo le hubiera importado algo a él, hace ya tiempo que deberíamos habernos visto. Estoy segura, por algo que dijo ella, que él sabe que estoy en la capital; y, a pesar de eso, por la manera de hablar de ella, parecía como si quisiera convencerse a sí misma de que a él le gusta en realidad la señorita Darcy. No lo entiendo. Si no temiera hacer un juicio precipitado, casi estaría tentada de decir que todo esto tiene mucha apariencia de duplicidad. Sin embargo, me esforzaré por desterrar todo pensamiento doloroso y sólo pensaré en lo que me puede hacer feliz: tu afecto y la amabilidad constante de nuestros queridos tíos. Dame noticias tuyas bien pronto. La señorita Bingley dijo algo de que él no pensaba regresar nunca a Netherfield, de que iba a dejar la casa, pero no con seguridad. Será mejor que no hablemos de ello. Me alegro enormemente de que hayas recibido noticias tan agradables de nuestros amigos de Hunsford. Te ruego que vayas a verlos con sir William y Maria. Estoy segura de que estarás muy a gusto allí. Tuya afectísima, etcétera.

Esta carta produjo cierto dolor a Elizabeth, pero recobró el ánimo al considerar que Jane ya no estaría engañada, al menos por la hermana. Había abandonado ya por completo cualquier esperanza respecto al hermano. Ni siquiera deseaba que éste renovara sus atenciones. Cuanto más pensaba en Bingley, más le decepcionaba su carácter. Elizabeth deseó seriamente, como castigo para él y como posible ventaja para Jane, que se casara pronto con la hermana del señor Darcy, efectivamente, puesto que, según lo que contaba Wickham, ésta le haría arrepentirse de sobra de lo que había dejado perder.

La señora Gardiner recordó por entonces a Elizabeth la promesa que le había hecho respecto de este último caballero y le pidió información; y la que pudo enviar Elizabeth a su tía era tal que más podía dar contento a ésta que a la propia Elizabeth. El aparente interés que sentía Wickham por Elizabeth se había aplacado, había dejado de prestarle atenciones, era admirador de otra. Elizabeth era lo bastante observadora como para darse cuenta de todo, aunque era capaz de verlo y de escribirlo sin sentir dolor material. Se le había conmovido poco el corazón, y su vanidad quedaba satisfecha al pensar que la habría elegido a ella si su fortuna material se lo hubiera permitido. El encanto más notable de la joven a quien Wickham dirigía su atención por entonces era que ésta había recibido repentinamente diez mil libras esterlinas; pero Elizabeth, que en este caso quizá tuviera la vista menos clara que Charlotte, no se enfadó con el señor Wickham por el deseo de independencia económica de éste. Al contrario: no había cosa más natural; y si bien pudo suponer que a Wickham le había costado cierto esfuerzo renunciar a ella, estaba dispuesta a considerarlo una medida prudente y deseable para ambos y pudo desearle felicidad sinceramente.

Reconoció todo esto en su carta a la señora Gardiner, y, tras referirle las circunstancias, siguió diciendo: «Ahora estoy convencida, tía querida, de que no he estado nunca muy enamorada; pues si hubiera vivido de verdad dicha pasión pura y enriquecedora, ahora detestaría el nombre mismo de Wickham y le desearía todo tipo de males. Pero los sentimientos que albergo no sólo son cordiales hacia él, sino que incluso son imparciales hacia la señorita King. No me parece que la odie en absoluto ni que no esté dispuesta en lo más mínimo a considerarla una muchacha muy buena. En todo esto no puede haber amor. Mis precauciones han surtido efecto, y, aunque no cabe duda de que resultaría mucho más interesante para todas mis conocidas si estuviera loca de amor por él, no puedo decir que lamente mi relativa insignificancia. El precio de darse importancia puede ser demasiado caro a veces. Kitty y Lydia se toman mucho más a pecho la traición de Wickham. Son jóvenes, tienen poco mundo y todavía no han asumido la dura realidad de que los jóvenes bien parecidos deben tener algo de qué vivir, igual que los feos».

# Capítulo XXVII

Los meses de enero y febrero transcurrieron sin sucesos más notables que éstos en la familia de Longbourn, y sin mayor variedad de la que aportaban los paseos a Meryton, unas veces con barro y otras con frío. Elizabeth iría a Hunsford en marzo. Al principio no se había tomado muy en serio la posibilidad de ir allí; pero pronto se enteró de que a Charlotte le hacía mucha ilusión el plan y ella lo fue viendo paulatinamente con mayor agrado, además de con mayor certidumbre. La distancia había vuelto a hacerle desear ver de nuevo a Charlotte y había mitigado el desagrado que le producía el señor Collins. El proyecto tenía su novedad, y como la vida doméstica tenía sus inconvenientes con una madre como aquélla y con unas hermanas que le hacían tan poca compañía, no le parecía mal cambiar un poco. Además, el viaje le permitiría echar una ojeada a Jane. En suma, cuando se fue acercando la fecha, habría lamentado mucho tener que retrasarlo. Sin embargo, todo salió sin tropiezos y quedó arreglado según el primer designio de Charlotte. Elizabeth iría con sir William y la hija segunda de éste. Se añadió oportunamente la idea de pasar una noche en Londres, y el plan quedó tan perfecto como se podía desear.

El único dolor era dejar a su padre, quien la echaría de menos con toda seguridad, y a quien, cuando llegó el momento, le gustó tan poco que se marchara que le pidió que le escribiera, y casi le prometió que contestaría a la carta de ella.

La despedida entre el señor Wickham y ella fue perfectamente amistosa, más todavía por parte de él. A pesar de estar cortejando entonces a otra, no podía olvidar que Elizabeth había sido la primera que le había llamado la atención, la primera que le había escuchado y se había apiadado de él, la primera a la que había admirado. En su modo de despedirse de ella, deseándole que lo pasara muy bien, recordándole lo que podía esperar por parte de lady Catherine de Bourgh y confiando que ambos tendrían una misma opinión de ella (que tendrían una misma opinión de todo el mundo), había una solicitud, un interés que a ella le pareció que debería unirla a él para siempre con un afecto muy sincero. Se despidió de él convencida de que, casado o soltero, siempre sería para ella un ejemplo de persona amable y agradable.

Sus compañeros de viaje del día siguiente no eran como para hacer que Elizabeth considerara a Wickham menos agradable. Sir William Lucas y su hija Maria, una muchacha de buen humor, pero tan vacía de cascos como su padre, no tenían nada que decir que valiera la pena oír, y les escuchaba con tanto agrado como al traqueteo de la silla de postas. A Elizabeth le encantaban los despropósitos, pero ya conocía a sir William desde muy antiguo. Éste no podía contarle nada nuevo de las maravillas de su presentación en la corte ni del acto en que fue armado caballero; y sus frases corteses estaban tan desgastadas como sus anécdotas.

El viaje sólo era de veinticuatro millas, y partieron tan temprano que llegaron a la calle Gracechurch al mediodía. Al llegar a la puerta del señor Gardiner, Jane estaba en la ventana de un salón esperando su llegada. Cuando entraron en el zaguán, ella estaba allí para recibirlos, y Elizabeth, mirándola a la cara con atención, vio con agrado que estaba tan sana y encantadora como siempre. Había en las escaleras una tropa de niños y niñas que esperaban a su prima con una impaciencia que no les permitía aguardar en el salón, y con una timidez que les impedía bajar más, ya que llevaban un año sin verla. Todo fue alegría y amabilidad. El día transcurrió de una manera muy agradable; la mañana, entre idas y venidas y compras, y la tarde, en un teatro.

Allí, Elizabeth se las arregló para sentarse junto a su tía. Su primer tema de conversación fue su hermana; y sintió más dolor que sorpresa al oír, como respuesta a sus preguntas minuciosas, que, aunque Jane siempre se esforzaba por mantener el ánimo, tenía periodos de abatimiento. Sin embargo, tenían la esperanza razonable de que no durarían mucho tiempo. La señora Gardiner también le comunicó los detalles de la visita de la señorita Bingley a la casa de la calle Gracechurch y le repitió conversaciones que habían mantenido en diversas ocasiones Jane y ella, que demostraban que ésta había dado por concluida su amistad.

A continuación, la señora Gardiner interrogó a su sobrina sobre el abandono por parte de Wickham, y la felicitó por lo bien que lo llevaba.

—Pero, querida Elizabeth, ¿qué clase de muchacha es la señorita King? —añadió—. Lamentaría enterarme de que nuestro amigo es un interesado.

—Dígame usted, tía querida, ¿en qué se diferencia, en asuntos matrimoniales, la prudencia del interés? ¿Dónde termina la sensatez y dónde empieza la avaricia? En las Navidades pasadas usted temía que me casara con él porque sería una imprudencia; y ahora, porque intenta casarse con una muchacha que sólo tiene diez mil libras de renta, usted quiere llegar a la conclusión de que es un interesado.

—Sabré mejor a qué atenerme si me explicas qué clase de muchacha es la señorita King.

—Es una muchacha muy buena, según creo. No sé nada malo de ella.

—Pero él no le prestó la más mínima atención hasta que murió el abuelo de ella y le dejó esa fortuna.

—No; y ¿por qué iba a prestársela? Si a él no le era dado ganarse mi afecto porque yo no tenía dinero, ¿por qué iba a cortejar a una muchacha que no le interesaba y que era igualmente pobre?

—Sin embargo, parece poco delicado que le prestase atención tan inmediatamente después de aquella circunstancia.

—Un hombre en situación apurada no tiene tiempo para todo ese decoro elegante que pueden observar otras personas. Si ella misma no tiene nada que objetar, ¿por qué vamos a tenerlo nosotras?

—El hecho de que ella no tenga nada que objetar no lo justifica a él. Lo único que demuestra es que algo le falta a ella: o buen juicio, o sentimientos.

—Pues bien, sea como usted quiera —exclamó Elizabeth—. Él será un interesado, y ella será una tonta.

—No, Lizzy, no es eso lo que quiero. Me daría pena pensar mal de un joven que ha vivido tanto tiempo en Derbyshire, ¿sabes?

—¡Oh! Si eso es todo, yo tengo muy mal concepto de algunos jóvenes que viven en Derbyshire; y sus amigos íntimos que viven en Hertfordshire no son mucho mejores. Estoy harta de todos ellos. Gracias al cielo que me voy mañana a un lugar donde encontraré a un hombre que no goza de una sola prenda agradable, que no tiene ni modales ni buen juicio que hablen en su favor. Al fin y al cabo, los hombres estúpidos son los únicos que vale la pena conocer.

—Cuidado, Lizzy. Esa manera de hablar suena mucho a desengaño.

Antes de que las separara el final de la comedia, recibió la felicidad inesperada de que su tío y tía la invitaran a acompañarlos en un viaje de placer que pensaban hacer aquel verano.

—Todavía no hemos pensado hasta dónde llegaremos —dijo la señora Gardiner—, pero quizá vayamos hasta la región de los Lagos.

Ningún plan podría haber agradado más a Elizabeth, y aceptó la invitación con sumo gusto y agradecimiento.

—¡Ay, tía, tía querida! —exclamó con arrebato—. ¡Qué deleite! ¡Qué felicidad! Me das nueva vida y vigor. Adiós al desengaño y a la melancolía. ¿Qué son los jóvenes comparados con las peñas y las montañas? ¡Oh! ¡Qué horas de dicha vamos a pasar! Y cuando volvamos, no volveremos como otros viajeros que no son capaces de dar una sola idea precisa de nada. Sabremos dónde hemos estado, recordaremos lo que hemos visto. No tendremos un revoltijo de lagos, montes y ríos en la imaginación, ni nos pondremos a discutir sobre la situación relativa de una escena determinada cuando intentemos describirla. Que nuestras primeras efusiones sean menos insoportables que las de la generalidad de los viajeros.

# Capítulo XXVIII

Todo lo que vio Elizabeth al día siguiente era nuevo e interesante para ella, y tenía el ánimo en un estado de deleite, pues había visto a su hermana con tan buen aspecto que había perdido todo temor por su salud, y la perspectiva de su viaje al norte era una fuente constante de placer.

Cuando dejaron la carretera principal para tomar el camino de Hunsford, todos los ojos buscaban la casa rectoral esperando que surgiera a la vista a cada curva. A un lado tenían la cerca del parque de Rosings. Elizabeth sonrió al recordar todo lo que había oído contar de sus habitantes.

Por fin apareció ante sus ojos la casa rectoral. El jardín que descendía hasta el camino, la casa en el centro, la cerca de estacas verdes y el seto de laurel: todo ello anunciaba que estaban llegando. Aparecieron en la puerta el señor Collins y Charlotte, y el carruaje se detuvo ante el pequeño portón por el que se accedía a un caminito de gravilla que llegaba hasta la casa, entre los saludos con la cabeza y las sonrisas de todos. Al cabo de un momento se apearon todos de la silla de postas y expresaron su regocijo por verse. La señora Collins dio la bienvenida a su amiga con el más vivo placer, y Elizabeth se alegró todavía más de haber ido cuando vio que la recibían con tanto afecto. Notó al instante que el matrimonio no había cambiado los modales de su primo: tenía la misma corrección formal de antes, y la detuvo varios minutos ante el portón preguntándole por toda su familia. Después, sin más retraso que el que causó él al señalar lo bonita que era la entrada, se les hizo pasar a la casa, y en cuanto estuvieron en el salón, les dio la bienvenida por segunda vez, con formalidad ostentosa, a su humilde morada, y repitió con precisión todos los ofrecimientos que hacía su esposa de servirles algún refrigerio.

Elizabeth estaba preparada para verlo en toda su gloria; y no pudo menos de imaginarse que, al exhibir las buenas proporciones de la sala, su aspecto y sus muebles, Collins se estaba dirigiendo a ella de manera particular, como para darle a entender lo que se había perdido al rechazarlo. Sin embargo, aunque todo parecía aseado y cómodo, no pudo darle el gusto de soltar ningún suspiro de arrepentimiento; antes bien, miraba a su amiga asombrada de que pudiera tener un aire tan alegre con tal compañero. Cuando el señor Collins decía algo de lo que su esposa pudiera avergonzarse razonablemente, cosa que sucedía no pocas veces, desde luego, Elizabeth volvía la vista involuntariamente hacia Charlotte. Percibió en una o dos ocasiones un leve sonrojo; pero, en general, Charlotte hacía como que no le oía. Después de pasar sentados un rato suficiente como para que admiraran todas las piezas del mobiliario, desde el aparador hasta la pantalla de la chimenea, para que dieran una crónica de su viaje y de todo lo que les había pasado en Londres, el señor Collins los invitó a que se dieran un paseo por el jardín, que era grande y bien distribuido y que cuidaba él mismo. Trabajar en aquel jardín era uno de sus placeres más notables, y Elizabeth admiró el control de semblante con que habló Charlotte de lo sano que era aquel ejercicio y reconoció que le animaba a practicarlo todo lo posible. Allí, guiándolos por todos los caminos principales y secundarios y casi sin dejarles tiempo para pronunciar las alabanzas que les pedía, el señor Collins les señaló cada uno de los paisajes con una minuciosidad que estaba muy por encima de su belleza. Era capaz de enumerar los prados que se veían en todas direcciones y de decir cuántos árboles había en el bosquecillo más lejano. Pero entre todos los paisajes de que se podía preciar su jardín, o la región, o todo el reino, ninguno podía compararse con la vista de la casa de Rosings, que podían atisbar por un claro que había casi delante de la casa rectoral entre los árboles que rodeaban la finca. Era un bonito edificio moderno, bien situado en terreno elevado.

Desde su jardín, el señor Collins quiso llevarlos a ver sus dos prados, pero las señoritas no llevaban zapatos para afrontar los restos de escarcha y se volvieron. Sir William fue el único que lo acompañó, mientras Charlotte volvía a la casa con su hermana y Elizabeth, probablemente contentísima de poder enseñársela sin la ayuda de su marido. Era bastante pequeña, pero bien construida y adecuada, y todo estaba organizado y dispuesto con una pulcritud y consistencia que Elizabeth atribuyó por entero a Charlotte. En realidad, cuando era posible olvidar al señor Collins, había en toda la casa un aire de mucha comodidad, y en vista de que Charlotte lo disfrutaba claramente, Elizabeth supuso que debía de olvidarlo con frecuencia.

Ya se había enterado de que lady Catherine seguía en la región. Se volvió a hablar de ello durante la comida, cuando intervino el señor Collins, que observó:

—Sí, señorita Elizabeth, tendrá usted el honor de ver a lady Catherine de Bourgh el domingo que viene en la iglesia, y no es preciso que le diga que quedará usted encantada con ella. Es toda afabilidad y condescendencia, y no me cabe duda de que la honrará prestándole alguna atención cuando haya concluido el servicio religioso. Apenas dudo en afirmar que hará extensiva a usted y a mi cuñada Maria todas las invitaciones con que nos honre durante su estancia aquí. Se porta con mi querida Charlotte de una manera encantadora. Comemos en Rosings dos veces cada semana, y jamás se nos permite que volvamos a casa a pie. Siempre se pone a nuestra disposición el coche de su señoría. Mejor dicho, uno de los coches de su señoría, pues tiene varios.

—Lady Catherine es, en efecto, una mujer muy respetable y razonable —añadió Charlotte—, y una vecina muy atenta.

—Muy cierto, querida, es exactamente lo que digo yo. Es una mujer con la que toda deferencia es poca.

La velada se dedicó sobre todo a repasar las noticias de Hertfordshire y a volver a contar lo que ya se habían dicho por escrito. Cuando concluyó, Elizabeth tuvo que meditar, en la soledad de su cuarto, sobre el grado de contento de Charlotte, sobre su modo de dirigir a su marido y la compostura con que lo soportaba, y hubo de reconocer que lo hacía todo muy bien.

También tuvo que prever cómo transcurriría su visita, el transcurso tranquilo de sus ocupaciones habituales, las interrupciones molestas del señor Collins y la diversión de sus tratos con la casa de Rosings. Su viva imaginación no tardó en dejarlo todo trazado.

Hacia la mitad del día siguiente, estando en su cuarto preparándose para salir a dar un paseo, sonó un ruido repentino en el piso bajo que pareció sumir en confusión la casa entera. Tras escuchar un momento, oyó que alguien subía corriendo con prisa furiosa y la llamaba a voces. Abrió la puerta y se encontró en el rellano a Maria, quien, sin aliento por la agitación, exclamó:

—¡Oh, Eliza querida! ¡Date prisa, te lo ruego, y ven al comedor, que hay todo un espectáculo! No voy a decirte lo que es. Date prisa y baja ahora mismo.

Elizabeth le hizo preguntas en vano. Maria no quiso decirle nada más, y las dos bajaron corriendo al comedor, que daba al camino, para ver aquella maravilla. Eran dos damas que iban en un faetón bajo que se había detenido ante el portón del jardín.

—¿Y eso es todo? —exclamó Elizabeth—. Y yo que me esperaba que se hubieran metido los cerdos en el jardín, por lo menos, y no es más que lady Catherine y su hija.

—¡Oh! No es lady Catherine, querida —dijo Maria, muy consternada por el error—. La dama de edad es la señora Jenkins, que vive con ellas; la otra es la señorita de Bourgh. Mírala. Es muy pequeñita. ¿Quién habría podido creer que fuera tan delgada y pequeña?

—Está cometiendo una grosería abominable al tener a Charlotte al aire libre con el viento que hace. ¿Por qué no entra a la casa?

—Ah, Charlotte dice que no entra casi nunca. La señorita de Bourgh hace un enorme favor cuando se digna entrar.

—Me gusta su aspecto —dijo Elizabeth, con otras ideas en la cabeza—. Parece mohína y enfermiza. Sí, le vendrá muy bien. Será una esposa muy conveniente para él.

El señor Collins y Charlotte estaban de pie los dos ante el portón en conversación con las damas. Elizabeth vio muy divertida que sir William se había situado en la puerta de la casa, contemplando con atención la grandeza que tenía delante y haciendo reverencias constantes siempre que miraba hacia allí la señorita de Bourgh.

Al fin no quedó nada más que decir; las damas siguieron su camino y los otros volvieron a entrar a la casa. En cuanto el señor Collins vio a las dos muchachas se puso a felicitarlas por su buena suerte. Dicha suerte, les explicó Charlotte, era que les habían invitado a comer a todos en Rosings al día siguiente.

# Capítulo XXIX

El triunfo del señor Collins, a consecuencia de esta invitación, fue completo. Lo que más había deseado era precisamente poder exhibir la grandeza de su protectora ante sus visitantes asombrados y que éstos advirtieran la corrección con que ella los trataba a él y a su esposa. El hecho de que hubiera surgido tan pronto la ocasión era una demostración de la condescendencia de lady Catherine que él no era capaz de agradecer lo suficiente.

—Reconozco —dijo— que no me habría extrañado en absoluto que su señoría nos hubiera invitado el domingo a tomar el té y pasar la velada en Rosings. Conociendo su afabilidad, yo esperaba que fuera así. Pero ¿quién habría previsto una atención como ésta? ¿Quién se habría imaginado que recibiríamos una invitación para comer (¡y una invitación para todo el grupo, además!) tan inmediatamente después de la llegada de ustedes?

—Yo soy el menos sorprendido por lo que ha sucedido —respondió sir William—, gracias al conocimiento de los verdaderos modales de los grandes que he podido adquirir por mi situación en la vida. En la corte no son raros estos casos elegantes de buena crianza.

Durante el resto del día y la mañana siguiente apenas se habló de nada que no fuera su visita a Rosings. El señor Collins los instruyó cuidadosamente sobre lo que se iban a encontrar, con el fin de que la visión de tantas salas, tantos criados y una comida tan espléndida no los abrumara por completo.

Cuando las damas se retiraban para arreglarse, Collins le dijo a Elizabeth:

—No estés intranquila por tu atuendo, mi querida prima. Lady Catherine está muy lejos de exigirnos a nosotros esa elegancia en el vestir que tanto les conviene a su hija y a ella. Te recomiendo que te pongas simplemente aquella ropa tuya que sea superior a las demás: no es necesario nada más. Lady Catherine no tendrá peor concepto de ti porque vayas vestida con sencillez. Le gusta mantener las diferencias de categoría.

Mientras se vestían, el señor Collins se acercó dos o tres veces a sus puertas respectivas para recomendarles que se dieran prisa, ya que a lady Catherine le disgustaba mucho que la hicieran esperar a la hora de la comida. Estas descripciones tan temibles de su señoría y de su modo de vida asustaron del todo a Maria Lucas, que tenía poca costumbre de trato social, y esperaba su presentación en Rosings con tanta aprensión como había esperado en su día la suya su padre en el palacio de Saint James.

Como hacía buen tiempo, cruzaron los terrenos de la finca de Rosings dándose un paseo agradable de media milla. Todo parque tiene su belleza y sus vistas, y Elizabeth vio muchas cosas que le agradaron, aunque no le produjeron tales arrebatos como los que esperaba el señor Collins que debía inspirar aquella escena, y apenas le llamó la atención la enumeración que hizo éste de las ventanas de la fachada delantera de la casa y su relación de cuánto había costado en su día tanto cristal a sir Lewis de Bourgh.

Cuando subían por la escalinata del palacio, Maria se alarmaba por momentos, y ni siquiera el propio sir William parecía del todo tranquilo. A Elizabeth no le faltó el valor. No había oído decir nada de lady Catherine que la hiciera parecer muy imponente por su talento extraordinario o de virtud milagrosa, y se creía capaz de ver sin temblar la grandiosidad que se debía simplemente al dinero o la categoría social.

Del vestíbulo, cuyas bellas proporciones y ornamentos consumados señaló el señor Collins con aire arrebatado, siguieron a los criados por una antecámara hasta la sala donde estaban sentadas lady Catherine, su hija y la señora Jenkinson. Su señoría, con gran condescendencia, se levantó para recibirlos. Como la señora Collins había acordado con su marido que se encargaría ella de hacer las presentaciones, éstas se realizaron de la manera debida, sin tantas disculpas ni agradecimientos como habría considerado necesarios él.

Sir William, a pesar de haber estado en el palacio de Saint James, estaba tan impresionado por la magnificencia que lo rodeaba que apenas tuvo el valor suficiente para hacer una reverencia muy profunda y sentarse sin decir palabra; y su hija, casi fuera de sí del susto, se sentó en el borde de su silla sin saber dónde mirar. Elizabeth se sintió muy a la altura de la situación y pudo observar con compostura a las tres damas que tenía delante. Lady Catherine era una mujer alta, grande, de rasgos muy marcados que podían haber sido hermosos alguna vez. No tenía aire conciliador ni recibió a sus visitantes de una manera que les permitiera olvidar su categoría inferior. El silencio no la volvía imponente; pero lo decía todo con un tono tan autoritario que subrayaba su presunción y que hizo pensar inmediatamente a Elizabeth en el señor Wickham. Por lo que observó en general aquel día, opinó que lady Catherine era exactamente tal como él se la había descrito.

Cuando, tras examinar a la dama, en cuyo semblante y porte no tardó en encontrar cierto parecido con el señor Darcy, volvió sus ojos a la hija, casi pudo sumarse al asombro de Maria por lo delgada y pequeña que era. Las damas no se parecían en nada, ni en figura ni en rostro. La señorita de Bourgh era pálida y enfermiza. Sus rasgos, aunque no feos, eran insignificantes, y sólo hablaba un poco, en voz baja, a la señora Jenkinson, cuyo aspecto no tenía nada digno de notar y que se ocupaba por entero en atender a lo que ella decía y en colocarle en la dirección adecuada una pantalla que tenía ante los ojos.

Tras pasarse sentados unos minutos, los mandaron a todos a una ventana para que admirasen la vista, asistidos por el señor Collins, que les señaló sus bellezas, y lady Catherine tuvo la bondad de informarles de que era mucho más digna de verse en verano.

La comida fue espléndida, con todos los criados y vajilla de plata que había prometido el señor Collins; y, tal como había predicho también el señor Collins, éste se sentó en la contracabecera de la mesa por indicación de su señoría, con cara de sentir que la vida no podía ofrecer nada mejor que aquello. Trinchaba, comía y alababa con diligencia complacida. Cada plato era celebrado primero por él y después por sir William, quien ya se había recuperado lo suficiente como para hacerse eco de todo lo que decía su yerno, de una manera que a Elizabeth le extrañaba que fuera capaz de soportar lady Catherine. Sin embargo, la admiración exagerada de los dos parecía agradar a lady Catherine, que les dedicaba sonrisas amabilísimas, sobre todo cuando aparecía en la mesa algún plato que resultaba una novedad para ellos. Los demás no dieron mucha conversación. Elizabeth estaba dispuesta a hablar siempre que le daban pie, pero estaba sentada entre Charlotte y la señorita de Bourgh, la primera de las cuales se dedicaba a escuchar a lady Catherine, y la segunda no le dijo una sola palabra durante toda la comida. La señora Jenkinson se ocupaba principalmente en ver cómo comía la pequeña señorita de Bourgh, en animarla a probar otro plato y en temer que estuviera indispuesta. A Maria le parecía que no era cuestión de hablar, y los caballeros no hicieron más que comer y admirar.

Cuando las damas regresaron al salón, quedó poco que hacer aparte de oír hablar a lady Catherine, lo que ésta hizo sin pausa hasta que se sirvió el café, comunicando su opinión sobre todas las materias de un modo tan decidido que daba a entender que no estaba acostumbrada a que la contradijeran. Preguntó a Charlotte por sus asuntos domésticos con familiaridad y minuciosidad y le dio muchos consejos sobre cómo llevarlos todos; le dijo cómo debía organizarse todo en una familia tan pequeña como la suya y le dio instrucciones sobre el cuidado de sus vacas y de sus aves de corral. Elizabeth advirtió que aquella gran señora no consideraba indigno de su atención nada que pudiera proporcionarle una oportunidad de gobernar a los demás. En los intervalos de su conversación con la señora Collins hizo diversas preguntas a Maria y a Elizabeth, pero sobre todo a esta última, de cuya familia sabía menos, y que era, según observó a la señora Collins, una muchacha muy linda y gentil. Le preguntó, en diversos momentos, cuántas hermanas tenía, si eran mayores o menores que ella, si alguna tenía perspectivas de matrimonio, si eran hermosas, si tenían educación, qué coche tenía su padre y cuál era el apellido de soltera de su madre. Aunque Elizabeth percibió la impertinencia de todas sus preguntas, las respondió con mucha compostura. Lady Catherine observó a continuación:

—Según creo, la hacienda de su padre está vinculada al señor Collins. Me alegro de ello por usted —observó, dirigiéndose a Charlotte—, pero, por lo demás, no veo la necesidad de establecer mayorazgos vinculados despojando de la sucesión a la línea femenina. En la familia de sir Lewis de Bourgh no se consideró preciso. ¿Toca y canta usted, señorita Bennet?

—Un poco.

—¡Ah! Entonces, la oiremos a usted con mucho gusto... en alguna ocasión. Nuestro piano es extraordinario, mejor seguramente que... Lo probará usted algún día. ¿Tocan y cantan sus hermanas?

—Una de ellas sí.

—¿Por qué no aprendieron todas? Deberían haber aprendido todas. Las señoritas Webb tocan todas, y su padre no tiene la renta del suyo. ¿Dibujan ustedes?

—No, en absoluto.

—¿Cómo? ¿Ninguna?

—Ninguna.

—Es muy extraño. Pero supongo que no tendrían la oportunidad. Su madre debería haberlas llevado a la capital todas las primaveras para que asistieran a clases con maestros.

—Mi madre no habría puesto inconveniente, pero a mi padre no le gusta nada Londres.

—¿Ya no está con ustedes su institutriz?

—No hemos tenido institutriz nunca.

—¡Que no han tenido institutriz! ¿Cómo es posible? ¡Criar a cinco hijas en casa sin institutriz! No había oído nunca cosa semejante. Su madre debe de haber sido esclava de la educación de ustedes.

Elizabeth apenas pudo evitar sonreír al asegurarle que no había sido así.

—Entonces, ¿quién las enseñaba? ¿Quién cuidaba de ustedes? Sin institutriz han debido de estar abandonadas.

—Creo que lo hemos estado, si se nos compara con algunas familias; pero a las que hemos querido aprender no nos han faltado nunca los medios. Siempre se nos animó a leer y tuvimos todos los maestros que fueron necesarios. Las que optaban por estar ociosas podían estarlo, desde luego.

—Sí, no lo dudo; pero eso es lo que se impide con una institutriz. Si yo hubiera conocido a su madre, le habría recomendado muy enérgicamente que contratase a una. Yo siempre digo que en la educación no se consigue nada sin una instrucción constante y regular, y ésta sólo puede darla una institutriz. Es asombroso a cuántas familias he podido proporcionársela yo. Siempre me alegro de encontrar una buena colocación a una joven. La señora Jenkinson tiene cuatro sobrinas con acomodos deliciosos por mi mediación, y el otro día mismo recomendé a otra joven de la que oí hablar por pura casualidad, y la familia está encantada con ella. ¿Le he contado, señora Collins, que lady Metcalf me vino a ver ayer para agradecérmelo? La señorita Pope le parece un tesoro. «Lady Catherine, me ha dado usted un tesoro», me dijo. ¿Se ha puesto de largo alguna de sus hermanas menores, señorita Bennet?

—Sí, señora: todas.

—¡Todas! ¿Cómo, las cinco a la vez? ¡Qué extraño! Y usted no es más que la segunda. ¡Las menores, de largo antes de que se casen las mayores! Sus hermanas menores deben de ser muy jóvenes, ¿no es así?

—Sí; la menor no ha cumplido los dieciséis. Es posible que ella sea demasiado joven para hacer mucha vida social. Pero, en verdad, señora, creo que sería muy duro para las hermanas menores no poder participar de la vida social y las diversiones porque las mayores no tengan medios o inclinación para casarse pronto. La menor tiene tanto derecho como la mayor a disfrutar de los placeres de la juventud. ¡Y tener que quedarse en casa por un motivo como ése! Me parece que no tendería mucho a fomentar el afecto entre hermanas ni la delicadeza.

—A fe mía que expresa usted su opinión de una manera muy decidida para lo joven que es —dijo su señoría—. Dígame, ¿qué edad tiene?

—Teniendo tres hermanas menores ya crecidas, su señoría no esperará que la confiese —repuso Elizabeth, sonriendo.

Lady Catherine pareció quedarse atónita de no recibir una respuesta inmediata. Elizabeth sospechó que ella era el primer ser que se había atrevido a tomarse a broma sus dignas impertinencias.

—Estoy segura de que no puede tener más de veinte años; por lo tanto, no es preciso que oculte su edad.

—No he cumplido los veintiuno.

Cuando se reunieron con ellas los caballeros y terminaron de tomar el té, se dispusieron las mesas de cartas. Lady Catherine, sir William y el señor y la señora Collins se sentaron a jugar al *quadrille;* y como la señorita de Bourgh quiso jugar al *casino,* las dos muchachas tuvieron el honor de completar su partida junto con la señora Jenkinson. Su mesa fue enormemente aburrida. Apenas se pronunció una sílaba que no estuviera relacionada con la partida, salvo cuando la señora Jenkinson expresaba su temor de que la señorita de Bourgh tuviera demasiado frío o demasiado calor o tuviera mucha o poca luz. Se dijo muchísimo más en la otra mesa. Lady Catherine hablaba casi constantemente, indicando los errores que cometían los otros tres o contando alguna anécdota sobre sí misma. El señor Collins se dedicaba a asentir a todo lo que decía su señoría, a agradecerle cada ficha que ganaba y a disculparse si le parecía que ganaba demasiadas. Sir William no decía gran cosa. Estaba almacenando en su memoria las anécdotas y los nombres de la nobleza.

Cuando lady Catherine y su hija se cansaron de jugar, se levantaron los jugadores, se ofreció el coche a la señora Collins, que lo aceptó con cortesía, y se mandó que lo prepararan inmediatamente. Acto seguido, todos se reunieron alrededor de la lumbre para oír a lady Catherine dictaminar el tiempo que haría al día siguiente. Los sacó de estas instrucciones la llegada del carruaje; y, con muchos discursos de agradecimiento por parte del señor Collins y otras tantas reverencias de sir William, se marcharon. En cuanto el coche partió de la puerta, el primo de Elizabeth pidió a ésta su opinión de todo lo que había visto en Rosings, y ella, por el bien de Charlotte, la presentó de una manera más favorable de lo que era en realidad. Sin embargo, sus encomios, a pesar de haberle costado algún esfuerzo, no fueron suficientes para satisfacer al señor Collins, que muy pronto se vio obligado a encargarse en persona de hacer el panegírico de su señoría.

# Capítulo XXX

Sir William sólo pasó una semana en Hunsford, pero su visita duró lo suficiente para convencerlo de que su hija estaba establecida con mucha comodidad y que poseía un marido y una vecina de los que no se encuentran con
frecuencia. Mientras estuvo con ellos sir William, el señor Collins dedicó las mañanas a darle paseos en su coche abierto y enseñarle la comarca, pero cuando
se marchó, toda la familia volvió a sus ocupaciones habituales, y Elizabeth
vio con agrado que el cambio no las obligaba a ver más a su primo, pues éste
pasaba ahora la mayor parte del tiempo entre el desayuno y la comida tra-
bajando en el jardín o leyendo y escribiendo y mirando por la ventana de su
estudio, que daba a la carretera. La habitación donde se sentaban las damas
daba a la parte trasera. A Elizabeth le había extrañado un poco al principio
que Charlotte no prefiriera hacer uso habitual del salón comedor, que era
una pieza de mejor tamaño y aspecto más agradable. Sin embargo, no tardó
en percibir que su amiga tenía un motivo excelente para hacer lo que hacía,
pues si ellas hubieran pasado el rato en una habitación tan animada, el señor
Collins no habría pasado tanto tiempo metido en su estudio, sin duda; y a
Elizabeth le pareció una disposición prudente por parte de Charlotte.

Desde el salón no veían nada del camino, y era el señor Collins quien las
tenía informadas de los coches que pasaban y, sobre todo, de la frecuencia
con que pasaba la señorita de Bourgh en su faetón, de lo que nunca dejaba
de ir a avisarlas, a pesar de que sucedía casi todos los días. No era raro que

se detuviera ante la casa rectoral y conversara unos minutos con Charlotte, pero casi nunca conseguían animarla a que se apease.

Pasaban muy pocos días en que el señor Collins no fuera andando hasta la casa de Rosings, y no muchos en los que a su esposa no le pareciera necesario ir ella también, y Elizabeth no comprendía que sacrificasen tantas horas hasta que recordó que podían existir otros curatos disponibles. Recibían de vez en cuando el honor de una visita de su señoría, y en tales ocasiones, a ésta no se le escapaba nada de lo que pasaba en la sala. Examinaba sus tareas, miraba sus labores y les recomendaba que las hicieran de otro modo; encontraba defectos en la disposición de los muebles o advertía negligencias de la criada; y, si aceptaba algún refrigerio, parecía hacerlo con el único fin de descubrir que las piezas de carne de la señora Collins eran demasiado grandes para su familia.

Elizabeth no tardó en percibir que, aunque aquella gran señora no tenía el título de juez de paz de la comarca, ejercía como magistrada muy activa en su propia parroquia. El señor Collins le transmitía hasta los asuntos más insignificantes de ésta, y siempre que algunos de los campesinos tenía algún altercado, estaba descontento o era demasiado pobres, ella salía al pueblo a arreglar sus diferencias, acallar sus quejas y reprenderlos por la falta de armonía y de riqueza.

La invitación a comer en Rosings se repitió unas dos veces a la semana, y cada velada fue semejante a la primera, con la única salvedad de que ya no tenían a sir William y sólo había una partida de cartas por la tarde. Tenían pocos compromisos más, ya que la vida social de los alrededores estaba, en general, por encima de las posibilidades del señor Collins. Sin embargo, esto no le parecía mal a Elizabeth, que en conjunto pasaba el tiempo bastante a gusto; tenía conversaciones agradables de media hora con Charlotte, y hacía tan buen tiempo para la época del año que solía disfrutar mucho al aire libre. Su paseo favorito, que daba con frecuencia mientras los demás iban a visitar a lady Catherine, era por la arboleda despejada que rodeaba aquel lado del parque, por donde transcurría un bonito camino sombreado que, al parecer, no apreciaba nadie más que ella y donde se sentía fuera del alcance de la curiosidad de lady Catherine.

La primera quincena de su visita transcurrió rápidamente de esta manera tranquila. Se acercaba la Pascua, y en Semana Santa iba a agregarse una persona a la familia de Rosings, cuya presencia debería hacerse notar en un círculo tan reducido. Elizabeth se había enterado poco después de su llegada de que se esperaba al señor Darcy para dentro de unas semanas, y, aunque hubiera preferido a casi cualquier otro conocido suyo, sería una persona relativamente nueva a la que mirar en sus reuniones en Rosings, y podría divertirse viendo lo inútiles que eran los designios que tenía para con él la señorita Bingley por la conducta de Darcy hacia su prima, para quien lo destinaba evidentemente lady Catherine, quien comentaba su venida con gran satisfacción, hablaba de él con mucha admiración y casi se enfadó al enterarse de que la señorita Lucas y ella ya lo habían tratado con frecuencia.

Su llegada se conoció enseguida en la casa rectoral, pues el señor Collins se pasó toda la mañana paseándose a la vista de las casitas de los guardias que daban al camino de Hunsford con el fin de enterarse lo más pronto posible; y, después de hacer una reverencia cuando el coche entró en el parque, corrió a casa con la gran noticia. A la mañana siguiente se apresuró a ir a Rosings a presentar sus respetos. Tuvo que presentárselos a dos sobrinos de lady Catherine, pues el señor Darcy había traído consigo a un tal coronel Fitzwilliam, hijo menor de su tío lord; y, con gran sorpresa para todos, cuando el señor Collins volvió a su casa, los caballeros lo acompañaron. Charlotte los vio cruzar el camino hacia la casa desde la habitación de su marido y pasó inmediatamente a la otra habitación para contar a las muchachas el honor que les esperaba, añadiendo:

—Esta cortesía debo agradecértela a ti, Eliza. El señor Darcy no habría venido nunca tan pronto a visitarme a mí.

A Elizabeth apenas le había dado tiempo a rechazar todo derecho a aquel cumplido cuando la campanilla de la puerta anunció su llegada, y poco después entraron en la sala los tres caballeros. El coronel Fitzwilliam, que entró el primero, tenía unos treinta años; no era apuesto, pero hacía gala de un claro porte y modales de caballero. El señor Darcy tenía exactamente el mismo aspecto que había tenido en Hertfordshire; presentó sus respetos con su reserva habitual a la señora Collins, y, fueran cuales fueran sus sentimientos hacia Elizabeth, la saludó con toda compostura. Ella se limitó a hacerle una reverencia sin decir palabra.

El coronel Fitzwilliam entró en la conversación enseguida con toda la buena disposición y soltura del hombre bien educado, y hablaba de una manera muy agradable; pero su primo, después de haber hecho a la señora Collins una leve observación sobre la casa y el jardín, se pasó un rato sentado sin hablar con nadie. Sin embargo, tuvo la cortesía mínima de preguntar a Elizabeth por su familia. Ella le dio la respuesta habitual en estos casos y, tras una breve pausa, añadió:

—Mi hermana mayor lleva tres meses en la capital. ¿La ha visto usted allí, por casualidad?

Era perfectamente consciente de que el señor Darcy no la había visto, pero quería observar si dejaba traslucir que conocía algo de lo que había pasado entre Jane y los Bingley, y creyó advertir en él cierta desazón al contestar que no había tenido la fortuna de ver a la señorita Bennet. No se tocó más el tema, y los caballeros se marcharon poco después.

# Capítulo XXXI

Los habitantes de la casa rectoral admiraron mucho los modales del co-ronel Fitzwilliam, y a todas las damas les pareció que las veladas en la casa de Rosings resultarían mucho más agradables con él. Sin embargo, pasaron algunos días antes de recibir una invitación para acudir allí; ya que, habiendo visitas en la casa, ellos no hacían falta. Sólo tuvieron el honor de recibir esta cortesía el día de Pascua de Resurrección, casi una semana después de la llegada de los caballeros; y entonces solamente se les invitó, a la salida de la iglesia, a que fueran a la casa por la tarde. Hacía una semana que veían muy poco a lady Catherine y a su hija. El co-ronel Fitzwilliam se había pasado más de una vez por la casa rectoral en ese periodo, pero al señor Darcy sólo lo habían visto en la iglesia.

Aceptaron la invitación, por supuesto, y se sumaron a una hora con-veniente a los reunidos en el salón de lady Catherine. Su señoría los re-cibió con corrección, pero saltaba a la vista que su presencia no era ni mucho menos tan aceptable como cuando no podía contar con nadie más. De hecho, prestaba atención casi exclusiva a sus sobrinos, con los que hablaba más que con ningún otro de los presentes, especialmente con Darcy.

El coronel Fitzwilliam pareció alegrarse francamente de verlos; cual-quier cosa le servía de grata distracción en Rosings; y, además, le había gustado mucho la linda amiga de la señora Collins. Se sentó al lado de

Elizabeth y le habló de una manera tan agradable de Kent y Hertfordshire, de los viajes y la vida doméstica, de libros nuevos y música, que Elizabeth no había estado nunca tan entretenida en aquella sala, ni mucho menos; y conversaban con tanto humor y soltura que se fijó en ellos la propia lady Catherine, además del señor Darcy. Éste había vuelto los ojos hacia ellos desde un primer momento y repetidas veces, con mirada de curiosidad; y su señoría reconoció más abiertamente, al cabo de un rato, que compartía este mismo sentimiento, pues no tuvo reparos en decir en voz alta:

—¿Qué está diciendo usted, Fitzwilliam? ¿De qué está hablando? ¿Qué está contando a la señorita Bennet? Dígamelo.

—Estamos hablando de música, señora —dijo él, cuando ya no pudo menos de responder.

—¡De música! Entonces, hable en voz alta, se lo ruego. Es el que más me deleita de todos los temas. Si habla usted de música, debo participar en la conversación. Supongo que debe de haber pocas personas en Inglaterra que sepan disfrutar tanto de la música como yo, o que estén dotadas de mejor gusto natural. Yo habría llegado muy lejos en este arte si hubiera estudiado. Lo mismo digo de Anne, si su salud le hubiera permitido aplicarse a ella. Estoy convencida de que habría sido una intérprete deliciosa. ¿Qué progresos hace Georgiana, Darcy?

El señor Darcy describió con alabanzas afectuosas los adelantos de su hermana en la música.

—Me alegro de tener noticias tan halagüeñas de ella —dijo lady Catherine—; y ten la bondad de decirle de mi parte que no podrá brillar si no practica mucho.

—Le aseguro a usted, señora, que no necesita ese consejo —respondió él—. Practica con gran constancia.

—Tanto mejor. Toda práctica es poca; y la próxima vez que le escriba, le encargaré que no la descuide bajo ningún concepto. Yo suelo decir a las señoritas que el dominio de la música no se puede adquirir sin la práctica constante. Ya he dicho varias veces a la señorita Bennet que jamás llegará a tocar verdaderamente bien si no practica más; y, aunque el señor Collins no tiene piano, está invitada, como le he dicho a menudo, a venir a

Rosings todos los días a tocar en el piano que está en el cuarto de la señora Jenkinson. En esa parte de la casa no estorbaría a nadie, ¿sabes?

El señor Darcy pareció avergonzarse un poco de la mala educación de su tía y no dio respuesta.

Cuando terminaron de tomar café, el coronel Fitzwilliam recordó a Elizabeth que le había prometido tocar para él, y ella se sentó inmediatamente ante el piano. Él acercó una silla. Lady Catherine escuchó media canción y después se puso a hablar, como antes, a su otro sobrino; hasta que este último se apartó de ella y, caminando hacia el piano con su parsimonia habitual, se situó de tal modo que veía por completo el semblante de la bella intérprete. Elizabeth percibió lo que hacía y, en la primera pausa oportuna, se volvió hacia él con una sonrisa astuta y dijo:

—¿Pretende usted asustarme, señor Darcy, viniendo a oírme con tanta pompa? No voy a desazonarme, por mucho que su hermana toque tan bien. Tengo una obstinación que no permite que los demás la asusten a voluntad. Siempre que alguien intenta intimidarme, mi valor se crece.

—No voy a decirle que está usted equivocada —respondió él—, pues no es posible que me atribuya de verdad ningún designio de desazonarla. Ya tengo el placer de conocerla el tiempo suficiente para saber que usted se complace mucho en emitir de vez en cuando opiniones que en realidad no hace suyas.

Elizabeth rio de buena gana al oírse descrita de este modo, y dijo al coronel Fitzwilliam:

—Su primo le va a dar una bonita impresión de mí y le va a enseñar a que no se crea una sola palabra de lo que digo. He tenido una mala suerte extraordinaria al encontrarme con una persona tan capacitada para desvelar mi verdadero carácter, en una región del mundo donde había esperado pasar desapercibida conservando cierto grado de crédito. En verdad, señor Darcy, es muy poco generoso por su parte citar todos mis defectos de los que se enteró usted en Hertfordshire; y, si me permite decirlo, también es muy poco prudente, pues me provoca usted a desquitarme y pueden salir a relucir cosas que dejen consternados a sus parientes.

—No tengo miedo de usted —dijo él con una sonrisa.

—Se lo ruego, dígame usted de qué puede acusarlo —exclamó el coronel Fitzwilliam—. Me gustaría enterarme de cómo se comporta entre desconocidos.

—Se lo diré, entonces; pero prepárese usted a oír cosas espantosas. Ha de saber que la primera vez que lo vi en Hertfordshire fue en un baile; y ¿sabe usted lo que hizo en aquel baile? Sólo bailó cuatro piezas, a pesar de que había escasez de caballeros, y sé con certeza que había más de una señorita sentada por falta de pareja. No puede negarlo usted, señor Darcy.

—En aquella ocasión no tenía el honor de conocer a ninguna de las damas de la fiesta, salvo a las que habían venido conmigo.

—Es verdad; y, claro está, nadie se puede presentar a nadie en un salón de baile. Bueno, coronel Fitzwilliam, ¿qué toco ahora? Mis dedos esperan sus órdenes.

—Quizá debiera haber tomado el mejor partido de pedir que me presentaran —dijo Darcy—; pero no sirvo para causar buena impresión a los desconocidos.

—¿Preguntamos la causa a su primo? —dijo Elizabeth, hablando todavía al coronel Fitzwilliam—. ¿Le preguntamos por qué está mal dotado para causar buena impresión a los desconocidos un hombre de buen juicio y bien educado, y con mundo?

—Puedo responder a su pregunta sin consultarle a él —dijo Fitzwilliam—. Es porque no quiere tomarse la molestia.

—Desde luego que no tengo el talento que poseen algunos para conversar con soltura con personas que acaban de conocer —dijo Darcy—. No soy capaz de captar el tono de su conversación ni de aparentar interés por sus asuntos, como suelo ver que hacen otros.

—Mis dedos no se mueven sobre este instrumento de la manera magistral que veo moverlos a muchas mujeres —dijo Elizabeth—. No tienen la misma fuerza ni rapidez, y no producen la misma expresión. Pero también es verdad que siempre lo he considerado culpa mía, porque no me tomo la molestia de practicar. No creo que mis dedos no sean capaces de interpretar música tan magistralmente como los de cualquier otra mujer.

Darcy sonrió y dijo:

—Tiene usted toda la razón. Ha aprovechado usted mucho mejor el tiempo. Nadie que haya gozado del privilegio de oírla podrá encontrarle ninguna falta. Ni usted ni yo interpretamos para desconocidos.

En ese momento los interrumpió lady Catherine, que levantó la voz para preguntarles de qué hablaban. Elizabeth se puso a tocar de nuevo inmediatamente. Lady Catherine se acercó y, después de escucharla unos minutos, dijo a Darcy:

—La señorita Bennet no tocaría nada mal si practicase más y si pudiera contar con un maestro de Londres. Tiene muy buenas nociones de digitación, aunque no tiene tanto gusto como Anne. Anne habría sido una intérprete deliciosa si su salud le hubiera permitido aprender.

Elizabeth miró a Darcy para ver con cuánta cordialidad se sumaba a las alabanzas de su prima; pero ni en ese momento ni en ningún otro pudo discernir ningún síntoma de amor. Por su conducta en general con la señorita de Bourgh, dedujo que Darcy bien podría haberse casado con la señorita Bingley si hubieran sido primos.

Lady Catherine siguió comentando la interpretación de Elizabeth, con muchas instrucciones sobre la ejecución y el buen gusto. Elizabeth las recibió con toda la paciencia que imponía la cortesía y, a petición de los caballeros, siguió al instrumento hasta que estuvo dispuesto el coche de su señoría para llevarla a casa con los suyos.

# Capítulo XXXII

A la mañana siguiente Elizabeth estaba sentada a solas escribiendo a Jane, mientras la señora Collins y Maria habían ido al pueblo a hacer unos recados, cuando la sorprendió el sonido de la campanilla de la puerta, señal inequívoca de que llegaba una visita. Como no había oído el traqueteo de ningún coche, pensó que bien podía tratarse de lady Catherine, y, con ese temor, estaba escondiendo su carta a medio escribir para que no fuera objeto de preguntas impertinentes, cuando se abrió la puerta y, con gran sorpresa por su parte, entró en la sala ni más ni menos que el señor Darcy.

También él pareció sorprendido de encontrarla a solas y le pidió disculpas por aquella intromisión, informándole de que había entendido que encontraría a todas las damas en la casa.

Se sentaron y, cuando ella hubo terminado de preguntarle cómo estaban todos en Rosings, pareció que había el peligro de que cayeran en un silencio total. Por tanto, era necesario pensar en algo y, recordando en aquella situación de emergencia la ocasión en que lo había visto por última vez en Hertfordshire, y sintiendo curiosidad por lo que diría él sobre la cuestión de su partida precipitada, observó:

—¡De qué manera tan repentina se marcharon todos ustedes de Netherfield en noviembre pasado, señor Darcy! Debieron de sorprender agradablemente al señor Bingley al reunirse con él tan pronto; pues, si no recuerdo mal, él se había marchado el día anterior. ¿Dejaba usted con salud a sus hermanas y a él cuando salió usted de Londres?

—Perfectamente, gracias.

Elizabeth advirtió que no recibiría más contestación, y añadió tras una breve pausa:

—Tengo entendido que el señor Bingley no tiene mucha intención de volver a Netherfield...

—Yo no le he oído decir tal cosa; pero es probable que pase allí muy poco tiempo de ahora en adelante. Tiene muchos amigos, y está en una edad en que se tienen cada vez más amigos y más compromisos.

—Si piensa ir poco a Netherfield, sería mejor para sus vecinos que dejara de tener arrendada la casa, pues así sería posible que la ocupara una familia de asiento. Aunque puede ser que el señor Bingley no arrendara la casa tanto por el bien del vecindario como por el suyo propio, y debemos esperar que la conservará o la dejará siguiendo esos mismos principios.

—No me sorprendería que la dejara en cuanto se le presentase la posibilidad de comprarse alguna otra casa conveniente —dijo Darcy.

Elizabeth no contestó. No se atrevía a hablar más de su amigo; y, como no tenía nada más que decir, se determinó a dejar que se ocupara él de encontrar un tema de conversación.

Él captó su intención y empezó a decir poco después:

—Esta casa parece muy cómoda. Creo que lady Catherine le hizo muchas mejoras cuando llegó el señor Collins a Hunsford.

—Eso creo... y estoy segura de que no podría haber aplicado su bondad a una persona más agradecida.

—Parece que el señor Collins ha sido muy afortunado en su elección de esposa.

—Sí, en efecto, sus amigos bien pueden alegrarse de que haya encontrado a una de las poquísimas mujeres sensatas que lo habrían aceptado o que lo habrían hecho feliz caso de aceptarlo. Mi amiga tiene un entendimiento excelente, aunque no estoy segura de admitir que su matrimonio con el señor Collins haya sido la decisión más acertada de su vida. Sin embargo, parece perfectamente feliz, y, desde el punto de vista de la prudencia económica, no cabe duda de que es muy buen partido para ella.

—Debe de ser muy agradable para ella estar establecida a una distancia tan cómoda de su familia y amigas.

—¿A una distancia cómoda, dice usted? Son casi cincuenta millas.

—¿Y qué son cincuenta millas, habiendo buena carretera? Poco más de medio día de viaje. Sí, yo diría que es una distancia muy cómoda.

—Yo no habría considerado jamás que la distancia fuera una de las ventajas de este partido —exclamó Elizabeth—. Nunca habría dicho que la señora Collins se había establecido cerca de su familia.

—Con eso demuestra el apego que le tiene usted a Hertfordshire. Supongo que cualquier cosa que esté más allá de los alrededores del mismo Longbourn le parecería lejana.

Dijo esto con una especie de sonrisa que a Elizabeth le pareció entender: debía de estar suponiendo que ella estaba pensando en Jane y en Netherfield, y respondió, sonrojándose:

—Tampoco quiero decir que una mujer tenga que vivir cerca de su familia. La lejanía y la cercanía son relativas y dependen de muchas circunstancias variables. La distancia no es ningún inconveniente cuando hay posibilidades económicas de afrontar los gastos del viaje. Pero no es así en este caso. El señor y la señora Collins no viven con estrecheces, pero no son tan ricos como para poder viajar con frecuencia; y estoy convencida de que mi amiga sólo se consideraría cerca de su familia si estuviera a menos de la mitad de la distancia presente.

El señor Darcy acercó un poco más su silla hacia ella y dijo:

—Usted sí que no tiene derecho a sentir un apego tan fuerte por Longbourn. No es posible que haya vivido siempre allí.

Elizabeth pareció sorprendida. El caballero cambió un poco de actitud; echó la silla hacia atrás, tomó un periódico de la mesa y, echándole una ojeada, dijo con voz más fría:

—¿Le agrada a usted Kent?

Mantuvieron a continuación un breve diálogo sobre el tema del condado de Kent, con calma y concisión por ambas partes, al que pronto puso fin la entrada de Charlotte y su hermana, que habían vuelto de su paseo. Las sorprendió encontrarse allí a los dos a solas. El señor Darcy explicó el error que había cometido y que le había hecho presentarse así ante la señorita Bennet, y, tras quedarse sentado algunos minutos más sin decir gran cosa a nadie, se marchó.

—¿Qué puede significar esto? —dijo Charlotte en cuanto se hubo marchado—. Eliza, querida, debe de estar enamorado de ti; de lo contrario, no nos habría visitado con tanta familiaridad.

Pero cuando Elizabeth contó lo callado que había estado, a Charlotte, a pesar de sus deseos, no le pareció muy probable que fuera así. Después de diversas conjeturas sólo pudieron suponer que la visita se había debido simplemente a que al señor Darcy le resultaba difícil encontrar otra cosa que hacer, tanto más probable en aquella época del año. Habían terminado todos los entretenimientos al aire libre. En casa tenía a lady Catherine, los libros y una mesa de billar, pero los caballeros no pueden estar siempre metidos en casa, y ya fuera por lo cerca que estaba la casa rectoral, o por lo agradable que era el paseo hasta ella, o por las personas que vivían en ella, el caso fue que los dos primos se animaron desde entonces a caminar hasta allí casi todos los días. Se presentaban a diversas horas de la mañana, unas veces por separado, otras veces juntos, y acompañados por su tía en algunas ocasiones. Resultaba claro a todos que el coronel Fitzwilliam iba porque le agradaba el trato con ellos, cosa que, naturalmente, decía algo a su favor. La satisfacción que producía a Elizabeth estar con él, además de la admiración evidente que le profesaba él, recordaba a Elizabeth a su antiguo favorito George Wickham; y si bien al compararlos entre sí advertía que el coronel Fitzwilliam tenía unos modales menos suaves y cautivadores, creía que quizá tuviera la cabeza mejor sentada.

Sin embargo, resultaba más difícil comprender por qué venía con tanta frecuencia a la casa rectoral el señor Darcy. No podía ser por el trato, pues solía pasarse diez minutos seguidos sin abrir los labios, y cuando hablaba más bien parecía por necesidad que por gusto, un sacrificio por decoro, y no un placer del que disfrutara. Rara vez parecía verdaderamente animado. La señora Collins no sabía qué pensar de él. El coronel Fitzwilliam se reía a veces de su actitud estúpida, con lo que demostraba que en general no solía comportarse de esa manera, cosa que Charlotte no podría haber supuesto por sí misma por lo poco que sabía de él; y como le hubiera gustado creer que aquel cambio era consecuencia del amor, y que el objeto de dicho amor era su amiga Eliza, se aplicó de firme a la tarea de descubrirlo. Lo observaba siempre que estaban en la casa de Rosings y siempre que venía él a Hunsford, pero sin grandes resultados. Era verdad que miraba mucho a su amiga, pero la expresión de aquella mirada era discutible. Era una mirada fija, constante, pero la señora Collins solía dudar si había en ella mucha admiración, y a veces no le parecía más que una expresión distraída.

Ya había sugerido a Elizabeth una o dos veces la posibilidad de que le gustara al señor Darcy, pero ella se había reído siempre de aquella idea, y a la señora Collins no le había parecido conveniente insistir en la materia por el peligro de suscitar unas esperanzas que quizá terminasen en una desilusión, pues en su opinión no cabía duda de que la aversión que sentía por él su amiga se esfumaría si se figuraba que lo tenía en su poder.

Entre sus proyectos amables para Elizabeth trazaba a veces el de que se casara con el coronel Fitzwilliam. Era el más agradable de los dos, sin comparación; de que la admiraba no había duda, y su situación en la vida hacía de él un buen partido; pero, como contrapartida a estas ventajas, el señor Darcy tenía muchos beneficios eclesiásticos que repartir, y su primo no tendría ninguno.

# Capítulo XXXIII

Elizabeth se encontró con el señor Darcy inesperadamente más de una vez en sus paseos por el parque. En la primera ocasión lamentó el azar perverso que lo había llevado donde no iba nadie más, y para evitar que volviera a suceder tomó la medida de informarle que aquél era uno de sus paseos favoritos. ¡Qué raro, por lo tanto, que ocurriera por segunda vez! Sin embargo, ocurrió, y hasta por tercera vez. Parecía mala intención o una penitencia voluntaria, pues en aquellas ocasiones no se limitaba a decirle algunas frases formales y a marcharse tras una pausa incómoda, sino que de hecho juzgaba necesario volverse y acompañarla. Nunca decía gran cosa, ni tampoco ella se molestaba en hablar ni en escucharlo mucho; pero durante su tercer encuentro Elizabeth cayó en la cuenta de que le estaba haciendo preguntas raras y poco conexas: sobre si le agradaba estar en Hunsford, si le gustaba pasearse sola y qué opinión tenía de la felicidad del señor y la señora Collins. Advirtió también que cuando le habló de Rosings y le dijo que no se hacía cargo del todo de la distribución de la casa, él pareció esperar que cuando ella volviera a Kent se alojaría también allí. Aquello pareció dar a entender con sus palabras. ¿Era posible que estuviera pensando en el coronel Fitzwilliam? Elizabeth supuso que, si algo quería dar a entender, debía de querer aludir a lo que pudiera surgir por esa parte. Aquello la inquietó un poco, y se alegró bastante de encontrarse ante el portón de la cerca de la casa rectoral.

Un día estaba leyendo durante su paseo la última carta de Jane y repasando algunos pasajes que mostraban que Jane no había escrito de buen ánimo, cuando, en vez de ser sorprendida de nuevo por el señor Darcy, vio al levantar los ojos que venía a su encuentro el coronel Fitzwilliam. Guardándose la carta al momento y adoptando una sonrisa forzada, le dijo:

—No sabía que usted se paseara por aquí.

—He estado dándome una vuelta por todo el parque, como suelo hacer cada año —respondió él—, y pienso concluir con una visita a la casa rectoral. ¿Va usted muy lejos?

—No; iba a volverme enseguida.

Y, en efecto, se volvió y caminaron juntos hacia la casa rectoral.

—¿Se marchan ustedes de Kent el sábado con toda seguridad? —le preguntó ella.

—Sí... si Darcy no lo vuelve a retrasar. Pero yo estoy a su disposición. Él lo organiza todo a su gusto.

—Y si no puede quedar satisfecho de lo que organiza, cuenta por lo menos con la satisfacción de poder elegir. No conozco a nadie que disfrute más, al parecer, del poder de hacer lo que quiera que el señor Darcy.

—Sí que le gusta mucho hacer las cosas a su manera —respondió el coronel Fitzwilliam—. Pero eso nos gusta a todos. Sólo que él tiene más medios para ello que muchos otros, porque es rico, mientras que otros muchos son pobres. Lo digo con sentimiento por mi parte. Un hijo segundón debe acostumbrarse a las privaciones y a la falta de independencia.

—En mi opinión, poco puede saber de ambas cosas el hijo segundón de un conde. Hablando en serio, ¿qué sabe usted lo que son las privaciones y la falta de independencia? ¿Cuándo le ha impedido la falta de dinero ir donde quería o tener cualquier cosa que le apeteciera?

—Sus preguntas son oportunas, y quizá no pueda afirmar que haya sufrido muchas penalidades de esa naturaleza. Pero en cuestiones de mayor peso, acaso me resienta de la falta de dinero. Los segundones no nos podemos casar con quien nos guste.

—A no ser que les gusten las mujeres con buena dote, como creo que sucede a menudo.

—Estamos acostumbrados a gastar, por lo que dependemos demasiado del dinero, y hay pocos en mi situación que podamos permitirnos contraer matrimonio sin prestar alguna atención al dinero.

«¿Lo dirá por mí?», pensó Elizabeth; y la idea le hizo sonrojarse; pero, recuperándose, dijo en son de broma:

—Y, dígame, se lo ruego, ¿cuánto suele costar el hijo segundón de un conde? Supongo que no pedirán ustedes más de cincuenta mil libras, a no ser que el hermano mayor esté muy enfermizo.

Él le contestó en el mismo tono, y dejaron el tema. Ella, con el fin de interrumpir un silencio que pudiera hacerle figurarse que lo que habían dicho la había afectado, dijo poco después:

—Me imagino que su primo se lo habrá traído a usted sobre todo para tener a alguien. Me extraña que no se case, para poder contar con una compañía duradera. Pero es posible que su hermana le sirva igualmente, de momento, y como él es su único custodio, puede hacer lo que quiera con ella.

—No —dijo el coronel Fitzwilliam—, ese privilegio ha de compartirlo conmigo. Yo soy cotutor de la señorita Darcy.

—¿De verdad? Y, dígame, ¿qué clase de tutores son ustedes? ¿Les causa muchas molestias su pupila? A veces es un poco difícil gobernar a las señoritas de su edad, y si ella tiene el ánimo clásico de los Darcy, puede que le guste hacer las cosas a su manera.

Mientras hablaba, observó que él la miraba con atención; y el modo en que le preguntó inmediatamente por qué suponía probable que la señorita Darcy les diera disgustos la convenció de que, de una manera u otra, se había aproximado bastante a la verdad. Respondió enseguida:

—No se asuste usted. No he oído decir nunca nada malo de ella, y me atrevo a decir que es una de las criaturas más tratables del mundo entero. Algunas señoras conocidas mías, la señora Hurst y la señorita Bingley, la tienen en gran estima. Creo que le he oído decir a usted que las conoce.

—Las conozco un poco. Su hermano es un hombre agradable, caballeroso... Es muy amigo de Darcy.

—¡Ah, sí! —dijo Elizabeth con sequedad—. El señor Darcy trata al señor Bingley con una amabilidad fuera de lo común, y cuida de él enormemente.

—¡Que cuida de él! Sí, la verdad es que creo que Darcy sí cuida de él en los puntos en que más falta le hace. Por algo que me contó durante nuestro viaje hasta aquí, tengo motivos para creer que Bingley le debe mucho. Sin embargo, debo disculparme con él, pues no tengo derecho a suponer que Bingley fuera la persona a quien Darcy se refería. No es más que una conjetura.

—¿Qué quiere usted decir?

—Es una circunstancia que Darcy no querría que trascendiera, porque sería desagradable que llegara a oídos de la familia de la dama.

—Puede confiar usted en que yo no la repetiré.

—Y recuerde que no tengo muchos motivos para suponer que se trate de Bingley. Lo que me dijo no fue más que esto: que se congratulaba de haber salvado no ha mucho a un amigo suyo de la inconveniencia de haber contraído un matrimonio muy imprudente; pero sin citar ni nombres ni más detalles, y si yo sospeché que se trataba de Bingley fue sólo porque creí que es un joven que se puede meter el líos de esa especie y porque sé que han pasado juntos todo el verano pasado.

—¿Le dio a usted Darcy algún motivo para su intromisión?

—Entendí que había mucho que objetar a la dama.

—¿Y a qué mañas recurrió para separarlos?

—No me habló de sus mañas —dijo Fitzwilliam, sonriendo—. Sólo me contó lo que acabo de contarle a usted.

Elizabeth no contestó y siguió andando con el corazón henchido de indignación. Tras observarla un poco, Fitzwilliam le preguntó por qué estaba tan pensativa.

—Estoy pensando en lo que me ha contado usted —le dijo ella—. La conducta de su primo no me parece bien. ¿Por que había de erigirse él en juez?

—¿Quiere usted tacharlo de entrometido?

—No sé qué derecho podría tener el señor Darcy a decidir la conveniencia de la inclinación de su amigo, ni por qué había de decidir él, según su propio juicio, dirigiendo en qué modo tenía que ser feliz su amigo. Sin embargo —añadió, conteniéndose—, en vista de que no conocemos los detalles, no podemos condenarlo con justicia. Habrá que pensar que el afecto no tuvo mucho que ver en este caso.

—Esa deducción no deja de ser natural —dijo Fitzwilliam—, pero reduce en mucho la honra del triunfo de mi primo.

Aunque esto se dijo en broma, a ella le pareció un retrato tan justo del señor Darcy que no se atrevió a responder, y, por lo tanto, cambiando bruscamente de conversación, siguieron hablando de cosas sin importancia hasta que llegaron a la casa rectoral. Allí se encerró en su cuarto en cuanto los hubo dejado su visitante, para poder pensar en lo que había oído sin que nadie la molestara. No era de creer que el caso pudiera referirse a otras personas distintas de las que conocía ella. No podían existir en el mundo dos hombres sobre los que el señor Darcy pudiera ejercer una influencia tan ilimitada. Ella no había dudado nunca que éste hubiera intervenido en las medidas que se habían tomado para separar a Bingley de Jane; pero siempre había atribuido a la señorita Bingley la traza y la disposición principal de estas medidas. Sin embargo, a no ser que le engañara su propia vanidad, él había sido la causa, su orgullo y su capricho habían sido la causa de todo lo que había sufrido Jane y de lo que seguía sufriendo. Había hundido para una temporada toda esperanza de felicidad del corazón más afectuoso y generoso del mundo; y no se sabía cuán perdurable podía ser el daño que había causado.

«Había mucho que objetar a la dama», esto había dicho el coronel Fitzwilliam; y probablemente lo que había que objetar a la dama era que ésta tenía un tío que era abogado rural y otro que era comerciante en Londres.

«¡A la propia Jane no podía haber nada que objetar! —exclamó para sí—. ¡Ella, que es todo encanto y bondad! Con un buen juicio excelente, culta y con unos modales cautivadores. Tampoco se podía objetar nada a nuestro padre, el cual, aunque tiene sus rarezas, posee unas dotes que ni el propio Darcy podría desdeñar, y un carácter respetable que éste no alcanzará nunca, probablemente.» Cuando pensó en su madre, su confianza flaqueó un poco; pero no concebía que diera importancia material a cualquier objeción en ese sentido el señor Darcy, pues estaba convencida de que el orgullo de éste se resentiría mucho más de la falta de categoría social de las personas con que trataba su amigo que de la falta de buen juicio de éstas; y llegó por fin a la conclusión de que el señor Darcy se había regido en parte por este tipo de orgullo, el peor de todos, y en parte por el deseo de guardar al señor Bingley para su propia hermana.

La agitación y las lágrimas que le provocó este asunto le levantaron un dolor de cabeza que se le agravó tanto hacia la caída de la tarde que, sumado a los pocos deseos que tenía de ver al señor Darcy, se decidió a no acompañar a sus primos a Rosings, donde los habían invitado a tomar el té. La señora Collins, viendo que estaba francamente indispuesta, no le insistió para que fuera y procuró evitar en la medida de lo posible que su marido insistiera en ello; pero el señor Collins no pudo ocultar su temor de que lady Catherine se disgustara bastante por quedarse ella en casa.

# Capítulo XXXIV

Cuando se hubieron marchado, Elizabeth, como si quisiera irritarse lo máximo posible con el señor Darcy, se dedicó a repasar todas las cartas que Jane le había escrito desde que estaba en Kent. No contenían verdaderas quejas, ni volvían a recordar hechos del pasado, ni le contaba que estuviera sufriendo entonces. Pero en conjunto, y en casi todas sus líneas, faltaba esa alegría que había caracterizado antes su estilo y que, al proceder de la serenidad de una mente tranquila consigo misma y bien dispuesta hacia todo el mundo, apenas se había nublado nunca. Elizabeth, con una atención que no les había prestado en una primera lectura, observó que todas las frases transmitían una idea de intranquilidad. El modo vergonzoso en que el señor Darcy se había jactado del daño que podía haber infligido le hizo sentir de manera más aguda los sufrimientos de su hermana. La consolaba en parte pensar que la visita de aquél a Rosings terminaría de allí a dos días; y más todavía el hecho de que, en menos de quince días, ella misma volvería a estar con Jane y podría contribuir a la recuperación de su ánimo con toda la fuerza de su cariño.

Siempre que pensaba que Darcy se marchaba de Kent, recordaba también que su primo se iría con él; pero el coronel Fitzwilliam había dejado claro que no tenía la menor intención matrimonial y, aunque era agradable, Elizabeth no estaba dispuesta a sentirse triste por él.

Mientras debatía esto consigo misma, la sobresaltó de repente el sonido de la campanilla de la puerta, y se le agitó un poco el ánimo al pensar que

podría tratarse del propio coronel Fitzwilliam, que ya los había visitado en otra ocasión a última hora de la tarde y que podría venir ahora a interesarse por su estado. Pero pronto desterró la idea y el ánimo se le alteró de una manera muy distinta cuando vio, con absoluto asombro, que el señor Darcy entraba en la sala. Él le preguntó inmediatamente y con precipitación por su salud, atribuyendo su visita al deseo de enterarse de si estaba mejor. Ella le contestó con fría corrección. Él se sentó unos momentos y después se levantó y se puso a pasearse por la sala. Aquello sorprendió a Elizabeth, pero no dijo palabra. Tras varios minutos de silencio, se acercó a ella con agitación y le habló de esta manera:

—He luchado en vano. No puede ser. Mis sentimientos no se dejan reprimir. Debe permitirme usted que le diga con cuánto ardor la admiro y la amo.

El asombro de Elizabeth fue indescriptible. Se lo quedó mirando fijamente, se sonrojó, titubeó y calló. Él tomó esto como una señal suficiente de estímulo, y pasó acto seguido a reconocer todo lo que sentía y había sentido desde hacía mucho tiempo. Hablaba bien; pero tuvo que exponer sentimientos ajenos a los del corazón, y no tuvo menos elocuencia al hablar de su ternura que de su orgullo. Expresó su sentir acerca de la inferioridad de ella, de que aquello era degradarse, de los obstáculos familiares que se habían opuesto siempre a su inclinación, con un calor que parecía adecuado para una materia tan dolorosa para él, pero que no decía mucho a favor de su pretensión.

A pesar de la antipatía profunda que sentía Elizabeth hacia él, no pudo resultarle indiferente el halago de merecer el afecto de un hombre como aquél, y si bien sus intenciones no variaron ni por un momento, sintió lástima al principio por el dolor que le iba a causar; hasta que, resintiéndose de las palabras posteriores de él, la ira le hizo perder toda compasión. Intentó, no obstante, tranquilizarse para responderle con paciencia cuando hubiera terminado de hablar. Darcy concluyó exponiéndole la fuerza de aquel amor que le había resultado imposible vencer por mucho que lo había intentado, y manifestándole su esperanza de verlo recompensado ahora con su mano. Elizabeth vio claramente, por el modo en que dijo esto, que no dudaba recibir una respuesta favorable. Hablaba de inquietud y angustia, pero su semblante expresaba una verdadera seguridad. Tal circunstancia sólo podía servir para exasperarla más, y cuando acabó, a ella le subió el color a las mejillas y dijo:

—Creo que, en casos como éstos, está establecida la costumbre de manifestar agradecimiento por los sentimientos que ha reconocido la otra persona, por muy poco que se compartan. Este agradecimiento es natural, y yo le daría ahora las gracias si fuera capaz de sentirlo. Pero no puedo; no he deseado nunca gozar de su aprobación, y está claro que usted me la ha otorgado muy en contra de su voluntad. Lamento haber hecho daño a alguien. Sin embargo, lo he hecho de una manera muy inconsciente, y espero que ese daño dure poco tiempo. Esos sentimientos que le han impedido a usted reconocerme su afecto, según me dice, no serán muy difíciles de superar, por lo que me acaba de explicar.

El señor Darcy, que estaba apoyado en la repisa de la chimenea con los ojos fijos en su cara, dio muestras de recibir sus palabras con tanto resentimiento como sorpresa. El semblante se le puso pálido de ira, y fue notoria en todos sus rasgos la alteración de su mente. Se esforzó por alcanzar una compostura aparente y no quiso abrir los labios hasta que creyó haberla recobrado. Aquella pausa fue terrible para los sentimientos de Elizabeth. Al fin, dijo con una voz de calma forzada:

—¿Y ésta es la respuesta que debo tener el honor de esperar...? Quisiera que se me informase, quizá, de por qué se me rechaza sin intentar siquiera hacerlo con corrección. Pero no tiene gran importancia.

—Yo también podría preguntar —repuso ella— por qué ha optado usted por decirme, con una intención tan evidente de ofenderme e insultarme, que me quería usted en contra de su voluntad, en contra de su razón e incluso en contra de su buen nombre. ¿Acaso no disculpa esto un poco mi falta de corrección, si es verdad que yo he estado incorrecta? Pero tengo otros motivos. Usted lo sabe. Aunque mis sentimientos no se hubieran inclinado en su contra, aunque hubieran sido indiferentes, o incluso favorables, ¿cree usted que podría tener bajo ningún concepto la tentación de aceptar al hombre que ha echado a perder, para siempre quizá, la felicidad de mi hermana, que me es tan querida?

Cuando Elizabeth pronunció estas palabras, el señor Darcy cambió de color, pero la conmoción fue breve y siguió escuchando sin intentar interrumpirla.

—Tengo todas las razones del mundo para pensar mal de usted. El papel injusto y poco generoso que desempeñó usted en ese asunto es inexcusable. No puede negar usted, no se atreverá a negarlo, que ha sido el principal culpable, si no el único, de la separación del señor Bingley y mi hermana, exponiendo al uno a las censuras del mundo, que lo tachará de veleidoso e inconstante, y a la otra a las burlas por sus esperanzas frustradas, y acarreando a los dos unos sufrimientos agudísimos.

Hizo una pausa, y vio con bastante indignación que él la escuchaba con un aire que daba a entender que no lo conmovía ningún remordimiento. Hasta la miraba con una sonrisa de incredulidad afectada.

—¿Puede negar usted lo que hizo? —repitió ella.

Él respondió entonces con supuesta tranquilidad:

—No tengo intención de negar que hice todo lo que estuvo a mi alcance para separar a mi amigo de su hermana, ni que me alegro de mi éxito. He sido mejor con él que conmigo mismo.

Elizabeth se abstuvo de dar muestras de haber advertido esta reflexión cortés, pero no se le escapó su significado, ni podía servir para aplacarla.

—Con todo, mi aversión no se basa únicamente en este asunto —siguió diciendo Elizabeth—. Yo ya me había formado una opinión de usted mucho antes de que esto tuviera lugar. Su carácter se desveló ante mis ojos con la relación que me hizo hace muchos meses el señor Wickham. ¿Qué puede decir usted sobre este caso? ¿Con qué acto imaginario de amistad se puede defender usted en esto? ¿O qué deformación de los hechos puede presentar aquí a los demás?

—Se interesa usted vivamente por los asuntos de ese caballero —dijo Darcy con voz menos tranquila y algo subido de color.

—¿Quién podría dejar de interesarse por él, conociendo sus desventuras?

—¡Sus desventuras! —repitió Darcy con desdén—. Sí, ha sufrido unas desventuras grandísimas.

—E infligidas por usted —exclamó Elizabeth con energía—. Ha sido usted quien lo ha reducido a su estado actual de pobreza…, de pobreza relativa. Le ha retenido el beneficio que usted debía de saber que le estaba destinado. Le ha despojado, en los mejores años de su vida, de esa independencia económica que no sólo se le debía, sino que se tenía merecida. ¡Ha sido usted quien le ha hecho todo esto! Y, sin embargo, es capaz de tratar con desdén y burla una alusión a sus desventuras.

—¡Y ésta es la opinión que tiene usted de mí! —exclamó Darcy, mientras cruzaba la sala a paso vivo—. ¡Así es como me estima! Le agradezco que me lo haya explicado con tanto detalle. ¡Mis faltas son enormes, según este cálculo! Sin embargo —añadió, interrumpiendo su paseo y volviéndose hacia ella—, quizá se hubieran podido pasar por alto estas ofensas si el orgullo de usted no se hubiera resentido al confesar yo con sinceridad los escrúpulos que llevaban mucho tiempo impidiéndome tomar una decisión seria. Se hubieran podido contener estas acusaciones amargas si yo, con más astucia, hubiera ocultado mi lucha interior y la hubiera halagado haciéndole creer que me movía una inclinación incondicional, sin tacha, secundada por la razón, por la reflexión, por todo. Sin embargo, yo aborrezco todo tipo de disfraz. Y tampoco me avergüenzo de los sentimientos que he referido. Eran naturales y justos. ¿Podía esperar usted que disfrutara de saber que su familia es inferior a la mía? ¿Que me alegrara de contraer parentesco con unas personas cuya categoría en la vida está tan claramente por debajo de la mía?

Elizabeth se sentía más enfadada por momentos, pero intentó con todas sus fuerzas hablar de manera comedida cuando dijo:

—Se equivoca usted, señor Darcy, si supone que el modo en que ha hecho su declaración me ha afectado de alguna otra manera que ahorrándome la inquietud que podría haber sentido al rechazarlo si se hubiera comportado usted de manera más caballerosa.

Vio que Darcy daba un respingo al oír esto, pero sin decir nada, y ella siguió diciendo:

—No habría podido usted pedir mi mano de ninguna manera que hubiera tenido alguna posibilidad de tentarme a otorgársela.

El asombro de Darcy volvió a ser evidente, y la miró con una expresión en la que se combinaban la incredulidad y la mortificación.

—Desde el principio mismo —añadió Elizabeth—, casi podría decir que desde el mismo instante que lo conocí, sus modales, que me convencieron plenamente de su arrogancia, su soberbia y su desprecio egoísta de los sentimientos de los demás, sentaron los cimientos de desaprobación sobre los que los hechos subsiguientes han levantado una antipatía tan inamovible; y cuando no había transcurrido un mes desde que lo conocí, ya me parecía que era usted el último hombre del mundo con quien podrían convencerme de que me casara.

—Ha dicho usted bastante, señorita. Comprendo perfectamente sus sentimientos y ahora sólo me queda avergonzarme de los míos. Perdone usted que le haya robado tanto tiempo y acepte mis mejores deseos de salud y felicidad.

Y, dicho esto, salió apresuradamente de la sala y Elizabeth le oyó al cabo de un instante abrir la puerta principal y salir de la casa.

Su mente estaba sumida en un tumulto enorme y doloroso. No sabía en qué apoyarse, y se sentó y se pasó media hora llorando de pura debilidad. Su asombro iba en aumento a medida que volvía a reflexionar sobre lo que había pasado. ¡Que el señor Darcy la pidiera en matrimonio! ¡Que llevara tantos meses enamorado de ella! Tan enamorado como para querer casarse con ella a pesar de todas las objeciones que lo habían llevado a impedir que su amigo se casara con la hermana de ella, y que debían presentarse con la misma fuerza, por lo menos, en el caso de él… ¡Era casi increíble! Era agradable haber inspirado un amor tan fuerte sin saberlo. Pero el orgullo, su orgullo abominable, el descaro con que había reconocido lo que había hecho respecto de Jane; la seguridad en sí mismo imperdonable con que lo había admitido, a pesar de no poderlo justificar, y la falta de sentimientos con que había hablado del señor Wickham, al que había tratado con una crueldad que ni siquiera había intentado negar, superaron enseguida la lástima que había provocado a Elizabeth la consideración de su amor. Siguió con reflexiones muy agitadas hasta que el ruido del coche de lady Catherine le hizo advertir que no estaba en condiciones de dejarse ver por Charlotte, y se retiró deprisa a su cuarto.

# Capítulo XXXV

Elizabeth se despertó a la mañana siguiente con los mismos pensamientos y meditaciones que habían acabado por cerrarle los ojos. Seguía incapaz de recuperarse de la sorpresa de lo que había pasado. Era imposible pensar en ninguna otra cosa; y, totalmente indispuesta para hacer nada, se resolvió, poco después del desayuno, a tomar el aire y hacer ejercicio. Se dirigía a su paseo favorito cuando, al recordar que el señor Darcy iba a veces por allí, se detuvo y, en lugar de entrar en el parque, subió por el sendero que salía de la carretera principal. Seguía sirviendo de límite por un lado la cerca del parque, y pronto pasó ante uno de los portones de acceso a los terrenos.

Después de recorrer dos o tres veces esa parte del sendero, y como hacía una mañana agradable, sintió la tentación de detenerse ante el portón y mirar el parque. En las cinco semanas que llevaba ya en Kent había cambiado mucho el paisaje y cada día cobraban nuevo verdor los árboles tempranos. Estaba a punto de proseguir su camino cuando atisbó a un caballero en la arboleda que bordeaba el parque; se dirigía hacia allí, y Elizabeth se retiró inmediatamente temiendo que se tratara del señor Darcy. Pero la persona que avanzaba ya estaba lo bastante cerca para verla, y se adelantó con impaciencia y pronunció su nombre. Ella se había vuelto, pero al oír aquella voz, en la que reconoció al señor Darcy, volvió a dirigirse hacia el portón. Él ya había llegado allí también, y, tras tenderle una carta, que ella tomó instintivamente, le dijo con una mirada de compostura altiva:

—Llevaba un rato paseándome por la arboleda con la esperanza de encontrarme con usted. ¿Me concederá usted el honor de leer esta carta?

Y, dicho esto, y tras una leve reverencia, volvió a adentrarse en el bosquecillo y no tardó en perderse de vista.

Elizabeth abrió la carta sin esperar que le produjera ningún placer, aunque con viva curiosidad; y, con asombro creciente, vio que se trataba de un sobre que contenía dos hojas de papel de carta cubiertas por completo de una letra muy apretada. El sobre también estaba escrito por completo. Empezó a leerla mientras seguía andando por el camino. Estaba fechada en Rosings a las ocho de la mañana, y decía así:

No se alarme usted, señorita, al recibir esta carta, temiendo que contenga alguna repetición de los sentimientos o alguna reiteración de las propuestas que tanto le disgustaron anoche. Le escribo sin intención alguna de causarle dolor a usted ni de humillarme yo mismo insistiendo en unos sentimientos que, para la felicidad de ambos, cuanto antes se olviden, mejor; y nos habríamos ahorrado el esfuerzo de redactar y de leer esta carta si no hubiera sido porque mi buen nombre exigía que se escribiera y se leyera. Deberá perdonar usted, por tanto, la libertad que me tomo al pedirle su atención; sé que no me la concederá de buena gana en virtud de sus sentimientos, pero se la pido apelando a su sentido de la justicia.

Me achacó usted anoche dos ofensas de carácter muy distinto y claramente diversas en cuanto a gravedad. La primera que se citó fue que yo había apartado al señor Bingley de su hermana sin atender a los sentimientos de ambos, y la segunda, que despreciando el honor y la humanidad, y desatendiendo diversos derechos, había arruinado la prosperidad presente y había hundido las perspectivas del señor Wickham. Haber despedido de manera voluntaria y cruel al compañero de mi juventud, al favorito reconocido de mi padre, a un joven que apenas tenía más bien que nuestra protección y que se había criado con la esperanza de recibirla, habría sido un acto depravado con el que no se podría comparar de ninguna manera la separación de dos jóvenes cuyo amor no podía ser más que un retoño de pocas semanas. Sin embargo, espero quedar exento de ahora para siempre de esas culpas tan graves que se me achacaron con tanta facilidad anoche, en ambos asuntos, cuando se haya leído la siguiente relación de mis actos y de sus motivos. Si en el transcurso de la explicación que tengo el derecho a dar me veo obligado a referir unos sentimientos que puedan ofender los de usted, lo único que puedo decir es que lo siento. Es una necesidad ineludible, y sería absurdo presentar nuevas disculpas.

Cuando llevaba poco tiempo en Hertfordshire, vi, como vieron otros, que Bingley prefería a la hermana mayor de usted a cualquier otra joven de la comarca. No obstante, no aprecié que sintiera un apego serio hasta la tarde del baile en Netherfield. Yo lo había visto enamorado con frecuencia. En aquel baile, mientras yo tenía el honor de bailar con usted, sir William Lucas me informó casualmente por primera vez de que las atenciones que prestaba Bingley a su hermana habían hecho esperar a todos que se casarían. Habló de ello como cosa segura de la que sólo quedaba por decidir la fecha. Desde aquel instante observé con atención la conducta de mi amigo, y pude percibir entonces que su afición a la señorita Bennet llegaba más allá de lo que yo hubiera visto nunca en él. También observé a su hermana. Tenía su habitual aspecto y modales abiertos, alegres y simpáticos, pero no mostraba ningún síntoma de afecto especial, y la observación de aquella tarde me convenció de que, aunque recibía con agrado las atenciones de Bingley, no las fomentaba con ningún sentimiento compartido. Si usted no se ha equivocado en este sentido, entonces el equivocado debí de ser yo. Puede darse este último caso, teniendo en cuenta que conoce usted mejor a su hermana. Si ha sido así, si mi error me ha llevado a causarle pena, entonces el resentimiento de usted no deja de ser razonable. Sin embargo, no vacilo en afirmar que la severidad del semblante y el porte de su hermana podrían haber convencido al observador más perspicaz de que, por muy amable que fuera su temperamento, su corazón no tenía muchas posibilidades de conmoverse con facilidad. Es seguro que yo quería creerla indiferente; pero me atrevo a decir que mis pesquisas y mis decisiones no se suelen dejar influir por mis esperanzas ni por mis temores. Si la juzgué indiferente, no fue porque yo lo deseara; lo creí por una convicción imparcial, a pesar de todo lo que lo deseaba movido por mi razón. Los reparos que ponía yo a ese matrimonio no eran sólo los que yo reconocí anoche haber dejado de lado por la gran fuerza de la pasión en mi propio caso: que la novia no fuera de buena familia no podría hacer tanto mal a mi amigo como a mí. Pero mi aversión tenía otras causas; unas causas que, aunque siguen existiendo, y existen en igual grado en ambos casos, yo mismo había procurado olvidar porque no me afectaban directamente. Debo exponer estas causas, aunque sea brevemente. La categoría social de la familia de su madre, aunque censurable, no era nada en comparación con la falta absoluta de corrección de que daban muestras con tanta frecuencia, casi constantemente, ella misma, las tres hermanas menores de usted y, a veces, hasta su propio padre. Perdóneme. Me duele ofenderla. No obstante, en medio de su preocupación por los defectos de sus parientes próximos y su disgusto porque yo se los presente de esta manera, permítame que la consuele considerando que su hermana mayor y usted misma se han comportado de tal modo que no participan en absoluto de tal censura, lo cual redunda en su alabanza y las honra por su buen sentido y su buena disposición. Sólo añadiré que lo que pasó aquella tarde confirmó la opinión que tenía yo de todas las partes y estimuló todos los propósitos que pudiera tener de proteger a mi amigo de un matrimonio que me parecía muy desafortunado. Al día siguiente partió de Netherfield camino de Londres, como sin duda recordará usted, con intención de regresar pronto.

Explicaré ahora el papel que representé yo. Las hermanas de Bingley compartían mi inquietud; pronto descubrimos que albergábamos unos mismos sentimientos, y comprendiendo por igual que había que apartar de allí a su hermano sin tiempo que perder, tomamos en breve la resolución de reunirnos enseguida con él en Londres. Nos marchamos, en consecuencia, y allí me ocupé de buena gana de la tarea de señalar a mi amigo los males ciertos que habría acarreado tal elección. Se los describí y se los subrayé muy seriamente. Sin embargo, por mucho que estas represiones pudieran haberle hecho vacilar o retrasar su determinación, me parece que no habrían servido en último extremo para impedir el matrimonio si no se hubieran apoyado en la seguridad con que no dudé en exponerle la indiferencia de su hermana. Hasta entonces, él había creído que ella correspondía a su amor con un afecto sincero, aunque no fuese igual al suyo. Pero Bingley tiene una gran modestia natural y confía más en mi juicio que en el suyo propio. No me resultó muy difícil, por tanto, convencerlo de que se había engañado. Una vez convencido de ello, apenas me costó un momento persuadirlo de que no regresara a Hertfordshire. Hasta aquí no puedo culparme de lo que hice. Sólo hay una parte de mi conducta en todo este asunto de la que no estoy satisfecho: la de haber recurrido a artimañas para ocultarle la presencia de su hermana en la capital. Yo sabía que estaba en Londres, como también lo sabía la señorita Bingley, pero mi amigo no se ha enterado todavía. Es probable, quizá, que se hubieran podido ver sin malas consecuencias, pero a mí no me pareció que se hubiera extinguido su afecto lo bastante como para que pudiera verla sin algún peligro. Acaso esta ocultación, este disimulo, estuviera por debajo de mi dignidad; pero ya está hecho, y se hizo con la mejor intención. No tengo más que decir ni ninguna otra disculpa que dar sobre esta cuestión. Si he herido los sentimientos de su hermana, ha sido sin saberlo; y aunque los motivos que me impulsaron pueden parecerle insuficientes a usted, cosa muy natural, yo sigo sin encontrar que deba condenarlos.

En lo que se refiere a la otra acusación, de mayor peso, de haber perjudicado al señor Wickham, sólo puedo refutarla presentándole todas las relaciones de éste con mi familia. Ignoro de qué me ha acusado él en concreto; sin embargo, puedo presentar a más de un testigo de absoluta confianza que puede corroborarle la veracidad de lo que voy a referir.

El señor Wickham es hijo de un hombre muy respetable que administró durante muchos años toda la hacienda de Pemberley, y cuya buena conducta en el desempeño de su cargo inclinó a mi padre, como es natural, a favorecerlo. En consecuencia, mi progenitor trató con generosa amabilidad a George Wickham, que era su ahijado. Mi padre le pagó los estudios en la escuela, y más tarde en Cambridge; un apoyo muy importante para él, ya que su propio padre, empobrecido siempre por los derroches de su esposa, habría sido incapaz de darle la educación propia de un caballero. A mi padre no sólo le agradaba la compañía de este joven, que siempre tuvo unos modales atractivos, sino que tenía un gran concepto de él; y, esperando que siguiera la carrera eclesiástica, tenía la intención de proporcionarle los medios para ello. En lo que a mí respecta, hace ya muchos años, muchísimos, que empecé a tener una idea muy distinta de él. Sus tendencias viciosas, su falta de principios, que él procuraba celosamente ocultar a su mejor amigo, no podían pasar desapercibidos a un joven casi de su misma edad y que tenía ocasiones de encontrarlo desprevenido en algunos momentos, ocasiones que no podía tener el señor Darcy. También en esto tendré que hacerle daño a usted, sólo usted sabrá hasta qué punto. Sin embargo, sean cuales sean los sentimientos que haya suscitado en usted el señor Wickham, el hecho de sospechar su naturaleza no me impedirá desvelar el verdadero carácter de dicho señor; antes bien, es un motivo añadido para desvelarlo.

Mi buen padre murió hace cosa de cinco años; y mantuvo hasta el final un apego tan firme al señor Wickham que me dejó recomendado particularmente en su testamento que lo favoreciera de la mejor manera que permitiese su profesión; y, caso de que se ordenase, quería que se le concediera un curato de buena renta en cuanto quedara vacante. Se le dejaba, asimismo, una manda de mil libras. Su propio padre no sobrevivió al mío en mucho tiempo, y al medio año de estos sucesos, el señor Wickham me dijo por carta que, habiendo tomado por fin la resolución de no ordenarse, esperaba que le pareciera razonable por su parte esperar una remuneración económica más inmediata en sustitución del beneficio eclesiástico que ya no podría recibir. Añadía que tenía intención de estudiar Derecho y que ya sabría yo que los intereses que pudieran devengar mil libras esterlinas le resultarían muy insuficientes para ello. Yo deseaba que estuviera diciendo la verdad, aun sin creerlo; pero, en todo caso, estuve completamente dispuesto a acceder a su propuesta. Sabía que el señor Wickham no debía ser clérigo, y, por tanto, la cuestión quedó resuelta pronto: él renunció a todo derecho a reclamar beneficios eclesiásticos, suponiendo que llegase a estar alguna vez en situación de recibirlos, y aceptó a cambio tres mil libras esterlinas. Desde entonces quedó disuelto, al parecer, todo vínculo entre nosotros. Yo tenía demasiado mal concepto de él para invitarlo a venir a Pemberley ni para aceptar su trato en la capital. Creo que vivía principalmente en la capital, pero lo de estudiar Derecho era un simple subterfugio, y, habiéndose librado ya de toda restricción, se entregó entonces a una vida de holganza y desenfreno. Pasé cosa de tres años sin tener muchas noticias de él; pero a la muerte del titular del curato que se le había designado, volvió a solicitarme por carta que se le otorgara. Me aseguró que estaba en malísima situación, cosa que no me costó trabajo creer. Había descubierto que el Derecho era una carrera muy mal remunerada, y se había decidido por fin absolutamente a ordenarse si yo le ofrecía el curato en cuestión, de lo que él apenas dudaba, pues tenía la seguridad de que yo no tenía otra persona a quien favorecer y de que yo no podía haber olvidado las instrucciones de mi padre venerado. No me culpará usted por haberme negado a atender esta petición ni por haberme resistido a ello en todas las ocasiones en que se me repitió. El resentimiento del señor Wickham fue proporcionado a la situación apurada en que se encontraba, y no cabe duda de que me insultó ante otras personas con tanta violencia como la que manifestó en los reproches que me hizo a la cara. Después de esta fecha, abandonamos toda apariencia de trato. No sé de qué vivía. Pero el verano pasado me lo encontré de manera muy dolorosa.

Debo referir ahora una circunstancia que yo mismo quisiera olvidar y que ninguna obligación menor que la presente podría inducirme a desvelar a ningún ser humano. Dicho esto, no dudo de la discreción de usted. Mi hermana, que tiene diez años menos que yo, quedó encomendada a la tutoría conjunta del coronel Fitzwilliam, sobrino de mi madre, y de mí mismo. Hace cosa de un año salió de la escuela y fijamos su residencia en Londres; y el verano pasado fue a Ramsgate con la señora que administraba su casa; y allí fue también el señor Wickham, sin duda a propósito, pues resultó que había tenido tratos previos con la señora Younge, cuya apariencia de honradez nos había engañado, desgraciadamente. Con la complicidad y ayuda de esta mujer, alcanzó gran crédito a ojos de Georgiana, que guardaba en su corazón afectuoso un vivo recuerdo de las bondades que había tenido con ella siendo niña, y que se dejó convencer de que estaba enamorada y consintió en fugarse con él. Ella tenía entonces sólo quince años, lo que debe excusarla, y después de relatar así su imprudencia me alegro de añadir que fue ella misma quien me la comunicó. Me había reunido con ellos inesperadamente un día o dos antes de la fecha en que pensaban fugarse, y entonces, Georgiana, incapaz de soportar la idea de afligir y ofender a un hermano a quien casi respetaba como a un padre, me lo confesó todo. Bien se puede figurar usted lo que sentí y lo que hice. No me fue posible hacer público el caso en consideración a la buena fama de mi hermana y a sus sentimientos, pero escribí al señor Wickham, que huyó inmediatamente del lugar, y se despidió a la señora Younge, por supuesto. El objetivo del señor Wickham era, sin ningún género de duda, la dote de mi hermana, que es de treinta mil libras; pero no puedo dejar de suponer que también lo incitara mucho la esperanza de vengarse de mí. Su venganza habría sido completa, en efecto.

He aquí, señorita, una narración fiel de todos los hechos en que hemos intervenido en común; y si usted no la rechaza como falsa por completo, espero que me absuelva desde ahora de la acusación de crueldad hacia el señor Wickham. No sé cómo ni con qué falsedades la ha tenido engañada a usted; pero quizá no sea extraño que lo haya conseguido, ya que usted lo ignoraba todo respecto de los dos. No tenía usted posibilidad de averiguarlo, y desde luego que no es usted inclinada a desconfiar.

Es posible que se pregunte usted por qué no le conté todo esto anoche; pero entonces yo no tenía un dominio suficiente de mis actos como para saber qué era lo que podía o debía desvelarse. En abono de la veracidad de todo lo que aquí se relata, puedo recurrir más concretamente al testimonio del coronel Fitzwilliam, quien, por nuestro parentesco estrecho y nuestro trato íntimo y constante, y, lo que es más, por ser uno de los albaceas del testamento de mi padre, ha tenido que conocer ineludiblemente estos asuntos en todos sus detalles. Aunque el aborrecimiento que me tiene usted la lleve a no dar ningún crédito a mis afirmaciones, no podrá impedirle que confíe en mi primo; y con el fin de que pueda usted consultarlo, procuraré encontrar alguna ocasión de poner en las manos de usted esta carta en el transcurso de la mañana. Sólo añadiré que Dios la guarde.

Fitzwilliam Darcy

# Capítulo XXXVI

Si bien Elizabeth, cuando recibió la carta de manos del señor Darcy, no esperaba que contuviese una reiteración de su solicitud, tampoco se le había ocurrido de qué podía tratar. Pero, en vista de su contenido, bien se puede imaginar con cuánto interés la leyó y qué emociones tan encontradas le suscitó. Apenas se pueden definir los sentimientos que le produjo la lectura. Al principio, entendió con asombro que el señor Darcy se creía capacitado para presentar una disculpa, convencida como estaba de que no podía disponer de ninguna explicación que no tuviera que callarse por un justo sentido de la vergüenza. Empezó a leer su relación de lo que había sucedido en Netherfield con fuertes prejuicios en contra de cualquier cosa que pudiera decirle él. Leía con un interés que apenas le dejaba capacidad de comprensión, y la impaciencia por saber lo que diría la frase siguiente le impedía atender al sentido de la que tenía delante de los ojos. Decidió al instante que la opinión de Darcy sobre la indiferencia de su hermana era falsa, y la relación que hacía éste de cosas verdaderas, de las peores objeciones ante aquel matrimonio, la enfadaron tanto que no le dejaron voluntad alguna de hacerle justicia. Darcy no manifestaba ningún arrepentimiento por lo que había hecho que la satisficiera a ella; su estilo no era compungido, sino altanero. Era todo orgullo e insolencia.

Pero cuando pasó de este tema a hacer su relato acerca del señor Wickham, cuando Elizabeth leyó con algo más de atención una relación de hechos que, si eran ciertos, debían echar por tierra todas las opiniones tan favorables de ésta acerca de la valía de él, y que tenían una semejanza tan inquietante con lo que el mismo Wickham había contado, sus sentimientos se volvieron todavía más dolosos y más difíciles de definir. La oprimía el asombro, la aprensión e incluso el horror. Quería dejarlo de creer por entero y exclamó repetidas veces: «¡Esto tiene que ser falso! ¡Esto no puede ser! ¡Esto debe de ser una burda mentira!», y cuando hubo terminado de leer toda la carta, aunque apenas se había enterado del contenido de la última página o dos, la guardó apresuradamente, diciéndose que no quería verla, que no volvería a mirarla nunca.

Siguió caminando en este estado de ánimo perturbado, con unos pensamientos que no encontraban tranquilidad en nada; pero era imposible: al cabo de medio minuto ya había desplegado de nuevo la carta y, sosegándose lo mejor que pudo, emprendió de nuevo la lectura mortificante de todo lo referente a Wickham; y se dominó a sí misma hasta el punto de examinar el sentido de todas las frases. La explicación de las relaciones de Wickham con la familia de Pemberley coincidía exactamente con lo que le había contado él mismo; y la bondad del difunto señor Darcy, aunque ella no había conocido hasta entonces su alcance, concordaba igualmente con las palabras de aquél. Hasta ahí, cada una de las versiones confirmaba a la otra; pero cuando llegó al asunto del testamento, la diferencia fue grande. Elizabeth tenía reciente en la memoria lo que le había contado Wickham acerca del curato, y, como recordaba sus palabras precisas, le resultaba imposible no sentir que una de las dos partes falseaba burdamente la realidad; y durante unos momentos se preció de no haberse equivocado en su primer juicio. Pero cuando leyó y volvió a leer con la máxima atención los detalles que se daban a continuación de que Wickham había renunciado a todo derecho al curato a cambio de recibir la suma tan considerable de tres mil libras esterlinas, Elizabeth se vio obligada a titubear de nuevo. Dejó la carta, sopesó todas sus circunstancias con lo que ella juzgaba ser imparcialidad, deliberó sobre la credibilidad de las afirmaciones de cada uno, pero sin sacar mucho en limpio. Cada una de las partes se limitaba a aseverar su versión. Siguió leyendo de nuevo, pero cada línea le demostraba con mayor claridad que al caso, que a ella le había parecido imposible que se pudiera presentar de tal modo que la conducta en él del señor Darcy pareciera menos que infame, se le podía dar un giro que lo exculpaba del todo de principio a fin.

El derroche y la prodigalidad que Darcy no dudaba en achacar al señor Wickham la consternó enormemente; tanto más cuanto que no podía porbar que la acusación fuera injusta. Elizabeth no había oído hablar de Wickham hasta su llegada al regimiento del condado, donde lo había animado a ingresar un amigo joven que se había encontrado con él en la capital por casualidad y había renovado allí una amistad superficial con él. En Hertfordshire no se había sabido de su vida anterior nada más que lo que había contado él mismo. En cuanto a su verdadera reputación, ella no había deseado nunca hacer averiguaciones al respecto, aun suponiendo que hubiera tenido información a su alcance. Su semblante, su voz y sus modales lo habían calificado de inmediato como dotado de todas las virtudes. Elizabeth intentó recordar algún ejemplo de bondad, algún rasgo marcado de integridad o benevolencia que pudiera rescatarlo de los ataques del señor Darcy; o, al menos, un predominio de la virtud que reparase sus errores circunstanciales, como se esforzaba ella por clasificar lo que el señor Darcy había descrito como muchos años de holganza y vicio. Pero no acudió en su ayuda ningún recuerdo de esa clase. Lo veía claramente ante sí, con todo su encanto de porte y conversación; pero no recordaba ninguna virtud suya más sustancial que la aprobación general de los habitantes de la comarca y la consideración que había ganado en la sala de oficiales con sus dotes para el trato social. Después de hacer una pausa considerable llegado este punto, siguió leyendo una vez más. Pero, ¡ay! El relato que aparecía a continuación de sus designios sobre la señorita Darcy quedaba confirmado en parte por lo que habían hablado el coronel Fitzwilliam y ella la mañana del día anterior; y al final de la carta se le indicaba que podía contrastar la veracidad de todos los detalles consultando al propio coronel Fitzwilliam, de quien había recibido antes la información de que seguía de cerca todos los asuntos de su primo, y cuya honradez no tenía motivo para poner en duda. En un momento dado estuvo a punto de decidirse a consultarlo, pero la idea quedó en suspenso por lo embarazoso de la consulta, y la rechazó del todo por fin, convencida de que el señor Darcy no se habría aventurado jamás a proponerle tal cosa si no hubiera estado bien seguro de que su primo corroboraría sus afirmaciones.

Recordaba perfectamente todo lo que se había dicho en la conversación que habían mantenido Wickham y ella en su primera velada en casa del señor Phillips. Seguían frescas en su memoria muchas de sus expresiones. En ese momento se le ocurrió lo inconveniente que había sido comunicar tales cosas a una desconocida, y le sorprendió no haber caído en la cuenta hasta entonces. Percibió la poca delicadeza que había tenido Wickham al presentarse a sí mismo de esa manera y lo poco que concordaban sus afirmaciones con su conducta. Recordó que se había jactado de no tener miedo a ver al señor Darcy; de que el señor Darcy podía marchase de la comarca si quería, pero que él seguiría allí plantado; a pesar de lo cual, había rehuido el baile de Netherfield a la semana siguiente misma. Recordó también que no había contado su historia a nadie más que a ella misma hasta que la familia de Netherfield se hubo marchado de la región, pero que, tras su marcha, ésta se había comentado por todas partes; que desde entonces había dañado la reputación del señor Darcy sin reservas ni escrúpulos, a pesar de que a ella le había asegurado que el respeto que sentía por el padre siempre le impediría poner en evidencia al hijo.

¡Cuán diferente parecía ahora todo lo relacionado con Wickham! Ahora, la atención que prestaba a la señorita King se debía únicamente al cálculo y a un interés odioso; y la medianía de la dote de ésta ya no demostraba que Wickham se moderase en sus deseos, sino que estaba dispuesto a tomar lo que fuera. Su conducta hacia Elizabeth ya no podía tener un motivo tolerable: o se había engañado respecto de su dote, o había estado satisfaciendo su vanidad al fomentar la preferencia que ella creía haber dejado traslucir incautamente. Se fueron desvaneciendo cada vez más los últimos reductos de resistencia a su favor, y como nueva justificación del señor Darcy no pudo menos de reconocer que el señor Bingley, interrogado por Jane, había afirmado hacía mucho tiempo que aquél se había comportado de manera impecable en el asunto; que, por mucho que sus modales fueran soberbios y repelentes, en todo el tiempo que lo había tratado (y últimamente su trato los había llevado a pasar juntos mucho tiempo y le había dado a ella un cierto conocimiento estrecho de sus costumbres) ella no había visto en él nada que lo desvelara como persona carente de principios o injusta, nada que indicase en él irreligiosidad ni malas costumbres; que sus propios parientes lo estimaban y lo valoraban; que el propio Wickham le había reconocido mérito como hermano, y que ella le había oído hablar de su hermana con un afecto que lo demostraba capaz de sentimientos cariñosos; que si sus actos hubieran sido tal como los presentaba el señor Wickham, no se habría podido ocultar al mundo una transgresión tan grave de todo derecho; y que sería incomprensible la amistad entre una persona capaz de ello y un hombre tan apreciable como Bingley.

Se avergonzó de sí misma por completo. No podía pensar ni en Darcy ni en Wickham sin sentir que había estado ciega, parcial, llena de prejuicios, absurda.

—¡De qué manera tan vil me he portado! —exclamó—. ¡Yo, que me vanagloriaba de mi perspicacia! ¡Yo, que me preciaba de mis dotes! ¡Que he desdeñado con frecuencia el candor generoso de mi hermana, y he alimentado mi vanidad con desconfianzas inútiles o culpables! ¡Qué descubrimiento tan humillante! Pero ¡qué humillación tan justa! ¡He estado tan lamentablemente ciega como si estuviera enamorada! Pero mi locura ha sido la vanidad, no el amor. Complacida por la preferencia del uno y ofendida por el descuido del otro desde que nos conocimos, he cortejado los prejuicios y la ignorancia y he alejado de mí la razón en lo que se refería a ambos. No me había conocido a mí misma hasta este momento.

Sus pensamientos pasaron de sí misma a Jane, de Jane a Bingley, siguiendo una línea que pronto le hizo recordar que la explicación que le había dado el señor Darcy sobre tal asunto le había parecido muy insuficiente, y volvió a leerla. El efecto de una segunda lectura fue muy diferente. ¿Cómo podía dejar de creer en las afirmaciones de Darcy sobre un asunto cuando se había visto obligada a darles fe en el otro? Declaraba que no había sospechado en absoluto el amor de su hermana, y Elizabeth no pudo menos de recordar la opinión que había tenido siempre Charlotte. Tampoco podía negar que la descripción que hacía Darcy de Jane era justa. Le pareció que

Jane había manifestado poco sus sentimientos, por fervientes que fueran, y que había tenido un aire y unos modos de complacencia que no suelen ir asociados a una gran sensibilidad.

Cuando llegó a la parte de la carta en que se hacían a su familia unos reproches tan mortificantes, aunque merecidos, sintió verdadera vergüenza. Advirtió la justicia de la acusación con demasiada claridad como para poder negarla, y las circunstancias a las que aludía concretamente, que habían tenido lugar en el baile de Netherfield y que habían confirmado su desaprobación primera, le habían producido a ella una impresión tan fuerte como a él.

No dejó de apreciar el cumplido que se les hacía a su hermana y a ella. La aliviaba, pero no pudo consolarse por el desprecio que implicaba para el resto de la familia; y, considerando que el desengaño de Jane había sido, en efecto, obra de sus parientes más próximos, y era un reflejo de cuánto debía afectar una conducta tan incorrecta al buen crédito de las dos, se sintió más deprimida que nunca en su vida.

Después de pasarse cerca de dos horas vagando por el sendero, acogiendo pensamientos de toda especie, reconsiderando los hechos, estimando las posibilidades y reconciliándose en lo posible con un cambio tan repentino e importante, el cansancio y el recuerdo de que llevaba mucho tiempo fuera la hicieron volver por fin, y entró en la casa con intención de parecer tan alegre como siempre, y resuelta a reprimir aquellas reflexiones, que no le permitirían conversar.

Le dijeron inmediatamente que los dos caballeros de Rosings habían venido de visita durante su ausencia: el señor Darcy sólo había estado unos minutos para despedirse, pero el coronel Fitzwilliam se había pasado una hora o más sentado con ellos, esperando el regreso de Elizabeth y casi decidido a salir a buscarla. Elizabeth apenas pudo dar muestras de lástima por no haberlo visto; en realidad, se alegraba. El coronel Fitzwilliam ya no le interesaba; sólo era capaz de pensar en la carta.

# Capítulo XXXVII

Los dos caballeros partieron de Rosings a la mañana siguiente, y el señor Collins, que se había puesto a esperarlos cerca de las casas de los guardias para presentarles sus respetos y despedida, pudo traer a casa la agradable noticia de que parecían gozar de muy buena salud y de un estado de ánimo aceptable tras la triste escena que debió de haber tenido lugar en la casa de Rosings. Se apresuró a ir acto seguido a Rosings, con el fin de consolar a lady Catherine y a su hija, y trajo a su vuelta con gran satisfacción un recado de su señoría en el sentido de que ésta se sentía tan abatida que deseaba mucho invitarlos a todos a comer con ella.

Elizabeth no pudo ver a lady Catherine sin recordar que, de haberlo querido ella, ya la habrían presentado a ésta como su futura sobrina política, ni podía pensar en la indignación de su señoría sin sonreírse. Se entretenía pensando: «¿Qué habría dicho? ¿Cómo se habría comportado?».

Su primer tema de conversación fue la disminución de los habitantes de Rosings.

—Les aseguro que lo lamento enormemente —dijo lady Catherine—. Creo que no hay persona en el mundo que lamente perder a sus amigos tanto como yo. ¡Pero es que, además, siento especial afecto por estos jóvenes, y sé que ellos me tienen un afecto enorme! ¡Cuánto han lamentado tener que irse! Aunque siempre lo lamentan. El querido coronel estuvo bastante animado casi hasta el último momento; pero pareció que Darcy lo sentía muchísimo, creo que más que el año pasado. Es seguro que tiene cada vez mayor apego a la casa de Rosings.

Al señor Collins se le ocurrió introducir entonces un cumplido y una alusión, que fueron recibidos con una sonrisa amable por la madre y la hija.

Después de la comida, lady Catherine observó que la señorita Bennet parecía decaída. Y, tras explicárselo a su manera suponiendo que no le gustaba tener que volver a su casa tan pronto, añadió:

—Pero, si es así, debe escribir usted a su madre y pedirle que le deje quedarse un poco más. Estoy segura de que la señora Collins se alegrará mucho de contar con su compañía.

—Agradezco mucho a vuestra señoría su amable invitación —respondió Elizabeth—, pero no está en mi mano aceptarla. Debo estar en la capital el sábado próximo.

—Vaya, entonces sólo habrá pasado usted aquí seis semanas. Esperaba que pasara dos meses. Se lo dije así al señor Collins antes de su llegada. No puede haber motivo para que se marche usted tan pronto. Es seguro que la señora Bennet puede arreglárselas sin usted quince días más.

—Pero no mi padre. Escribió la semana pasada para adelantar mi vuelta.

—¡Oh! No cabe duda de que su padre podrá arreglárselas sin usted también tanto más que su madre. Las hijas no suelen significar gran cosa para los padres. Y si se queda usted otro mes entero, yo podré llevarla hasta Londres, pues voy allá a principios de junio, a pasar una semana, y como a Dawson no le importa ir en el pescante, habrá sitio sobrado para una de ustedes; y, de hecho, si hace tiempo fresco, no me importaría llevarlas a las dos, ya que ninguna de las dos es grande.

—Es usted toda amabilidad, señora; pero creo que debemos ceñirnos a lo que habíamos pensado desde un principio.

Lady Catherine pareció resignarse.

—Señora Collins, debe mandar usted a un criado con ellas. Ya sabe usted que siempre digo lo que pienso, y no soporto la idea de que dos señoritas jóvenes viajen solas en diligencia. Es muy incorrecto. Debe arreglárselas usted para mandar a alguien con ellas. No hay cosa en el mundo que me desagrade más. Las señoritas deben estar siempre bien custodiadas y atendidas, en proporción a su categoría social. Cuando mi sobrina Georgiana fue a Ramsgate el verano pasado, me empeñé en que fueran con ella dos criados. La señorita Darcy, hija del señor Darcy, de Pemberley, y lady Anne no se podían haber presentado correctamente de otra manera. Yo presto una atención enorme a todas esas cosas. Debe mandar usted a John con las señoritas, señora Collins. Me alegro de que se me haya ocurrido decirlo, pues habría sido un verdadero desdoro para usted haberlas dejado ir solas.

—Mi tío va a mandar a un criado a por nosotras.

—¡Oh! ¡Su tío! ¿Así que tiene criado, eh? Me alegro mucho de que tenga usted a alguien que piense en esas cosas. ¿Dónde tomarán caballos de refresco? ¡Ah! En Bromley, desde luego. Si dicen ustedes que van de mi parte en la posada de la Campana, los atenderán bien.

Lady Catherine tuvo muchas otras cosas que preguntar acerca del viaje, y como no se respondió ella misma a todas, fue preciso prestarle atención; cosa que a Elizabeth le pareció afortunada para ella. De lo contrario, con lo ocupada que tenía la cabeza, podría haberse olvidado de dónde estaba. Debía dejar las reflexiones para las horas de soledad. Siempre que se quedaba sola, se sumía en ellas como un gran alivio; y no pasaba un solo día sin que se diera un paseo solitario en el que podía entregarse al deleite de los recuerdos desagradables.

Ya le faltaba poco para saberse de memoria la carta del señor Darcy. Estudiaba cada una de sus frases, y sus sentimientos hacia el autor variaban enormemente de una ocasión a otra. Cuando recordaba el modo en que le había hablado, seguía llena de indignación; pero cuando consideraba con cuánta injusticia lo había condenado y recriminado, volvía su ira sobre ella misma, y los sentimientos de desengaño de él se volvían objeto de su compasión. El amor de él merecía agradecimiento por su parte; su buen nombre general, respeto; no obstante, ella no podía aprobarlo, ni era capaz de arrepentirse por un solo instante de haberlo rechazado, ni de sentir la menor inclinación a volver a verlo. La conducta anterior de ella misma era una fuente constante de disgusto y arrepentimiento; y los defectos desgraciados de su familia, una causa de mortificación todavía mayor. No había esperanza de remediarlo. Su padre, que se contentaba con reírse de estos defectos, no se esforzaba nunca por contener el loco atolondramiento de sus hijas menores; y su madre, cuyos propios modales se apartaban tanto de lo correcto, era absolutamente inconsciente del mal. Elizabeth había realizado con frecuencia un esfuerzo conjunto con Jane para poner freno a la imprudencia de Catherine y Lydia; pero ¿qué posibilidades tenían de mejorar, mientras éstas estuvieran consentidas por su madre? Catherine, débil de espíritu, irritable, sometida por entero a Lydia, se ofendía siempre por sus consejos; y Lydia, terca y despreocupada, apenas les prestaba oídos. Eran ignorantes, holgazanas y vanidosas. Mientras quedase un solo oficial en Meryton, coquetearían con él; y mientras Meryton estuviera a un paseo de Longbourn, irían allí constantemente.

Otra de sus preocupaciones principales era la inquietud por Jane; y la explicación del señor Darcy, si bien devolvía al señor Bingley todo el buen concepto que había tenido de él anteriormente, hacía comprender a Elizabeth con más intensidad lo que había perdido Jane. Había quedado demostrado que el cariño de Bingley era sincero y su conducta había quedado exonerada de toda culpa, a no ser que se le pudiera acusar de tener una confianza demasiado absoluta en su amigo. ¡Cuán lastimoso resultaba pensar, por lo tanto, que Jane hubiera quedado privada de una situación tan deseable en todos los sentidos, tan llena de ventajas, tan prometedora de felicidad, por la locura y la falta de decoro de su propia familia!

Cuando a estos pensamientos se añadía el descubrimiento de la verdadera personalidad de Wickham, era fácil comprender que el espíritu alegre de Elizabeth, quien raras veces se había sentido abatida, hubiese decaído ahora de tal forma que le impedía mostrarse medianamente animada.

Las invitaciones a Rosings fueron tan frecuentes la última semana de su estancia allí como al principio. Pasaron allí la última tarde, y su señoría volvió a interrogarlas minuciosamente sobre los detalles de su viaje, les dio instrucciones sobre la mejor manera de hacer el equipaje, y les insistió tanto en la necesidad de disponer los vestidos de la manera adecuada que, a su vuelta, Maria se sintió obligada a deshacer todo el trabajo de la mañana y volver a hacer su baúl.

A su partida, lady Catherine tuvo la gran condescendencia de desearles un buen viaje y de invitarlas a volver a Hunsford al año siguiente. La señorita de Bourgh hizo el gran esfuerzo de hacerles una reverencia y darles la mano a las dos.

# Capítulo XXXVIII

El sábado por la mañana Elizabeth y el señor Collins coincidieron en la mesa del desayuno algunos minutos antes de que aparecieran las demás, y éste aprovechó la ocasión para dirigirle las cortesías de despedida que consideraba necesarias e indispensables.

—Señorita Elizabeth —le dijo—, no sé si la señora Collins le habrá expresado ya cuánto aprecia la amabilidad de usted al haber venido a vernos; pero estoy completamente seguro de que no saldrá usted de esta casa sin que se lo agradezca. El favor de su compañía se ha apreciado mucho, se lo aseguro. Sabemos cuán poco hay en nuestra humilde morada que pueda atraer a nadie. Con nuestro modo de vida sencillo, nuestras habitaciones exiguas y nuestra escasez de sirvientes, y lo poco que vemos del mundo, Hunsford debe de resultar enormemente aburrido para una señorita joven como usted; sin embargo, espero que crea usted que le estamos agradecidos por el favor, y que hemos hecho todo lo que ha estado en nuestras manos para evitar que pasase usted el tiempo de un modo desagradable.

Elizabeth le dio las gracias vivamente y le aseguró que había sido muy feliz. Había pasado seis semanas muy agradables, y era ella la que debía sentirse agradecida por el gusto de estar con Charlotte y las amables atenciones que había recibido. Aquello satisfizo al señor Collins, que respondió con solemnidad más jovial:

—Me complace enormemente oír que usted ha pasado el tiempo de una manera agradable. Hemos hecho todo lo que hemos podido, ciertamente; y habiendo tenido la fortuna de poder presentarla a una compañía muy superior y de variar con frecuencia el humilde ambiente doméstico, gracias a nuestras relaciones con la casa de Rosings, creo que podemos presumir de que la estancia de usted en Hunsford no le habrá resultado fastidiosa del todo. En efecto, nuestra situación ante la familia de lady Catherine es una ventaja y una bendición extraordinaria de las que pocos pueden jactarse. Ya ha visto usted nuestra posición. Ya ve que nos invitan constantemente a ir allí. Debo reconocer, en verdad, que, a pesar de todas las desventajas de esta humilde casa rectoral, no creo que ninguno de sus habitantes deba ser objeto de lástima si comparte nuestro trato íntimo con la casa de Rosings.

Le faltaban las palabras para expresar sentimientos tan elevados, y se vio reducido a pasearse por la sala mientras Elizabeth procuraba combinar en algunas frases breves la cortesía con la veracidad.

—Bien puede dar usted, mi querida prima, informes muy favorables de nosotros en Hertfordshire. Al menos, me atrevo a creer que podrá darlos. Ha sido usted testigo diario de las grandes atenciones que dedica lady Catherine a la señora Collins, y creo que en conjunto no parece que su amiga no sea feliz... Pero será mejor que guarde silencio sobre este punto. Permítame únicamente que le asegure, estimada señorita Elizabeth, que puedo desearle muy cordialmente y de pleno corazón que sea usted tan afortunada como ella en el matrimonio. Mi querida Charlotte y yo compartimos unas mismas opiniones y una misma manera de pensar. Hay en todo una semejanza muy notable de caracteres e ideas entre los dos. Parece como si hubiéramos sido hechos el uno para el otro.

Elizabeth pudo decir sin arriesgarse a mentir que era una gran dicha que fuese así, y pudo añadir con igual sinceridad que ella creía firmemente que su hogar estaba lleno de comodidades y que se congratulaba de ello. Sin embargo, se alegró de que la aparición de la señora en cuestión interrumpiera el torrente de palabras que le estaba dedicando el señor Collins. ¡Pobre Charlotte! ¡Qué triste era dejarla con tal compañía! No obstante, ella había elegido con los ojos abiertos; y si bien lamentaba claramente que se marchasen sus visitantes, no tenía aspecto de estar pidiendo compasión. Su hogar y el cuidado de su casa, su parroquia y sus aves de corral y todas las ocupaciones anejas no habían perdido todavía su encanto.

Llegó por fin la silla de postas, se sujetó el equipaje, se guardaron dentro los paquetes y se dijo que todo estaba dispuesto. Tras una despedida afectuosa de las amigas, el señor Collins acompañó a Elizabeth hasta el coche, y mientras caminaban por el jardín le encomendó que transmitiera sus mejores respetos a toda su familia, sin olvidar agradecer las amabilidades que había recibido en Longbourn el invierno pasado y sus respetos al señor y la señora Gardiner, a pesar de no conocerlos. La ayudó luego a subir, subió después Maria y, cuando estaban a punto de cerrar la portezuela, el señor Collins recordó de repente, con alguna consternación, que se les había olvidado hasta entonces dejar algún recado para las damas de Rosings.

—Pero usted querrá, como es natural, que se les transmitan sus humildes respetos y su agradecimiento por las amabilidades que han tenido con usted durante su estancia.

Elizabeth no tuvo nada que objetar; permitió por fin que cerraran la puerta, y el coche se puso en camino.

—¡Cielo santo! —exclamó Maria, tras unos momentos de silencio—. Parece como si sólo hubiera pasado un día o dos desde nuestra llegada; pero ¡cuántas cosas han pasado!

—Muchísimas, en verdad —dijo su compañera con un suspiro.

—¡Hemos comido nueve veces en Rosings, además de tomar allí dos veces el té! ¡Cuántas cosas tendré que contar!

«¡Y cuántas cosas tendré que callar!», añadió Elizabeth para sus adentros.

Hicieron el viaje sin mucha conversación ni ningún incidente; y a las cuatro horas de salir de Hunsford llegaron a la casa del señor Gardiner, donde iban a quedarse unos días.

Jane tenía buen aspecto, y debido a los diversos compromisos que les tenía preparados amablemente su tía, Elizabeth tuvo poca ocasión de estudiar su estado de ánimo. Pero Jane volvería a casa con ella, y en Longbourn tendría tiempo sobrado para observarla.

Mientras tanto, tuvo que hacer un esfuerzo para esperarse siquiera a llegar a Longbourn para contar allí a su hermana la propuesta del señor Darcy. Saber que podía revelar a Jane una cosa que la asombraría enormemente y que, al mismo tiempo, halagaría la poca vanidad que pudiera tener ella representaba tal tentación de desvelarlo que sólo pudo vencerla gracias al grado de indecisión en que seguía en cuanto al alcance de lo que debía comunicar, así como a su miedo de que, si abordaba aquel tema, tendría que volver a hablar de Bingley, lo que sólo podría tener el efecto de afligir más a su hermana.

# Capítulo XXXIX

Era la segunda semana de mayo cuando las tres señoritas salieron juntas de la calle Gracechurch de Londres camino de la población de ***, en Hertfordshire. Cuando llegaban a la posada donde habían acordado que las esperaría el coche del señor Bennet, vieron enseguida, como señal de la puntualidad del mayoral, a Kitty y a Lydia asomadas a la ventana de un comedor del piso superior de la posada. Las dos muchachas llevaban más de una hora en la población, entretenidas en visitar una sombrerería que había enfrente, en mirar al centinela que montaba guardia y en aliñar una ensalada de pepino.

Después de dar la bienvenida a sus hermanas, exhibieron con aire triunfal una mesa en la que había comida fría de la que se suele poder encontrar en la despensa de las posadas, y exclamaron:

—¿Verdad que está muy rico? ¿Verdad que es una sorpresa agradable?

—Y pensamos invitaros a las tres —añadió Lydia—, aunque tendréis que prestarnos el dinero vosotras, pues nos acabamos de gastar el que teníamos en la tienda de enfrente.

Y, enseñando sus compras, añadió:

—Mira, yo me he comprado este sombrero. No me parece que sea muy lindo, pero me pareció que bien podía comprármelo. En cuanto llegue a casa lo desmontaré y ya veré si lo puedo mejorar.

Y cuando sus hermanas lo tacharon de feo, ella añadió con absoluta tranquilidad:

—¡Oh! Pero en la tienda había dos o tres mucho más feos; y creo que quedará bastante pasable cuando me haya comprado algo de satén más bonito para cambiarle la cinta. Por otra parte, lo que nos pongamos este verano no tendrá mayor importancia después de que se haya marchado de Meryton el regimiento del condado, y se va dentro de quince días.

—¡No me digas! —exclamó Elizabeth con gran satisfacción.

—Van a un campamento militar en las proximidades de Brighton; ¡y cuánto me gustaría que papá nos llevase allí a todas este verano! Sería un plan delicioso; y yo diría que apenas costaría nada. ¡Y a la propia mamá le gustaría ir allí más que ninguna otra cosa! ¡Figuraos qué verano tan triste pasaríamos si no!

«Sí —pensó Elizabeth—, ése sí que sería un plan delicioso, y que nos terminaría de rematar de una vez. ¡Cielo santo! ¡En Brighton, y con todo un campamento militar para nosotras, con lo alteradas que nos han dejado un triste regimiento y los bailes mensuales de Meryton!»

—Ahora tengo que daros una noticia —intervino Lydia, cuando se sentaron a la mesa—. ¿A que no sabéis qué es? ¡Es una noticia excelente, superior, y acerca de una persona a la que apreciamos todas!

Jane y Elizabeth se miraron, y dijeron al camarero que se podía retirar. Lydia se rio y dijo:

—Sí, muy propio de vuestra formalidad y discreción. ¡Os creéis que no debe enterarse el camarero, como si le importara! Estoy segura de que se suele enterar de cosas peores de las que voy a contar. Pero ¡qué feo es! Me alegro de que se haya marchado. No había visto una barbilla tan larga en la vida. Bueno, vamos ya a mi noticia; se trata del querido Wickham; es demasiado buena para el camarero, ¿verdad? No hay peligro de que Wickham se case con Mary King. ¡Para que os enteréis! Mary King se ha ido a Liverpool con su tío; se ha ido para quedarse. Wickham está a salvo.

—¡Y Mary King está a salvo! —añadió Elizabeth—; a salvo de un compromiso imprudente en lo económico.

—Si le gustaba y se ha marchado, es una tonta.

—Pero espero que no haya mucho amor por ninguna de las dos partes —dijo Jane.

—Estoy segura de que no lo hay por parte de él. Puedo dar fe de que ella le ha importado siempre un comino: ¿a quién podría interesarle esa pequeñaja pecosa y antipática?

Elizabeth descubrió con consternación que, aunque ella misma era incapaz de expresarse de una manera tan ruda, el sentimiento expresado era prácticamente igual de rudo que el que ella misma había albergado antes en su pecho, considerándolo generoso.

En cuanto terminaron todas de comer, y las mayores pagaron, mandaron preparar el coche. Después de algunas maniobras, se acomodaron todas dentro con sus cajas, bolsas de labor y paquetes, con la añadidura incómoda de las compras de Kitty y Lydia.

—¡Qué apretadas vamos! —exclamó Lydia—. ¡Me alegro de haberme comprado el sombrero, aunque sólo sea por lo divertido que es traer una caja más! Bueno, ahora vamos a ponernos bien cómodas y pasemos todo el viaje hasta casa hablando y riéndonos. Y, en primer lugar, nos contaréis lo que os ha pasado desde que os marchasteis. ¿Habéis conocido a algún hombre agradable? ¿Habéis flirteado algo? Yo tenía la gran esperanza de que una de vosotras encontrase marido antes de volver. Jane será toda una solterona de aquí a poco, digo yo. ¡Tiene casi veintitrés años! No os podéis figurar las ganas que tiene nuestra tía Phillips de que encontréis marido. Dice que a Lizzy le habría convenido mejor aceptar al señor Collins, pero a mí me parece que no habría sido nada divertido. ¡Señor! ¡Cómo me habría gustado casarme antes que ninguna de vosotras! Y entonces iría con vosotras de carabina a todos los bailes. ¡Ay de mí! ¡Cuánto nos divertimos el otro día en casa del coronel Forster! A Kitty y a mí nos habían invitado a pasar allí el día, y la señora Forster nos prometió que habría un poco de baile por la tarde (dicho sea de paso, ¡qué buenas amigas somos la señora Forster y yo!); así que invitó a venir a las dos Harrington, pero Harriet estaba mala y Pen tuvo que venir sola; y ¿a que no sabéis lo que hicimos? Vestimos a Chamberlayne con ropa de mujer para hacerlo pasar por una dama, ¡qué divertido, figuraos! No lo sabía nadie más que el coronel Forster y su esposa, y Kitty y yo, y también nuestra tía, porque tuvimos que pedirle prestado un vestido; ¡y no os podéis imaginar lo guapo que estaba! Cuando llegaron

Denny, y Wickham, y Pratt, y dos o tres hombres más, no lo reconocieron para nada. ¡Señor! ¡Cómo me reí! Y la señora Forster también. Creí que me iba a morir. Y los hombres sospecharon algo por eso, y entonces cayeron pronto en la cuenta de lo que pasaba.

Lydia, a la que ayudaba Kitty con indicaciones y añadidos, procuró entretener a sus compañeras hasta llegar a Longbourn con relatos como éste de sus fiestas y de sus bromas. Elizabeth atendía lo menos posible, pero no pudo evitar oír pronunciar con frecuencia el nombre de Wickham.

En su casa las recibieron con mucho afecto. La señora Bennet se regocijó de ver que Jane no había perdido nada de su belleza; y dijo más de una vez a Elizabeth durante la comida, por iniciativa propia:

—Me alegro de que hayas vuelto, Lizzy.

Había muchas personas en el comedor, pues habían venido casi todos los Lucas a recibir a Maria y a oír las novedades. Se trataron varios asuntos: lady Lucas preguntaba a Maria por la salud de su hija mayor y por sus aves de corral; la señora Bennet estaba ocupada por partida doble, escuchando, por una parte, una relación de las últimas modas que le hacía Jane, que estaba sentada un poco más allá de ella, y transmitiéndosela, por la otra, a las Lucas más jóvenes; y Lydia, con una voz bastante más fuerte que la de cualquier otro de los presentes, enumeraba los diversos deleites de aquella mañana para cualquiera que quisiera escucharla.

—¡Ay, Mary! —decía—, ¡ojalá hubieras venido con nosotras! ¡Qué bien lo hemos pasado! Por el camino, Kitty y yo subimos las cortinillas e hicimos como que el coche iba vacío; y habríamos hecho así todo el camino si no fuera porque Kitty se mareaba; y cuando llegamos a la posada del Rey Jorge creo que estuvimos muy generosas, pues invitamos a las otras tres al almuerzo frío más rico del mundo, y si hubieses ido tú, te habríamos invitado también. Y cuando salimos de allí, ¡qué divertido! Creí que no íbamos a caber en el coche. Me moría de risa. ¡Y qué alegres estuvimos en el viaje de vuelta a casa! ¡Hablábamos y reíamos tan fuerte que nos habría oído cualquiera en diez millas a la redonda!

Mary respondió a esto con mucha gravedad:

—¡No seré yo, mi querida hermana, quien desprecie esos placeres! No cabe duda de que parecerían agradables a la mayoría de las mentes femeninas. Sin embargo, confieso que no tienen ningún encanto para mí... Yo preferiría infinitamente un libro.

Pero Lydia no oyó una sola palabra de esta respuesta. Casi nunca escuchaba a nadie durante más de medio minuto, y a Mary no le prestaba nunca ninguna atención.

Por la tarde, Lydia instó al resto de las muchachas a que fuesen andando a Meryton a ver cómo estaban todos; pero Elizabeth se opuso con firmeza al plan. No quería que se dijera que las señoritas Bennet no podían pasarse medio día en casa sin ponerse a perseguir a los oficiales. Su oposición tenía también otro motivo. Temía volver a ver al señor Wickham, y tomó la resolución de evitar verlo durante todo el tiempo que pudiera. La próxima marcha del regimiento era para ella un alivio inexpresable. Se iban de ahí en quince días, y esperaba que, cuando se hubieran ido, no tendría que sufrir más molestias a causa de Wickham.

Antes de haber pasado muchas horas en su casa, se enteró de que el plan de ir a Brighton, que les había apuntado Lydia en la posada, era objeto de debates frecuentes entre sus padres. Elizabeth vio al momento que su padre no tenía la menor intención de ceder; pero, al mismo tiempo, daba unas contestaciones tan vagas y ambiguas que su madre, aunque se desanimaba con frecuencia, no había perdido del todo la esperanza de conseguirlo al final.

# Capítulo XL

Elizabeth no podía contener por más tiempo su impaciencia por contar a Jane lo que había pasado; y por fin, a la mañana siguiente, después de haber tomado la resolución de suprimir todos los detalles que afectaban a su hermana, y de advertirle que se preparara para llevarse una sorpresa, le relató lo sustancial de la escena entre el señor Darcy y ella.

El asombro de la señorita Bennet mayor quedó mitigado pronto por el fuerte aprecio que tenía a su hermana, en virtud del cual le parecía completamente natural que cualquiera admirase a Elizabeth; y toda sorpresa que pudiera sentir quedó disuelta al poco rato por otras sensaciones. Lamentó que el señor Darcy hubiera manifestado sus sentimientos de una manera tan poco adecuada para hacerlos estimables, pero le dolió todavía más la tristeza que había debido de causarle el rechazo de su hermana.

—Se equivocó al estar tan seguro de su éxito —dijo Jane—, y desde luego que no debió mostrar tal seguridad; pero ¡piensa cuánto mayor debió de ser su desengaño por eso mismo!

—De verdad, siento lástima de él de todo corazón —repuso Elizabeth—; pero tiene otros sentimientos que pronto le harán olvidar, probablemente, su afecto por mí. ¿No me culpas por haberlo rechazado, pues?

—¡Culparte! ¡Oh, no!

—¿Pero me culpas por haber hablado de Wickham con entusiasmo?

—No… No me parece que hayas hecho mal al decir lo que dijiste.

—Pero sí que te lo parecerá cuando te cuente lo que pasó al día siguiente.

Le habló entonces de la carta, cuyo texto le repitió por entero en lo que trataba de George Wickham. ¡Qué golpe para la pobre Jane, que habría ido de buena gana por el mundo sin creer que podía existir en toda la especie humana tanta maldad como la que aparecía aquí reunida en un solo individuo! Tampoco pudo consolarla de este descubrimiento la vindicación de Darcy, a pesar de que halagaba sus sentimientos. Se esforzó con mucho ahínco por demostrar alguna posibilidad de error y por exculpar a uno sin acusar al otro.

—Es inútil —dijo Elizabeth—; jamás podrás dar por buenos a los dos, por más que lo intentes. Elige al que quieras, pero deberás contentarte con uno. Entre los dos sólo hay una cantidad limitada de mérito, el justo para hacer un hombre de buena estofa; y últimamente ha estado oscilando bastante entre los dos. Yo, por mi parte, me inclino a creer todo lo que dice Darcy, pero tú haz como quieras.

Pasó algún tiempo, no obstante, antes de que Jane sonriese.

—No sé si me he sentido alguna vez tan escandalizada —dijo—. ¡Qué malo es Wickham! Es casi increíble. Y ¡pobre señor Darcy! Lizzy, querida, piensa cuánto ha debido de sufrir. ¡Qué desengaño! ¡Y enterarse, además, del mal concepto que tenías de él! ¡Y tener que contar una cosa así de su hermana! La verdad es que es demasiado angustioso. Estoy segura de que a ti te lo ha de parecer también.

—¡Oh, no! La lástima y la compasión se me pasan del todo al verte a ti tan llena de las dos. Sé que le harás tanta justicia que yo, por mi parte, estoy más despreocupada e indiferente a cada momento que pasa. Tu derroche me vuelve ahorradora a mí, y si te sigues lamentando por él mucho más tiempo, tendré el corazón tan liviano como una pluma.

—¡Pobre Wickham! ¡Tiene tal expresión de bondad en el semblante! ¡Tal franqueza y delicadeza de modales!

—Está claro que la educación de esos dos jóvenes se dirigió muy mal. Uno se quedó con toda la bondad y el otro, con todas las apariencias de bondad.

—Yo no creí nunca que al señor Darcy le faltasen tantas apariencias de bondad como creías tú.

—Sin embargo, quise hacerme la lista al cobrarle una antipatía tan decidida, sin motivo alguno. Una antipatía de ese género espolea mucho el genio de una, da pie al ingenio. Se puede hablar mal constantemente de una persona sin llegar a decir nada justo; pero no es posible reírse sin descanso de alguien sin dar de cuando en cuando con una observación ingeniosa.

—Lizzy, estoy segura de que cuando leíste esa carta por primera vez no pudiste tratar la cuestión como la estás tratando ahora.

—Claro que no. Me sentí bastante incómoda, puedo decir que infeliz. ¡Y sin tener a nadie con quien hablar de lo que sentía, sin Jane que me consolara y me dijera que no había sido tan débil ni tan vanidosa ni tan absurda como yo sabía que había sido! ¡Ay, cuánto te eché de menos!

—¡Qué desafortunado fue que hablaras de Wickham al señor Darcy con expresiones tan fuertes, que ahora parecen completamente injustas!

—En efecto. Pero la desventura de hablar con mordacidad fue una consecuencia muy natural de los prejuicios que había estado alimentando yo. Hay un punto en el que quiero tu consejo. Quiero que me digas si debo o no dar a conocer a nuestros conocidos en general el carácter de Wickham.

Jane hizo una breve pausa y respondió después:

—Sin duda que no puede haber razón alguna para ponerle en evidencia de esa manera tan terrible. ¿Qué opinas tú?

—Que no se debe intentar. El señor Darcy no me ha autorizado a hacer público lo que me ha comunicado. Al contrario, quería que guardase el secreto, en la medida de lo posible, de todos los detalles relacionados con su hermana; y si me empeño en desengañar a la gente hablando sólo del resto de su conducta, ¿quién me creería? Hay unos prejuicios tan violentos en contra del señor Darcy que la mitad de las buenas gentes se dejarían matar antes que forjarse un buen concepto de él. Yo no estoy a la altura de la tarea. Wickham se habrá marchado pronto y, por lo tanto, a nadie de por aquí le importará nada lo que es en realidad. Todo saldrá a relucir con el tiempo, y entonces nosotras nos reiremos de lo estúpidos que han sido por no haberlo sabido antes. De momento, no voy a decir nada.

—Tienes mucha razón. Si sus errores salen a la luz pública, podría quedar hundido para siempre. Es posible que ahora esté arrepentido de lo que ha hecho y deseoso de labrarse una buena reputación. No debemos hacerlo desesperar.

Esta conversación aplacó el tumulto de la mente de Elizabeth. Se había quitado de encima dos de los secretos que llevaban pesándole quince días, y estaba segura de tener en Jane a una oyente dispuesta, siempre que quisiera volver a hablar de cualquiera de los dos. Sin embargo, todavía había algo agazapado al fondo y que ella no podía desvelar por prudencia. No se atrevía a referir la otra mitad de la carta del señor Darcy, ni a explicar a su hermana con cuánta sinceridad había valorado a ésta su amigo. Esto que sabía no podía compartirlo con nadie, y era consciente de que sólo podría liberarse de esta última carga de misterio si se producía un entendimiento perfecto entre las partes. «Y en ese caso —se dijo—, si se produce alguna vez ese hecho tan improbable, yo sólo podré decir lo mismo que podrá decir Bingley de una manera más agradable. ¡No seré libre para comunicar la noticia hasta que ésta haya perdido todo su valor!»

Establecida ya en su casa, tenía libertad para observar el verdadero estado de ánimo de su hermana. Jane no era feliz. Seguía albergando un cariño muy tierno hacia Bingley. Como nunca se había creído enamorada hasta entonces, su afecto tenía todo el calor de un primer amor, y, debido a su edad y carácter, era más constante de lo que suelen ser la mayoría de los primeros amores. Atesoraba con tanto fervor su recuerdo, prefiriéndolo a cualquier otro hombre, que tenía que poner en juego todo su buen juicio y toda su atención a los sentimientos de sus seres queridos para no caer en unas lamentaciones que habrían afectado a su salud y a la tranquilidad de ellos.

—Bueno, Lizzy —dijo la señora Bennet un día—, ¿qué opinas ahora de este triste asunto de Jane? Yo, por mi parte, estoy determinada a no volver a hablar nunca de ello a nadie. Así se lo dije el otro día a mi hermana Phillips. Lo que no entiendo es que Jane no lo viera en Londres. En fin, es un joven muy desconsiderado, y me parece que ya no hay la menor posibilidad del mundo de conseguirlo. No se ha dicho nada de que vaya a volver a Netherfield en el verano, y eso que he preguntado a todos los que pueden saberlo.

—Creo que ya no volverá a vivir nunca más en Netherfield.

—¡Bueno! Como él quiera. Nadie quiere que venga. Aunque siempre diré que trató malísimamente a mi hija; y si yo hubiera estado en el lugar de ella, no lo habría consentido. Bueno, mi consuelo es que estoy segura de que Jane se morirá de pena; y él se arrepentirá entonces de lo que ha hecho.

Como esa expectativa no consolaba en absoluto a Elizabeth, no contestó.

—Bueno, Lizzy —siguió diciendo su madre poco después—, de modo que los Collins viven con muchas comodidades, ¿verdad? Bueno, bueno, lo único que espero es que les dure. ¿Y qué tal comen? Yo diría que Charlotte es una administradora excelente. Si es la mitad de lista que su madre, ahorrará bastante. Yo diría que ésos sí que no llevan la casa con ningún derroche...

—No, en absoluto.

—Lo administran todo muy bien, tenlo por seguro. Sí, sí. Ésos sí que se encargarán de no gastar más de lo que ganan. Ésos sí que no van a tener nunca problemas de dinero. Bueno, ¡que les aproveche! Y supongo que hablarán con frecuencia de quedarse con la hacienda de Longbourn cuando se muera tu padre. Yo diría que la miran ya como suya, cuando pase eso.

—Era una cuestión que no podían debatir delante de mí.

—No; habría sido raro; pero no dudo que suelen hablarlo entre ellos. Bueno, si pueden vivir tranquilos con una hacienda que no es legítimamente suya, tanto mejor para ellos. A mí me daría vergüenza tener una hacienda que sólo estuviera vinculada.

# Capítulo XLI

Pronto pasó la primera semana tras su regreso y empezó la segunda. Era la última que pasaría el regimiento en Meryton, y todas las señoritas jóvenes de los alrededores se estaban deprimiendo a pasos agigantados. El desánimo era casi general. Sólo las señoritas Bennet mayores eran capaces de comer, beber, dormir y ocuparse de sus quehaceres habituales. Solían reprocharles con mucha frecuencia esta falta de sensibilidad Kitty y Lydia, cuyo sufrimiento era extremo, y que no concebían que ningún miembro de la familia tuviera tan duro el corazón.

—¡Cielo santo! ¿Qué será de nosotras? ¿Qué haremos? —solían exclamar con la amargura de su infortunio—. ¿Cómo puedes sonreírte de esa manera, Lizzy?

Su afectuosa madre compartía todo su dolor; recordaba lo que había tenido que aguantar ella misma en una ocasión semejante, hacía veinticinco años.

—Me pasé dos días enteros llorando, estoy segura, cuando el regimiento del coronel Miller se fue —dijo—. Creí que se me iba a partir el corazón.

—Yo estoy segura de que se me va a partir el mío —dijo Lydia.

—¡Si se pudiera ir a Brighton...! —observó la señora Bennet.

—¡Ay, sí! ¡Si se pudiera ir a Brighton! Pero papá se opone tanto...

—Unos baños de mar me dejarían bien para toda la vida.

—Y nuestra tía Phillips está segura de que a mí me sentaría muy bien —añadió Kitty.

Éstas eran las lamentaciones que resonaban constantemente por la casa de Longbourn. Elizabeth intentó tomarlas a broma, pero la vergüenza le impedía deleitarse con ellas. Percibía de nuevo cuán justas habían sido todas las objeciones del señor Darcy, y jamás se había sentido tan dispuesta a disculpar la intromisión de éste en las opiniones de su amigo.

No obstante, las tinieblas que oscurecían la vista de Lydia se despejaron pronto, pues ésta recibió una invitación por parte de la señora Forster, esposa del coronel del regimiento, para acompañarla a Brighton. Esta amiga valiosísima era una mujer muy joven, casada hacía muy poco. Lydia y ella habían armonizado bien, pues coincidían en su buen humor y en su buen ánimo, y de los tres meses que se conocían habían pasado dos como amigas íntimas.

Apenas se pueden describir los arrebatos de Lydia al saberlo, su adoración a la señora Forster, el deleite de la señora Bennet y la mortificación de Kitty. Lydia, sin prestar la menor atención a los sentimientos de su hermana, volaba por la casa en un estado de éxtasis inquieto, pidiendo albricias a todos y riéndose y hablando con mayor efusividad que nunca, mientras la desventurada Kitty seguía en el salón lamentándose de su suerte con palabras nada razonables y tono quejumbroso.

—No entiendo por qué no me ha podido invitar a mí la señora Forster, además de a Lydia —decía—. Aunque yo no sea su amiguita íntima, tengo el mismo derecho que ella a que me inviten, e incluso más, porque soy dos años mayor.

Elizabeth y Jane intentaron en vano hacerla entrar en razón y que se resignara, respectivamente. En lo que respectaba a Elizabeth, aquella invitación estaba muy lejos de despertar en ella los mismos sentimientos que en su madre y en Lydia: tanto era así que la consideró una sentencia de muerte para toda posibilidad de que esta última llegase a cobrar sentido común. Y, aunque sabía que la habían de detestar si se enteraban, no pudo menos de recomendar en secreto a su padre que no la dejara ir. Le expuso todas las faltas de corrección de la conducta de Lydia en general; el poco bien que podía hacerle la amistad de una mujer como la señora Forster, y

lo probable que era que fuese más imprudente todavía con una compañera así en Brighton, donde tendría, necesariamente, mayores tentaciones que en casa. Su padre la escuchó con atención y dijo después:

—Lydia no se quedará tranquila hasta que se haya puesto en evidencia en algún lugar público, y no podemos encontrar circunstancias tan adecuadas como las presentes para que lo haga con poco gasto e incomodidades para su familia.

—Si fuera usted consciente de lo desventajoso que será para todos que se conozcan públicamente los modales descuidados e imprudentes de Lydia..., mejor dicho, de lo desventajoso que ha sido ya, estoy segura de que usted juzgaría este asunto de otro modo.

—¿Que ha sido ya? —repitió el señor Bennet—. ¿Cómo? ¿Ha espantado a algunos de tus enamorados? ¡Pobre Lizzita! Pero no estés decaída. No vale la pena lamentarse por unos jóvenes tan exquisitos que no soporten emparentarse con unas bobas. Vamos, muéstrame la lista de sujetos lastimosos a los que ha mantenido a distancia la tontería de Lydia.

—Se equivoca usted, en verdad. Yo no tengo que quejarme de ninguna injuria de esa clase. De lo que me quejo ahora no es de males particulares sino generales. La volatilidad desenfrenada, la desfachatez y el desprecio de toda moderación que caracterizan el modo de ser de Lydia deben afectar a nuestra categoría, a nuestra respetabilidad en el mundo. Dispense usted que hable con tanta claridad. Si usted, padre querido, no se molesta en poner freno a su ánimo exuberante ni en enseñarle que sus pasatiempos actuales no han de ser la ocupación a que dedique toda su vida, no tardará en quedar incapaz de enmendarse, y será a los dieciséis años la coqueta más decidida de cuantas se han puesto nunca en ridículo a sí mismas y a sus familias; y una coqueta en el sentido peor y más malo de lo que es coquetear, sin ningún atractivo aparte de su juventud y su físico tolerable; e incapaz por completo, a causa de la ignorancia y la vacuidad de su mente, de quitarse de encima ninguna parte de ese desprecio universal que suscitará su obsesión por ser admirada. Este peligro también amenaza a Kitty. Ésta sigue a Lydia en todo. ¡Vanidosa, ignorante, holgazana y absolutamente incontrolada! ¡Oh, padre querido! ¿Cree posible que no las censuren y las desprecien dondequiera que las conozcan, y que esa deshonra no afecte con frecuencia a sus hermanas?

El señor Bennet advirtió que Elizabeth hablaba de todo corazón, y, tomándole la mano con cariño, respondió:

—No estés intranquila, amor mío. Dondequiera que os conozcan a Jane y a ti, os respetarán y os valorarán; y no quedaréis peor por tener un par... o quizá deba decir tres hermanas muy necias. En Longbourn no tendremos paz si Lydia no se va a Brighton. Que se vaya, pues. El coronel Forster es hombre de buen juicio e impedirá que le pase nada verdaderamente malo; y, por ventura, Lydia es demasiado pobre como para ser objeto de los designios de nadie. En Brighton no llamará tanto la atención como aquí, aunque sea una vulgar coqueta. Los oficiales encontrarán a mujeres más dignas de su atención. Esperemos, por tanto, que aprenda a conocer su propia insignificancia estando allí. En todo caso, no es posible que se vuelva mucho peor, pues en tal caso estaríamos autorizados a recluirla de por vida.

Elizabeth se vio obligada a conformarse con esta contestación; pero su propia opinión siguió siendo la misma, y salió de la reunión con su padre desilusionada y triste. Sin embargo, su carácter no le permitía agudizar sus disgustos dándoles vueltas. Sabía que había cumplido con su deber, y su personalidad no la llevaba a lamentar los males inevitables ni a aumentarlos por la angustia.

Si Lydia y su madre se hubieran enterado de la materia de su conversación con su padre, apenas habrían sido capaces de expresar su indignación con la locuacidad conjunta de las dos. Según las imaginaciones de Lydia, una visita a Brighton cubría todas las posibilidades de felicidad terrenal. Veía con el ojo creador de la fantasía las calles de esa alegre localidad costera repletas de oficiales. Se veía a sí misma como objeto de interés de decenas y de veintenas de ellos, a los que no conocía de momento. Veía el campamento en toda su gloria: las tiendas de campaña dispuestas con bella uniformidad de líneas, abarrotadas de jóvenes alegres, deslumbrantes con sus uniformes rojos; y, para completar la vista, se veía a sí misma sentada dentro de una tienda de campaña, coqueteando tiernamente con seis oficiales a la vez, por lo menos.

¿Qué habría sentido si se hubiera enterado de que su hermana quería arrancarla de estas perspectivas y de estas realidades? Sólo habría podido entenderlo su madre, que quizá habría sentido casi lo mismo. La visita de Lydia a Brighton era lo único que la consolaba de su amarga seguridad de que su marido no viajaría allí nunca.

Pero no tenían la menor idea de lo que se había hablado, y sus arrebatos prosiguieron con pocos descansos hasta el día mismo de la partida de Lydia.

Elizabeth vería entonces al señor Wickham por última vez. Como ya se habían encontrado con frecuencia desde su regreso en reuniones en las que había estado él, había superado bastante su debilidad por él. Había aprendido incluso a ver en su delicadeza misma, que tanto le había gustado al principio, una afectación y una monotonía que causaban desagrado y hastío. La conducta actual que mantenía Wickham con ella también fue una nueva causa de rechazo para ella, pues pronto manifestó la tendencia a reanudar las atenciones que habían caracterizado el comienzo de su amistad, y que después de lo que había pasado desde entonces sólo podían servir para irritarla. Perdió todo interés por él al verse elegida como objeto de una galantería tan frívola y ociosa; y, si bien la frenaba constantemente, no podía menos de sentir la censura que tenía aparejada la opinión de él de que, por mucho tiempo que él le hubiera retirado sus atenciones, y fuera cual fuera la causa, la vanidad de ella se dejaría halagar y sus preferencias se dejarían ganar en cualquier momento que él renovase dichas atenciones.

El último día que pasaba el regimiento en Meryton, Wickham comió con otros oficiales en la casa de Longbourn; y Elizabeth estaba tan poco dispuesta a despedirse de él de buen humor que, cuando le preguntó cómo había pasado el tiempo en Hunsford, ella comentó que el coronel Fitzwilliam y el señor Darcy habían pasado tres semanas en Rosings, y le preguntó si conocía al primero.

Wickham pareció sorprendido, disgustado, alarmado. Sin embargo, tras controlarse un momento y recobrar la sonrisa, respondió que lo había visto con frecuencia en otra época; y después de observar que era un hombre muy caballeroso, preguntó a Elizabeth si le había caído bien. Ella dio una respuesta muy calurosa a favor del coronel. Él añadió poco después con aire de indiferencia:

—¿Cuánto tiempo dice usted que pasó en Rosings?

—Casi tres semanas.

—¿Y lo vio usted con frecuencia?

—Sí, casi todos los días.

—Tiene unos modales muy distintos de los de su primo.

—Sí, muy distintos. Pero creo que el señor Darcy mejora con el trato.

—¡Vaya! —exclamó el señor Wickham, con una mirada que no pasó desapercibida a Elizabeth—. Y dígame, si se puede preguntar...

Pero, conteniéndose, añadió con tono más alegre:

—¿Mejora en su manera de hablar? ¿Se ha dignado añadir algo de cortesía a su estilo ordinario? Porque no me atrevo a esperar —siguió diciendo en tono más bajo y más serio— que haya mejorado en lo esencial.

—¡Oh, no! —dijo Elizabeth—. Creo que en lo esencial sigue siendo como ha sido siempre.

Mientras decía esto, Wickham la miraba como si no supiera si regocijarse de sus palabras o desconfiar de su sentido. Elizabeth tenía algo en el semblante que hizo a Wickham escucharla con atención aprensiva y nerviosa, mientras añadía:

—Cuando he dicho que mejora con el trato, no quiero decir que su mente ni sus modales fueran a mejor, sino que se entendía mejor su disposición al conocerlo más.

La alarma de Wickham se traslució entonces en su tez ruborizada y su aspecto agitado; pasó unos minutos en silencio hasta que, quitándose de encima el desconcierto, volvió a dirigirse a ella y le dijo con la mayor suavidad:

—Usted, que conoce tan bien mis sentimientos hacia el señor Darcy, comprenderá enseguida cuán sinceramente debo alegrarme de que haya tenido la prudencia de asumir aunque sólo sea una apariencia de corrección. Su orgullo puede resultar beneficioso en ese sentido, si no para él, para muchos otros, pues no podrá menos de disuadirlo de caer en conductas tan viles como las que yo he sufrido. Lo único que temo es que no adopte esa especie de cautela a la que me imagino que ha aludido usted más que en las visitas a su tía, cuya opinión y buen concepto le producen un gran respeto. Sé que siempre que ha estado con su tía ha ejercido su efecto este temor que le tiene; y hay que atribuir mucho a su deseo de llevar adelante su matrimonio con la señorita de Bourgh, que estoy seguro que desea de todo corazón.

Elizabeth no pudo menos de contener una sonrisa al oír esto, pero no contestó más que con una leve inclinación de cabeza. Advirtió que Wickham quería abordar de nuevo con ella el viejo tema de sus agravios, y no estaba de humor para darle ese gusto. Él pasó el resto de la velada aparentando su alegría habitual, pero sin volver a intentar prestar atención especial a Elizabeth. Se despidieron por fin con cortesía mutua, y quizá con el deseo común de no volver a verse nunca más.

Cuando se levantó la reunión, Lydia regresó con la señora Forster a Meryton, de donde habían de partir a la mañana siguiente temprano. Su despedida de su familia tuvo más de ruidosa que de patética. La única que derramó lágrimas fue Kitty, pero lloraba de rabia y de envidia. La señora Bennet estuvo prolija en sus deseos de felicidad para su hija, y expresiva en sus recomendaciones a ésta de que no se perdiera la oportunidad de disfrutar todo lo que pudiera; un consejo que había muchos motivos para creer que sería bien tenido en cuenta; y entre la felicidad clamorosa con que se despidió la propia Lydia no se oyeron los adioses más delicados que pronunciaron sus hermanas.

# Capítulo XLII

Si Elizabeth sólo hubiera tenido como modelo a su propia familia, no se habría podido formar una opinión muy halagüeña de lo que era la felicidad conyugal o las delicias de la vida hogareña. Su padre, cautivado por la juventud y la belleza y por ese aspecto de buen humor que suelen dar la juventud y la belleza, se casó con una mujer cuyo escaso entendimiento y cuya mente cerrada habían hecho perder a su marido todo amor verdadero hacia ella desde una época temprana en su matrimonio. Se esfumaron para siempre el respeto, la estima y la confianza, y se hundieron todas sus expectativas de felicidad doméstica. Pero el señor Bennet no era de esos que buscan un alivio del desengaño que les ha causado su propia imprudencia en alguno de esos placeres que suelen consolar a los desventurados de su necedad o su vicio. Era aficionado al campo y a los libros, y estos gustos suyos se habían convertido en su principal deleite. Debía muy poco más a su esposa: sólo lo que se había podido divertir a costa de la ignorancia y la necedad de ésta. No es ésta la felicidad que los hombres quieren deber a su esposa, en general; pero cuando faltan otros entretenimientos, el verdadero filósofo aprovecha los que tiene a su alcance.

Sin embargo, a Elizabeth no le había pasado nunca por alto lo inconveniente que era la conducta de su padre como marido. Siempre la había visto con dolor; pero, respetando la capacidad de su padre y agradeciéndole el trato afectuoso que le daba a ella, se esforzaba por olvidarse de lo que no podía dejar de ver, y por desterrar de sus pensamientos esa falta continua a las obligaciones y al decoro conyugal, tan reprensible por exponer a su esposa al desprecio de sus propias hijas. Pero Elizabeth no había sentido nunca con tanta fuerza como ahora las desventajas que debían sufrir las hijas de un matrimonio tan incompatible, ni tampoco había sido nunca tan consciente de los males que surgen por aplicar tan mal el talento; un talento que, bien aprovechado, podría haber servido al menos para mantener la respetabilidad de sus hijas, aunque no fuera capaz de cultivar a su esposa.

Elizabeth se alegró de la partida de Wickham, pero encontró pocas causas de satisfacción por la marcha del regimiento. Las reuniones a que asistían fuera de casa eran menos variadas que antes, y en su casa tenía a una madre y una hermana que, con sus quejas constantes por lo aburrido que era todo lo que las rodeaba, cubrían de verdadera melancolía todo su círculo doméstico. Aunque Kitty podría llegar a recuperar con el tiempo el sentido común al desaparecer quienes alteraban su conducta, su otra hermana, de cuya disposición se podían temer males mayores, tendería a empecinarse en su necedad y desfachatez en una situación tan doblemente peligrosa como la de una localidad costera y un campamento militar. Descubrió, en suma, lo que ya han descubierto otros antes: que un suceso que esperaba con deseo impaciente no le producía, al hacerse realidad, toda la satisfacción que se había prometido ella. En consecuencia, era necesario establecer algún otro periodo donde comenzaría la felicidad verdadera; tener algún otro punto donde fijar sus deseos y esperanzas y consolarse del presente disfrutando de nuevo el placer de la ilusión, preparándose para otra desilusión. El objeto de sus pensamientos más felices era ahora su viaje a los Lagos; era el mejor consuelo para todas las horas desagradables que le obligaba a pasar, inevitablemente, el descontento de su madre y de Kitty; y si hubiera podido incluir en el plan a Jane, éste habría sido perfecto en todas sus partes.

«Sin embargo, es una suerte que me quede algo que desear —pensó—. Si todo hubiera quedado dispuesto por completo, mi desilusión sería segura. Por el contrario, llevando conmigo una causa constante de pena como es la ausencia de mi hermana, puedo confiar razonablemente en que se hagan realidad todas mis expectativas de placer. Un plan que promete ser deleitoso en todas sus partes no puede tener éxito jamás; y, en general, sólo se libra uno de desilusiones a base de conservar alguna pequeña molestia concreta.»

Lydia, al marcharse, había prometido escribir mucho y por extenso a su madre y a Kitty; pero sus cartas siempre se hacían esperar mucho y eran siempre muy cortas. En las que dirigía a su madre decía poco más que acababan de volver de la biblioteca, donde las habían acompañado los oficiales tal y cual, y donde había visto unos adornos tan hermosos que la habían vuelto loca; que tenía un vestido o una sombrilla nueva, y que se los describiría con más detalle si no fuera porque tenía que marcharse enseguida, pues la llamaba la señora Forster e iban a ir al campamento; y su correspondencia con su hermana decía todavía menos. En cuanto a las cartas que enviaba a Kitty, a pesar de ser algo más largas, estaban demasiado llenas de palabras subrayadas como para sacarlas a la luz pública.

Al cabo de la primera quincena o tres semanas de su ausencia empezaron a aparecer de nuevo en Longbourn el buen humor y la alegría. Todo mostraba un aspecto más feliz. Las familias que habían pasado el invierno en la capital fueron regresando y aparecieron las ropas de verano y los compromisos de verano. La señora Bennet recobró su serenidad quejumbrosa habitual. Hacia mediados de junio Kitty se había recuperado lo suficiente como para poder entrar en Meryton sin derramar lágrimas, hecho éste tan prometedor que hizo abrigar a Elizabeth la esperanza de que en Navidades hubiera entrado en razón hasta el punto de no hablar de ningún oficial más de una vez al día, a no ser que, por alguna disposición maliciosa del Ministerio de la Guerra, se volviera a acuartelar otro regimiento en Meryton.

Ya se acercaba la fecha fijada para el comienzo de su viaje por el norte, no faltaban más que quince días, cuando llegó una carta de la señora Gardiner que lo aplazaba y lo reducía a la vez. Los negocios impedirían al señor Gardiner salir hasta quince días más tarde, en julio, y debería volver a Londres al cabo de un mes. Y como así sólo les quedaba un periodo demasiado breve para ir tan lejos y ver todo lo que tenían pensado, o al menos para verlo con la tranquilidad y la comodidad que querían, tendrían que renunciar a ir a los Lagos y hacer un viaje más limitado. Según el nuevo plan, no irían más al norte que Derbyshire. En este condado había bastantes cosas que ver como para ocuparles la mayor parte de sus tres semanas, y tenía un atractivo especial para la señora Gardiner. La población donde había pasado ella algunos años de su vida y donde iban a pasar varios días le resultaba probablemente tan interesante como todos los célebres paisajes de Matlock, Chatsworth, Dovedale o The Peak.

Elizabeth sufrió una gran decepción; se había hecho la ilusión de ver los Lagos y seguía pensando que quizá hubieran tenido tiempo bastante. Pero estaba empeñada en quedarse satisfecha, y su temperamento la impulsaba a ser feliz; de modo que no tardó en conformarse.

Asociaba muchas ideas al nombre de Derbyshire. Le resultaba imposible ver esta palabra sin pensar en la casa de Pemberley y su propietario. «Pero, sin duda, podré entrar en su condado sin que me pase nada —se dijo— y quitarle algunas piedras sin que él me vea.»

El periodo de espera se había doblado. Habrían de pasar cuatro semanas hasta la llegada de sus tíos. Pero pasaron, y el señor y la señora Gardiner aparecieron por fin en Longbourn con sus cuatro hijos. Los hijos, dos niñas de seis y ocho años y dos niños más pequeños, quedarían bajo la tutela especial de su prima Jane, que era la favorita de todos y que estaba perfectamente dotada, por su juicio bien sentado y su dulzura de carácter, para atenderlos en todos los sentidos: enseñarles, jugar con ellos y quererlos.

Los Gardiner sólo pasaron una noche en Longbourn y se pusieron en camino a la mañana siguiente con Elizabeth, en busca de novedades y diversiones. Había algo que les haría disfrutar con toda seguridad: la compatibilidad de los compañeros de viaje, una compatibilidad que se extendía a la salud y el buen temple para soportar incomodidades, a la alegría para gozar de todos los placeres y al afecto y la inteligencia que podrían suplir entre ellos si se llevaban desilusiones por el camino.

No es el objeto de este libro presentar una descripción detallada del condado de Derbyshire ni de ninguno de los lugares notables por los que transcurrió su ruta hasta llegar allí: Oxford, Blenheim, Warwick, Kenilworth, Birmingham, etcétera, pues ya son bien conocidos. Sólo nos ocuparemos de una parte pequeña de Derbyshire. Después de ver lo más notable del condado, dirigieron sus pasos a la pequeña población de Lambton, donde había residido antes la señora Gardiner y donde vivían aún algunos conocidos suyos, según se había enterado recientemente; y Elizabeth supo por su tía que la casa de Pemberley estaba a cinco millas de Lambton. No se encontraba en su camino, pero pasarían a una o dos millas de ella. La tarde anterior, al hablar de su ruta, la señora Gardiner había manifestado sus deseos de volver a ver la casa. El señor Gardiner se declaró dispuesto a ello, y pidieron su aprobación a Elizabeth.

—Cariño, ¿no te gustaría ver una casa de la que tanto has oído hablar? —le dijo su tía—. Además, es una casa con la que están relacionados muchos conocidos tuyos. Wickham pasó allí toda su infancia y juventud, ya lo sabes.

Elizabeth se afligió. Le pareció que no tenía nada que hacer en Pemberley y se vio obligada a fingir que no sentía inclinación de ver la casa. Tuvo que afirmar que estaba cansada de ver palacios; que ya había visto tantas alfombras buenas y cortinas de satén que no le habían quedado ganas de ver más.

La señora Gardiner se burló de su tontería.

—A mí tampoco me interesaría si no fuera más que un palacio con ricos muebles —le dijo—; pero la finca es deliciosa. Tienen unos bosques de los mejores de la región.

Elizabeth no dijo más; pero su mente no podía asentir. Se le ocurrió al instante la posibilidad de encontrarse con el señor Darcy al visitar la casa. ¡Sería espantoso! La idea misma la hizo sonrojarse y pensó que sería mejor hablar abiertamente con su tía que correr ese riesgo. Sin embargo, este plan tenía sus inconvenientes, y resolvió por fin que sería su último recurso si se enteraba por su cuenta de que la familia no estaba ausente.

Así pues, cuando se retiró por la noche, preguntó a la doncella si era verdad que la casa de Pemberley era muy bonita, y cómo se llamaba su propietario, y, con bastante inquietud, si la familia había venido a pasar el verano. Esta última pregunta recibió una respuesta negativa que le agradó mucho. Libre ya de causas de alarma, pudo dar rienda suelta a una notable curiosidad por ver en persona la casa. Cuando volvió a tocarse el tema a la mañana siguiente y la consultaron de nuevo, pudo contestar enseguida y con un aire conveniente de indiferencia que en realidad no le desagradaba nada el plan. Irían, por tanto, a Pemberley.

# TERCERA PARTE

# Capítulo XLIII

Por el camino, Elizabeth vio con cierta perturbación la primera aparición del bosque de Pemberley; y cuando entraron por fin por el portón tenía el ánimo muy alborotado.

La finca era muy grande y contenía terrenos muy variados. Habían entrado por uno de sus puntos más bajos, y avanzaron durante algún tiempo por un hermoso bosque que cubría una amplia extensión.

Elizabeth tenía la cabeza demasiado ocupada para conversar, pero veía y admiraba todos los lugares y paisajes notables. Ascendieron paulatinamente durante media milla y se encontraron sobre una loma de altura considerable donde cesaba el bosque y atraía inmediatamente la vista la casa de Pemberley, situada al lado opuesto de un valle al que descendía el camino, algo abrupto. Era un edificio grande y hermoso, de piedra, bien situado sobre terreno elevado, que tenía a sus espaldas una hilera de colinas altas cubiertas de bosque, y delante un riachuelo de cierto caudal natural al que se le había dado más anchura, pero sin ninguna apariencia de artificiosidad. Sus orillas no tenían adornos formales ni falsos. Aquello encantó a Elizabeth. No había visto nunca un lugar tan favorecido por la naturaleza, o donde se hubiera estropeado menos la belleza natural por el mal gusto. Todos lo admiraron con expresiones calurosas, ¡y Elizabeth comprendió entonces lo que podría significar ser la señora de Pemberley!

Bajaron la cuesta, cruzaron el puente y llegaron con el coche hasta la puerta; y, mientras examinaban la casa desde cerca, a Elizabeth le volvieron todos sus miedos a encontrarse con su propietario. Temió que la doncella se hubiera equivocado. Cuando pidieron permiso para ver la casa, les hicieron pasar al vestíbulo; y mientras esperaban al ama de llaves, Elizabeth tuvo tiempo para asombrarse de estar donde estaba.

Llegó el ama de llaves, una mujer mayor, de aspecto respetable, mucho menos elegante y más cortés de lo que se había imaginado ella. La siguieron al comedor. Era una sala grande, bien proporcionada, de hermosos muebles. Elizabeth, tras echarle una breve ojeada, se acercó a una ventana para disfrutar de la vista. La loma de la que habían bajado, coronada de bosque, que parecía más abrupta por la distancia, era un bonito paisaje. La disposición de la finca era buena en todos los sentidos, y Elizabeth contempló con agrado toda la escena, el río, los árboles dispersos por sus orillas y el valle serpenteante, hasta donde le alcanzaba la vista. Al ir pasando a otras habitaciones, el paisaje adoptaba ángulos distintos, pero se veía belleza desde todas las ventanas. Las salas eran altas y hermosas, y sus muebles, adecuados a la fortuna de su propietario; pero Elizabeth apreció, admirando el gusto de éste, que no había un lujo ostentoso ni innecesario, y sí menos esplendor y más elegancia verdadera que en la casa de Rosings.

«¡Y yo que podría haber sido señora de esta casa! —pensó—. ¡Que podría estar familiarizada ya con estas salas! En vez de verlas como una extraña, podría gozar de ellas como propias y recibir en ellas la visita de mis tíos. Pero no —pensó, cayendo en la cuenta—; eso no puede ser; hubiese perdido a mis tíos; no me habrían permitido invitarlos.»

Este recuerdo fue muy oportuno; la salvó de caer en algo muy parecido al arrepentimiento.

Tenía grandes deseos de preguntar al ama de llaves si su señor estaba ausente, en efecto, pero le faltaba valor. Al cabo, no obstante, fue su tío el que hizo la pregunta, y Elizabeth se apartó, alarmada, mientras la señora Reynolds respondía que sí lo estaba, añadiendo:

—Pero lo esperamos mañana, con un grupo numeroso de amigos.

¡Cuánto se alegró Elizabeth de que su viaje no se hubiera retrasado un día por ninguna circunstancia!

La llamó entonces su tía para enseñarle una pintura. Elizabeth se acercó y vio un retrato del señor Wickham, colgado sobre la repisa de la chimenea entre otras miniaturas. Su tía le preguntó, sonriendo, si le gustaba. El ama de llaves se adelantó y les dijo que era un retrato de un caballero joven, hijo del administrador de su difunto amo, a quien había criado éste a su costa.

—Ahora ha ingresado en el ejército —añadió—, pero me temo que ha salido muy alocado.

La señora Gardiner miró a su sobrina con una sonrisa, pero Elizabeth no pudo devolvérsela.

—Y ése es mi amo —dijo la señora Reynolds, señalando otra miniatura—, y el retrato es muy parecido. Lo hicieron a la vez que el otro, hace cosa de ocho años.

—He oído hablar mucho de lo apuesto que es su amo —dijo la señora Gardiner, mirando el retrato—. El rostro es hermoso. Pero, Lizzy, tú podrás decirnos si es parecido o no.

La señora Reynolds pareció cobrar mayor respeto a Elizabeth al enterarse de que ésta conocía a su amo.

—¿Conoce esta señorita al señor Darcy?

Elizabeth se sonrojó y dijo:

—Un poco.

—¿Y no le parece a usted un caballero muy guapo, señorita?

—Sí, muy guapo.

—Estoy segura de que no conozco a otro tan guapo como él; pero en la galería del piso de arriba verá usted otro retrato suyo, mejor y más grande. Esta sala era la favorita de mi difunto amo, y estas miniaturas están como estaban entonces. Él las apreciaba mucho.

Así se explicó Elizabeth por qué estaba entre ellas el señor Wickham.

La señora Reynolds les enseñó entonces un retrato de la señorita Darcy, pintado cuando sólo tenía ocho años.

—¿Y es tan hermosa como su hermano la señorita Darcy? —preguntó la señora Gardiner.

—¡Oh, sí! ¡Es la joven más hermosa que se ha visto nunca! ¡Y qué instruida! Se pasa todo el día tocando y cantando. En la sala de al lado hay un piano nuevo que acaban de traer para ella, regalo de mi amo; ella llega mañana con él.

El señor Gardiner, que tenía unos modales muy afables y agradables, la animaba a hablar con sus preguntas y comentarios. A la señora Reynolds, ya fuera por orgullo o por afecto, le producía evidente placer hablar de su amo y de la hermana de éste.

—¿Viene su amo mucho a Pemberley a lo largo del año?

—No tanto como yo quisiera, señor; pero yo diría que pasa aquí la mitad del tiempo; y la señorita Darcy viene siempre a pasar los meses de verano.

«Menos cuando va a Ramsgate», pensó Elizabeth.

—Si su amo se casara, usted lo vería más.

—Sí, señor; pero no sé cuándo será eso. No sé quién será lo bastante buena para él.

El señor y la señora Gardiner sonrieron. Elizabeth no pudo menos que decir:

—Estoy segura de que dice mucho a favor de su amo que usted lo piense así.

—No digo más que la verdad, y todos cuantos lo conocen lo dirán —respondió la otra. A Elizabeth le pareció que esto era ir muy lejos, y escuchó con asombro creciente que el ama de llaves añadía:

—No le he oído nunca una mala palabra en toda mi vida, y eso que lo conozco desde que tenía cuatro años.

Aquélla sí que era la alabanza más extraordinaria de todas, la más opuesta a sus ideas. Ella había tenido siempre la firme opinión de que no era hombre de buen genio. Se le despertó una viva atención; quería oír más cosas, y agradeció que su tío dijera:

—De muy pocas personas se puede decir otro tanto. Tiene usted suerte de tener un amo así.

—Sí, señor, lo sé. No podría encontrar a otro mejor aunque lo buscara por todo el mundo. Pero siempre he observado que los que son buenos de niños son buenos de mayores; y él fue siempre el niño de carácter más dulce y de mejor corazón del mundo.

Elizabeth la miró casi con los ojos desorbitados. «¿Es posible que esté hablando del señor Darcy?», pensó.

—Su padre fue un hombre excelente —dijo la señora Gardiner.

—Sí, señora, sí que lo fue; y su hijo será igual que él, igual de generoso con los pobres.

Elizabeth escuchaba, se asombraba, dudaba y estaba impaciente por oír más. La señora Reynolds no podía interesarla por ninguna otra cosa. En vano refería quiénes eran los retratados, las dimensiones de las habitaciones y lo que habían costado los muebles. El señor Gardiner, muy divertido por esos prejuicios familiares a los que atribuía él las alabanzas excesivas que dedicaba a su amo, no tardó en dirigirla de nuevo hacia el tema; y, mientras subían la escalera principal, ella se extendió con energía sobre sus muchos méritos.

—Es el mejor señor y el mejor amo que ha existido nunca —dijo—. No es como esos jóvenes alocados de hoy en día que no piensan más que en sí mismos. Ninguno de sus arrendatarios ni de sus criados dirá nada malo de él. Hay quien lo llama orgulloso, pero yo no he visto nunca nada de eso, desde luego. Según me parece a mí, lo dicen sólo porque no parlotea tanto como otros jóvenes.

«¡En qué buen lugar queda, visto de esta manera!», pensó Elizabeth.

—Esta relación tan buena de él no concuerda mucho con su conducta para con nuestro pobre amigo —le susurró su tía mientras caminaban.

—Es posible que nos engañáramos.

—Eso no es muy probable; lo supimos de muy buena fuente.

Cuando llegaron al amplio pasillo del piso superior, les hicieron pasar a un cuarto de estar muy lindo, amueblado en fecha reciente con mayor elegancia y claridad que las estancias del piso inferior. Les dijeron que se había hecho así para dar ese gusto a la señorita Darcy, la cual se había aficionado a aquella habitación en su última estancia en Pemberley.

—Es buen hermano, sin duda —dijo Elizabeth, caminando hacia una de las ventanas.

La señora Reynolds habló del agrado que sentiría la señorita Darcy cuando entrara en la sala.

—Y él siempre es así —añadió—. Cualquier cosa que pueda dar gusto a su hermana, la hace en un momento sin dudarlo. Haría cualquier cosa por ella.

Sólo quedaba por enseñar la galería de retratos y dos o tres dormitorios principales. En la primera había muchas pinturas buenas, pero Elizabeth no entendía nada de este arte; y de entre las que estaban a la vista en el piso inferior se había vuelto a mirar de buena gana unos dibujos realizados por la señorita Darcy con lápices de colores, cuyos temas solían ser más interesantes, y también más inteligibles.

En la galería había muchos retratos de familia, pero tenían poco interés para un desconocido. Elizabeth se puso a caminar en busca de la única cara cuyos rasgos le resultarían conocidos. La encontró por fin, y observó un parecido sorprendente con el señor Darcy, con esa sonrisa en la cara que ella recordaba haberle visto a veces cuando la miraba. Se quedó varios minutos ante el retrato, contemplándolo con seriedad, y volvió a acercarse a mirarlo antes de que salieran de la galería. La señora Reynolds les informó de que lo habían pintado en vida del padre de Darcy.

En aquel momento, Elizabeth tenía sin duda en la mente una sensación más benigna hacia el original del retrato que la que había sentido nunca en la época de mayor trato con él. Los elogios que le había dedicado la señora Reynolds no eran cosa de poco. ¿Qué alabanzas pueden ser más valiosas que las que hace un criado inteligente? Consideró la felicidad de cuantas personas tenía en sus manos como hermano, como señor, como amo; cuánto gusto o dolor podía dar o infligir; cuánto bien o mal podía hacer. Todas las ideas que había sacado a relucir el ama de llaves eran favorables a su buen nombre. Y allí de pie, ante el lienzo sobre el que estaba representado, cruzando la mirada con la de él, pensó en su afecto sintiendo una gratitud mayor que la que le había suscitado nunca. Recordó el calor de sus palabras, disculpando la manera inadecuada con que las había expresado.

Cuando hubieron visto todas las partes de la casa que se enseñaban al público, volvieron al piso inferior y, tras despedirse del ama de llaves, se hizo cargo de ellos el jardinero, quien los recibió en la puerta principal.

Mientras caminaban hacia el río, por delante de la casa, Elizabeth se detuvo de nuevo para echar otra mirada; su tío y su tía se detuvieron también;

y mientras el primero conjeturaba la fecha de la construcción, apareció de pronto el propietario en persona por el camino que conducía a las caballerizas, situadas detrás de la casa.

Estaba a veinte yardas de distancia, y su aparición fue tan brusca que resultó imposible ocultarse a su vista. Sus miradas se cruzaron al instante y las mejillas de ambos se sonrojaron vivamente. Él dio un franco respingo y pareció paralizado por la sorpresa por un instante; pero se recuperó enseguida, avanzó hacia el grupo y habló a Elizabeth, si no con perfecta compostura, al menos con perfecta corrección.

Ella se había apartado instintivamente; pero, deteniéndose al acercarse él, recibió sus cumplidos con una turbación que no podía superar. Si su primera apariencia, o su parecido con el retrato que acababan de examinar, hubiera sido insuficiente para asegurar a los otros dos que estaban viendo al señor Darcy, la exclamación de sorpresa del jardinero al ver a su amo se lo habría hecho saber al momento. Se quedaron un poco aparte mientras él hablaba con su sobrina, que, atónita y confusa, apenas se atrevía a mirarlo a la cara y no supo qué había contestado a las preguntas corteses que le hizo él por su familia. Sorprendida por la alteración que había sufrido su comportamiento desde la última vez que se habían visto, cada frase que decía aumentaba la turbación de Elizabeth; y, con la cabeza llena de ideas de lo inconveniente que era que los hubiese encontrado allí, los minutos siguientes fueron de los más apurados de su vida. Tampoco él parecía muy tranquilo; cuando hablaba, su voz no tenía nada de su sosiego habitual; y le repitió sus preguntas de cuándo había salido de Longbourn y de cuánto tiempo había pasado en Derbyshire tantas veces y con tanta precipitación que se traslucía claramente la alteración de sus pensamientos.

Por fin, pareció que le faltaban todas las ideas; y, tras quedarse plantado unos momentos sin decir palabra, se recuperó de repente y se despidió.

Los otros se reunieron entonces con ella y manifestaron su admiración por el porte de Darcy; pero Elizabeth no oyó una sola palabra, y, sumida por completo en sus pensamientos, los siguió en silencio. La vergüenza y la contrariedad la dominaban. ¡Ir allí había sido lo más desafortunado, lo más desatinado del mundo! ¡Qué extraño le parecería a él! ¡De qué manera tan bochornosa podía entenderlo un hombre tan vanidoso! ¡Podía parecer como si ella se hubiera hecho la encontradiza a propósito! ¡Oh! ¿Por qué había tenido que ir allí ella? ¿O por qué había llegado él un día antes de lo que lo esperaran? Si ellos hubieran llegado diez minutos antes, no habría alcanzado a verlos, pues era evidente que llegaba en ese instante, que se acababa de apear de su caballo o de su coche. Se ruborizaba una y otra vez al pensar en la contrariedad de aquel encuentro. Y ¿qué podía significar aquella alteración tan notable de la conducta de él? ¡Era sorprendente que le hubiese hablado siquiera...! ¡Pero haberle hablado con tal cortesía, preguntarle por su familia! Ella no lo había visto en su vida con modales menos pomposos, no le había hablado nunca con tanta amabilidad como en aquel encuentro inesperado. ¡Qué contraste con las últimas palabras que le había dirigido en el parque de Rosings, cuando le había puesto en la mano su carta! Elizabeth no sabía qué pensar ni cómo explicar todo esto.

Habían llegado a un hermoso camino que transcurría al borde del agua, y cada paso los llevaba más cerca de un paisaje grandioso y de un bosque lozano al que se iban aproximando, pero Elizabeth tardó algún tiempo en ser consciente de todo ello. Aunque respondía de manera mecánica a las palabras de sus tíos y parecía dirigir los ojos a los objetos que le iban señalando, no distinguía ninguna parte de la escena. Tenía todos sus pensamientos fijos en aquel punto de la casa de Pemberley, el que fuera, donde estaba entonces el señor Darcy. Anhelaba saber qué pasaba en esos momentos por la cabeza de éste; qué pensaba de ella, y si la quería todavía a pesar de todo. Era posible que su cortesía se hubiera debido únicamente a que se sentía tranquilo; pero había tenido en la voz algo que no se parecía a la tranquilidad. Elizabeth no era capaz de determinar si el señor Darcy había sentido más dolor o agrado al verla; sin embargo, estaba claro que no había podido guardar la compostura al verla.

Al final, no obstante, la hicieron salir de su ensimismamiento los comentarios de sus compañeros, y comprendió que debía dar más impresión de normalidad.

Entraron en el bosque y, despidiéndose por un rato del río, ascendieron a un terreno más elevado. Desde allí, entre los claros del bosque que dejaban lugar a la vista, se dominaban muchos paisajes encantadores del valle y de las colinas del otro lado, cubiertas muchas de ellas de bosque, que ocultaba también en algunas partes el río. El señor Gardiner manifestó su deseo de rodear todo el parque, pero temió que fuera demasiado camino para hacerlo a pie. El jardinero les dijo con sonrisa triunfal que tenía diez millas de circunferencia. Aquello zanjó la cuestión y se ciñeron al paseo habitual, que los llevó, al cabo de un rato, a bajar entre bosques suspendidos hasta el borde del río, en una de sus partes más estrechas. Lo cruzaron por un puente sencillo, que armonizaba con el ambiente general; era un lugar menos adornado que los que habían visitado hasta entonces, y el valle, que allí se reducía a cañada, sólo dejaba lugar al río y a un camino que transcurría entre el soto fragoso que lo bordeaba. Elizabeth quería explorar sus revueltas; pero cuando hubieron cruzado el puente y advirtieron a qué distancia estaban de la casa, la señora Gardiner, que no era gran andarina, no pudo avanzar más y no pensó más que en volver al coche con la mayor rapidez posible. Su sobrina se vio obligada a someterse a ello, y se encaminaron hacia la casa por el lado opuesto del río y por el camino más corto. Sin embargo, adelantaban poco, pues el señor Gardiner, que era muy aficionado a la pesca, aunque no solía tener tiempo de practicar su afición, había visto con gran interés que asomaban de vez en cuando algunas truchas en el agua y se había puesto a hablar de ellas al jardinero, así que avanzaba poco. Mientras paseaban de esta manera lenta, volvió a sorprenderlos, con un asombro por parte de Elizabeth igual en todo al de la primera ocasión, la figura del señor Darcy, que venía hacia ellos y no estaba muy lejos. El camino de aquel lado estaba menos resguardado que el del otro, lo que les permitió verlo antes de que hubiese llegado hasta ellos. Elizabeth, a pesar de su asombro, al menos estaba más preparada que antes para mantener una conversación, y tomó la resolución de parecer serena y de hablar con calma, si es que él tenía verdaderamente la intención de venir a su encuentro. De hecho, le dio la impresión por unos instantes de que lo más probable era que se desviara por otro camino. Esta idea le perduró mientras una revuelta del sendero se lo ocultó a su vista. Cuando superaron la revuelta, se lo encontraron justo delante. Elizabeth captó al primer vistazo que no había perdido nada de su cortesía reciente; y, con el fin de imitar su urbanidad, empezó como sus compañeros a admirar la belleza del lugar; pero apenas había tenido tiempo de pronunciar las palabras «delicioso» y «encantador», cuando la invadieron unos recuerdos desafortunados y pensó que elogiar Pemberley podría ser malinterpretado. Se le mudó el semblante y no dijo más.

La señora Gardiner se había quedado un poco atrás y, cuando Elizabeth hizo una pausa, el señor Darcy le preguntó si le haría el honor de presentarle a sus amigos. Aquel rasgo de cortesía la pilló por sorpresa, y apenas pudo reprimir una sonrisa al verlo querer conocer a algunas de esas mismas personas que habían sublevado su orgullo cuando le había pedido su mano. «¡Qué sorpresa se llevará cuando se entere de quiénes son! —pensó—. De momento, los ha tomado por gente de mundo.»

Se realizaron inmediatamente las presentaciones. No obstante, y cuando Elizabeth anunció el parentesco que tenían con ella, lo miró de reojo para ver qué efecto tenía aquello en él, no sin esperar verlo huir en cuanto pudiera de unos compañeros tan vergonzosos. Resultó evidente que el parentesco le sorprendió; sin embargo, lo llevó con fortaleza y, lejos de marcharse, volvió con ellos y entabló conversación con el señor Gardiner. Elizabeth se sintió complacida y triunfante. La consolaba que él se enterase de que tenía algunos parientes de los que no había que sonrojarse. Escuchó con suma atención todo lo que se decían y se complacía en cada una de las expresiones de su tío, en cada una de sus frases que ponían de manifiesto su inteligencia, su buen gusto o sus buenos modales.

La conversación se dirigió pronto hacia la pesca, y Elizabeth oyó que el señor Darcy invitaba a su tío con gran cortesía a pescar allí siempre que quisiera, mientras siguiera en la comarca, ofreciéndose al mismo tiempo a prestarle material de pesca y señalándole las partes del río donde solía haber más peces. La señora Gardiner, que caminaba del brazo de Elizabeth, echó a ésta una mirada en la que expresaba su asombro. Elizabeth no dijo nada, aunque aquello la agradó enormemente: el cumplido debía de estar dirigido a ella. Su asombro era enorme, no obstante, y se repetía constantemente a sí misma: «¿Por qué estará tan cambiado? ¿A qué puede deberse esto? No puede ser por mí; no puede haber suavizado sus modales de tal modo por mí. Los reproches que le hice en Hunsford no pueden haberlo hecho cambiar de esta manera. Es imposible que me quiera todavía».

Después de caminar de esta manera un rato, las dos damas delante, los dos caballeros detrás, se reunieron al bajar al borde del agua para observar mejor una planta acuática curiosa, y allí se produjo un pequeño cambio. Su causa fue la señora Gardiner, quien, fatigada por los ejercicios de aquella mañana, no encontraba apoyo suficiente en el brazo de Elizabeth y prefirió, en consecuencia, tomar el de su marido. El señor Darcy ocupó su lugar junto a su sobrina y siguieron caminando juntos. Tras un breve silencio, habló primero la señorita. Quería hacerle saber que se había cerciorado de que él estaría ausente antes de visitar aquel lugar, y empezó por observar, en consecuencia, que su llegada había sido muy inesperada.

—Pues su ama de llaves nos había dicho que usted no llegaría hasta mañana, con toda seguridad —añadió—; y, de hecho, antes de salir de Bakewell, creímos entender que no se le esperaba en la comarca de momento.

Él reconoció que todo ello era cierto, y dijo que se había tenido que adelantar unas horas al resto del grupo con el cual viajaba para tratar unos asuntos con su administrador.

—Se reunirán conmigo mañana temprano —siguió diciendo— y entre ellos hay personas que la conocen a usted: el señor Bingley y sus hermanas.

Elizabeth contestó únicamente con una leve reverencia. Sus pensamientos volvieron al instante a aquella ocasión en que el nombre del señor Bingley había sido el último que se había citado entre los dos. A juzgar por el semblante del señor Darcy, éste no tenía ideas muy diferentes en la cabeza.

—Viene también en el grupo otra persona que tiene un deseo especial de conocerla —siguió diciendo después de una pausa—. ¿Me permitirá usted, si no es pedir demasiado, que le presente a mi hermana durante su estancia en Lambton?

Aquella petición le produjo una sorpresa enorme, tan grande que Elizabeth no supo siquiera de qué manera se la había otorgado. Comprendió al instante que cualquier deseo de conocerla que pudiera tener la señorita Darcy debía de ser obra de su hermano, y aquello era satisfactorio, sin mirar más allá; le agradaba saber que su resentimiento no lo había llevado a pensar verdaderamente mal de ella.

Siguieron caminando en silencio, sumidos cada uno en sus pensamientos. Elizabeth no estaba tranquila: imposible estarlo; pero se sentía halagada y satisfecha. El deseo de Darcy de presentarle a su hermana era un cumplido de los más elevados. No tardaron en dejar atrás a los otros, y cuando llegaron al coche, el señor y la señora Gardiner llevaban un cuarto de milla de retraso.

La invitó entonces a pasar a la casa, pero ella dijo que no estaba cansada, y se quedaron de pie en el césped. En aquella ocasión podían haberse dicho muchas cosas, y el silencio fue muy incómodo. Ella quería hablar, pero parecía como si todos los temas estuvieran prohibidos. Recordó por fin que iba de viaje, y hablaron de Matlock y Dovedale con mucha aplicación. No obstante, el tiempo y la tía de Elizabeth avanzaban despacio, y a ella casi se le habían agotado la paciencia y las ideas cuando terminó su rato a solas. Al llegar el señor y la señora Gardiner les insistió a todos a entrar en la casa a tomar un refrigerio, pero ellos rehusaron y se separaron con grandes muestras de cortesía por ambas partes. El señor Darcy ayudó a las damas a subir al coche, y cuando éste se puso en camino, Elizabeth lo vio caminar despacio hacia la casa.

Entonces comenzaron las observaciones de sus tíos, y los dos lo declararon infinitamente superior a cualquier cosa que hubieran podido esperar.

—Es perfectamente correcto, educado y modesto —dijo su tío.

—Sí que tiene algo de pomposo, es verdad —repuso su tía—, pero sólo en su porte, y no le sienta mal. Ahora puedo decir, con el ama de llaves, que aunque algunos le llamen orgulloso, yo no he visto que tenga nada de ello.

—Su conducta con nosotros me ha dado la mayor sorpresa de mi vida. Ha sido más que correcta; ha sido francamente atenta, y tanta atención no era necesaria. En realidad conocía muy poco a Elizabeth.

—La verdad, Lizzy, es que no es tan apuesto como Wickham —dijo su tía—; o, más bien, no tiene el semblante de Wickham, pero sus rasgos son perfectamente correctos. ¿Cómo es que me dijiste que era tan desagradable?

Elizabeth se disculpó lo mejor que pudo; dijo que cuando lo había visto en Kent le había caído mejor que antes, y que no lo había visto nunca tan agradable como esa mañana.

—Sin embargo, puede que sea un poco caprichoso con sus cortesías —repuso su tío—. Los grandes hombres lo suelen ser, por lo que no le tomaré la palabra, pues puede que cambie de opinión otro día y me expulse de su finca.

A Elizabeth le pareció que habían entendido muy mal su carácter, pero no dijo nada.

—Por lo que hemos visto de él —siguió diciendo la señora Gardiner—, la verdad es que no me habría creído que pudiera portarse con tanta crueldad con nadie como se portó con el pobre Wickham. No tiene aspecto de malo. Al contrario, su boca tiene algo cuando habla que la vuelve agradable. Y su semblante tiene un algo de dignidad que no daría una idea desfavorable de su corazón. ¡Y, sin duda, la buena señora que nos ha enseñado su casa nos lo ha puesto por las nubes! A veces casi se me escapaba la risa. Pero supongo que es un amo generoso, y esa virtud abarca todas las demás a ojos de un criado.

Elizabeth se sintió obligada a decir algo en defensa de la conducta de Darcy para con Wickham, y les dio por tanto a entender, de la manera más velada que pudo, que, por lo que había oído entre su familia de Kent, sus actos se podían interpretar de manera muy diferente, y que su carácter no era tan defectuoso, ni mucho menos, ni tan apreciable el de Wickham, como los habían considerado en Hertfordshire. Para confirmar esto, refirió los detalles de todas las transacciones monetarias que habían tenido lugar entre Darcy y Wickham, sin llegar a citar su fuente, pero manifestando que era bien fiable.

La señora Gardiner se quedó sorprendida y preocupada; pero, como iban llegando ya a los lugares donde ella había sido feliz en otro tiempo, lo olvidó todo por el encanto de sus recuerdos; y estuvo demasiado ocupada señalando a su marido todos los puntos interesantes de los alrededores como para pensar en cualquier otra cosa. A pesar de lo fatigada que la había dejado el paseo de la mañana, en cuanto hubieron terminado de comer volvió a salir en busca de sus antiguos amigos, y pasaron la velada entre las satisfacciones de unas relaciones de amistad renovadas tras una interrupción de muchos años.

Los sucesos del día habían estado demasiado llenos de interés como para que Elizabeth le pudiese prestar atención a aquellos amigos nuevos. No podía hacer otra cosa que pensar, y con asombro, en la cortesía del señor Darcy, y, sobre todo, en el deseo de éste de que conociera a su hermana.

# Capítulo XLIV

Elizabeth había deducido que el señor Darcy traería a su hermana de visita al día siguiente de su llegada a Pemberley; en consecuencia, determinó que aquel día no se alejaría de la posada en toda la mañana. Pero su conclusión fue falsa, pues recibió la visita el mismo día que llegaron. Habían estado paseando por el lugar con algunos de sus nuevos amigos y acababan de llegar a la posada para vestirse con la intención de ir a comer con la misma familia, cuando oyeron un coche y, al acercarse a una ventana, vieron que llegaba por la calle un cabriolé con un caballero y una dama. Elizabeth reconoció al instante la librea y adivinó lo que significaba, y transmitió a sus parientes una buena proporción de su sorpresa al comunicarles el honor que esperaba. Sus tíos se llenaron de asombro; y el embarazo con que les hablaba Elizabeth, sumado a la circunstancia misma y a muchas circunstancias del día anterior, les hicieron ver todo el asunto bajo una luz nueva. Hasta entonces no había habido nada que se lo indicara, pero les pareció que tantas atenciones no tenían otra explicación que una inclinación hacia su sobrina. Mientras les pasaban por la cabeza estas nuevas ideas, la perturbación de los sentimientos de Elizabeth aumentaba por momentos. Ella misma se maravillaba mucho de su propia falta de compostura; pero, entre otras causas de inquietud, temía que la inclinación del hermano hubiera dicho demasiado a su favor, y estando como estaba más deseosa de agradar de lo normal, sospechaba, como es natural, que no sería capaz de agradar en absoluto.

Se retiró de la ventana, temiendo que la vieran. Mientras se paseaba por el cuarto intentando tranquilizarse, vio en su tío y en su tía unas miradas de sorpresa y curiosidad que lo empeoraban todo aún más.

Aparecieron la señorita Darcy y su hermano, y tuvo lugar aquella presentación aterradora. Elizabeth vio con asombro que su nueva conocida estaba tan avergonzada como ella misma, por lo menos. Ya había oído decir en Lambton que la señorita Darcy era extremadamente orgullosa, pero le bastó con unos minutos de observación para convencerse de que no era más que tímida en exceso. Le resultó difícil sacarle una sola palabra que no fuera un monosílabo.

La señorita Darcy era alta y más voluminosa que Elizabeth; y, aunque tenía poco más de dieciséis años, su figura ya estaba formada y su aspecto era femenino y grácil. Era menos bella que su hermano, pero mostraba en el rostro sensatez y buen humor, y sus modales eran absolutamente modestos y delicados. Elizabeth, que había esperado encontrar en ella una observadora tan aguda y atrevida como el señor Darcy en sus mejores momentos, sintió un gran alivio al percibir aquellos sentimientos tan distintos.

No llevaban reunidos mucho tiempo cuando el señor Darcy le dijo que también iría a visitarla Bingley; y ella apenas tuvo tiempo de expresar su satisfacción y de prepararse para recibir a un visitante como aquél cuando se oyeron en las escaleras los pasos vivos de Bingley, y éste entró en el mismo cuarto un momento después. Elizabeth había perdido hacía mucho tiempo toda la ira que había sentido hacia él; pero, aun en el caso de que le hubiera quedado alguna, mal habría podido mantenerla ante la cordialidad sin afectación con que se expresó Bingley al volver a verla. Le preguntó por su familia de manera amistosa, aunque general, y tenía el mismo aspecto y hablaba con la misma desenvoltura y buen humor de siempre.

El señor y la señora Gardiner acogieron a Bingley con el mismo interés que ella. Hacía mucho tiempo que querían conocerlo. Todo el grupo que tenían delante, en efecto, les merecía una viva atención. Las sospechas que se les acababan de despertar acerca del señor Darcy y su sobrina les llevaron a observarlos con atención, aunque con disimulo, y sus pesquisas los convencieron plenamente, al poco rato, de que al menos uno de ellos sabía lo que era amar. Quedaron un poco dudosos de los sentimientos de la dama; pero era bien evidente que el caballero rebosaba admiración.

Elizabeth, por su parte, tenía mucho que hacer. Quería asegurarse de los sentimientos de cada uno de sus visitantes; quería ordenar los suyos propios y resultar agradable a todos. Este último objetivo, en el que más temía fracasar, era en el que tenía mayores posibilidades de éxito, pues las mismas personas a quienes se esforzaba por dar gusto estaban predispuestas a su favor. Bingley estaba dispuesto, Georgiana, deseosa, y Darcy, determinado a dejarse agradar.

Al ver a Bingley, sus pensamientos volaron hacia su hermana, como es natural; y ¡oh!, ¡con cuánto ardor querría saber si los de él se dirigían en el mismo sentido! Algunas veces se pudo imaginar que Bingley hablaba menos que en otras ocasiones, y una o dos veces se complació en la idea de que, al mirarla a ella, intentaba reconocer el parecido. Pero, aunque aquello podían ser imaginaciones, lo que no podía engañarla era su conducta para con la señorita Darcy, a la que habían propuesto como rival de Jane. No se cruzaba entre los dos ninguna mirada que hablara de un afecto especial. No había entre ellos ningún trato que pudiera justificar las esperanzas de la hermana de Bingley. A Elizabeth le quedó bien claro este punto al cabo de poco; y antes de que se marcharan sucedieron dos o tres leves circunstancias que, según la interpretación inquieta de ella, denotaban un recuerdo de Jane que no carecía de un tinte de ternura, y un deseo de decir algo más que pudiera conducir a que se hablara de ella, si se hubiera atrevido a tanto Bingley. En un momento en que los demás hablaban juntos, éste observó a Elizabeth, y en un tono que tenía algo de verdadero pesar, «que hacía mucho tiempo que no tenía el placer de verla»; y, antes de que ella pudiera responder, añadió:

—Han pasado más de ocho meses. No nos hemos visto desde el 26 de noviembre, cuando bailamos todos reunidos en Netherfield.

A Elizabeth la satisfizo mucho ver lo exacto que era su recuerdo; y más tarde, cuando no los escuchaba ninguno de los demás, Bingley aprovechó la ocasión para preguntarle si estaban en Longbourn todas sus hermanas. La pregunta en sí no decía gran cosa, ni tampoco el comentario que había hecho antes; pero estaban acompañados de una mirada y un aire que los cargaban de significado.

Elizabeth no tuvo muchas oportunidades de volver los ojos hacia el propio señor Darcy; pero siempre que lo atisbaba veía en él una expresión de complacencia general, y en todo lo que decía oía un tono tan lejos de la altivez y el desdén hacia sus compañeros que la dejó convencida de que la mejora de sus modales que había presenciado ayer, por temporal que pudiera ser, al menos había durado más de un día. Cuando lo vio buscando así el trato y aspirando a ganarse la buena opinión de unas personas con las que cualquier relación le habría parecido una deshonra pocos meses atrás; cuando lo vio tan correcto, no sólo con ella sino con los parientes mismos a los que había desdeñado abiertamente, y recordó aquella viva escena reciente en la casa rectoral de Hunsford, la diferencia y el cambio eran tan grandes y le causó tal impresión que apenas pudo disimular su asombro. Jamás, ni siquiera en compañía de sus amigos queridos de Netherfield ni en la de sus dignos parientes de Rosings, jamás lo había visto tan deseoso de agradar, tan libre de presunción y de reserva inflexible, como lo veía ahora, cuando el éxito de sus esfuerzos no podría servirle para nada importante, y cuando el hecho mismo de conocer a esas mismas personas a quien dedicaba tantas atenciones le merecería el ridículo y la censura de las damas de Netherfield y de Rosings.

Sus visitantes pasaron más de media hora con ellos y, cuando se levantaron para marcharse, el señor Darcy pidió a su hermana que se uniera a él para manifestar juntos el deseo de invitar a los señores Gardiner y a la señorita Bennet a comer en Pemberley antes de que se marchasen de la comarca. La señorita Darcy obedeció enseguida, aunque con una timidez que dejaba traslucir que no estaba muy acostumbrada a hacer invitaciones. La señora Gardiner miró a su sobrina con intención de conocer cuántos deseos tenía de aceptar la invitación ella, que era a quien más atañía; pero Elizabeth había vuelto la cabeza. Suponiendo, no obstante, que aquel gesto intencionado indicaba más bien la vergüenza del momento y no un desagrado por la protesta, y al ver que su marido, que era aficionado al trato social, estaba perfectamente dispuesto a aceptarla, se aventuró a admitir la invitación y se acordó la fecha de dos días más tarde.

Bingley manifestó un gran agrado por la certidumbre de volver a ver a Elizabeth, pues tenía todavía mucho que decirle y un montón de preguntas que hacerle sobre todos sus amigos comunes de Hertfordshire. Elizabeth quedó complacida, interpretándolo todo como un deseo de oírla hablar de su hermana, y a cuenta de esto y de algunas otras cosas, cuando sus visitantes se hubieron marchado, pudo recordar con cierta satisfacción aquella media hora, a pesar de que no había disfrutado mucho de ella mientras transcurría. Anhelaba quedarse a solas, temía las preguntas o las indirectas de sus tíos, y sólo se quedó con ellos el tiempo justo para oírles dar su opinión favorable de Bingley, y corrió después a vestirse.

Sin embargo, no tenía ningún motivo para temer la curiosidad de los señores Gardiner; éstos no querían obligarla a que les contase nada. Era evidente que Elizabeth conocía al señor Darcy mucho mejor de lo que ellos se habían figurado; era evidente que él estaba muy enamorado de ella. Habían visto muchas cosas interesantes, pero ninguna que justificase un interrogatorio.

Ya estaban deseosos de pensar bien del señor Darcy; y en lo que lo habían tratado no le habían encontrado ningún defecto. Su buena educación no podía pasarles desapercibida; y si sólo se hubieran formado un concepto de él en virtud de sus propias impresiones y de lo que les había contado su ama de llaves, sin tener en cuenta ninguna otra relación, el círculo de personas de Hertfordshire que lo conocían no habrían reconocido en él al señor Darcy. Sin embargo, ahora les interesaba creer al ama de llaves, y no tardaron en darse cuenta de que no se debía desdeñar precipitadamente la autoridad de una criada que lo conocía desde que tenía cuatro años, y cuyos modales indicaban que ella misma era persona respetable. Sus amigos de Lambton tampoco conocían nada que pudiera quitar peso a tal información. No tenían nada de qué acusar al señor Darcy más que de orgullo; era probable que lo tuviera; y, si no lo tenía, era seguro que se lo achacarían los habitantes de aquella reducida población provinciana donde no hacía visitas la familia. A pesar de todo, se reconocía que era hombre generoso y que hacía mucho bien a los pobres.

En lo que se refería a Wickham, los viajeros se enteraron pronto de que no gozaba allí de mucha estima, pues si bien no se tenía una idea muy clara de sus tratos con el hijo del señor, era bien sabido que al marcharse de Derbyshire había dejado muchas deudas, que había liquidado más tarde el señor Darcy.

En cuanto a Elizabeth, aquella tarde sus pensamientos estuvieron en Pemberley más que en la pasada; y aunque la velada se le hizo larga, no le resultó lo bastante larga como para determinar sus sentimientos hacia uno de los habitantes de dicha casa; y se quedó despierta dos horas enteras intentando aclararlos. No lo odiaba, desde luego. No; el odio se había disipado hacía mucho tiempo, y casi hacía el mismo tiempo que Elizabeth se sentía avergonzada de haber sentido hacia él una antipatía que mereciera el nombre de tal. Aunque al principio había reconocido a disgusto el respeto que le producía el conocer con seguridad sus valiosas prendas, ya hacía algún tiempo que había dejado de repugnarle sentir tal respeto, que ahora se potenciaba para convertirse en algo de naturaleza más amistosa, en virtud de tantos testimonios a su favor y de tantas muestras de su buena disposición como había tenido en el día anterior. Pero por encima de todo, por encima del respeto y la estimación, tenía dentro un motivo que no podía pasar por alto para tenerle buena voluntad. Era la gratitud; gratitud, no sólo por haberla querido, sino por seguir queriéndola lo suficiente para perdonarle toda la petulancia y la acritud con que ella lo había rechazado, así como todas las acusaciones injustas que habían acompañado a su rechazo. Él, que la debía evitar, como evitaría a su mayor enemiga, según había creído Elizabeth, había parecido en aquel encuentro accidental muy deseoso de mantener su trato, y, sin ninguna manifestación poco delicada de afecto ni ninguna extrañeza en el trato con ella, aspiraba a la buena opinión de sus amigos y se empeñaba en que la conociera su hermana. Un cambio tal en un hombre de tanto orgullo no sólo despertaba asombro sino gratitud, pues debía achacarse al amor, al amor ardiente; y en virtud de tal, la impresión que le había causado merecía recibirse no como algo desagradable, aunque no podía llegar a definirla con exactitud. Lo respetaba, lo estimaba, le estaba agradecida, sentía un verdadero interés por el bienestar de él; y lo único que le faltaba saber era hasta qué grado quería ella misma que aquel bienestar dependiera de ella, y cuán beneficioso sería para la felicidad de ambos que ella hiciera uso del poder, del que su imaginación le decía que poseía aún, de animarlo a que renovase sus pretensiones.

La noche anterior, la tía y la sobrina habían acordado que un gesto tan notable de cortesía como el que había tenido la señorita Darcy al ir a verlos el mismo día de su llegada a Pemberley, donde había llegado poco después del desayuno, merecía ser imitado, aunque no pudiera igualarse, con alguna fineza por parte de ellas. En consecuencia, decidieron ir a visitarla a Pemberley a la mañana siguiente. Elizabeth estaba contenta, aunque cuando se preguntaba a sí misma el motivo, apenas se le ocurría qué responder.

El señor Gardiner las dejó poco después del desayuno. La invitación a pescar se había renovado el día anterior y había convenido definitivamente reunirse con algunos de los caballeros de Pemberley antes del mediodía.

# Capítulo XLV

Convencida como estaba ya Elizabeth de que la antipatía que había sentido la señorita Bingley hacia ella era consecuencia de los celos, no pudo menos de considerar lo poco que le agradaría su presencia en Pemberley, y sentía curiosidad por saber cuánta cortesía mostraría ahora dicha señorita al volver a tratar con ella.

Al llegar a la casa, les hicieron pasar por el vestíbulo al salón, que, orientado al norte, era delicioso en verano. Sus ventanas, abiertas, ofrecían una vista muy refrescante de las colinas altas y cubiertas de bosque que había tras la casa, y de los hermosos robles y castaños que estaban dispersos por el terreno próximo.

En esta casa las recibieron la señorita Darcy, que estaba sentada en el salón con la señora Hurst, la señorita Bingley y la señora con quien vivía en Londres. Georgiana las recibió con mucha cortesía, pero con toda esa turbación que, aunque se debía a la timidez y al miedo a equivocarse, podía hacer creer con facilidad a los que se sentían inferiores que era orgullosa y reservada. Sin embargo, la señora Gardiner y su sobrina la comprendieron y se compadecieron de ella.

La señora Hurst y la señorita Bingley les dedicaron una simple reverencia, y, cuando se sentaron, se produjo durante unos instantes una pausa, incómoda como suelen ser siempre estas pausas. La primera que la rompió fue la señora Annesley, una mujer gentil y de aspecto agradable que, al intentar introducir algo de plática, demostró tener verdaderamente mejor crianza que ninguna de las otras dos. Sacaron adelante la conversación entre la señora Gardiner y ella, con alguna ayuda ocasional por parte de Elizabeth. La señorita Darcy parecía desear acopiar ánimo suficiente para intervenir, y a veces llegaba a aventurar una frase corta cuando había menos peligro de que la oyeran.

Elizabeth vio enseguida que a ella misma la vigilaba estrechamente la señorita Bingley, y que no podía decir una sola palabra, sobre todo a la señorita Darcy, sin que aquélla le prestase atención. Esta observación no le habría impedido intentar hablar con la señorita Darcy si no hubiera sido porque estaba sentada a una distancia incómoda de ella, pero no lamentó librarse de la necesidad de decir gran cosa. Estaba ocupada en sus propios pensamientos. Esperaba a cada momento que entrara en la sala algún caballero. Deseaba, temía, que estuviera entre ellos el dueño de la casa, y no era capaz de determinar si lo deseaba más que lo temía. Después de pasar sentada de esta manera un cuarto de hora sin oír la voz de la señorita Bingley, Elizabeth se sobresaltó al oír que ésta le preguntaba fríamente por la salud de su familia. Le contestó con igual indiferencia y brevedad, y las demás no dijeron nada.

La novedad siguiente que se produjo en el transcurso de su visita fue la entrada de los criados con carnes frías, bollos y frutas variadas de las mejores que estaban en sazón; pero esto no sucedió sino después de que la señora Annesley hubo dirigido muchas miradas y sonrisas significativas a la señorita Darcy para recordarle su deber de anfitriona. Así tuvieron de qué ocuparse todas las reunidas; pues, si no todas eran capaces de hablar, todas lo eran de comer, y las hermosas pirámides de uvas, nectarinas y melocotones las hicieron reunirse enseguida alrededor de la mesa.

Mientras estaban ocupadas de este modo, Elizabeth tuvo una buena oportunidad de decidir la cuestión de si deseaba más que temía la aparición del señor Darcy, al observar los sentimientos que la llenaron cuando entró éste en el salón; y entonces, aunque hacía un momento había llegado a creer que predominaba el deseo, empezó a lamentar que Darcy hubiera llegado.

Éste había pasado un rato con el señor Gardiner, quien, con otros dos o tres caballeros de la casa, estaba entretenido en el río, y sólo lo había dejado al enterarse de que las damas de su familia pensaban hacer una visita a Georgiana aquella mañana. En cuanto apareció, Elizabeth tomó la resolución prudente de estar perfectamente tranquila; resolución muy necesaria, pero quizá difícil de guardar, pues vio que en todas las presentes se despertaban sospechas sobre ellos y que apenas quedó un ojo que no vigilara la conducta de Darcy cuando entró en el salón. En ningún semblante aparecía marcada con tanta fuerza la curiosidad atenta como en el de la señorita Bingley, a pesar de las sonrisas que le llenaban la cara siempre que hablaba con cualquiera de los objetos de su curiosidad; pues los celos no habían llegado a desesperarla todavía, y no había cejado ni mucho menos en sus atenciones al señor Darcy. La señorita Darcy se esforzó mucho más por hablar cuando entró su hermano, y Elizabeth advirtió que él estaba deseoso de que su hermana y ella se conocieran y que fomentaba en lo posible todo intento de conversación por ambas partes. La señorita Bingley también lo advirtió, y, con la imprudencia que le daba la ira, aprovechó la primera ocasión para decir con cortesía burlona:

—Dígame, señorita Eliza, si hace el favor, ¿no es cierto que el regimiento de Meryton ha sido trasladado? Debe de haber sido una gran pérdida para su familia.

No se había atrevido a mencionar el nombre de Wickham en presencia de Darcy, pero Elizabeth comprendió al instante que ocupaba el primer lugar en sus pensamientos; y los diversos recuerdos relacionados con él le produjeron un momento de aflicción. No obstante, se esforzó con vigor por rechazar aquel ataque malintencionado y contestó enseguida a la pregunta con un tono aceptable de indiferencia. Mientras hablaba, una ojeada involuntaria le hizo ver que Darcy la miraba con atención y con el rostro demudado, y que la hermana de éste estaba llena de confusión y era incapaz de levantar los ojos. Si la señorita Bingley hubiera sabido el dolor que producía entonces a su querido amigo, se hubiera abstenido de soltar aquella indirecta, sin duda; pero lo único que había pretendido era desazonar a Elizabeth hablando de un hombre que creía que ésta veía con buenos ojos, para obligarla a desvelar una sensibilidad que podría dañarla ante Darcy y recordar, quizá, a este último todas las locuras y tonterías de algunos miembros de su familia con dicho regimiento. La señorita Bingley no había oído jamás ni una sílaba del propósito de fuga de la señorita Darcy. Aquello se había mantenido en estricto secreto, salvo con Elizabeth, y el señor Darcy estaba especialmente deseoso de ocultarlo a todos los parientes de Bingley, a causa del mismo deseo que Elizabeth le había atribuido hacía mucho tiempo, el de que llegaran a emparentar con ella misma. Es cierto que Darcy se había forjado dicho plan, y aunque esto no quisiera decir que lo llevara a esforzarse por separar a Bingley de la señorita Bennet, es probable que aportara algo al vivo interés que ponía por el bienestar de su amigo.

Sus ánimos se tranquilizaron, no obstante, al ver la conducta serena de Elizabeth; y como la señorita Bingley, molesta y desilusionada, no se atrevió a tocar más de cerca el tema de Wickham, Georgiana se recuperó también al cabo de un rato, aunque no lo suficiente como para volver a hablar. Su hermano, a quien temía mirar a los ojos, apenas recordaba el interés de ella en el asunto, y la misma circunstancia que se había trazado para hacer apartar de Elizabeth los pensamientos de él parecía que le había hecho ponerlos en ella con más alegría.

La visita no se alargó mucho después de la pregunta y contestación que acabamos de relatar; y mientras el señor Darcy las acompañaba a su coche, la señorita Bingley desahogaba sus sentimientos con críticas a la figura de Elizabeth, su conducta y vestido. Sin embargo, Georgiana no quiso sumarse a ella. Le bastaba la recomendación de su hermano para hacerse una idea favorable de ella: él no podía equivocarse. Y Darcy había hablado de Elizabeth con tales encomios que a Georgiana la había dejado incapaz de encontrarla otra cosa que amable y encantadora. Cuando Darcy regresó al salón, la señorita Bingley no pudo abstenerse de repetirle una parte de lo que había estado diciendo a su hermana.

—¡Qué mal aspecto tiene esta mañana la señorita Eliza Bennet, señor Darcy! —exclamó—. No había visto en mi vida a nadie tan cambiado como lo está ella desde el invierno pasado. ¡Qué morena y curtida se ha vuelto! Louisa y yo estábamos diciendo que no la habríamos reconocido.

Por poco que gustaran estas palabras al señor Darcy, se conformó con responder con frialdad que el único cambio que percibía era que estaba bastante morena por el sol, cosa que no era tan extraña en una persona que había viajado en verano.

—Yo, por mi parte —insistió ella—, debo reconocer que no he visto jamás en ella ninguna belleza. Tiene la cara demasiado estrecha; su complexión no tiene lustre y sus rasgos no son nada bonitos. A la nariz le falta carácter, no tiene líneas marcadas. Los dientes son pasables, pero no se salen de lo corriente; y en cuanto a los ojos, que alguien ha dicho que eran muy hermosos, yo no he visto nunca nada de extraordinario en ellos. Tienen una mirada penetrante, de astucia, que a mí no me gusta nada; y tiene en general un aire de suficiencia sin elegancia que no se puede soportar.

La señorita Bingley estaba convencida de que Darcy admiraba a Elizabeth, y por tanto éste no era el mejor método para quedar bien ella misma; pero las personas enfadadas no siempre son prudentes, y cuando vio a Darcy por fin un poco picado, consideró que había tenido todo el éxito que esperaba. Sin embargo, él guardó un silencio pertinaz, y ella, determinada a hacerle hablar, siguió diciendo:

—Recuerdo que cuando la conocimos en Hertfordshire, todos nos quedamos maravillados al enterarnos de que tenía fama de ser una belleza; y me acuerdo concretamente de que usted dijo una noche, después de que vinieran a comer a Netherfield: «¡Ésa, una belleza! Antes podría decirse que su madre es una lumbrera». Pero después pareció que usted la fue viendo mejor, y creo que en cierta época llegó a juzgarla bastante bonita.

—Sí —replicó Darcy, que ya no podía contenerse más—; pero eso fue sólo la primera vez que la vi, pues hace ya muchos meses que la considero una de las mujeres más hermosas que conozco.

Dicho esto, se marchó, y a la señorita Bingley le quedó la satisfacción de haberlo obligado a decir una cosa que sólo podía herirla a ella misma.

Durante el camino de vuelta, la señora Gardiner y Elizabeth hablaron de todo lo que había pasado en su visita menos de lo que más les interesaba a las dos. Comentaron el aspecto y la conducta de todas las personas que habían visto, salvo de la que más había atraído su atención. Hablaron de su hermana, de sus amigos, de su casa, de su fruta..., de todo, menos de él mismo; y eso que Elizabeth anhelaba saber lo que opinaba de él la señora Gardiner, y que a la señora Gardiner le habría agradado enormemente que su sobrina abordara el tema.

# Capítulo XLVI

Elizabeth se había llevado una desilusión considerable al no encontrar carta de Jane a su llegada a Lambton; y la desilusión se había renovado cada mañana de su estancia allí. Pero a la tercera mañana cesaron sus quejas y su hermana quedó reivindicada al recibirse dos cartas de ella a la vez, en una de las cuales se señalaba que había sido enviada por error a otra parte. Aquello no sorprendió en absoluto a Elizabeth, viendo lo mal que había escrito Jane la dirección.

Se disponían a salir de paseo cuando llegaron las cartas, y sus tíos salieron solos, dejándola que las disfrutara tranquilamente. Debía leer primero la que se había enviado mal; había sido escrita cinco días atrás. El principio contenía una relación de todas las fiestas y compromisos a que asistían y demás noticias sin importancia propias de la comarca; pero la segunda mitad de la carta, que llevaba fecha de un día después y se había escrito con evidente agitación, ofrecía novedades más importantes. Decía así:

> Desde que escribí lo anterior, queridísima Lizzy, ha sucedido una cosa muy grave e inesperada; pero temo asustarte: estamos todos bien. Lo que he de contarte se refiere a la pobre Lydia. Anoche, a las doce, cuando acabábamos de acostarnos todos, llegó un mensajero urgente del coronel Forster para informarnos de que Lydia se había fugado a Escocia con uno de sus oficiales; para

no andar con rodeos, ¡con Wickham! Figúrate nuestra sorpresa. Sin embargo, no pareció que a Kitty la sorprendiera del todo. Lo siento mucho, muchísimo. ¡Qué matrimonio tan imprudente por ambas partes! Aunque quiero suponer lo mejor, y que se haya entendido mal el carácter de él. Bien puedo creer que sea irreflexivo e indiscreto, pero este paso (alegrémonos de ello) no indica ninguna mala intención por su parte. Al menos, ha elegido con desinterés, pues debe de saber que nuestro padre no puede dar nada a Lydia. Nuestra pobre madre está afligida en extremo. Nuestro padre lo lleva mejor. ¡Cuánto me alegro de no haberles contado nunca lo que se decía de Wickham! Nosotras mismas debemos olvidarlo. Se fugaron el sábado por la noche, según se conjetura, pero sólo se les ha echado de menos ayer a las ocho de la mañana. Enviaron al mensajero urgente enseguida. Querida Lizzy, debieron de pasar a diez millas de nosotros. El coronel Forster dice que tiene motivos para esperar que Wickham se presente aquí dentro de poco. Lydia dejó unas líneas para su esposa haciéndole saber sus intenciones. Debo terminar, pues no puedo apartarme mucho rato de nuestra pobre madre. Me temo que no seas capaz de leer esto, pues yo misma no sé ni lo que he escrito.

Sin darse tiempo para entrar en consideraciones, y sin saber apenas qué sentía, Elizabeth tomó la otra carta en cuanto acabó ésta y, abriéndola con la máxima impaciencia, leyó lo que sigue. Llevaba fecha de un día después de terminarse de escribir la primera.

Queridísima hermana, ya habrás recibido mi carta precipitada; espero que ésta sea más inteligible; pero, aunque no estoy tan apurada de tiempo, tengo tal desconcierto en la cabeza que no puedo garantizar que sea coherente. Queridísima Lizzy, casi no sé qué escribir, pero tengo que darte malas noticias y no es posible retrasarlas. Con todo lo imprudente que sería un matrimonio entre el señor Wickham y nuestra pobre Lydia, ahora estamos angustiados por no saber si se han casado, pues tenemos muchos motivos para temer que no hayan ido a Escocia. El coronel Forster llegó ayer, pues había partido de Brighton el día anterior, pocas horas después del mensajero urgente. Aunque la breve carta de Lydia a la señora F. daba a entender que iban camino de Gretna Green, Denny comentó algo de que no creía que W. pensara ir allí ni casarse con Lydia, lo que llegó a oídos del coronel F., que se alarmó y partió al instante de B., procurando seguirles los pasos. Y así hizo, en efecto, hasta Clapham, pero no pudo seguir más allá, pues al llegar a dicho pueblo tomaron un coche de punto dejando la silla de postas que los había traído desde Epsom. Lo único que se sabe a partir de entonces es que se les vio seguir por el camino de Londres. No sé qué pensar. Después de hacer todas las averiguaciones que pudo por ese lado de Londres, el coronel F. vino a Hertfordshire, haciendo pesquisas diligentes en todos los puestos de peaje y en todas las posadas de Barnet y Hatfield, pero sin éxito alguno; no se había visto pasar a tales personas. Llegó a Longbourn lleno de amable interés y nos desveló sus temores de una manera que acredita su buen corazón. Siento verdadero pesar por él y por la señora F., pero nadie los puede culpar de nada. Nuestra aflicción, querida Lizzy, es inmensa. Nuestro padre y nuestra madre temen lo peor, pero yo no puedo pensar tan mal de W. Se dan muchas circunstancias por las que podría resultarles más conveniente casarse en secreto en la capital que llevar adelante su plan primitivo; y aunque él pudiera haber tramado la perdición de una muchacha de buena familia como Lydia, cosa poco probable, ¿he de creerla a ella tan perdida? ¡Imposible! A pesar de todo, he tenido el dolor de enterarme de que el coronel F. no tiene confianza plena en que se hayan casado; cuando le manifesté mis esperanzas, sacudió la cabeza y dijo que mucho se temía que W. no era hombre de fiar. Nuestra pobre madre se halla francamente enferma y recluida en su habitación. Sería mejor que pudiera ocuparse en algo, pero no podemos esperarlo. En cuanto a nuestro padre, no lo había visto tan afectado en toda mi vida. La pobre Kitty está apesadumbrada por haberse callado las relaciones de los dos; pero no es de extrañar, pues era una cuestión confidencial. Me alegro de verdad, queridísima Lizzy, de que te hayas librado en parte de estas escenas angustiosas; pero, ahora que ha pasado el primer disgusto, ¿podré reconocer que espero con impaciencia tu regreso? Sin embargo, no soy tan egoísta como para insistirte en ello si te viene mal. ¡Adiós! Vuelvo a tomar la pluma para hacer lo que te dije que no haría; pero las circunstancias son tales que no puedo menos de suplicarte sinceramente que vengas lo antes posible. Conozco tan bien a nuestros queridos tío y tía que no temo pedírselo, aunque todavía tengo que rogar otra cosa al tío. Nuestro padre se va inmediatamente a Londres con el coronel Forster para intentar encontrarla. No sé qué pensará hacer, desde luego, pero en su estado de enorme aflicción no podrá tomar medidas de la manera mejor y más segura, y el coronel Forster tiene que estar de vuelta en Brighton mañana por la noche. En tales circunstancias, los consejos y la ayuda de nuestro tío serían lo más valioso del mundo; él entenderá enseguida mis sentimientos, y yo confío en su bondad.

—¡Oh! ¿Dónde está mi tío? —exclamó Elizabeth, saltando de su asiento al terminar la carta, impaciente por seguirlo sin perder un momento del tiempo tan precioso; pero cuando llegó a la puerta, la abrió un criado y apareció el señor Darcy. La cara pálida y los movimientos impetuosos de Elizabeth lo sobresaltaron, y antes de que hubiera podido recuperarse lo suficiente para hablar, ella, en cuya mente quedaban dominadas todas las ideas por la situación de Lydia, exclamó precipitadamente:

—Le ruego me disculpe, pero debo dejarlo. Tengo que encontrar al señor Gardiner ahora mismo, por un asunto que no admite demora; no tengo un momento que perder.

—¡Dios Santo! ¿Qué sucede? —exclamó él, con mayor sentimiento que cortesía; después, dominándose, dijo—: No la detendré a usted ni un instante; pero permítame que vaya yo a por los señores Gardiner, o que vaya el criado. Usted no está en condiciones; no puede ir usted.

Elizabeth titubeó, pero le temblaban las rodillas y comprendió lo poco que conseguiría intentando alcanzarlos ella. Llamó, pues, al criado, y le encargó, aunque tan sin aliento que apenas se la entendía, que hiciera venir a su casa al instante a sus amos.

Cuando el criado hubo salido del cuarto, Elizabeth se sentó, incapaz de seguir de pie, con tan mal aspecto que Darcy no pudo abandonarla ni pudo abstenerse de decir, con tono delicado y de conmiseración:

—Permítame que llame a su doncella. ¿No podría tomarse usted algo que la alivie? Una copa de vino; ¿le traigo una? Está usted muy enferma.

—No, muchas gracias —respondió ella, procurando recuperarse—. A mí no me pasa nada. Estoy bien; no es más que el disgusto por una noticia terrible que acabo de recibir de Longbourn.

Se deshizo en lágrimas al mencionarlo, y pasó unos minutos sin ser capaz de decir palabra. Darcy, sumido en una lamentable incertidumbre, sólo pudo manifestar confusamente su inquietud y observarla con silencio compasivo. Elizabeth volvió a hablar por fin.

—Acabo de recibir una carta de Jane en la que me da una noticia terrible. No es posible ocultársela a nadie. Mi hermana menor ha abandonado a todos los suyos...; se ha fugado; se ha puesto en manos de..., del señor Wickham. Han huido juntos de Brighton. Usted lo conoce demasiado bien como para que le queden dudas del resto. Ella no tiene ni dinero ni nada que a él le haya podido tentar... Está perdida para siempre.

Darcy estaba paralizado de asombro.

—¡Y pensar que yo podría haberlo evitado! —añadió ella con voz más agitada todavía—. ¡Si hubiera explicado a mi propia familia aunque sólo fuera una parte, una parte de lo que había llegado a saber! Esto no habría llegado a pasar si se hubiera conocido el carácter de él. Pero ya es..., ya es demasiado tarde.

—De verdad que estoy apenado —exclamó Darcy—; estoy afligido..., consternado. Pero ¿es seguro? ¿Completamente seguro?

—¡Oh, sí! Salieron juntos de Brighton el domingo por la noche, y les siguieron la pista casi hasta Londres, pero no más allá; es seguro que no han salido para Escocia.

—¿Y qué se ha hecho, qué medidas se han intentado para recuperarla?

—Mi padre ha ido a Londres, y Jane ha escrito para pedir ayuda inmediatamente a mi tío; y espero que nos pongamos en camino de aquí a media hora. Pero no se puede hacer nada... Sé muy bien que no se puede hacer nada. ¿Cómo se va a persuadir a un hombre como aquél? ¿Cómo se les va a descubrir siquiera? No tengo la menor esperanza. ¡Es horrible, en todos los sentidos!

Darcy sacudió la cabeza en un gesto silencioso de asentimiento.

—Cuando se me abrieron los ojos y vi su verdadero carácter... ¡Oh! ¡Si hubiera sabido lo que debía hacer, a lo que debía atreverme! Pero no lo sabía..., temía excederme. ¡Qué desdichado error!

Darcy no contestó. Apenas daba muestras de oírla, y se paseaba por el cuarto en honda meditación, con el ceño fruncido, el aire melancólico. Elizabeth lo observó pronto y lo comprendió al instante. Ya no ejercía atracción alguna sobre él: todo se había terminado ante tal prueba de debilidad por parte de su familia, ante tal garantía de la más profunda deshonra. Elizabeth no podía ni extrañarse ni condenar; conocía el dominio de sí mismo de Darcy, pero aquello no aportó ningún consuelo a su pecho, no le palió en nada su aflicción. Al contrario: le sirvió precisamente para comprender sus propios deseos, y nunca sintió con tanta sinceridad que podría haberle amado, como lo sentía ahora, cuando ya todo amor era imposible.

Sin embargo, aunque le venían aquellos pensamientos acerca de sí misma, no podían absorberla. Lydia, la humillación, la desgracia que les estaba echando encima a todos, le hicieron olvidar al poco rato todas sus preocupaciones particulares; y Elizabeth se cubrió la cara con el pañuelo y pronto se abstrajo de todo lo demás. Tras un intervalo de varios minutos, sólo la hizo volver a ser consciente de su situación la voz de Darcy, quien, con un tono que, además de compasión, indicaba reserva, dijo:

—Me temo que lleva usted largo rato deseando que me ausente, y tampoco puedo aducir más excusas por haberme quedado que mi verdadera inquietud, aunque ésta no sirva de nada. ¡Quisiera el cielo que pudiera decir o hacer algo por mi parte que le sirviera de consuelo en su aflicción! Pero no voy a atormentarla con deseos vanos que pueden parecer dirigidos a propósito para que usted me los agradezca. Sospecho que este infortunio privará a mi hermana del placer de verles hoy en Pemberley.

—Oh, sí. Tenga usted la bondad de disculparnos ante la señorita Darcy. Dígale que tenemos que volvernos a casa inmediatamente por un asunto urgente. Ocúltele la triste verdad tanto como sea posible, aunque sé que no podrá ser mucho tiempo.

Él le garantizó de buena gana que guardaría el secreto; volvió a manifestarle cuánto sentía su aflicción; le deseó que concluyera de manera más feliz de lo que tenían motivos para temer; y, después de encomendarle que saludara de su parte a sus parientes, se marchó tras dirigirle una sola mirada, seria, de despedida.

Cuando hubo salido del cuarto, Elizabeth percibió cuán poco probable era que volvieran a verse en los mismos términos de cordialidad que habían tenido en su trato en Derbyshire. Echando una mirada retrospectiva al conjunto de sus relaciones, tan llenas de contradicciones y cambios, suspiró al pensar en la perversidad de aquellos sentimientos que le hacían desear ahora que prosiguieran dichas relaciones, y que en otro tiempo le habían hecho alegrarse de que terminaran.

Si el agradecimiento y la estima son buenas bases para el cariño, el cambio de los sentimientos de Elizabeth no parecerá ni improbable ni condenable. Pero si es al contrario, si el amor que brota de tales fuentes es irracional o antinatural, comparado con el que, según se cuenta tantas veces, surge en una primera entrevista con su objeto, e incluso antes de que se hayan cruzado dos palabras, entonces no podría decirse nada en defensa de Elizabeth, salvo que había puesto a prueba en cierto modo este segundo método en su inclinación hacia Wickham, y que su fracaso podía autorizarla, quizá, a buscar el otro modo de amor, menos interesante. Comoquiera que fuese, lo vio partir con pesar; y aquel primer ejemplo de los resultados que había de tener la infamia de Lydia le sirvió de causa añadida de angustia al reflexionar sobre este desgraciado asunto. Desde que había leído la segunda carta de Jane, no había confiado ni por un momento en que Wickham pensase casarse con ella. Sólo una persona como Jane podía albergar tal esperanza. Lo que menos sentía ante aquel giro de la situación era sorpresa. Mientras tuvo en la cabeza el contenido de la primera carta, estuvo llena de sorpresa, de asombro, de que Wickham pudiera casarse con una muchacha con la que era imposible que se casara por dinero; y le había parecido incomprensible que Lydia pudiera amarlo. Pero ahora parecía todo muy natural. Lydia podía tener encanto suficiente para un amor como aquél; y aunque Elizabeth no suponía que Lydia hubiera trazado una fuga sin intención de contraer matrimonio, no le costaba trabajo creer que ni su virtud ni su entendimiento le impedirían caer como presa fácil.

Durante la estancia del regimiento en Hertfordshire, ella no había advertido nunca que Lydia tuviera especial predilección por Wickham. Sin embargo, estaba convencida de que a Lydia le bastaba con que le hicieran un poco de caso para enamorarse de cualquiera. Había tenido como favoritos ora a un oficial, ora a otro, en virtud de las atenciones que recibía sucesivamente de cada uno. Su afecto fluctuaba siempre, pero no carecía nunca de objeto. ¡Qué malo había sido descuidar a aquella muchacha y consentirla con una tolerancia mal entendida! ¡Ay! ¡Cuánto lo sentía ahora!

Estaba loca de impaciencia por llegar a casa, por oír, por ver, por estar allí para compartir con Jane las tareas que debían de haber recaído ahora sobre sus hombros, en una familia tan alterada, con el padre ausente, la madre incapaz de hacer nada y necesitando atenciones constantes; y, aunque estaba casi convencida de que no se podía hacer nada por Lydia, parecía importantísimo que interviniera su tío, y Elizabeth siguió impaciente hasta que entró éste en el cuarto. Los señores Gardiner habían vuelto alarmados, suponiendo por lo que les había contado el criado que su sobrina había caído enferma de repente. Tras tranquilizarlos enseguida en este sentido, les comunicó apresuradamente la causa por la que les había hecho volver, leyéndoles en voz alta las dos cartas y recalcando con energía temblorosa las últimas líneas de la segunda. Aunque Lydia no había sido nunca una de las sobrinas favoritas de los señores Gardiner, éstos no pudieron menos de afligirse mucho. Aquello no sólo afectaba a Lydia, sino a todos; y tras las primeras exclamaciones de sorpresa y horror, el señor Gardiner prometió prestar toda la ayuda que estuviera en su mano. Elizabeth, aunque no había esperado menos de él, se lo agradeció con lágrimas, y como a los tres los movía un mismo ánimo, se organizó con presteza todo lo relacionado con su viaje. Se pondrían en camino lo antes posible.

—Pero ¿y qué hacemos con Pemberley? —exclamó la señora Gardiner—. John nos ha dicho que cuando nos hiciste buscar estaba aquí el señor Darcy; ¿era así?

—Sí; y yo le dije que no podríamos mantener nuestro compromiso. Eso está arreglado.

«¿Qué es lo que está arreglado? —repitió la otra para sí, mientras corría a su cuarto para prepararse—. ¿Tendrán los dos una relación tan estrecha como para que ella le haya revelado toda la verdad? ¡Oh, ojalá supiera lo que hay!»

Pero los deseos fueron vanos, o al menos sólo pudieron servir para distraerla entre la prisa y la confusión de la hora siguiente. Si Elizabeth hubiera tenido tiempo para estar desocupada, habría estado segura de que a una persona tan desgraciada como ella le resultaba imposible hacer nada; pero tuvo en qué ocuparse, igual que su tía, y entre otras cosas tuvieron que escribir notas para todos sus amigos de Lambton dándoles falsas excusas por su partida repentina. Todo se pudo organizar en una hora, no obstante, y durante ese plazo el señor Gardiner pagó lo que se debía en la posada; no quedaba más que partir, y Elizabeth, después de aquella mañana tan triste, se encontró sentada en el coche y camino de Longbourn al cabo de menos tiempo del que se había figurado.

# Capítulo XLVII

—Lo he estado pensando de nuevo, Elizabeth —dijo a ésta su tío, cuando salían de la población—, y la verdad es que, habiéndolo considerado seriamente, me inclino mucho más a juzgar la cuestión como la juzga tu hermana mayor. Me parece tan improbable que un joven trace tales designios contra una muchacha que no carece de protectores ni de amigos, y que de hecho se alojaba en casa de su coronel, que me inclino firmemente a esperar lo mejor. ¿Podría esperar ese joven que los amigos de la muchacha no hicieran nada? ¿Podría esperar que volviera a contar con él el regimiento, después de hacer tal afrenta al coronel Forster? ¡Los riesgos no son proporcionados a la tentación!

—¿Lo cree usted de verdad? —exclamó Elizabeth, alegrándose por un momento.

—Yo empiezo a compartir la opinión de tu tío, palabra —dijo la señora Gardiner—. Verdaderamente, sería una transgresión demasiado grande contra la decencia y la honra y sus propios intereses. No puedo pensar tan mal de Wickham. ¿Acaso tú misma, Lizzy, lo consideras tan perdido como para creerlo capaz de eso?

—De descuidar sus propios intereses, puede que no, pero sí que lo creo capaz de cualquier otro descuido. ¡Ojalá fuera de ese modo! Pero yo no me atrevo a esperarlo. Si así fuera, ¿por qué no se han dirigido a Escocia?

—En primer lugar, no hay pruebas tajantes de que no se hayan ido a Escocia —repuso el señor Gardiner.

—¡Oh! ¡Pero el que dejaran la silla de postas para tomar un coche de punto es un indicio tan significativo...! Y, por otra parte, no se encontraron rastros de ellos en la carretera de Barnet.

—Bueno, entonces... supongamos que estén en Londres. Puede que continúen allí, aunque sólo sea para seguir ocultos y no con ningún otro fin más excepcional. No es probable que ninguno de los dos esté muy sobrado de dinero, y quizá se les haya ocurrido que se pueden casar en Londres de una manera más económica, aunque menos expeditiva.

—Pero ¿por qué tanto secreto? ¿Por qué ese miedo a que los descubran? ¿Por qué deben casarse en privado? Oh, no, no; eso no es probable. Ya ve usted, por lo que cuenta Jane, que el amigo más íntimo de él estaba convencido de que no tenía intención de casarse con ella. Wickham no se casaría nunca con una mujer que no tuviera algo de dinero. No se lo puede permitir. Y ¿qué buenas prendas tiene Lydia? ¿Qué atractivo tiene, aparte de la juventud, la salud y el buen humor, como para que él renuncie por ella a toda posibilidad de beneficiarse casándose bien? Lo que no puedo juzgar es en qué medida podía contenerlo el miedo a la deshonra en el ejército, pues no conozco en absoluto los efectos que puede tener un paso como ése. Sin embargo, en cuanto a la otra objeción de usted, me temo que apenas tiene valor. Lydia no tiene hermanos que defiendan su honor; y Wickham puede imaginarse, en vista de la conducta de mi padre, de su indolencia y de la poca atención que ha aparentado prestar nunca a lo que pasaba en su familia, que éste haría y pensaría tan poco en el caso, lo mínimo que puede hacer y pensar un padre en su situación.

—Pero ¿puedes creer que Lydia se haya olvidado tanto de todo lo que no sea el amor hacia él como para acceder a convivir con él de otra manera que no sea casada?

—Eso parece, y es escandaloso que pueda caber duda sobre el sentido del decoro y de la virtud de una hermana en un punto como éste —respondió Elizabeth con lágrimas en los ojos—. Pero, en realidad, no sé qué decir. Quizá no le esté haciendo justicia. Sin embargo, es muy joven, no se le ha enseñado nunca a pensar sobre asuntos serios, y ha pasado los últimos seis meses…, qué digo, el último año, entregada nada más que a diversiones y vanidades. Se le ha consentido que dispusiera de su tiempo de la manera más frívola y ociosa y que hiciese lo que se le antojaba. Desde que llegó a acuartelarse en Meryton el regimiento del condado, no ha tenido en la cabeza más que amor, coqueteos y oficiales. A base de pensar y de hablar del asunto, ha hecho todo lo que estaba en su poder para dar mayor…, ¿cómo llamarlo?, mayor susceptibilidad a sus sentimientos, que ya son bastante enérgicos por naturaleza. Y todos sabemos que Wickham posee en su persona y en su trato todos los encantos que pueden servir para cautivar a una mujer.

—Pero ya ves que Jane no piensa tan mal de Wickham como para creerlo capaz de intentar eso —dijo su tía.

—¿Y de quién piensa mal Jane nunca? ¿Y a quién sería capaz de creer capaz de intentar eso, por mala que fuera su conducta anterior, hasta que quedara demostrado? Sin embargo, Jane sabe tan bien como yo lo que es verdaderamente Wickham. Las dos sabemos que ha sido un disoluto en todos los sentidos de la palabra; que no tiene ni integridad ni honor; que es tan falso y engañoso como insinuante.

—¿Y sabes todo eso de verdad? —exclamó la señora Gardiner, a quien se le había despertado la curiosidad de saber cómo se había enterado de ello.

—Sí que lo sé —respondió Elizabeth, sonrojándose—. Ya le conté a usted el otro día su conducta infame con el señor Darcy; y usted misma oyó, la última vez que estuvo en Longbourn, cómo hablaba del hombre que se había comportado con él con tanta paciencia y generosidad. Y existen otras circunstancias que no estoy autorizada…, que no vale la pena relatar; pero sus mentiras sobre toda la familia de Pemberley son inacabables. Por lo que me había contado de la señorita Darcy, esperaba encontrarme con una muchacha orgullosa, reservada, desagradable. Sin embargo, él mismo sabía que era lo contrario. Debía de saber que era tan amable y modesta como la hemos encontrado nosotros.

—¿Pero no sabe nada de esto Lydia? ¿Es posible que ignore lo que conocéis tan bien Jane y tú, al parecer?

—¡Oh, sí! Eso es lo peor de todo. Yo misma ignoré la verdad hasta que estuve en Kent y traté con tanta asiduidad al señor Darcy y a su pariente, el coronel Fitzwilliam. Y cuando volví a mi casa, el regimiento del condado se disponía a partir de Meryton al cabo de una semana o quince días. En vista de ello, ni a Jane, a quien se lo conté todo, ni a mí nos pareció necesario hacer público lo que sabíamos; pues ¿de qué podía servir a nadie, al parecer, que se hundiera la buena reputación que tenía de él toda la comarca? Ni siquiera cuando se acordó que Lydia se iría con la señora Forster, se me ocurrió la necesidad de abrirle los ojos del verdadero carácter de Wickham. No me vino a la cabeza que pudiera correr ningún peligro ante sus engaños. Bien se puede figurar usted que estaba muy lejos de mi pensamiento la posibilidad de una consecuencia como ésta.

—De modo que cuando se trasladaron a Brighton no teníais ningún motivo para creer que había algo entre ellos, supongo.

—Ni el más mínimo. No recuerdo ninguna señal de afecto por parte de ninguno de los dos, y si hubiera existido algo semejante, ya sabrá usted que una cosa así no habría pasado desapercibida en nuestra familia. Cuando Wickham ingresó en el regimiento, Lydia estaba muy dispuesta a admirarlo; pero lo estábamos todas. Todas las muchachas de Meryton y sus proximidades pasaron los dos primeros meses locas por él; sin embargo, él no la distinguió jamás a ella con ninguna atención particular; y, en consecuencia, tras un periodo moderado de admiración desenfrenada y extravagante, dejó de estar encaprichada por él y volvió a tomar como favoritos a otros oficiales del regimiento que la trataban con mayor distinción.

\*\*\*

Bien se puede creer que, por pocas novedades que pudiera aportar a sus temores, esperanzas y conjeturas la discusión repetida de este tema tan interesante, no se ocuparon de ningún otro durante todo el viaje. Elizabeth no podía pensar en otra cosa. Fijado allí por la angustia punzante que le provocaban los remordimientos, no tenía rato de descanso ni de olvido.

Viajaron con la mayor rapidez posible y, haciendo noche sólo una vez por el camino, llegaron a Longbourn al día siguiente a la hora de comer. A Elizabeth le sirvió de consuelo pensar que Jane no habría tenido que padecer una espera larga.

Los niños de los Gardiner, atraídos al ver llegar la silla de postas, estaban en los escalones de entrada de la casa cuando entraron por el camino de carruajes; y cuando el coche llegó hasta la puerta, la alegre sorpresa que les iluminó las caras y se manifestó por todos sus cuerpos con diversos brincos y cabriolas fue la primera muestra agradable de su sincera bienvenida.

Elizabeth se apeó de un salto y, tras dar un beso apresurado a cada uno, entró a toda prisa en el vestíbulo, donde se reunió con ella inmediatamente Jane, que había bajado corriendo del cuarto de su madre.

Elizabeth, a la vez que la abrazaba con cariño mientras los ojos de las dos se llenaban de lágrimas, le preguntó sin perder un instante si se había tenido alguna noticia de los fugitivos.

—Todavía no —respondió Jane—. Pero espero que todo se arreglará, ahora que ha llegado nuestro querido tío.

—¿Está en la capital nuestro padre?

—Sí; salió el martes, tal como te conté por carta.

—¿Y has tenido noticias frecuentes de él?

—Sólo dos veces. Me escribió unas líneas el miércoles para decir que había llegado bien, como le había pedido yo encarecidamente, y para darme su dirección. Sólo añadió que no volvería a escribir hasta que tuviera algo importante que contar.

—¿Y nuestra madre?, ¿cómo está? ¿Cómo estáis todos?

—Nuestra madre está tolerablemente bien, espero, aunque tiene el ánimo muy quebrantado. Está arriba, y le producirá una gran satisfacción veros a todos. Todavía no sale de su alcoba. Mary y Kitty están muy bien, gracias al cielo.

—Pero ¿y tú?, ¿cómo estás tú? —exclamó Elizabeth—. Pareces pálida. ¡Lo que habrás tenido que pasar!

Su hermana le aseguró, no obstante, que estaba perfectamente, y su conversación, que habían mantenido mientras los señores Gardiner estaban entretenidos con sus hijos, quedó interrumpida por fin por la llegada de todos. Jane corrió hacia sus tíos y les dio la bienvenida y las gracias a los dos, alternando las sonrisas y las lágrimas.

Cuando estuvieron todos en el salón, los otros repitieron, como es natural, las mismas preguntas que había hecho Elizabeth, y pronto descubrieron que Jane no tenía ninguna noticia que comunicar. Sin embargo, no había perdido la esperanza optimista que le sugería su corazón benévolo; seguía confiando en que todo acabaría bien y que cada nueva mañana les traería una carta, de Lydia o de su padre, en la que se explicarían los hechos y, quizá, se anunciaría la boda.

La señora Bennet, a cuyo cuarto se retiraron todos tras unos minutos de conversación, los recibió ni más ni menos que como cabía esperar: con lágrimas y lamentaciones, con invectivas contra la conducta vil de Wickham y quejas por lo que sufría y padecía ella misma, culpando a todo el mundo menos a la persona a cuya tolerancia mal entendida debían achacarse sobre todo los errores de su hija.

—Si yo hubiera podido hacer lo que quería, ir a Brighton con toda mi familia —dijo—, no habría pasado esto; pero la pobre Lydia no tenía a nadie que se ocupara de ella. ¿Por qué le quitaron la vista de encima los Forster? Estoy segura de que debieron de cometer algún descuido grande, pues no es una muchacha que haga una cosa así si la vigilan bien. Siempre me pareció que no estaban nada capacitados para ocuparse de ella; pero no se me hizo caso, como siempre. ¡Pobre niña querida! Y ahora se ha marchado el señor Bennet, y sé que retará a Wickham a un duelo en cuanto se lo encuentre, y Wickham lo matará, y ¿qué será de nosotras entonces? Los Collins nos echarán de casa antes de que esté frío en su tumba, y si tú no te portas bien con nosotros, hermano, no sé qué será de nosotras.

Todos rechazaron estas ideas terribles con exclamaciones, y el señor Gardiner, después de asegurarle en términos generales el afecto que sentía por ella y por toda su familia, le dijo que pensaba estar en Londres al día siguiente y que ayudaría al señor Bennet en todas sus pesquisas para recuperar a Lydia.

—No os alarméis inútilmente —añadió—; aunque es conveniente estar preparados para lo peor, no hay motivos para darlo por seguro. No ha pasado una semana desde que salieron de Brighton. Podemos tener noticias suyas en cuestión de pocos días; y no debemos dar la cuestión por perdida hasta que no sepamos que no están casados y que no tienen intención de casarse. En cuanto llegue a la capital me reuniré con mi cuñado y le haré venir conmigo a mi casa de la calle Gracechurch; y allí podremos consultar juntos lo que se ha de hacer.

—¡Oh! Querido hermano, eso es exactamente lo que yo más puedo desear. Y cuando llegues a la capital, encuéntralos, estén donde estén; y si no están casados todavía, oblígales a que se casen. Y diles que no esperen a tener el ajuar; di a Lydia que le daré todo el dinero que le haga falta para comprarlo cuando se hayan casado. Y, sobre todo, impide que el señor Bennet lo rete a un duelo. Cuéntale el estado lamentable en que me encuentro, dile que estoy loca del susto, que tengo tales temblores, tales sobresaltos, tales espasmos en el costado y dolores de cabeza y palpitaciones del corazón que no descanso ni de día ni de noche. Y dile a mi querida Lydia que no encargue nada de ropa hasta que me haya visto, pues ella no sabe cuáles son los mejores almacenes. ¡Ay, hermano, qué bueno eres! Sé que te las arreglarás para resolverlo todo.

El señor Gardiner, por su parte, aunque volvió a asegurarle que se emplearía a fondo en aquella causa, no pudo menos de recomendarle moderación, tanto en sus esperanzas como en sus temores. Después de conversar con ella de este modo hasta que estuvo servida la comida, ellos la dejaron para que descargara todos sus sentimientos con el ama de llaves, quien la atendía en ausencia de sus hijas.

Aunque su hermano y cuñada estaban convencidos de que aquella reclusión era realmente innecesaria, no intentaron oponerse a ella, pues sabían que no tenía la prudencia suficiente para contener la lengua delante de los criados que servían la mesa, y juzgaron mejor que sólo uno de los miembros del servicio, la persona de mayor confianza, se hiciera depositario de todos sus temores e inquietudes sobre el asunto.

En el comedor se reunieron enseguida con ellos Mary y Kitty, que habían estado demasiado ocupadas en sus cuartos respectivos para aparecer hasta entonces. Una venía de sus libros y la otra, de arreglarse. Las caras de ambas mostraban bastante tranquilidad, no obstante, y no se apreciaba ningún cambio en ninguna, aparte de que Kitty estaba algo más descontenta, por haber perdido a su hermana favorita o por las riñas que había recibido ella misma por aquel asunto. En cuanto a Mary, tuvo el suficiente dominio de sí misma para susurrar a Elizabeth, a poco de sentarse a la mesa, con semblante de seria reflexión:

—Éste es un asunto muy desafortunado del que probablemente se hablará mucho. Pero nosotros debemos cortar el curso de la malicia y derramar en nuestros pechos heridos el bálsamo del afecto fraternal.

Después, advirtiendo que Elizabeth no tenía intención de responder, añadió:

—Con todo lo desgraciado que debe de ser el caso para Lydia, podemos extraer de él una lección beneficiosa: que la pérdida de la virtud en la mujer es irrecuperable; que un paso en falso le produce la ruina inacabable; que su honra es tan frágil como hermosa; y que toda cautela es poca ante los desaprensivos del otro sexo.

Elizabeth levantó los ojos con asombro, pero estaba demasiado abrumada para responder. Mary, no obstante, siguió consolándose con aplicaciones morales como éstas del mal que tenían delante.

Por la tarde, las dos hijas mayores de los Bennet pudieron pasar media hora a solas, y Elizabeth aprovechó al instante la oportunidad para hacer a Jane varias preguntas, a las que ésta respondió con el mismo interés. Tras lamentarse juntas del desenlace terrible de aquel suceso, que Elizabeth consideraba casi seguro y Jane no se atrevía a calificar de imposible del todo, la primera siguió diciendo:

—Pero ¡cuéntamelo todo y dime todo lo que yo no sé todavía! Dame más detalles. ¿Qué dijo el coronel Forster? ¿No recelaron nada antes de la fuga? Debieron de verlos juntos constantemente.

—El coronel Forster reconoció que había sospechado con frecuencia que hubiera cierta inclinación, sobre todo por parte de Lydia, pero nada que lo alarmase. ¡Lo siento mucho por él! Ha estado de lo más atento y amable con nosotros. Ya pensaba venir a vernos para decirnos cuánto lo sentía, antes de enterarse de que no se habían ido a Escocia; en cuanto surgió este temor, adelantó su viaje.

—¿Y estaba convencido Denny de que Wickham no se quería casar? ¿Estaba enterado de que pensaban fugarse? ¿Había hablado el coronel Forster con Denny en persona?

—Sí; pero cuando le interrogó, Denny negó que hubiera sabido nada de sus planes y no quiso dar su verdadera opinión al respecto. No le repitió lo de que estaba persuadido de que no se casarían, y eso me hace albergar esperanzas de que se le entendiera mal la primera vez.

—Y supongo que, hasta que llegó en persona el coronel Forster, ninguno de vosotros tuvo la menor duda de que estuvieran casados de verdad.

—¿Cómo podía entrarnos en la cabeza una idea así? Yo me sentía un poco inquieta, un poco preocupada por la felicidad de mi hermana casada con él, porque sabía que él no siempre se había comportado bien del todo. Nuestros padres no sabían nada de eso; sólo pensaban en lo imprudente que sería esa boda en lo económico. Kitty reconoció entonces, con el orgullo natural de saber más que el resto de nosotros, que la última carta de Lydia la había preparado para esperar un paso así. Al parecer, sabía hacía muchas semanas que estaban enamorados.

—¿Pero no lo sabía antes de que se marcharan a Brighton?

—No, creo que no.

—¿Y el coronel Forster dio muestras de tener buen concepto de Wickham? ¿Conoce su verdadero carácter?

—Debo reconocer que no habla de Wickham tan bien como antes. Lo consideraba imprudente y derrochador. Y después de este triste asunto, se dice que dejó muchas deudas en Meryton; aunque espero que no sea verdad.

—¡Oh, Jane, si no hubiésemos sido tan reservadas, si hubiésemos contado lo que sabíamos de él, esto podría no haber sucedido!

—Quizá hubiera sido mejor —repuso su hermana—. Pero parecía injustificable exponer las faltas antiguas de una persona sin conocer sus sentimientos presentes. Obramos con las mejores intenciones.

—¿Refirió el coronel Forster el contenido de la nota que dejó Lydia a su esposa?

—Trajo la nota para que la viésemos.

Jane sacó entonces la nota de su cartera y se la entregó a Elizabeth. Decía así:

Querida Harriet:

Te vas a reír cuando sepas dónde he ido, y yo misma no puedo evitar reírme al pensar en lo sorprendida que te vas a quedar mañana por la mañana en cuanto me eches de menos. Me voy a Gretna Green, y si no adivinas con quién, te tomaré por una bobalicona, pues sólo quiero a un hombre en el mundo, y es un ángel. Jamás podría ser feliz sin él, así que no me parece mal irme con él. No hace falta que des aviso a Longbourn de mi partida si no quieres, pues así se llevarán una sorpresa mayor cuando les escriba y firme «Lydia Wickham». ¡Qué broma tan buena será! Casi no puedo escribir de la risa. Te ruego me disculpes ante Pratt por no mantener mi compromiso de bailar con él esta noche. Dile que espero que me disculpará cuando se entere de todo, y dile que bailaré con él con mucho gusto en el próximo baile en que nos veamos. Cuando llegue a Longbourn mandaré que me envíen mi ropa; pero antes de que preparen el equipaje quisiera que dijeses a Sally que me zurciera una rasgadura grande que tengo en el vestido de muselina bordada. Adiós. Saluda de mi parte al coronel Forster. Espero que brindéis deseándonos un buen viaje. Tu amiga afectuosa,

Lydia Bennet

—¡Ay! ¡Qué insensata, qué insensata es esta Lydia! —exclamó Elizabeth cuando hubo terminado de leer—. ¿Qué carta es ésta para escribirla en un momento como ése? Pero demuestra, al menos, que ella se tomaba en serio el objeto de su viaje. Aunque él la pueda haber convencido después de hacer otra cosa, ella no tenía trazado ningún plan infame. ¡Pobre padre nuestro! ¡Cómo debió de sentirlo!

—No había visto en mi vida a una persona tan conmocionada. Pasó diez minutos enteros sin habla. ¡Nuestra madre cayó enferma, y toda la casa se sumió en la confusión!

—¡Oh, Jane! —exclamó Elizabeth—. ¿No se enteraría de toda la historia aquel mismo día hasta el último criado de la casa?

—No lo sé. Espero que no, aunque es muy difícil mantener la reserva en momentos como aquéllos. ¡Nuestra madre estaba histérica, y, aunque yo procuré asistirla en todo lo que estuvo en mi mano, me temo que no hice todo lo que pude! Pero el horror de lo que podía suceder casi me privó de mis facultades.

—El esfuerzo de asistirla ha sido excesivo para ti. No tienes buen aspecto. ¡Ojalá hubiera estado yo contigo! Tuviste que cargar tú sola con todas las preocupaciones y angustias.

—Mary y Kitty han sido muy buenas, y estoy segura de que habrían compartido todos los trabajos; pero no me pareció bien pedírselo. Kitty es pequeña y delicada, y Mary estudia tanto que no se le deben interrumpir las horas de descanso. Nuestra tía Phillips vino a Longbourn el martes, después de marcharse nuestro padre, y tuvo la bondad de quedarse conmigo hasta el jueves. Nos prestó mucha ayuda y consuelo a todas. Y lady Lucas ha sido muy amable; vino aquí a pie el miércoles por la mañana para expresarnos su condolencia y ponerse ella misma y a sus hijas a nuestra disposición si en algo podían ayudarnos.

—Más valía que se hubiera quedado en casa —exclamó Elizabeth—; puede que tuviera buena intención; pero en una desventura como ésta, más vale ver a los vecinos lo mínimo. Es imposible ayudar, y las condolencias son insoportables. Que se contenten con regocijarse desde lejos.

Preguntó después por las medidas que había pensado tomar su padre en la capital para recuperar a su hija.

—Según creo, había pensado ir a Epsom, que fue el último lugar donde cambiaron de caballos, para hablar con los postillones y ver si se podía sacar algo en limpio de ellos. Su objetivo principal debe de ser enterarse del número del coche de punto que tomaron en Clapham. Había venido de Londres con un pasajero, y pensaba hacer pesquisas en Clapham, pues le parecía que la circunstancia de que un caballero y una dama pasaran de un carruaje a otro podía haber llamado la atención. Si pudiera descubrir de alguna manera en qué casa había parado el cochero al dejar al pasajero anterior, pensaba preguntar allí y confiaba en que no fuera imposible enterarse del punto y del número del coche. No sé qué otros planes puede tener; pero tenía tanta prisa por partir y estaba tan descompuesto que esto es lo único que pude sacarle.

# Capítulo XLVIII

Todos confiaban en que se recibiría carta del señor Bennet a la mañana siguiente, pero llegó el correo sin traer una sola línea de él. Toda su familia sabía que en circunstancias normales era un corresponsal muy negligente y moroso, pero habían esperado que se esforzaría en aquella ocasión. Tuvieron que llegar a la conclusión de que no tenía noticias agradables que enviar; pero incluso de eso les habría gustado estar seguros. El señor Gardiner había esperado al correo para ponerse en camino. Cuando se hubo marchado, tuvieron al menos la certeza de que recibirían información constante de lo que pasaba, y su tío les prometió a su partida que convencería al señor Bennet de que regresara a Longbourn en cuanto pudiera, con gran consuelo por parte de su hermana, a la que le parecía que era la única manera de asegurarse de que no mataran a su marido en un duelo.

La señora Gardiner y sus niños se quedarían algunos días más en Hertfordshire, pues la primera pensó que su presencia podría resultar útil a sus sobrinas. Compartía con ellas la labor de atender a la señora Bennet, y las consolaba mucho en sus horas libres. También las visitaba con frecuencia su otra tía, siempre, según decía, con el propósito de alegrarlas y de darles ánimos; aunque, dado que nunca se presentaba sin relatar un nuevo ejemplo de los derroches de Wickham o de su vida irregular, casi nunca se marchaba sin dejarlas más decaídas que las había encontrado.

Parecía que todo Meryton denigraba a porfía al hombre que hacía sólo tres meses había sido casi un ángel de luz. Se decía que había dejado deudas a todos los comerciantes del lugar, y que sus intrigas, calificadas todas ellas con el título de seducciones, se habían extendido a las familias de todos los comerciantes. Todos declaraban que era el joven más malvado del mundo, y todos empezaron a descubrir que siempre habían desconfiado de su aspecto de bondad. Aunque Elizabeth no se creía más de la mitad de lo que decían, creyó lo suficiente como para asegurarse todavía más de la ruina de su hermana. La propia Jane, quien se creía todavía menos, llegó casi a perder la esperanza, teniendo en cuenta sobre todo que ya había pasado bastante tiempo para que hubiesen recibido noticias de ellos si se hubieran ido a Escocia, de lo que ella no había llegado a desesperar del todo.

El señor Gardiner partió de Longbourn el domingo; su esposa recibió carta de él el martes; les decía que en cuanto había llegado había encontrado a su cuñado y lo había persuadido de que se fuera con él a la calle Gracechurch; que el señor Bennet había estado en Epsom y en Clapham antes de llegar él, pero sin recabar ninguna información satisfactoria, y que había tomado la decisión de preguntar en todos los hoteles principales de la capital, pues le parecía posible que se hubieran alojado en alguno al llegar a Londres antes de buscar habitaciones. El señor Gardiner no esperaba que esta medida surtiera efecto alguno, pero como su cuñado estaba dispuesto a llevarla a cabo, pensaba ayudarle en ello. Añadía que el señor Bennet no parecía nada inclinado a marcharse de Londres de momento, y prometía volver a escribir muy pronto. También había una posdata que decía lo siguiente:

> He escrito al coronel Forster para rogarle que averigüe, si es posible, entre los amigos íntimos del joven en el regimiento, si Wickham tiene algún pariente o conocido que pueda saber en qué parte de la capital se esconde ahora. Si tuviera a alguien a quien recurrir con posibilidades de darle esa pista, podría ser esencial. De momento no tenemos ninguna orientación. Estoy seguro de que el coronel Forster hará todo lo que esté en su mano

para satisfacernos en ese sentido. Pero, pensándolo mejor, es posible que Lizzy pueda decirnos mejor que nadie qué parientes vivos tiene ahora.

A Elizabeth no le costó trabajo entender por qué se confiaba de este modo en lo que ella pudiera saber; pero no estaba en su mano dar ninguna información digna del crédito que le prestaban. No había oído decir que tuviese ningún pariente, salvo un padre y una madre que habían muerto los dos hacía muchos años. Era posible, no obstante, que algunos compañeros suyos del regimiento del condado fueran capaces de proporcionar más información; y, aunque no lo esperaba con mucho optimismo, la consulta les daba al menos una expectativa.

Todos los días transcurrían con angustia en Longbourn, pero el rato más angustioso era cuando se esperaba el correo. La llegada de las cartas era el gran motivo de impaciencia de cada mañana. Lo que se supiera, bueno o malo, se habría de saber por cartas, y se esperaba que cada nuevo día trajera algo importante.

Pero, antes de que volvieran a tener noticias del señor Gardiner, llegó una carta para su padre de un remitente distinto, del señor Collins, que leyó Jane, pues su padre le había encargado que abriese todo el correo que recibiera a su nombre durante su ausencia. Elizabeth, que sabía lo curiosas que eran siempre las cartas del señor Collins, la leyó también por encima de su hombro. Decía así:

Muy señor mío:

Me siento obligado, por nuestra parentela y por mi estado en la vida, a condolerme con usted de la penosa aflicción que padece en estos momentos, de la que nos informaron ayer por carta de Hertfordshire. Tenga la seguridad, señor mío, de que la señora Collins y yo compartimos sinceramente la congoja presente de usted y de toda su respetable familia, que debe de ser de las más amargas, por proceder de una causa que no se puede aliviar con el tiempo. Por mi parte, no me faltarán los argumentos que puedan servir para aliviar una desventura tan grave o que puedan consolarlo a usted, en una circunstancia que debe de ser de las que más puedan afligir a un padre. La muerte de su hija habría sido una bendición comparada con esto. Y tanto más debe lamentarse habiendo motivos para suponer, como los hay, según me dice mi querida Charlotte, que esta conducta licenciosa de su hija es consecuencia de una tolerancia inconveniente; aunque, al mismo tiempo, como consuelo para la señora Bennet y usted, tiendo a creer que la disposición de la propia muchacha debe de ser mala por naturaleza, pues de lo contrario no podría ser culpable de una falta tan grande a tan temprana edad. Sea ello como fuere, es usted muy digno de compasión, opinión ésta que no sólo comparte conmigo la señora Collins, sino también lady Catherine y su hija, a las que he relatado el asunto. Opinan conmigo que este paso en falso de una de las hijas será dañino para la suerte de todas las demás; pues, como ha tenido la condescendencia de decir la propia lady Catherine, ¿quién querrá emparentarse con una familia así? Y esta consideración me lleva a mí, además, a recordar con nueva satisfacción cierto suceso del mes de noviembre pasado; pues si hubiera pasado de otra manera, yo mismo habría participado en el dolor y la deshonra de ustedes. Permítame, pues, señor mío, que le aconseje que se consuele todo lo que le sea posible, que retire su afecto para siempre a su hija indigna y la deje cosechar los frutos de su propia transgresión nefanda.

Quedo, señor mío, suyo afectísimo, etcétera.

El señor Gardiner no volvió a escribir hasta que hubo recibido respuesta del coronel Forster; y cuando lo hizo, no tuvo ninguna novedad agradable que enviar. No se sabía que Wickham se tratara con ningún pariente suyo, y era seguro que no tenía parientes próximos. Había tenido muchos amigos en otra época, pero, desde que estaba en el ejército, no parecía que mantuviera relaciones de amistad especial con ninguno. Por lo tanto, no se podía señalar a nadie que tuviera posibilidades de dar noticias de él. Y su penosa situación económica representaba un motivo muy convincente para ocultarse que había que sumar al temor a que lo descubrieran los parientes de Lydia, pues acababa de saberse que había dejado deudas de juego por un importe muy considerable. El coronel Forster creía que harían falta más de mil libras para saldar sus gastos en Brighton. Debía bastante en la capital, pero sus deudas de honor eran más imponentes todavía. El señor Gardiner no intentó ocultar estos detalles a la familia de Longbourn. Jane los escuchó con horror.

—¡Jugador! —exclamó—. Esto es completamente inesperado. No tenía ni idea.

El señor Gardiner añadía en su carta que podían esperar a su padre en casa al día siguiente, que era sábado. Desanimado por el fracaso de todos los esfuerzos de los dos, había cedido a las súplicas de su cuñado, que le pedía que regresara con su familia y le dejara a él ocuparse de lo que pareciese aconsejable según las circunstancias para llevar adelante su misión. Cuando se lo dijeron a la señora Bennet, ésta no manifestó tanta satisfacción como esperaban sus hijas, teniendo en cuenta lo preocupada que había estado antes por su vida.

—¿Cómo, que se vuelve a casa y sin la pobre Lydia? —exclamó—. Sin duda no va a salir de Londres sin haberlos encontrado. ¿Quién va a pelear con Wickham para obligarle a que se case con ella, si él regresa?

Como la señora Gardiner empezaba a echar de menos su casa, se acordó que se iría a Londres con sus hijos al tiempo que volvía de allí el señor Bennet. Por lo tanto, el coche los llevó a ellos en la primera etapa de su viaje y trajo a su dueño a Longbourn.

La señora Gardiner se marchó llevándose toda la incertidumbre acerca de Elizabeth y de su amigo del condado de Derbyshire que tenía encima desde que se habían venido de esos lugares. Su sobrina no había pronunciado nunca voluntariamente su nombre ante ella; y la especie de semiexpectativa que se había forjado la señora Gardiner de que les llegaría carta de él había quedado en nada. Elizabeth no había recibido desde su regreso ninguna carta que pudiera venir de Pemberley.

La actual situación desventurada de la familia hacía innecesaria ninguna otra excusa para el abatimiento de Elizabeth; por tanto, no se podía deducir de aquello ninguna conjetura, aunque Elizabeth, que por entonces ya estaba bastante bien familiarizada con sus propios sentimientos, era perfectamente consciente de que hubiera podido llevar algo mejor el temor a la deshonra de Lydia si no hubiera conocido a Darcy. Pensó que así se podría haber ahorrado la mitad de sus noches sin sueño.

Cuando llegó el señor Bennet, tenía todo su aspecto habitual de compostura filosófica. Habló tan poco como tenía por costumbre; no hizo ninguna alusión al asunto que le había hecho partir y sus hijas tardaron algún tiempo en armarse de valor para hablar de ello.

Sólo por la tarde, cuando se reunió con ellas para tomar el té, se atrevió Elizabeth a abordar el tema; y entonces, cuando ésta expresó brevemente su lástima por todo lo que su padre debía de haber sufrido, éste replicó:

—No hables de eso. ¿Quién merece sufrir sino yo? Ha sido obra mía, y debo cargar con ella.

—No debe ser usted demasiado severo consigo mismo —respondió Elizabeth.

—Haces bien en prevenirme contra ese mal. ¡Tiende tanto a caer en él la naturaleza humana! No, Lizzy; déjame sentir por una vez en mi vida cuánta culpa he tenido. No temo que me abrume la impresión. Se me pasará pronto.

—¿Supone usted que estarán en Londres?

—Sí; ¿dónde iban a estar tan bien escondidos si no?

—Y Lydia tenía ganas de ir a Londres —añadió Kitty.

—Entonces estará contenta —dijo su padre con sequedad— y es probable que resida allí bastante tiempo.

Después, tras un breve silencio, siguió diciendo:

—Lizzy, no te guardo ningún rencor por la justicia de los consejos que me diste en mayo pasado, los cuales, considerando lo sucedido, dieron muestras de mucha grandeza de espíritu.

Los interrumpió entonces Jane, que venía a llevarse el té de su madre.

—Esto es un desfile que sirve para una cosa, por lo menos: ¡para dar mucha elegancia a la desgracia! —exclamó él—. Otro día haré yo lo mismo: me quedaré sentado en mi biblioteca, en gorro de dormir y bata, y molestaré todo lo que pueda; o puede que lo deje hasta que se fugue Kitty.

—No me voy a fugar, papá —dijo Kitty con voz lastimera—. Si voy a Brighton alguna vez, me comportaré mejor que Lydia.

—¿Ir a Brighton? ¿Tú? ¡No me arriesgaría a que llegases ni a Eastbourne siquiera, aunque me dieran cincuenta libras! No, Kitty; he aprendido por fin a ser cauto, y tú vas a sufrir las consecuencias. No volverá a entrar nunca más en mi casa un oficial; ni siquiera pasará por el pueblo. Los bailes quedarán absolutamente prohibidos, a menos que bailes con una de tus hermanas. Y no saldrás nunca de casa hasta que puedas demostrar que has dedicado diez minutos de cada día a alguna actividad racional.

Kitty, que se tomó en serio todas estas amenazas, se echó a llorar.

—Bueno, bueno, no te disgustes —le dijo su padre—. Si eres buena durante diez años, te llevaré después a un desfile militar.

# Capítulo XLIX

Dos días después del regreso del señor Bennet, Jane y Elizabeth se paseaban juntas por el jardín de detrás de la casa cuando vieron venir hacia ellas al ama de llaves, y, suponiendo que venía a llamarlas para que acudieran junto a su madre, se adelantaron a recibirla. Pero cuando llegaron hasta ella, en vez del recado que esperaban, le dijo a la señorita Bennet mayor:

—Le ruego me dispense que la haya interrumpido, señorita, pero tenía la esperanza de que hubieran recibido ustedes alguna buena noticia de la capital; por eso me tomo la libertad de venir a preguntárselo.

—¿Qué quiere usted decir, Hill? No tenemos ninguna noticia de la capital.

—Mi estimada señorita —exclamó la señora Hill, presa de gran asombro—, ¿es que no se ha enterado usted de que ha llegado un correo urgente del señor Gardiner para el amo? Hace media hora que llegó, y el amo ha recibido una carta.

Las muchachas echaron a correr, demasiado impacientes como para tener tiempo de hablar. Entraron corriendo por el vestíbulo hasta el comedor; pasaron de allí a la biblioteca; su padre no estaba en ninguno de los dos sitios, y se disponían a buscarlo en el piso de arriba, junto a su madre, cuando se encontraron con el mayordomo, que les dijo:

—Si buscan ustedes al amo, señoritas, va caminando hacia la arboleda.

Al recibir esta información, atravesaron una vez más el vestíbulo y corrieron por el césped tras su padre, que se dirigía despacio hacia un bosquecillo que había a un lado del camino de carruajes.

Jane, que no era tan ligera como Elizabeth ni tenía tanta costumbre de correr como ella, se quedó rezagada enseguida, mientras su hermana, jadeante, alcanzó a su padre y exclamó con interés:

—¡Ay, papá!, ¿qué noticia hay? ¿Has tenido noticias de nuestro tío?

—Sí; he recibido carta suya por correo urgente.

—Bueno, ¿y qué noticias trae? ¿Buenas o malas?

—¿Qué se puede esperar de bueno? —dijo, sacándose la carta del bolsillo—. Pero quizá quieras leerla tú.

Elizabeth se la arrebató de la mano con impaciencia. Los alcanzó entonces Jane.

—Léela en voz alta —dijo el padre—, pues yo mismo casi no sé lo que dice.

Calle Gracechurch, lunes 2 de agosto

Mi querido cuñado:

Puedo enviarte por fin algunas nuevas de mi sobrina, y tales que espero te satisfagan en conjunto. El sábado, poco después de que me dejaras, tuve la fortuna de enterarme de en qué parte de Londres estaban. Me reservo los detalles para cuando nos veamos; baste saber que los hemos descubierto. Los he visto a los dos...

—¡Entonces, es lo que siempre esperé! —exclamó Jane—; ¡están casados!

Elizabeth siguió leyendo:

Los he visto a los dos. No están casados, ni vi que tuvieran ninguna intención de casarse; pero espero que no tarden en estarlo si tú estás dispuesto a cumplir los compromisos que me he atrevido a asumir en tu nombre. Lo único que se te pide es que asegures a tu hija, por escritura, su parte correspondiente de las cinco mil libras que legas a tus hijas tras tu muerte y la de mi hermana; y, además, que te comprometas a cederle, mientras vivas, cien libras al año. Son unas condiciones que, teniendo en cuenta todas las circunstancias, no dudé en aceptar en tu nombre, en la medida en que me consideré capacitado para ello. Te enviaré esta carta por correo urgente para recibir tu contestación sin pérdida de tiempo. En vista de estos pormenores, comprenderás enseguida que la situación del señor Wickham no es tan desesperada como cree la opinión general. El mundo se ha engañado en ese sentido, y me alegro de decir que aun después de saldar todas sus deudas quedará un poco de dinero para dejárselo a mi sobrina, además de su dote. Si me envías plenos poderes para obrar en tu nombre en todo este asunto, como me parece que harás, daré inmediatamente instrucciones a Haggerston para que prepare una escritura como es debido. No tendrás la menor necesidad de volver a la capital; así pues, quédate tranquilo en Longbourn y confía en mi diligencia y cuidado. Envía tu respuesta en cuanto puedas, y procura dar todos los detalles. Nos ha parecido que lo mejor será que mi sobrina venga a mi casa y salga de ella para casarse, cosa que espero que aprobarás. Se viene hoy con nosotros. Volveré a escribirte en cuanto se decida algo más.

Atentamente, etcétera.

Edw. Gardiner

—¿Es posible? —exclamó Elizabeth cuando hubo terminado de leer—. ¿Es posible que se case con ella?

—Entonces, Wickham no es tan indigno como creíamos —dijo su hermana—. Le felicito a usted, padre querido.

—¿Y ha contestado usted a la carta? —exclamó Elizabeth.

—No; pero debe hacerse enseguida.

Ella le suplicó entonces con mucho ahínco que no perdiera más tiempo en escribir.

—¡Ay, padre querido! —exclamó—. ¡Vuelva usted y escriba enseguida! ¡Piense lo importante que es cada momento en un caso como éste!

—Déjeme usted que se la escriba yo —dijo Jane—, si no quiere tomarse esa molestia.

—No quiero tomármela en absoluto —respondió él—; pero hay que hacerlo.

Y, dicho esto, se volvió con ellas y se pusieron a caminar hacia la casa.

—Y, si me permite que se lo pregunte... —dijo Elizabeth—; pero, supongo que habrá que aceptar las condiciones.

—¡Aceptarlas! ¡Si me abochorna lo poco que pide ese hombre!

—¡Y deben casarse! ¡Aunque él sea como es!

—Sí, sí; deben casarse. No se puede hacer otra cosa. Sin embargo, hay dos cosas de las que tengo grandes deseos de enterarme: la primera, cuánto dinero ha puesto vuestro tío para conseguirlo; y la segunda, cómo voy a pagárselo yo.

—¡Dinero! ¡Nuestro tío! —exclamó Jane—. ¿Qué quiere decir usted, padre?

—Lo que quiero decir es que ningún hombre en su sano juicio estaría dispuesto a casarse con Lydia con un incentivo tan liviano como cien libras al año mientras yo viva, y cincuenta cuando ya no esté.

—Es muy cierto —dijo Elizabeth—, aunque a mí no se me había ocurrido hasta ahora. ¡Que se han saldado sus deudas y queda todavía algo! ¡Oh, debe de ser obra de mi tío! ¡Qué hombre tan bueno y generoso! Me temo que haya tenido que hacer un gran sacrificio. Para todo eso no habrá bastado con una suma pequeña.

—No —dijo su padre—. Wickham sería un imbécil si se quedara con Lydia por un cuarto de penique menos que diez mil libras. No quisiera tener que pensar tan mal de él justo cuando vamos a emparentar.

—¡Diez mil libras! ¡No lo quiera el cielo! ¿Cómo podríamos devolver aunque sólo fuera la mitad de esa suma?

El señor Bennet no respondió, y los tres, sumidos en sus pensamientos, siguieron en silencio hasta que llegaron a la casa. El padre se dirigió entonces a la biblioteca a escribir y las muchachas entraron en el comedor.

—¡Y es verdad que se van a casar! —exclamó Elizabeth en cuanto se quedaron a solas. ¡Qué cosa tan rara! Y debemos dar gracias por ello. Estamos obligadas a alegrarnos porque se casan, a pesar de las pocas posibilidades que tienen de ser felices y de la pésima reputación de él. ¡Ay, Lydia!

—Yo me consuelo pensando que desde luego no se casaría con Lydia si no le tuviera verdadero aprecio —repuso Jane—. Aunque nuestro buen tío haya puesto algo de su parte para sacarlo de deudas, no creo que le haya adelantado diez mil libras ni cifra parecida. Nuestro tío también tiene hijos y puede tener más. ¿Cómo podría desprenderse de diez mil libras ni de la mitad?

—Si pudiésemos llegar a enterarnos de a cuánto ascendían las deudas de Wickham —dijo Elizabeth— y cuánto deja el tío Gardiner por su parte a nuestra hermana, sabríamos con exactitud cuánto les ha dado, pues Wickham no tiene ni seis peniques por su parte. Jamás podremos compensar a nuestros tíos por su bondad. Que la hayan llevado a su casa y le hayan ofrecido su protección y apoyo personal es un sacrificio en favor de Lydia que no se podrá saldar con años enteros de agradecimiento. ¡Ya está con ellos! ¡Si tanta bondad no la entristece ahora, es que no se merece ser feliz nunca! ¡Qué encuentro para ella, cuando vea a nuestra tía!

—Debemos esforzarnos por olvidar todo lo pasado, por ambas partes —dijo Jane—. Espero y confío que lleguen a ser felices. Quiero creer que el hecho de que haya consentido en casarse con ella demuestra que él ha llegado a tener buenas ideas. Su afecto mutuo les dará firmeza; y me atrevo a esperar que se asentarán y harán una vida tan tranquila y racional que se llegue a olvidar con el tiempo su imprudencia anterior.

—Su conducta ha sido tal que no la podremos olvidar jamás ni tú, ni yo, ni nadie —repuso Elizabeth—. Es inútil hablar de ello.

Se les ocurrió entonces a las muchachas que, con toda probabilidad, su madre ignoraba en absoluto lo que había pasado. Fueron, por tanto, a la biblioteca y preguntaron a su padre si no quería que se lo hicieran saber. Él, que estaba escribiendo, respondió con frialdad y sin levantar la cabeza:

—Como queráis.

—¿Podemos llevarnos la carta de nuestro tío para leérsela?

—Llevaos lo que os plazca, y marchaos.

Elizabeth tomó la carta del bufete y las dos subieron juntas. Mary y Kitty estaban con la señora Bennet; así pues, podrían comunicárselo a todas de una vez. Después de advertirles brevemente que se preparasen a recibir buenas noticias, se leyó la carta en voz alta. La señora Bennet apenas pudo contenerse. En cuanto Jane leyó las palabras con que el señor Gardiner manifestaba su confianza en que Lydia estaría pronto casada, se desbordó su alegría, y cada nueva frase aumentaba su euforia. El gusto le había provocado un estado de agitación tan violento como el estado nervioso que le había ocasionado antes la inquietud y el disgusto. Le bastaba con saber que su hija se casaría. No la inquietaba ningún temor por su felicidad, ni la humillaba ningún recuerdo de su mala conducta.

—¡Lydia, Lydia querida! —exclamó—. ¡Qué alegría tan grande! ¡Se va a casar! ¡Volveré a verla! ¡Se va a casar a los dieciséis años! ¡Qué bueno y amable ha sido mi hermano! Ya lo sabía yo. ¡Ya sabía yo que él lo arreglaría todo! ¡Qué ganas tengo de verla! ¡Y de ver también al querido Wickham! ¡Pero el ajuar, el ajuar para la boda! Voy a escribir ahora mismo a mi cuñada Gardiner sobre eso. Lizzy, querida, baja corriendo con tu padre y pregúntale cuánto le va a dar. Espera, espera, voy yo misma. Toca la campanilla, Kitty, para que venga Hill. Me pondré mis cosas en un momento. ¡Lydia, Lydia querida! ¡Qué contentos estaremos todos juntos cuando nos veamos!

Su hija mayor consiguió aliviar un poco la violencia de estos arrebatos de placer dirigiendo sus pensamientos hacia la deuda en que los había puesto a todos el señor Gardiner con su conducta.

—Pues debemos atribuir en gran medida este feliz desenlace a su generosidad —añadió—. Estamos convencidos de que ha socorrido con su dinero al señor Wickham.

—¡Bueno! —exclamó su madre—. Está muy bien; ¿quién iba a hacerlo sino el propio tío de ella? Si él no tuviera familia propia, mis hijas y yo nos habríamos quedado con todo su dinero, ¿sabes?, y es la primera vez que nos da algo, aparte de unos cuantos regalos. ¡Bueno! ¡Qué contenta estoy! De aquí a poco tiempo tendré una hija casada. ¡Señora Wickham! ¡Qué bien suena! Y eso que sólo tiene dieciséis años, cumplidos en junio pasado. Jane, querida, estoy tan conmocionada que seguro que no puedo escribir; así que te dictaré y escribirás tú por mí. Ya arreglaremos después más tarde con tu padre lo del dinero; pero hay que encargar las cosas inmediatamente.

Se disponía a entrar en detalles de calicós, muselinas y batistas, y habría dictado de ahí a poco unos pedidos muy copiosos si no hubiera sido porque Jane, aunque con cierta dificultad, la convenció de que esperase a que su padre quedara desocupado y se le pudiera consultar. Observó que un retraso de un día no podía tener mucha importancia, y su madre estaba demasiado contenta como para ponerse tan terca como tenía por costumbre. Además, le vinieron a la cabeza otros proyectos.

—En cuanto esté arreglada, iré a Meryton a contar la buenísima noticia a mi hermana Phillips. Y, de vuelta, podré visitar a lady Lucas y a la señora Long. Kitty, baja corriendo y di que me preparen el coche. Estoy segura que me sentará muy bien tomar el aire. ¿Queréis algo de Meryton, niñas? ¡Oh! ¡Ya viene Hill! Hill, querida, ¿ha oído usted la buena noticia? La señorita Lydia se va a casar; invitaremos a todos los criados a una fuente de ponche para que celebren su boda.

La señora Hill se puso a expresar su alegría al instante. Elizabeth recibió sus felicitaciones como las demás; y después, harta de tantas tonterías, se refugió en su cuarto para poder pensar a sus anchas.

La situación de la pobre Lydia ya sería bastante mala, en el mejor de los casos; pero podía dar gracias de que no fuera peor. Eso le parecía a Elizabeth; y si bien, mirando al porvenir, no podía esperar con justicia que su hermana gozara de una felicidad razonable ni de una prosperidad material, volviendo la vista atrás a lo que habían temido hacía sólo dos horas, comprendía cuán ventajoso era lo que habían conseguido.

# Capítulo L

Antes de aquella época de su vida, el señor Bennet se había arrepentido muchas veces de gastarse toda su renta en lugar de ahorrar una suma todos los años para dejar mejor provistas a sus hijas, y a su esposa si le sobrevivía. Ahora se arrepentía más que nunca. Si hubiera cumplido con su deber en aquel sentido, Lydia no habría tenido que quedar en deuda con su tío por el honor o el buen crédito que se le pudiera comprar ahora con dinero. De ese modo, la satisfacción de convencer a uno de los jóvenes más inútiles de Gran Bretaña para que fuese su marido podría haber sido sufragada por aquél al que le correspondía.

Le preocupaba seriamente que una causa tan poco ventajosa para nadie corriera únicamente por cuenta de su cuñado, y estaba decidido a enterarse, si podía, de a cuánto había ascendido su ayuda, y a saldar la deuda en cuanto pudiera.

Cuando se había casado el señor Bennet, le había parecido completamente inútil ahorrar pues, como es natural, pensaba tener un hijo varón. El hijo podría heredar el mayorazgo vinculado en cuanto fuera mayor de edad, y así quedarían en buena situación la viuda y los hijos menores. Vinieron al mundo sucesivamente cinco hijas, pero el hijo seguía sin llegar; y la señora Bennet había seguido teniendo la seguridad de que llegaría hasta muchos años después del nacimiento de Lydia. Al final habían desesperado de tenerlo, pero para entonces ya era demasiado tarde para ahorrar. La señora

Bennet no tenía aptitudes para la economía, y si no habían gastado más de lo que tenían había sido únicamente gracias al apego que tenía su marido a la independencia económica.

Se habían legado por capitulaciones matrimoniales cinco mil libras a la señora Bennet y a las hijas. Pero la proporción en que se repartirían entre las últimas dependía de la voluntad de los padres. Aquel punto iba a quedar establecido ya, al menos respecto de Lydia, y el señor Bennet no podía dudar en acceder a la propuesta que se le había puesto delante. Redactó entonces, con términos de reconocimiento agradecido a la bondad de su cuñado, aunque expresado con gran concisión, su aprobación absoluta a todo lo que se había hecho y su disposición a cumplir los compromisos que se habían tomado en su nombre. No había supuesto nunca que, caso de que se pudiera convencer a Wickham para que se casara con su hija, fuera posible conseguirlo con tan pocos gastos por su parte como los que le producía aquel acuerdo. Dándoles cien libras al año, apenas perdía diez; pues, teniendo en cuenta la manutención de Lydia y su dinero de bolsillo, además de los regalos constantes en dinero que recibía de manos de su madre, había costado muy poco menos de esa cantidad mantenerla.

También le sorprendió muy agradablemente que aquello se pudiera resolver con un esfuerzo tan insignificante por su parte, pues lo que deseaba entonces era que el asunto le produjera un mínimo de molestias. Cuando se le hubieron pasado los primeros arrebatos de rabia que le habían inspirado tanta actividad para buscarla, había vuelto de manera natural a su indolencia anterior. Envió la carta pronto; pues, aunque era hombre tardo a la hora de emprender los asuntos, una vez empezados los llevaba a cabo con rapidez. Pedía más detalles de lo que debía a su cuñado, pero estaba demasiado enfadado con Lydia para enviarle ningún mensaje.

La buena noticia se difundió rápidamente por toda la casa y con la consiguiente velocidad por todo el vecindario. En éste se sobrellevó con buena resignación. Desde luego que habría dado que hablar más y mejor que la señorita Lydia Bennet hubiera vuelto al hogar familiar o, como alternativa más afortunada, que se hubiera retirado del mundo en alguna granja apartada. Pero su boda también daba mucho que hablar, y los deseos bienintencionados de buena suerte que habían expresado hasta entonces todas las viejas damas malévolas de Meryton sólo perdieron un poco de ánimo por este cambio de circunstancias, pues se consideraba que con un marido así era seguro que sería una desgraciada.

La señora Bennet se había pasado quince días sin bajar de su cuarto; pero en aquel día feliz volvió a ocupar su sitio en la cabecera de la mesa, animada de una manera bochornosa. Ni el menor sentimiento de vergüenza empañaba su triunfo. Estaba a punto de conseguir casar a una hija suya, que había sido el objetivo principal de sus deseos desde que Jane había cumplido los dieciséis años, y sus pensamientos y sus palabras no se dedicaban más que a esas circunstancias que acompañan a las bodas elegantes: las muselinas finas, los carruajes nuevos y los criados. Se afanaba en buscar por toda la comarca una residencia adecuada para su hija, y sin saber ni tener en cuenta cuál sería la renta del matrimonio, rechazó muchas por demasiado pequeñas e insignificantes.

—La casa de Haye Park podría servir, si la dejaran los Goulding —dijo—; o la casa grande de Stoke, si el salón fuera mayor; ¡pero la de Ashworth está demasiado lejos! Yo no soportaría tenerla a diez millas de distancia; y en cuanto a Villa Pulvis, el último piso está en muy malas condiciones.

Su marido la dejó hablar sin interrumpirla mientras estuvieron delante los criados. Pero cuando se hubieron retirado, le dijo:

—Señora Bennet, antes de que alquiles una de esas casas para tu yerno y tu hija, o todas ellas, vamos a entendernos bien. Hay una casa de esta comarca en la que no se les va a permitir entrar jamás. No pienso alentar la desvergüenza de ninguno de los dos recibiéndolos en Longbourn.

Esta declaración fue seguida de una larga discusión; pero el señor Bennet se mantuvo firme. La discusión condujo pronto a otra; y la señora Bennet descubrió, con asombro y horror, que su marido no iba a dar ni una guinea para el ajuar de su hija. Éste aseguró que Lydia no recibiría ninguna muestra de afecto por su parte en aquella ocasión. La señora Bennet apenas era capaz de comprenderlo. Que pudiera llevar su enfado hasta un grado tan inconcebible de resentimiento como para negar a su hija un privilegio sin el cual su boda apenas parecería válida superaba todo lo que ella consideraba posible. Era más consciente de la deshonra que arrojaría sobre la boda de su hija la falta de ajuar que de ningún sentimiento de vergüenza por la fuga de ésta con Wickham y porque hubiese convivido con él quince días antes de celebrarse aquélla.

Elizabeth sentía ya de todo corazón que la aflicción del momento la hubiera llevado a dar a conocer al señor Darcy sus temores acerca de su hermana; pues, en vista de que la boda de ésta iba a dar pronto un desenlace decoroso a la fuga, podían haber esperado ocultar su comienzo desfavorable a todos los que no lo habían presenciado de cerca.

No temía que se difundiera la noticia por medio de Darcy. Había pocas personas en cuya discreción habría confiado más ella; pero, al mismo tiempo, no había otra persona que más le doliera que se hubiera enterado de la liviandad de su hermana; aunque no porque temiera que se dedujera de ello alguna desventaja para la propia Elizabeth; pues, en todo caso, parecía que había entre ellos un abismo infranqueable. Aunque el matrimonio de Lydia se hubiera llevado a cabo de la manera más honrosa, no cabía suponer que el señor Darcy estuviera dispuesto a emparentar con una familia que, sobre todas las demás objeciones, tendría ahora la de su relación y parentela estrecha con un hombre a quien él despreciaba con tanta justicia.

A Elizabeth no podía extrañarle que rehuyera tal parentesco. No cabía esperar racionalmente que el deseo de Darcy de ganarse su cariño, que ella había advertido en él con seguridad en Derbyshire, sobreviviera a un golpe como aquél. Estaba humillada, estaba consternada; estaba arrepentida, aunque sin saber de qué. Anhelaba su amor cuando ya no podía esperar recibirlo. Quería tener noticias suyas cuando menos parecía posible oír nada de su parte. Se había persuadido de que podría haber sido feliz con él cuando ya no era probable que volvieran a verse.

¡Qué triunfo para él, solía pensar ella, si se enterase de que la propuesta que ella había despreciado con orgullo hacía sólo cuatro meses sería recibida ahora con gran alegría y agradecimiento!

No dudaba de que Darcy era tan generoso como el más generoso de los hombres; pero, como mortal que era, aquello tendría que ser para él un triunfo.

Empezó a comprender entonces que era precisamente el hombre que más le habría convenido por su carácter y prendas. Su entendimiento y su temperamento, aunque diferentes de los de Elizabeth, habrían satisfecho todos sus deseos. Aquella unión habría sido ventajosa para los dos: ella, con su soltura y vivacidad, le habría suavizado el carácter y le habría mejorado los modales a él; y él, con su buen juicio, conocimientos y mundo, le habría aportado a ella unos beneficios más notables.

Pero ya no podría darse aquel matrimonio feliz que habría mostrado a las multitudes admiradas lo que era la verdadera felicidad conyugal. Pronto se establecería en su familia una unión de distinto carácter y que imposibilitaba la otra.

No se imaginaba cómo podrían mantenerse Wickham y Lydia con una independencia económica tolerable. Aunque sí podía conjeturar con facilidad de cuán poca felicidad permanente podía gozar una pareja que sólo se había unido porque sus pasiones habían sido más fuertes que su virtud.

*\*\**

El señor Gardiner volvió a escribir a su cuñado al poco tiempo. Respondió brevemente a las expresiones de agradecimiento del señor Bennet asegurándole su disposición a contribuir al bienestar de cualquier miembro de su familia y terminaba suplicándole que no se le volviera a hablar del asunto. El motivo principal de su carta era informarle de que el señor Wickham había decidido darse de baja en la milicia.

Yo deseaba con fervor que así lo hiciera en cuanto quedara acordado su matrimonio —añadía—. Y creo que estarás de acuerdo conmigo en que es muy recomendable que salga de ese cuerpo, tanto por él como por mis sobrinas. El señor Wickham tiene intención de ingresar en el ejército regular, y todavía le quedan algunos viejos amigos capaces y dispuestos a ayudarle en el ejército. Le han prometido un despacho de alférez en el regimiento del general \*\*\*, que ahora está acuartelado en el norte. Es una ventaja que esté tan lejos de esta parte del reino. Él promete que se portará bien; y yo espero que ambos sean más prudentes entre gente diferente, donde los dos tendrán una reputación que mantener. He escrito al coronel Forster para informarle de lo que hemos acordado y para pedirle que aplaque a los diversos acreedores que tiene el señor Wickham en Brighton y sus alrededores asegurándoles un pronto pago, a lo que me he comprometido. Y ¿querrás tomarte tú la molestia de tranquilizar del mismo modo a sus acreedores de Meryton, de los que adjunto lista según su información? Ha reconocido todas sus deudas; espero, al menos, que no nos haya engañado. Haggerston tiene instrucciones nuestras, y todo quedará arreglado en el plazo de una semana. Después, se incorporarán al regimiento de él, a no ser que los inviten primero a Longbourn; y tengo entendido por la señora Gardiner que mi sobrina tiene grandes deseos de veros a todos antes de marcharse del sur. Está bien, y me pide que mande recuerdos respetuosos de su parte para ti y para su madre.

Atentamente, etcétera.

E. Gardiner

El señor Bennet y sus hijas comprendieron con tanta claridad como el señor Gardiner lo ventajoso que resultaba que Wickham abandonara el regimiento del condado. Sin embargo, aquello no agradó tanto a la señora Bennet. Que Lydia se estableciera en el norte, precisamente cuando ella más había esperado complacerse y enorgullecerse de su compañía, ya que no había renunciado ni mucho menos a su proyecto de que los dos residieran en Hertfordshire, significó para ella una gran desilusión. Por otra parte, era toda una lástima que Lydia saliera de un regimiento donde todos la conocían y donde tenía tantos favoritos.

—¡Con lo que aprecia a la señora Forster, es tremendo apartarla de allí! Y también quiere mucho a algunos jóvenes. Puede que los oficiales no sean tan agradables en el regimiento del general \*\*\*.

La petición que le hacía su hija, pues así se podía interpretar, de que la acogiera de nuevo en su familia antes de partir para el norte fue recibida al principio con una negativa absoluta. Pero Jane y Elizabeth, que coincidían en desear que sus padres la aceptaran después de estar casada, por el bien de sus sentimientos y de su buen nombre, le suplicaron con tanto ahínco, aunque de una manera tan suave y razonada al mismo tiempo, que la recibiera a ella y a su marido en Longbourn en cuanto estuvieran casados, que consiguieron que compartiera su opinión y se plegara a sus deseos. Y su madre tuvo la satisfacción de saber que podría enseñar en la comarca a su hija casada antes de que ésta partiera para el destierro al norte. Por lo tanto, cuando el señor Bennet volvió a escribir a su cuñado, le envió su autorización para que vinieran, y quedó acordado que partirían para Longbourn en cuanto hubiera concluido la ceremonia. A Elizabeth la sorprendió, no obstante, que Wickham accediera a un plan como aquél, y si se hubiera dejado llevar únicamente por su propia inclinación, verlo habría sido lo que menos hubiera deseado.

# Capítulo LI

Llegó el día de la boda de Lydia y es probable que Jane y Elizabeth se sintieran más inquietas que ella misma. Se envió el coche a buscarlos a *** y volverían en él para la hora de comer. Las dos hermanas mayores temían su llegada, sobre todo Jane, que atribuía a Lydia los sentimientos que habría albergado ella misma caso de haber sido la culpable; y sufría pensando lo que tendría que padecer su hermana.

Llegaron. La familia se había reunido para recibirlos en el comedor. A la señora Bennet le asomó a la cara una sonrisa cuando llegó el coche a la puerta; su marido tenía una seriedad impenetrable; sus hijas estaban alarmadas, inquietas, intranquilas.

Se oyó la voz de Lydia en el vestíbulo; se abrió la puerta, y entró corriendo en la sala. Su madre se adelantó, la abrazó y le dio la bienvenida con embeleso; tendió la mano con una sonrisa de afecto a Wickham, que seguía a su señora esposa, y les dio a los dos el parabién con una prontitud que no dejaba duda de su felicidad.

La recepción que les hizo el señor Bennet, hacia quien se dirigieron a continuación, no fue tan cordial. Su semblante cobró, más bien, mayor austeridad, y apenas abrió los labios. La seguridad desenvuelta de la joven pareja había bastado, en efecto, para provocarlo. Aquello escandalizó a Elizabeth, y hasta la propia señorita Bennet mayor se quedó consternada. Lydia seguía siendo Lydia: indómita, desvergonzada, salvaje, ruidosa e

intrépida. Se volvió de una hermana a otra pidiéndoles que la felicitaran; y cuando acabaron por sentarse todos, miró la sala con interés, advirtió una pequeña alteración que había sufrido y observó, con una risa, que llevaba mucho tiempo sin estar allí.

Wickham no estaba más contrito que ella en absoluto, pero sus modales eran siempre tan agradables que si su reputación y su matrimonio hubieran sido perfectamente correctos, su sonrisa y su conversación desenvuelta, mientras saludaba a sus nuevos parientes, los habría encantado a todos. Elizabeth no lo había creído capaz hasta entonces de mostrar una desfachatez tan grande; pero se sentó, resolviendo no atribuir desde entonces límites a la desvergüenza de un hombre desvergonzado. Se ruborizó, y Jane también; pero las mejillas de los dos que eran la causa de su confusión no cambiaron de color.

No faltó materia de conversación. Ni la novia ni su madre daban abasto a hablar; y Wickham, que casualmente se había sentado cerca de Elizabeth, empezó a preguntarle por sus conocidos de aquella comarca con una desenvoltura regocijada que ella se sentía muy poco capaz de igualar en sus respuestas. Parecía como si ambos tuviesen los recuerdos más felices del mundo. No recordaban con dolor nada del pasado, y Lydia tocó voluntariamente temas a los que sus hermanas no habrían querido aludir por nada del mundo.

—¡Pensar que sólo han pasado tres meses desde que me marché! —exclamó—. Parece que sólo han sido quince días, digo yo; pero han sucedido bastantes cosas en ese tiempo. ¡Cielo santo! Cuando me fui, ¡desde luego que no tenía idea de que volvería casada! Aunque sí que pensé que sería muy divertido si ocurriera.

Su padre levantó los ojos. Jane estaba afligida. Elizabeth dirigió una mirada expresiva a Lydia; pero ésta, que no veía ni oía nunca nada cuando no quería hacer caso, siguió diciendo alegremente:

—¡Ay, mamá! ¿Sabe la gente de por aquí que me he casado hoy? Me daba miedo que no lo supieran; y cuando adelantamos a William Goulding, que iba en su coche, yo estaba empeñada en que se enterase, de modo que bajé la ventanilla que daba hacia él y me quité el guante y dejé la mano apoyada en la ventanilla para que viera el anillo, y después le hice una reverencia y le eché una sonrisa, como si tal cosa.

Elizabeth no lo pudo soportar más. Se levantó y salió corriendo de la sala; y no regresó más, hasta que los oyó pasar por el vestíbulo al comedor. Se reunió entonces con ellos a tiempo de ver que Lydia, con pomposidad, se colocaba al lado derecho de su madre y le decía a su hermana mayor:

—¡Ah!, Jane, ahora ocuparé tu lugar y tú debes bajar un puesto, porque soy una mujer casada.

No era de suponer que Lydia adquiriese con el tiempo esa vergüenza que tanto le había faltado al principio. Su desenvoltura y buen humor iban en aumento. Quería ver a la señora Phillips, a los Lucas y a todos sus demás vecinos y oírse llamar «señora Wickham» por cada uno de ellos; y, entre tanto, fue después de comer a exhibir su anillo y a presumir de estar casada ante la señora Hill y las dos doncellas.

—Bueno, mamá —dijo cuando hubieron regresado todos al comedor—, ¿y qué le parece a usted mi marido? ¿Verdad que es un hombre encantador? Estoy segura de que todas mis hermanas deben de envidiarme. Ojalá tengan la mitad de la suerte que he tenido yo. Deberían ir todas a Brighton. Allí es donde se encuentran los maridos. Qué pena que no fuésemos todos, mamá.

—Muy cierto; y habríamos ido si de mí hubiera dependido. Pero, Lydia querida, no me gusta nada que te vayas tan lejos. ¿Es preciso?

—¡Oh, sí, Dios mío! No pasa nada. A mí me gustará como lo que más. Papá y usted deben venir a vernos, y mis hermanas también. Pasaremos todo el invierno en Newcastle, y estoy segura de que habrá algún baile, y yo me encargaré de buscarles buenas parejas a todas.

—¡A mí me gustaría más que nada en el mundo! —dijo su madre.

—Y cuando se vuelvan ustedes, pueden dejar con nosotros a una o dos de mis hermanas; y estoy segura de que les habré encontrado maridos antes de que haya terminado el invierno.

—Te lo agradezco por mi parte —dijo Elizabeth—, pero no me gusta especialmente esa manera tuya de encontrar marido.

Sus visitantes no podrían quedarse con ellos más de diez días. El señor Wickham había recibido su despacho de oficial antes de salir de Londres y tenía quince días para incorporarse a su regimiento.

Sólo la señora Bennet lamentó que se quedaran tan poco tiempo, y aprovechó el tiempo al máximo haciendo visitas con su hija y celebrando fiestas frecuentes en su casa. Las fiestas resultaban aceptables para todos; los que pensaban tenían todavía mayores deseos de evitar el círculo familiar que los que no pensaban.

El amor de Wickham por Lydia era exactamente como Elizabeth había esperado encontrarlo: no estaba a la altura del que le tenía Lydia a él. A Elizabeth apenas le había hecho falta su observación presente para saber, por puro razonamiento, que la fuga de los dos había sido consecuencia de la fuerza del amor de ella, más que del de él; y se habría preguntado por qué había optado por fugarse con ella sin tenerle un cariño poderoso, si no fuera porque estaba segura de que él se había visto forzado a huir por su situación apurada; y que, siendo así el caso, el joven no había podido resistir la oportunidad de tener una compañera de fuga.

Lydia lo quería enormemente. Era siempre «su querido Wickham»; nadie se podía comparar con él. Lo hacía todo mejor que nadie en el mundo, y estaba segura de que el primer día de septiembre, al levantarse la veda, cazaría más aves que nadie de la comarca.

Una mañana, poco después de su llegada, sentada con sus dos hermanas mayores, dijo a Elizabeth:

—Lizzy, me parece que no te he contado mi boda. No estabas delante cuando se lo conté todo a mamá y a todos los demás. ¿No sientes curiosidad por enterarte de cómo fue todo?

—La verdad es que no —repuso Elizabeth—; creo que cuanto menos se hable del tema, mejor.

—¡Vaya! ¡Qué rara eres! Pero tengo que contarte cómo fue. Nos casamos en la iglesia de San Clemente, ¿sabes?, porque Wickham estaba alojado en esa parroquia. Y se acordó que estaríamos allí todos a las once. Los tíos y yo iríamos juntos, y los demás se reunirían con nosotros en la iglesia. Pues bien, llegó la mañana del lunes, y ¡qué preocupada estaba yo! Tenía mucho miedo de que pasara algo que la hiciera aplazar, y entonces me habría vuelto loca. Y la tía, mientras yo me arreglaba, predicándome y hablando constantemente como si me estuviera leyendo un sermón. Pero yo no le oía más de una palabra de cada diez, porque estaba pensando en mi querido Wickham, como os podéis figurar. Quería saber si se casaría con su casaca azul.

»Bueno, tomamos el desayuno a las diez, como de costumbre; a mí me parecía que no íbamos a terminar nunca; pues, dicho sea de paso, habéis de saber que los tíos estuvieron la mar de desagradables todo el tiempo que pasé con ellos. Aunque no os lo creáis, no puse un pie fuera de la casa, a pesar de que pasé allí una quincena. Ni una sola fiesta, ni un solo plan, ni nada. Es verdad que Londres estaba bastante poco animado, pero, en todo caso, estaba abierto el Little Theatre. Bueno, así que en cuanto llegó a la puerta el coche, el tío tuvo que arreglar un asunto de negocios con ese repelente del señor Stone. Y cuando se juntan los dos, la cosa no acaba nunca, ¿sabéis? Bueno, yo estaba tan asustada que no sabía qué hacer, pues el tío iba a hacer de padrino, y si nos pasábamos de la hora no podríamos casarnos en todo el día. Pero, por suerte, volvió a los diez minutos y nos pusimos todos en camino. Sin embargo, después recordé que, aunque él no hubiera podido venir, no habría sido preciso retrasar la boda, pues podría haber servido igual el señor Darcy.

—¡El señor Darcy! —repitió Elizabeth con absoluto asombro.

—¡Ah, sí! Iba a venir aquí con Wickham, ¿sabes? Pero, ¡ay de mí!, ¡se me había olvidado! No tenía que haber dicho ni una palabra del asunto. ¡Después de habérselo prometido con tanta seriedad! ¿Qué dirá Wickham? ¡Tenía que guardarse el secreto absoluto!

—Si tenía que guardarse el secreto, no digas una palabra más del asunto —dijo Jane—. Puedes tener confianza en que yo no indagaré más.

—¡Oh, desde luego que no te preguntaremos nada más! —dijo Elizabeth, a pesar de que ardía de curiosidad.

—Gracias —dijo Lydia—; pues, si me lo preguntaseis, os lo diría todo, con toda seguridad, y entonces Wickham se enfadaría.

Elizabeth, al oír unas palabras que tanto la animaban a preguntar, tuvo que huir corriendo para privarse de la posibilidad de hacerlo.

Pero era imposible vivir sin enterarse de un punto como aquél; o, al menos, era imposible no procurar informarse. El señor Darcy había estado en la boda de su hermana. Era precisamente la escena y precisamente la gente donde y con quien menos tenía que hacer, aparentemente, y donde menos deseos tendría de ir. Le pasaron por la cabeza conjeturas veloces y desenfrenadas acerca de lo que significaba aquello; pero ninguna la satisfizo. Las que más la agradaban, las que atribuían a Darcy la conducta más noble, parecían las más improbables. No fue capaz de soportar aquella incertidumbre; y, tomando apresuradamente una hoja de papel, escribió una breve carta a su tía pidiéndole una explicación de lo que había dejado caer Lydia, si podía dársela sin romper el secreto.

«Bien podrá comprender usted —añadía— cuánta será mi curiosidad por saber cómo es que una persona que no está emparentada con ninguno de nosotros, un extraño (relativamente) para nuestra familia, estuvo entre ustedes en aquella ocasión. Le ruego me escriba al instante y me lo haga saber, a no ser que existan motivos muy poderosos para que se mantenga el secreto que Lydia parece juzgar necesario; en tal caso, deberé procurar conformarme con la ignorancia.»

«Aunque no me conformaré —añadió para sus adentros cuando hubo terminado de escribir la carta—, y, tía querida, si no me lo cuenta usted de una manera honrosa, cierto que tendré que recurrir a mañas y estratagemas para enterarme.»

El sentido delicado del honor que tenía Jane no le permitió hablar en privado con Elizabeth de lo que había dejado caer Lydia. Elizabeth se alegró de ello; prefería no tener ninguna confidente hasta saber si sus pesquisas daban fruto.

# Capítulo LII

Elizabeth tuvo la satisfacción de recibir respuesta inmediata a su carta. En cuanto la tuvo en sus manos, se retiró apresuradamente al bosquecillo, donde era más difícil que la interrumpieran, se sentó en uno de los bancos y se dispuso a gozar, pues la extensión de la carta la convenció de que no contenía una negativa.

Calle Gracechurch, 6 de septiembre

Mi querida sobrina:

Acabo de recibir tu carta, y dedicaré toda esta mañana a darle respuesta, pues preveo que lo que tengo que contarte no se puede abarcar con pocas palabras. Debo reconocer que me ha sorprendido tu petición: no la esperaba de ti. Sin embargo, no creas que estoy enfadada, pues sólo quiero darte a entender que no me imaginaba que tuvieras, por tu parte, la necesidad de hacer tales consultas. Si no quieres entenderme, perdóname mi impertinencia. Tu tío está tan sorprendido como yo, y si ha obrado como ha obrado ha sido únicamente porque creía que tú eras parte interesada. Pero si en verdad eres inocente y no sabes nada, deberé ser más explícita. El mismo día de mi llegada a casa de vuelta de Longbourn, tu tío recibió una visita inesperadísima. Se presentó el señor Darcy, que pasó varias horas encerrado con él. Todo concluyó antes de mi llegada, por lo cual mi curiosidad no sufrió tales suplicios como parece que ha sufrido la tuya. Había venido a decir al señor Gardiner que había descubierto dónde estaban tu hermana y el señor Wickham, y que los había visto y había hablado con los dos; con Wickham en varias ocasiones, con Lydia una vez. Por lo que se me alcanza, salió de Derbyshire sólo un día después que nosotros y vino a la capital decidido a cazarlos. Dio como motivo que estaba convencido de tener la culpa de no haber dado a conocer la bajeza de Wickham lo bastante como para que cualquier señorita de buena reputación no pudiera amarlo ni confiar en él. Lo achacó todo, generosamente, a su orgullo mal entendido, y reconoció que hasta entonces había considerado indigno de él presentar al mundo sus actos privados. El carácter de Wickham debía hablar por sí mismo. Por lo tanto, consideraba un deber suyo presentarse y esforzarse por poner remedio a un mal que él mismo había provocado. Si tenía algún otro motivo, estoy segura de que no sería deshonroso para él. Había pasado varios días en la capital hasta que pudo descubrirlos; pero tenía algo que lo orientaba en su búsqueda, que nosotros no teníamos; y el ser consciente de ello fue otro de los motivos que lo resolvieron a seguirnos.

Al parecer, hay una dama, una tal señora Younge, que fue hace algún tiempo institutriz de la señorita Darcy y a la que despidieron de su puesto por alguna falta, aunque el señor Darcy no me dijo cuál. Esta señora tomó después una casa grande en la calle Edward, y desde entonces se ha mantenido tomando inquilinos. El señor Darcy sabía que esta señora Younge era amiga íntima de Wickham y acudió a ella para pedirle información sobre éste en cuanto llegó a la capital. Sin embargo, tardó dos o tres días en sacarle lo que quería. Supongo que la señora no traicionó a su protegido sin dejarse comprar y sobornar, pues sabía, en efecto, dónde se encontraba su amigo. En efecto, Wickham había acudido a ella a su llegada a Londres y, si hubiera podido recibirlos en su casa, se habrían alojado allí. Al fin, no obstante, nuestro amable amigo consiguió la dirección deseada. Estaban en la calle ***. Vio a Wickham, y se empeñó después en ver a Lydia. Reconoció que lo primero que había pretendido de ella había sido persuadirla de que abandonara aquella situación deshonrosa y volviera con los suyos en cuanto se pudiera convencer a éstos de que la recibieran, y le ofreció su ayuda por lo que pudiera valer. Pero encontró a Lydia absolutamente resuelta a quedarse donde estaba. No le importaba ninguno de los suyos; no necesitaba la ayuda del señor Darcy; no quería saber nada de dejar a Wickham. Estaba segura de que se casarían tarde o temprano, y no le importaba mucho cuándo fuese. En vista de estos sentimientos por su parte, el señor Darcy pensó que sólo le quedaba garantizar y apresurar un matrimonio que, ya desde su primera conversación con Wickham, había descubierto fácilmente que éste no había pensado contraer en ningún momento. Wickham reconoció que se había visto obligado a dejar el regimiento a causa de unas deudas de honor muy apremiantes; y tuvo el escrúpulo de no achacar todas las malas consecuencias de la fuga de Lydia a la locura de la muchacha. Pensaba dimitir de inmediato de su cargo de oficial; y en cuanto a su situación futura, podía conjeturar muy poco al respecto. Debía ir a alguna parte, pero no sabía dónde, y sabía que no tendría medios de vida.

El señor Darcy le preguntó por qué no se había casado con tu hermana inmediatamente. Aunque no se suponía que el señor Bennet fuera muy rico, éste podría haberle ayudado en algo, y el matrimonio habría favorecido la situación de Wickham. Pero, en respuesta a esta pregunta, se enteró de que Wickham seguía acariciando la esperanza de hacer fortuna de manera más eficaz contrayendo matrimonio en alguna otra parte. Sin embargo, en las circunstancias en que se encontraba, no era fácil que dejara de caer en la tentación de aceptar un alivio inmediato.

Se reunieron muchas veces, ya que tenían mucho que discutir. Naturalmente, Wickham quería más de lo que podía recibir; pero al cabo se le hizo entrar en razón.

Cuando todo quedó acordado entre los dos, la medida siguiente del señor Darcy fue dárselo a conocer a tu tío; e hizo su primera visita a la calle Gracechurch la tarde anterior a mi llegada a casa. Pero el señor Gardiner no estaba; y, al informarse, se enteró de que tu padre seguía con él, aunque se marcharía de la capital al día siguiente. No consideró que tu padre fuese una persona a la que fuera tan oportuno consultar como a tu tío, y por lo tanto se abstuvo de buena gana de ver a éste hasta después de la marcha del primero. No dejó su nombre, y hasta el día siguiente sólo se supo que había venido un caballero para hablar de negocios.

Volvió el sábado. Tu padre se había marchado, tu tío estaba en casa y, como ya te he dicho, estuvieron hablando juntos largo rato.

Volvieron a verse el domingo, y entonces lo vi yo también. La cosa no quedó arreglada hasta el lunes: en cuanto lo estuvo, se mandó el correo urgente a Longbourn. Pero nuestro visitante estaba muy terco. Me parece, Lizzy, que el verdadero defecto de su carácter es, después de todo, la terquedad. Se le ha acusado de muchas faltas en diversas ocasiones, pero ésta es la verdadera. No se pudo hacer nada sin que lo hiciera él; aunque estoy segura (y no lo digo para que me den las gracias, de modo que no me digas nada) de que tu tío lo habría resuelto todo de su bolsillo de buena gana.

Pasaron mucho tiempo debatiéndolo, más de lo que merecían el caballero o la dama a los que atañía aquello. Pero al final tu tío se vio obligado a ceder, y ,en vez de consentírsele ayudar a su sobrina, se vio obligado a llevarse únicamente el posible crédito de haberlo hecho, cosa que se oponía seriamente a sus intenciones; y creo en verdad que tu carta de esta mañana le ha agradado mucho porque pedía una explicación que a él le permitiría dejar de adornarse con plumas ajenas y haría recaer las alabanzas sobre quien las merecía. Sin embargo, Lizzy, esto no debe salir de ti, o como mucho sólo debe saberlo Jane.

Supongo que sabrás bastante bien lo que se ha hecho por los jóvenes. Se pagarán sus deudas, que ascienden, según creo, a bastante más de mil libras; a ella se le dotará en otras mil, aparte de las suyas propias, y a él se le comprará su despacho de oficial. La explicación que dio el señor Darcy para hacer todo esto de su bolsillo fue la que te he indicado más arriba. Había sido culpa suya, por su reserva y su falta de consideración, que se hubiera conocido tan mal la penosa reputación de Wickham y, en consecuencia, que lo hubieran recibido y atendido como lo recibieron y atendieron. Puede que hubiera algo de verdad en esto, aunque yo dudo que el caso se pueda achacar a la reserva del señor Darcy ni a la de nadie. Pero, a pesar de tan bellas palabras, Lizzy querida, puedes tener la seguridad absoluta de que tu tío no habría cedido jamás si no fuera porque atribuíamos al señor Darcy *otra causa de interés* en el asunto.

Cuando quedó decidido todo esto, regresó otra vez con sus amigos, que seguían alojados en la casa de Pemberley; pero se acordó que volvería de nuevo a Londres cuando se celebrara la boda, y que entonces se ultimarían todas las cuestiones de dinero.

Creo que ya te lo he contado todo. Es una relación que, según lo que me dices, habrá de sorprenderte mucho; espero, al menos, que no te haya disgustado. Lydia se vino con nosotros, y se recibía constantemente a Wickham en la casa. Él estaba exactamente igual que cuando lo había conocido yo en Hertfordshire; pero no te podría decir lo insatisfecha que me dejó la conducta de ella mientras estuvo con nosotros, si no fuera porque he advertido, por la carta de Jane del miércoles pasado, que su conducta al llegar a su casa fue exactamente igual; así pues, lo que te diré ahora no podrá causarte ningún nuevo dolor. Yo hablé con ella varias veces con gran seriedad, presentándole cuán malo era lo que había hecho y cuánta infelicidad había acarreado a su familia. Si me oía, era por casualidad, pues estoy segura de que no me escuchaba. A veces llegaba a enfadarme bastante, pero entonces me acordaba de mis queridas Elizabeth y Jane y tenía paciencia con ella por éstas. El señor Darcy regresó con puntualidad, y, tal como te ha dicho Lydia, asistió a la boda.

El día siguiente comió con nosotros, e iba a marcharse otra vez de la capital el miércoles o el jueves. Espero que no te enfades mucho conmigo, mi querida Lizzy, si aprovecho esta oportunidad para decirte cuánto lo aprecio, lo que no me había atrevido a decir hasta ahora. Su conducta con nosotros ha sido tan agradable en todos los sentidos como cuando estuvimos en Derbyshire. Me agradan su entendimiento y sus opiniones; sólo le falta un poco más de vivacidad; y ésta se la puede enseñar su esposa si sabe casarse bien. Me pareció muy reservado; apenas pronunció tu nombre. Pero parece que la reserva es la última moda. Te ruego me dispenses si he estado muy atrevida, o al menos no me castigues sin dejarme ir a P. No me quedaré contenta hasta que haya recorrido todo el parque. Un faetón bajo con una pareja de ponis lindos sería ideal. Pero no puedo escribir más. Los niños llevan media hora llamándome.

Tuya afectísima,

M. Gardiner

El contenido de esta carta produjo a Elizabeth una agitación de espíritu en la que era difícil determinar si dominaba el placer o el dolor. ¡Las sospechas vagas e indeterminadas que le había despertado la incertidumbre acerca de lo que podía haber estado haciendo el señor Darcy para sacar adelante la boda de su hermana, sospechas que ella había temido albergar por considerarlas una bondad poco probable de puro grande, y que al mismo tiempo había temido que fueran ciertas, por el dolor de la deuda contraída, habían quedado demostradas con creces! Los había seguido a propósito hasta la capital, había corrido con todas las molestias y mortificaciones propias de tales pesquisas, en el curso de las cuales había tenido que suplicar a una mujer a la que debía despreciar y abominar, y en las que se había visto obligado a ver, a ver con frecuencia, a razonar, a convencer y, por último, a sobornar, al hombre que siempre había querido evitar por encima de todos, y cuyo nombre le resultaba un castigo pronunciar. Y todo esto lo había hecho por una muchacha a la que no podía apreciar ni estimar. A Elizabeth le susurraba el corazón que había hecho todo aquello por ella. Pero era una esperanza que no tardó en quedar truncada por otras consideraciones, y le pareció enseguida que hasta su propia vanidad no le bastaba para confiar en que él pudiera amarla (a una mujer que ya le había rechazado) hasta el punto de superar un sentimiento tan natural como el aborrecimiento de emparentarse con Wickham. ¡Cuñado de Wickham! Todo su orgullo debía rebelarse contra tal parentesco. Había hecho mucho, desde luego. A ella le avergonzaba pensar cuánto había hecho. Pero había explicado sus motivos para intervenir, unos motivos que se podían creer sin forzar demasiado la imaginación. Era razonable que le pareciera haber obrado mal; era generoso, y tenía medios para serlo; y, aunque ella no se considerara a sí misma su incentivo principal, quizá pudiera creer que el aprecio que pudiera quedarle por ella podía haber apoyado sus esfuerzos en una causa que debía afectar materialmente a su paz de espíritu. Era doloroso, dolorosísimo, saber que mantenían una deuda de gratitud hacia una persona a la que jamás podrían pagar. Le debían haber recuperado a Lydia, su buen nombre, todo. ¡Oh! ¡Cuánto lamentó entonces todas las impresiones desagradables que había albergado hacia él, todas las palabras mordaces que había pronunciado en su contra! Ella había quedado humillada, pero estaba orgullosa de él. Estaba orgullosa de que hubiera sacado a relucir lo mejor de sí mismo en aras de la compasión y el honor. Releyó una y otra vez las alabanzas que le dedicaba su tía. No eran suficientes, ni mucho menos, pero le agradaban. Hasta notó cierto agrado por su parte, aunque mezclado con lástima, al advertir con cuánta firmeza estaban convencidos tanto ella como su tío de que seguía existiendo afecto y confianza entre el señor Darcy y ella.

La sacó de sus reflexiones y la hizo levantarse de su asiento la llegada de alguien; y antes de que pudiera alejarse por otro camino, la alcanzó Wickham.

—Me temo que interrumpo su paseo solitario, mi querida cuñada... —dijo él al llegar a su lado.

—Así es, en efecto —respondió ella con una sonrisa—, aunque no hay por qué suponer que la interrupción sea desagradable.

—Sentiría muchísimo que lo fuera. Siempre fuimos buenos amigos, y ahora lo somos más.

—Es verdad. ¿Vienen los demás?

—No lo sé. La señora Bennet y Lydia se van a Meryton en el coche. De modo que, mi querida cuñada, según me dicen los tíos, ha visto usted la casa de Pemberley.

Ella respondió afirmativamente.

—Casi le envidio ese placer, aunque creo que sería excesivo para mí; de lo contrario, me lo concedería a mí mismo camino de Newcastle. Y vería usted a la vieja ama de llaves, supongo. La pobre Reynolds siempre me apreció mucho. Aunque no le hablaría de mí, por supuesto.

—Sí que me habló de usted.

—Y ¿qué dijo?

—Que había ingresado usted en el ejército, y que se temía que... hubiera ido por el mal camino. Ya sabe usted que, desde tan lejos, la gente se hace ideas extrañas de las cosas.

—Desde luego —respondió él, mordiéndose los labios. Elizabeth esperaba haberlo reducido al silencio; pero él dijo poco después:

—Me sorprendió ver a Darcy en la capital el mes pasado. Coincidimos varias veces. Me pregunto qué estará haciendo por allí.

—Puede que esté preparando su boda con la señorita de Bourgh —dijo Elizabeth—. Debió de ser algo especial lo que lo llevara por allí en esta época del año.

—Sin duda. ¿Lo vio usted cuando estuvo en Lambton? Creí entender de los Gardiner que sí lo había visto.

—Sí; nos presentó a su hermana.

—¿Y le gustó a usted?

—Mucho.

—He oído decir, en efecto, que ha mejorado muchísimo en el último año o dos. La última vez que la vi no prometía mucho. Me alegro mucho de que le haya gustado. Espero que salga buena.

—Yo diría que sí; ha superado la edad más difícil.

—¿Pasaron por el pueblo de Kympton?

—No recuerdo haber pasado por allí.

—Si lo digo es porque aquél es el curato que debía haber recibido yo. ¡Un pueblo encantador! ¡Una casa rectoral excelente! Me habría convenido en todos los sentidos.

—¿Le habría gustado redactar sermones?

—Muchísimo. Lo habría considerado parte de mi deber, y al cabo de poco tiempo no me habría costado ningún esfuerzo. Es inútil lamentarse... ¡pero, desde luego, habría sido ideal para mí! ¡El sosiego, la tranquilidad de una vida así habría satisfecho mi ideal de felicidad! Pero no pudo ser. ¿Oyó comentar algo a Darcy de este asunto cuando estuvo en Kent?

—He oído comentar a otras fuentes, que me parecieron igualmente buenas, que se le legó a usted sólo de manera condicionada, y a voluntad del señor actual.

—Eso ha oído. Sí, hay algo de verdad en ello; ya se lo dije desde el primer momento, quizá lo recuerde.

—Y sí que oí decir que hubo una época en que a usted no le parecía tan interesante redactar sermones; que, de hecho, anunció su resolución de no ordenarse, y que el asunto se había resuelto, por tanto, con un compromiso.

—¡Eso ha oído! Y no le falta razón del todo. Quizá recuerde usted lo que le dije al respecto cuando hablamos de ello por primera vez.

Casi habían llegado ya a la puerta de la casa, pues ella había caminado aprisa para librarse de él; y, poco dispuesta a provocarlo, en atención a su hermana, se limitó a responder con una sonrisa de buen humor:

—Vamos, señor Wickham, ahora somos cuñados, ya lo sabe usted. No discutamos por el pasado. Espero que en el futuro estemos siempre en armonía.

Le tendió su mano; él se la besó con galantería afectuosa, aunque casi no sabía qué cara poner, y entraron en la casa.

# Capítulo LIII

Aquella conversación puso en su lugar de tal modo al señor Wickham que éste no volvió a inquietarse ni a provocar a su querida cuñada Elizabeth volviendo a tocar ese asunto; y ella advirtió con agrado que había dicho lo suficiente para hacerle callar.

Pronto llegó el día de la partida de Lydia y él, y la señora Bennet se vio obligada a resignarse a una separación que había de durar probablemente un año entero por lo menos, en vista de que su marido no aceptaba de ninguna manera el plan de ella de que se fueran todos a Newcastle.

—¡Ay, Lydia querida! —exclamaba—. ¿Cuándo nos volveremos a ver?

—¡Ay, Señor! No lo sé. Puede que no nos veamos hasta dentro de dos o tres años.

—Escríbeme mucho, querida mía.

—Tan a menudo como pueda. Aunque ya sabe usted que las mujeres casadas no tenemos nunca mucho tiempo para escribir. Mis hermanas me podrán escribir a mí. No tendrán otra cosa que hacer.

La despedida del señor Wickham fue mucho más afectuosa que la de su esposa. Sonrió, estuvo gallardo y dijo muchas cosas bonitas.

—Es el mejor mozo que he visto en mi vida —dijo el señor Bennet en cuanto hubieron salido de la casa—. Nos echa sonrisitas y gestitos y nos galantea a todos. Estoy orgullosísimo de él. Apuesto a que ni el propio sir William Lucas es capaz de hacerse con un yerno que valga tanto.

La señora Bennet se quedó muy abatida durante varios días por la pérdida de su hija.

—Suelo pensar que no hay cosa tan mala como separarnos de nuestros seres queridos —decía—. ¡Se queda una tan sola sin ellos!

—Ya ve usted, madre, la consecuencia de casar a una hija —le dijo Elizabeth—. Así se conformará usted mejor con tener solteras a las otras cuatro.

—No es nada de eso. Lydia no me ha dejado por haberse casado; sólo ha sido porque se da el caso de que el regimiento de su marido está muy lejos. Si hubiera estado más cerca, ella no se habría marchado tan pronto.

Pero el desánimo en que la sumió este hecho se le pasó pronto, y volvió a albergar esperanzas por una novedad que empezó a circular por el vecindario. El ama de llaves de la finca de Netherfield había recibido órdenes de preparar la casa para la venida de su amo, que iba a llegar dentro de uno o dos días para pasarse allí algunas semanas cazando. La señora Bennet estaba en ascuas. Miraba a Jane, y sonreía y sacudía la cabeza alternativamente.

—Vaya, vaya, de modo que viene el señor Bingley, hermana —pues la primera que le había dado la noticia había sido la señora Phillips—. Bueno, pues tanto mejor. Aunque no es que a mí me importe. No significa nada para nosotros, ¿sabes?, y estoy segura de que no quiero volver a verlo. A pesar de todo, bien puede venir a Netherfield si quiere. Y ¿quién sabe qué puede pasar? Aunque eso no significa nada para nosotros. Ya sabes, hermana, que hace mucho tiempo que acordamos no decir una palabra del asunto. De modo que ¿es cierto que viene?

—Puedes contar con ello —respondió la otra—, pues la señora Nichols estuvo anoche en Meryton; yo la vi pasar y me acerqué a ella a propósito para enterarme del asunto; y ella me dijo que es completamente cierto. Llega el jueves como muy tarde, lo más probable es que llegue el miércoles. La señora Nichols iba expresamente al carnicero, según me dijo, para encargar carne para el miércoles, y ya tiene media docena de patos dispuestos para matarlos.

Jane no había podido evitar mudar el color al enterarse de su llegada. Hacía muchos meses que no mencionaba su nombre a Elizabeth; pero ahora, en cuanto se quedaron a solas las dos, le dijo:

—Ya he visto que me estabas mirando hoy, Lizzy, cuando nuestra tía nos dio la última noticia; y sé que parecí inquieta. Pero no te imagines que fue por ninguna tontería. Pasé un momento de confusión porque me dio la impresión de que me mirarían. Te aseguro que la noticia no me da ni gusto ni pesar. Sí que me alegro de una cosa: de que venga solo; porque así lo veremos menos. No es que yo me tema a mí misma, pero sí que temo los comentarios de otras personas.

Elizabeth no supo cómo interpretar aquello. Si no le hubiera visto en Derbyshire, podría haberlo supuesto capaz de ir allí sin más propósito que el que se anunciaba; pero creía que todavía amaba a Jane, y no sabía si era más probable que viniera con licencia de su amigo o si había tenido el valor de venir sin ella.

«Aunque, ¡qué duro es que ese pobre hombre no pueda venir a una casa que ha alquilado legalmente sin suscitar tantas especulaciones! —pensaba a veces—. Lo dejaré en paz.»

A pesar de lo que afirmaba su hermana, que creía verdaderamente que aquéllos eran sus verdaderos sentimientos ante la llegada del señor Bingley, Elizabeth advirtió con claridad que aquello le había afectado al ánimo. Estaba distinta y más agitada que de costumbre.

Volvió a sacarse a relucir, entonces, el tema que habían propuesto con tanto ardor sus padres hacía cosa de un año.

—En cuanto llegue el señor Bingley, querido, irás a hacerle una visita, como es natural —dijo la señora Bennet.

—No, no. El año pasado me obligaste a visitarlo y me prometiste que se casaría con una de mis hijas si iba a verlo. Pero la cosa quedó en nada, y no estoy dispuesto a hacer el tonto otra vez.

Su mujer le expuso lo absolutamente indispensable que sería para todos los caballeros del vecindario tener aquella atención con él cuando regresara a Netherfield.

—Es una etiqueta que aborrezco —dijo él—. Si quiere tratarse con nosotros, que venga a buscarnos. Ya sabe dónde vivimos. No estoy dispuesto a pasarme las horas persiguiendo a mis vecinos cada vez que se van y vuelven.

—Bueno, lo único que sé es que sería una grosería abominable que no lo visitaras. Pero, sea como fuere, eso no impedirá que lo invite a comer aquí; estoy decidida. Tenemos que invitar pronto a la señora Long y a los Goulding. Así seremos trece en la mesa, contándonos a nosotros, de modo que quedará sitio justo para él.

Consolada por esta resolución, pudo sobrellevar mejor la falta de cortesía de su marido, aunque la mortificó mucho saber que, a consecuencia de ésta, todos sus vecinos podrían ver al señor Bingley antes que ella. Cuando se acercaba el día de su llegada, Jane dijo a su hermana:

—Empiezo a lamentar que venga siquiera. Me daría igual; sería capaz de verlo con absoluta indiferencia; pero lo que no soporto es oír cómo hablan de él constantemente de esta manera. Nuestra madre tiene buena intención; pero no sabe, nadie puede saberlo, cuánto me hace sufrir lo que dice. ¡Qué feliz seré cuando termine su estancia en Netherfield!

—Quisiera poder decir algo para consolarte —repuso Elizabeth—, pero no está en mi mano en absoluto. Debes de advertirlo; y no me queda el consuelo habitual de predicar paciencia al que sufre, porque tú siempre tienes mucha.

El señor Bingley llegó. La señora Bennet se las arregló, por medio de criados, para enterarse enseguida de la llegada, y pasar así el máximo tiempo de angustia y desazón por su parte. Contaba los días que debían transcurrir hasta que pudiera enviarle su invitación; desesperaba de verlo antes. Pero la tercera mañana tras su llegada a Hertfordshire, desde la ventana de su alcoba, lo vio entrar en coche por el camino de carruajes y dirigirse hacia la casa.

Llamó aprisa a sus hijas para que compartieran su júbilo. Jane siguió firmemente en su lugar ante la mesa; pero Elizabeth, para dar gusto a su madre, se acercó a la ventana, miró, vio que venía con él el señor Darcy y se sentó de nuevo junto a su hermana.

—Viene con él un caballero, mamá —dijo Kitty—; ¿quién podrá ser?

—Supongo que será algún conocido suyo, querida; desde luego que no lo sé.

—¡Vaya! —replicó Kitty—, es igual que ese hombre que solía ir antes con él. El señor Comosellame. Ese hombre alto, orgulloso.

—¡Cielo santo! ¡El señor Darcy! Sí que lo parece, palabra. Bueno, todo amigo del señor Bingley será siempre bienvenido aquí, desde luego; aunque, por otra parte, debo decir que verlo me desagrada enormemente.

Jane miró a Elizabeth con sorpresa y preocupación. Era poco lo que sabía de su encuentro en Derbyshire, y por ello lamentaba la desazón que debía de sentir su hermana al verlo casi por primera vez tras recibir su carta de explicaciones. Las dos hermanas estaban bastante incómodas. Cada una de las dos estaba preocupada por la otra y, naturalmente, por sí misma; y su madre siguió hablando de lo poco que le gustaba el señor Darcy y de que sólo estaba dispuesta a ser atenta con él como amigo del señor Bingley, sin que ninguna de las dos hermanas la oyera. Pero Elizabeth tenía unas causas de intranquilidad que no podía sospechar Jane, a quien no había tenido todavía el valor de enseñar la carta de la señora Gardiner ni de relatarle el cambio de sus propios sentimientos hacia él. Para Jane, no podía ser más que un hombre cuyas propuestas había rechazado ella y al que había quitado mérito; pero para Elizabeth, que estaba mejor informada, era la persona a quien debía la familia el máximo bien, y al que ella misma quería con un afecto, si no tan tierno, al menos tan razonable y justo como el que sentía Jane por Bingley. El asombro de Elizabeth al verlo venir..., al verlo venir a Netherfield, a la casa de Longbourn, y a buscarla de nuevo voluntariamente, casi igualó el que había sentido al presenciar por primera vez el cambio de su conducta en Derbyshire.

El color que se le había retirado de la cara le volvió con nuevo ardor durante medio minuto, y una sonrisa de agrado hizo brillar sus ojos al pensar que el amor y los deseos de Darcy debían de seguir firmes. Pero no quería darlo por seguro.

«Voy a observar primero cómo se comporta —se dijo—; todavía es pronto para esperar nada.»

Siguió sentada, concentrada en su labor, esforzándose por parecer serena y sin atreverse a levantar los ojos, hasta que la curiosidad nerviosa le hizo dirigirlos a la cara de su hermana mientras el criado se aproximaba a la puerta. Jane parecía un poco más pálida de lo habitual, pero más tranquila de lo que había esperado Elizabeth. Al aparecer los caballeros, le subió el color;

no obstante, los recibió con una naturalidad tolerable y con un decoro que estaba libre por igual de resentimiento y de complacencia innecesaria.

Elizabeth dijo a los dos lo mínimo que exigía la cortesía y volvió a sentarse con su labor con una impaciencia que ésta no solía producirle. Sólo se había aventurado a echar una ojeada a Darcy. Éste parecía serio, como de costumbre; y ella pensó que su aspecto se asemejaba más al que había tenido en Hertfordshire que al que le había visto ella en Pemberley. Sin embargo, quizá no podía estar en presencia de la madre de ella igual que había estado delante de sus tíos. La conjetura era dolorosa, aunque no improbable.

También a Bingley lo vio sólo un instante, y en ese breve periodo percibió que parecía contento e incómodo al mismo tiempo. La señora Bennet lo recibió con una cortesía que avergonzó a sus dos hijas, sobre todo por el contraste que hacía con la corrección fría y ceremoniosa de la reverencia y el saludo que dedicó a su amigo.

A Elizabeth, en particular, que sabía que su madre le debía la salvación de su hija favorita de una infamia irremediable, le dolió y afligió sobremanera aquella diferencia tan mal aplicada.

Darcy, tras preguntarle cómo estaban el señor y la señora Gardiner, pregunta a la que Elizabeth no pudo contestar sin confusión por su parte, apenas dijo nada más. No estaba sentado cerca de ella; quizá fuera ésa la razón de su silencio, pero en Derbyshire no había estado así. Allí había hablado con los amigos de ella cuando no podía hablar con ella misma. Sin embargo, ahora pasaron varios minutos sin traerle el sonido de su voz; y cuando ella levantaba los ojos hacia su rostro de cuando en cuando, incapaz de resistirse al impulso de la curiosidad, tan pronto se lo encontraba mirando a Jane como a ella misma, y en muchos casos no miraba más que al suelo. Manifestaba claramente más reflexión y menos ganas de agradar que la última vez que se habían visto. Elizabeth se sintió desilusionada, y enfadada consigo misma por estarlo.

«¿Podía esperar que fuera de otro modo? —se dijo—. Pero ¿por qué ha venido?»

No estaba de humor para conversar con nadie más que consigo misma, y apenas tenía valor para dirigirle la palabra.

Le preguntó por su hermana, pero no pudo hacer más.

—Hace mucho tiempo que se marchó usted, señor Bingley —dijo la señora Bennet.

Él asintió vigorosamente.

—Empezaba a temerme que no volviera usted nunca. La gente decía, en efecto, que usted pensaba dejar la casa por san Miguel; pero yo espero que no sea cierto. Desde su marcha han cambiado muchas cosas en el vecindario. La señorita Lucas se ha casado y se ha establecido en casa propia. Y también una de mis hijas. Supongo que se habrá enterado usted de ello; de hecho, tiene que haberlo visto en los periódicos. Sé que salió en el *Times* y en el *Courier,* aunque no lo pusieron como debían. Sólo decía: «Recientemente, el señor don George Wickham ha contraído matrimonio con la señorita Lydia Bennet», sin añadir ni palabra acerca del padre de ella, ni de dónde vivía, ni nada. Y eso que debió de ser mi hermano Gardiner el que hizo publicar el aviso, y no sé cómo lo hizo tan mal. ¿Lo vio usted?

Bingley respondió que lo había visto, y dio sus felicitaciones. Elizabeth no se atrevió a levantar los ojos. Por lo tanto, no supo qué cara ponía el señor Darcy.

—Desde luego que es delicioso casar bien a una hija —siguió diciendo su madre—; pero, al mismo tiempo, señor Bingley, es muy duro que me la quiten de esa manera. Se han marchado a Newcastle, que es un sitio que está muy al norte, según parece, y allí se han de quedar no sé cuánto tiempo. Allí está el regimiento de él; pues supongo que se habrá enterado usted que dejó el de este condado, y que ha ingresado en el ejército regular. ¡Tiene algunos amigos, gracias al cielo! Aunque quizá no tantos como se merece.

Elizabeth, que sabía que esto iba dirigido al señor Darcy, sufría tales suplicios de vergüenza que apenas era capaz de mantenerse en su asiento. Aquello sirvió, no obstante, para obligarla a hacer el esfuerzo de hablar, a lo que no la había impulsado nada hasta entonces con tal eficacia; y preguntó a Bingley si iba a quedarse bastante tiempo en la región. Él dijo que pensaba quedarse unas semanas.

—Cuando haya terminado usted de cazar todas las aves de su finca, señor Bingley —dijo la madre de Elizabeth—, le ruego que venga usted y cace todas las que quiera en la finca del señor Bennet. Estoy segura de que tendrá muchísimo gusto en invitarlo, y que le dejará a usted los mejores puestos.

¡Aquellas atenciones tan innecesarias, tan oficiosas, aumentaron los suplicios de Elizabeth! Estaba convencida de que, aunque fueran a surgir en el momento presente las mismas hermosas perspectivas que las habían halagado el año anterior, todo conduciría hacia la misma conclusión penosa. En aquel instante le pareció que ni años enteros de felicidad podrían compensarlas a Jane ni a ella de aquellos momentos de confusión dolorosa.

«El primer deseo de mi corazón es no volver a tratar a ninguno de estos dos hombres —se dijo a sí misma—. ¡Su compañía no puede darme ningún placer que alivie esta miseria! ¡Ojalá no vuelva a ver más a ninguno de los dos!»

Pero aquel suplicio, que no podrían compensar años enteros de felicidad, se alivió un poco más tarde al observar hasta qué punto la belleza de su hermana reavivaba la admiración de su antiguo enamorado. Cuando éste entró, había hablado poco a Jane; pero parecía que le iba prestando más atención a cada instante que pasaba. La encontraba igual de hermosa que el año anterior; con el mismo buen carácter y falta de afectación, aunque menos habladora. Jane estaba deseosa de que no se advirtiera en ella diferencia alguna, y estaba verdaderamente convencida de que hablaba tanto como de costumbre. Pero tenía la mente tan ocupada que no siempre se daba cuenta de que estaba callada.

Cuando los caballeros se levantaron para marcharse, la señora Bennet recordó la atención que quería tener con ellos y los invitó, y ellos se comprometieron a comer en Longbourn pocos días más tarde.

—Me debía usted una visita, señor Bingley —añadió ella—, pues, cuando se marchó usted a la capital en el invierno pasado, nos prometió comer en familia con nosotros a su vuelta. Ya ve usted que no se me había olvidado; y le aseguro que me llevé una gran desilusión al no volver usted a cumplir su compromiso.

Bingley pareció un poco desconcertado ante esta reflexión y dijo algo de que lamentaba que se lo hubieran impedido los negocios. Después se marcharon.

La señora Bennet había sentido poderosos deseos de invitarlos a que se quedaran a comer aquel mismo día; pero, aunque siempre se comía muy bien en su casa, le pareció que dos platos serían lo mínimo que se merecía un hombre sobre el que ella tenía designios tan vivos, o que necesitaría para satisfacer su apetito y su orgullo un hombre que tenía una renta de diez mil libras al año.

# Capítulo LIV

En cuanto se hubieron marchado, Elizabeth salió para recobrar el ánimo; o, dicho de otro modo, para reflexionar sin que la molestasen sobre los asuntos que debían hundírselo todavía más. La conducta del señor Darcy la asombraba y la fastidiaba.

«Si sólo ha venido para estar callado, serio e indiferente, ¿para qué venir?», se dijo.

No encontraba ningún modo de interpretarlo que la dejara satisfecha.

«Todavía pudo estar amable, agradable, con mis tíos, cuando estuvo en la capital; ¿y por qué no conmigo? Si me teme, ¿por qué ha venido aquí? Si ya no le importo, ¿por qué ese silencio? ¡Qué hombre tan molesto! No voy a pensar más en él.»

Le ayudó a mantener involuntariamente esta resolución durante un breve rato la llegada de su hermana, que se unió a ella con un aire alegre que demostraba que había quedado más satisfecha de sus visitantes que Elizabeth.

—Ahora que ha concluido esta primera reunión, me siento completamente tranquila —le dijo—. Conozco mi propia fuerza, y su venida no volverá a apurarme. Me alegro de que venga a comer aquí el martes. Entonces se verá públicamente que sólo nos vemos como conocidos corrientes e indiferentes.

—Sí, sí, de lo más indiferentes —dijo Elizabeth, riéndose—. ¡Ay, Jane, ten cuidado!

—Mi querida Lizzy, ¿no me creerás tan débil como para correr peligro?

—Creo que corres el gran peligro de enamorarlo como nunca.

***

No volvieron a ver a los caballeros hasta el martes; y, entre tanto, la señora Bennet se entregaba a todos los proyectos felices que había reavivado el buen humor y la cortesía llana de Bingley en su visita de media hora.

El martes se reunió en Longbourn un grupo numeroso, y los dos invitados a los que se esperaba con mayor impaciencia llegaron temprano, para honra de su puntualidad de cazadores. Cuando pasaron al comedor, Elizabeth observó con interés para ver si Bingley ocuparía el asiento que le había correspondido en todas las fiestas anteriores, el contiguo al de su hermana. Su prudente madre, con las mismas ideas en la cabeza, no se atrevió a invitarlo a que se sentara junto a ella. Al entrar en la sala, pareció titubear; pero, casualmente, Jane estaba mirándolo, y le sonrió; la cosa quedó decidida. Se sentó junto a ella.

Elizabeth miró hacia el amigo de Bingley con sensación de triunfo. Éste lo llevaba con noble indiferencia, y Elizabeth se podría haber imaginado que Bingley había recibido la autorización por parte del señor Darcy para ser feliz, si no hubiera sido porque vio también sus ojos dirigidos hacia Darcy con una expresión de alarma semiburlona.

La conducta de Bingley con su hermana durante la comida manifestó una admiración hacia ella que, aunque más cautelosa que antes, dejó convencida a Elizabeth de que, si dependía sólo de él, la felicidad de Jane y la de él mismo se harían realidad en poco tiempo. Aunque no se atrevía a confiar en la consecuencia, no dejaba de agradarle contemplar su conducta. Aquello daba a Elizabeth toda la animación de que era capaz su espíritu; pues no estaba de muy buen humor. El señor Darcy estaba casi tan lejos de ella como era posible en aquella mesa. Estaba a un lado de la madre de ella. Elizabeth sabía cuán poco agradaría aquella disposición a ninguno de los dos ni los haría quedar bien. No estaba lo bastante cerca como para oír nada de su conversación, pero advertía cuán poco se dirigían la palabra y cuán formales y fríos parecían cuando se hablaban. La descortesía de su madre hacía sentir a Elizabeth más vivamente cuánto le debían; y en algunos momentos habría dado cualquier cosa por el privilegio de decirle que no toda la familia ignoraba su amabilidad ni dejaba de agradecérsela.

Tenía la esperanza de que la velada aportara alguna ocasión de acercarse a él; de que no transcurriese toda la visita sin permitirles entablar una conversación algo más profunda que el mero saludo ceremonioso que había seguido a su llegada. El rato que pasaron las damas en el salón antes de la vuelta de los caballeros le resultó cansado y aburrido hasta un grado que casi la llevó a la descortesía. Esperaba su vuelta como el punto del que debían depender todas sus posibilidades de placer para la velada.

«Si entonces no viene a mí, renunciaré a él para siempre», se dijo.

Volvieron los caballeros; y ella creyó que tenía aspecto de responder a sus esperanzas; pero, ¡ay!, las damas se habían reunido alrededor de la mesa, donde la señorita Bennet mayor hacía el té y Elizabeth servía el café, formando una confederación tan estrecha que no quedaba cerca de Elizabeth ningún lugar donde cupiera una silla. Y al aproximarse los caballeros, una de las muchachas se acercó a ella más que nunca y dijo en un susurro:

—Estoy decidida a que los hombres no vengan a separarnos. ¿Verdad que no los queremos a ninguno?

Darcy se había retirado a otra parte de la sala. Ella lo siguió con los ojos, envidiaba a todos con los que hablaba, apenas tuvo la paciencia suficiente para servir café a nadie, ¡y después sintió rabia contra sí misma por ser tan necia!

«¡Un hombre al que se ha rechazado! ¿Cómo puedo ser tan tonta de esperarme que me renueve su amor? ¿Acaso hay alguno de su sexo que no se rebelase ante una debilidad tal como pedir por segunda vez la mano de la misma mujer? ¡No hay indignidad que les parezca tan aborrecible como ésa!»

Se animó un poco cuando él le trajo en persona su taza de café; y Elizabeth aprovechó la ocasión para decir:

—¿Sigue todavía en Pemberley su hermana?

—Sí; se quedará allí hasta Navidad.

—¿Y sola del todo? ¿La han dejado todos sus amigos?

—Está con ella la señora Annesley. Los demás se marcharon a Scarborough hace tres semanas.

No se le ocurrió otra cosa que decir; pero él podría haber tenido mayor éxito si hubiera querido conversar con ella. Sin embargo, Darcy se quedó a su lado unos minutos en silencio; y por fin, cuando la señorita de antes volvió a susurrar algo a Elizabeth, se apartó.

Cuando se retiró el servicio del té y se pusieron las mesas de cartas, todas las damas se levantaron, y Elizabeth tuvo la esperanza de que se reuniría con ella; sus expectativas se derrumbaron al verlo caer víctima del ansia rapaz de jugadores de *whist* de su madre, y verlo sentado pocos instantes después con el resto del grupo. Perdió entonces toda esperanza de placer. Habían quedado confinados en mesas distintas para el resto de la velada, y ella sólo podía esperar que él volviese los ojos hacia la parte de la sala donde estaba ella con tanta frecuencia que acabase jugando tan mal como ella.

La señora Bennet había pensado hacer que los dos caballeros de la casa de Netherfield se quedaran a cenar; pero, por desgracia, habían encargado el coche antes que ninguno de los demás, y ella no tuvo ninguna posibilidad de detenerlos.

—Bueno, niñas —dijo en cuanto se quedaron solas—. ¿Qué me decís del día? Creo que todo ha ido de maravilla, os lo aseguro. La comida estaba tan bien preparada como cualquiera que haya visto yo en la vida. El ciervo estaba justo en su punto de asado, y todos dijeron que no habían visto nunca un pernil tan gordo. La sopa estaba cincuenta veces mejor que la que tomamos en casa de los Lucas la semana pasada; y hasta el propio señor Darcy reconoció que las perdices estaban notablemente bien guisadas; y eso que supongo que debe de tener dos o tres cocineros franceses como mínimo. Y a ti, Jane querida, no te había visto nunca tan hermosa. Lo dijo la señora Long, que yo le pregunté si era verdad o no. Y ¿a que no sabes lo que dijo también? «Ah, señora Bennet, la tendremos en Netherfield por fin.» Sí que lo dijo. Creo que la señora Long es la criatura más buena que existe; y sus sobrinas se comportan muy bien, y no son nada hermosas: las aprecio una enormidad.

En suma, la señora Bennet estaba animadísima; había visto lo suficiente de la conducta de Bingley hacia Jane para convencerse de que su hija lo conseguiría al fin; y cuando estaba de buen humor, sus expectativas del bien que podía suponer aquello para su familia eran tan irrazonables que se quedó bastante desilusionada cuando no se presentó al día siguiente a pedir su mano.

—Ha sido un día muy agradable —dijo Jane a Elizabeth—. Parecía que los invitados estaban muy bien elegidos, que eran muy compatibles entre sí. Espero que podamos volver a reunirnos con frecuencia.

Elizabeth sonrió.

—No debes sospechar nada de mí, Lizzy. Eso me mortifica. Te aseguro que ya he aprendido a disfrutar de su conversación como joven agradable y razonable, sin albergar ningún deseo que vaya más allá. Ya estoy completamente convencida, por su comportamiento actual, de que nunca tuvo designios de ganarse mi afecto. Lo único que pasa es que está dotado de mayor dulzura de palabra y de más intención de agradar en general que ningún otro hombre.

—¡Qué cruel eres! —dijo su hermana—. No me dejas sonreír, y me provocas a hacerlo a cada momento.

—¡Qué difícil es hacerse creer en algunos casos!

—¡Y qué imposible en otros!

—Pero ¿por qué quieres convencerme de que siento más de lo que reconozco?

—Apenas sé dar respuesta a esta pregunta. A todos nos gusta educar, aunque sólo podamos enseñar cosas que no vale la pena saber. Perdóname; y si te empeñas en mantener la indiferencia, no me hagas confidente tuya.

# Capítulo LV

Pocos días después de esta visita, el señor Bingley volvió a visitarlos, y esta vez solo. Su amigo había partido hacia Londres aquella mañana, pero volvería al cabo de diez días. Pasó más de una hora sentado con ellas y estaba de un buen humor notable. La señora Bennet lo invitó a comer con ellos; pero él confesó, con muchas expresiones de pesar, que tenía un compromiso en otra parte.

—Confío en que tengamos más suerte la próxima vez que venga usted —dijo la señora Bennet.

Él aseguró que tendría sumo gusto en cualquier otro momento, etcétera, y que los visitaría a la primera oportunidad si ella se lo permitía.

—¿Puede venir usted mañana?

Él dijo que sí, que no tenía ningún compromiso para el día siguiente, y aceptó rápidamente su invitación.

Vino, y tan temprano que ninguna de las damas estaba arreglada. La señora Bennet entró corriendo en el cuarto de su hija, en bata y a medio peinar, exclamando:

—Jane, querida, date prisa y baja corriendo. Ha venido... El señor Bingley ha venido... Ha venido, de verdad. Date prisa, date prisa. Aquí, Sarah, ven a ayudar ahora mismo a la señorita Bennet a ponerse el vestido. Deja el peinado de la señorita Lizzy.

—Bajaremos en cuanto podamos —dijo Jane—; pero yo diría que Kitty nos lleva ventaja a todas, pues subió hace media hora.

—¡Oh! ¡A la porra Kitty! ¿Qué tiene ella que ver con esto? ¡Vamos, aprisa, aprisa! ¿Dónde está tu corsé, querida?

Pero cuando se hubo marchado su madre, no pudieron convencer a Jane de que bajara sin una de sus hermanas.

Por la tarde se apreció visiblemente aquel mismo interés por dejarlos a solas. Después de tomar el té, el señor Bennet se encerró en la biblioteca, como tenía por costumbre, y Mary subió a tocar el piano. Al haberse retirado así dos de los cinco obstáculos, la señora Bennet se quedó sentada un buen rato mirando a Elizabeth y a Catherine y haciéndoles guiños sin que ellas reaccionaran. Elizabeth no se fijaba en ella; y cuando la vio Kitty por fin, dijo con gran inocencia:

—¿Qué pasa, mamá? ¿Por qué me guiña usted el ojo? ¿Qué tengo que hacer?

—Nada, niña, nada. No te he guiñado el ojo.

Se quedó allí sentada cinco minutos más; pero, incapaz de desaprovechar una ocasión tan preciosa, se levantó de pronto y, diciendo a Kitty: «Ven, cariño, tengo que hablar contigo», se la llevó de la sala. Jane dirigió al instante a Elizabeth una mirada con la que le expresaba su congoja ante una cosa tan premeditada y su súplica de que ella no cediera ante ésta. Al cabo de unos minutos, la señora Bennet entreabrió la puerta y dijo en voz alta:

—Lizzy, querida, quiero hablar contigo.

Elizabeth se vio obligada a salir.

—Más vale que los dejemos a solas, ¿sabes? —le dijo su madre en cuanto estuvo en el vestíbulo—. Kitty y yo vamos a sentarnos arriba, en mi alcoba.

Elizabeth no intentó razonar con su madre y se quedó en silencio en el vestíbulo hasta que se perdieron de vista Kitty y ella; y entonces volvió a entrar en el salón.

Los proyectos de la señora Bennet para aquel día no dieron resultado. Bingley fue todo lo que podía ser un hombre encantador, salvo amante declarado de su hija. Su desenvoltura y alegría lo habían hecho un elemento valioso de la velada, y había soportado la oficiosidad inoportuna de la madre y oído todos sus comentarios tontos con una tolerancia y un dominio del semblante que resultaron especialmente agradables a la hija.

Aceptó de muy buena gana la invitación a quedarse a cenar; y antes de marcharse se acordó, principalmente entre la señora Bennet y él, que iría a la mañana siguiente a cazar con su marido.

A partir de aquel día, Jane no volvió a hablar de su indiferencia. Las hermanas no cruzaron una sola palabra acerca de Bingley; pero Elizabeth se acostó con el convencimiento feliz de que todo se arreglaría rápidamente, a no ser que regresara el señor Darcy antes del plazo que había dicho. Aunque, más en serio, estaba bastante segura de que todo aquello debía de estar pasando con la aprobación de dicho caballero.

Bingley acudió puntual a su cita, y el señor Bennet y él pasaron la mañana juntos como se había acordado. Este último estuvo mucho más agradable de lo que había esperado su compañero. Bingley no tenía nada de presuntuoso ni de estúpido que pudiera suscitar sus burlas o hacerlo callar con desagrado; y estuvo más comunicativo y menos excéntrico de lo que lo había visto nunca el otro. Bingley regresó con él a comer, como es natural; y por la tarde la señora Bennet volvió a poner en juego su ingenio para apartar a todos de su hija y él. Elizabeth, que tenía que escribir una carta, se retiró al comedor poco después de tomar el té para realizar esa tarea, pues, en vista de que todos los demás se iban a sentar a jugar a las cartas, no haría falta que se quedara para oponerse a los proyectos de su madre.

Pero cuando regresó al salón, después de terminar su carta, vio con infinita sorpresa que tenía motivos para temer que su madre hubiera sido más ingeniosa que ella. Al abrir la puerta vio a su hermana y a Bingley de pie, juntos, ante la chimenea, como manteniendo una conversación apasionante; y aunque esto no hubiera dado qué sospechar, las caras de los dos, que se volvieron precipitadamente y se apartaron el uno del otro, lo habrían contado todo. La situación de los dos ya era bastante embarazosa; pero a Elizabeth le pareció que la suya propia era todavía peor. Ninguno de los dos pronunció una sola sílaba, y Elizabeth estaba a punto de marcharse otra vez, cuando Bingley, que se había sentado, al igual que la otra, se levantó de pronto y, susurrando unas palabras a su hermana, salió de la estancia precipitadamente.

Jane no podía ocultar nada a Elizabeth cuando la confidencia era agradable; y, abrazándola al instante, le confesó con vivísima emoción que era el ser más feliz del mundo.

—¡Es demasiado! —añadió—; es demasiado con mucho. No me lo merezco. ¡Oh! ¿Por qué no es así de feliz todo el mundo?

Elizabeth le dio su enhorabuena con una sinceridad, un calor, un deleite que apenas se podían expresar con palabras. Cada una de sus frases amables era una nueva causa de felicidad para Jane. Pero ésta no se consintió a sí misma quedarse con su hermana, ni decir ni la mitad de lo que quedaba por decir de momento.

—Debo ir con nuestra madre al instante —exclamó—. No quisiera por nada del mundo despreciar su solicitud afectuosa ni consentir que se entere por otra persona que no sea yo. Él ya ha ido a hablar con nuestro padre. ¡Oh, Lizzy! ¡Saber cuánto placer dará a toda mi querida familia lo que tengo que contar! ¿Cómo podré soportar tanta felicidad?

Se apresuró entonces a ir a ver a su madre, que había levantado a propósito la partida de cartas y estaba sentada con Kitty en el piso de arriba.

Elizabeth, que se había quedado sola, sonrió entonces al ver la rapidez y la facilidad con que se resolvía por fin un asunto que les había hecho pasar tantos meses de incertidumbre y sufrimientos.

«¡Y así termina la circunspección inquieta de su amigo! —se dijo—. ¡La falsedad y marrullería de su hermana! ¡Qué final tan feliz, tan prudente y razonable!»

Al cabo de unos minutos se reunió con ella Bingley, cuya conferencia con su padre había sido breve y directa.

—¿Dónde está su hermana? —le preguntó apresuradamente cuando abrió la puerta.

—Arriba, con mi madre. Creo que bajará dentro de un momento.

Bingley cerró entonces la puerta y, acercándose a ella, le pidió los buenos deseos y afecto de cuñada. Elizabeth le expresó con sinceridad y de corazón su agrado por el parentesco que iban a contraer. Se dieron la mano con gran cordialidad; y después, hasta que bajó su hermana, tuvo que escuchar todo lo que tenía que decir él de su propia felicidad y de las perfecciones de Jane;

y, a pesar de que el que lo decía era un enamorado, Elizabeth creyó verdaderamente que todas sus expectativas de felicidad tenían una base racional, porque se fundaban en el entendimiento excelente y la disposición excelentísima de Jane, y en una semejanza general de sentimientos y gustos entre ella y él.

Fue una velada de deleites fuera de lo común para todos; la satisfacción de Jane le llenaba la cara de un brillo de dulce animación que la hacía parecer más hermosa que nunca. Kitty soltaba risitas y sonreía, y esperaba que le tocase a ella pronto. La señora Bennet no fue capaz de dar su consentimiento ni de expresar su aprobación con términos lo bastante calurosos como para exponer del todo sus sentimientos, a pesar de que pasó media hora sin hablar a Bingley de otra cosa. Cuando el señor Bennet se reunió con ellos en la cena, su voz y su comportamiento mostraban a las claras que estaba verdaderamente contento.

Sin embargo, no pronunció una sola palabra al respecto hasta que su visitante se despidió; pero en cuanto se hubo marchado, se dirigió a su hija y dijo:

—Te felicito, Jane. Serás una mujer muy feliz.

Jane se acercó a él al instante, lo besó y le agradeció sus bondades.

—Eres una buena muchacha —respondió él—, y me complace mucho pensar que tendrás un matrimonio tan feliz. No dudo que os irá muy bien juntos. Tenéis unos temperamentos bastante semejantes. Ambos sois tan dóciles que no llegaréis a decidir nunca nada, y todos los criados os engañarán; y tan generosos que siempre gastaréis más de lo que tenéis.

—Espero que no. La imprudencia o la irreflexión en cuestiones de dinero serían imperdonables en mí.

—¡Gastar más de lo que tienen! Mi querido señor Bennet, ¿de qué estás hablando? —exclamó su esposa—. Vaya, si gana cuatro o cinco mil libras al año, y es muy posible que más.

Después, dirigiéndose a su hija, añadió:

—¡Ay, Jane, Jane querida, qué contenta estoy! Estoy segura de que no voy a pegar ojo en toda la noche. Ya sabía yo lo que iba a pasar. Siempre

dije que tenía que acabar así. ¡Estaba segura que de algo te tenía que servir ser tan hermosa! Recuerdo que en cuanto lo vi, la primera vez que vino a Hertfordshire el año pasado, pensé qué probable era que os unieseis los dos. ¡Oh! ¡Es el joven más apuesto que se ha visto nunca!

Wickham y Lydia habían quedado olvidados. Jane era sin comparación su hija favorita. En aquel momento no le importaba ninguna otra. Sus hermanas menores no tardaron en interesarse por los objetos de felicidad que ella podría proporcionarles en el futuro.

Mary le pidió que le dejara usar la biblioteca de la casa de Netherfield; y Kitty le pidió con gran ahínco que organizase allí unos cuantos bailes todos los inviernos.

A partir de ese momento, Bingley visitó diariamente la casa de Longbourn, como es natural. Solía llegar antes del desayuno y se quedaba siempre hasta después de cenar, salvo cuando algún vecino cerril, al que detestaba con todas sus fuerzas, le invitaba a comer y él se sentía obligado a aceptar.

A Elizabeth le quedaba entonces poco tiempo para conversar con su hermana; pues, mientras él estaba presente, Jane no podía prestar atención a nadie más; pero descubrió que resultaba considerablemente útil a los dos en las horas de separación que a veces eran inevitables. En ausencia de Jane, Bingley acudía siempre a Elizabeth por el gusto de hablar de ella; y cuando no estaba Bingley, Jane buscaba constantemente alivio en el mismo recurso.

—¡Qué feliz me ha hecho diciéndome que ignoraba del todo que yo hubiera estado en la capital la primavera pasada! —dijo Jane una tarde—. Yo no lo había creído posible.

—Ya lo sospechaba yo —repuso Elizabeth—. Pero ¿cómo lo ha explicado?

—Debe de haber sido obra de sus hermanas. No les gustaba nada, desde luego, su amistad conmigo, cosa que no me puede extrañar, ya que podía haber elegido a otra más ventajosa en muchos sentidos. Pero cuando vean, como espero que verán, que su hermano es feliz conmigo, aprenderán a quedarse satisfechas y nos llevaremos bien otra vez; aunque ya no podremos ser nunca lo que fuimos.

—Son las palabras menos conciliadoras que te he oído decir en tu vida —dijo Elizabeth—. ¡Bien, muchacha! Me molestaría muchísimo volver a ver que aceptas como una tonta el falso cariño de la señorita Bingley.

—¿Te puedes creer, Lizzy, que cuando se marchó a la capital en noviembre pasado, me quería de verdad, y sólo se le pudo impedir que volviera aquí convenciéndolo de mi indiferencia?

—Cometió un pequeño error, en efecto; pero dice bien de su modestia.

Esto sirvió a Jane, por supuesto, para emprender un panegírico de su modestia y del poco valor que atribuía a sus buenas prendas. Elizabeth se alegró de descubrir que no había desvelado la intromisión de su amigo; pues, aunque Jane tenía el corazón más generoso e indulgente del mundo, Elizabeth sabía que aquella circunstancia la predispondría necesariamente en su contra.

—¡Soy, sin duda, el ser más afortunado que ha existido jamás! —exclamó Jane—. ¡Ay, Lizzy!, ¿por qué he sido elegida entre mi familia y recibo más dicha que los demás? ¡Ojalá te viera igual de feliz a ti! ¡Ojalá existiera otro hombre igual para ti!

—Aunque me dieras cuarenta hombres como él, no podría ser tan feliz como tú. No podría gozar de tu felicidad sin tener tu buena disposición, tu bondad. No, no, déjame que me las arregle yo sola; y puede que, con muy buena suerte, encuentre con el tiempo a otro señor Collins.

Los asuntos de la familia de Longbourn ya no podían guardarse en secreto. La señora Bennet tuvo el privilegio de susurrárselo a la señora Phillips, y ésta se aventuró, sin permiso alguno, a hacer lo mismo con todas sus vecinas de Meryton.

Se dictaminó enseguida que los Bennet eran la familia más afortunada del mundo, a pesar de que pocas semanas atrás, cuando se había fugado Lydia, se había considerado en general que estaban marcados por la desgracia.

# Capítulo LVI

Una mañana, cerca de una semana después de que quedara establecido el compromiso de Bingley con Jane, estando reunidas las mujeres de la familia con él en el salón, el ruido de un coche les hizo mirar por la ventana, y vieron llegar por el prado un coche con tiro de cuatro caballos. Era demasiado temprano para que vinieran visitas; y, por otra parte, no era el coche de ningún vecino suyo. Los caballos eran de posta, y no reconocieron ni el carruaje ni la librea del criado que lo precedía. A pesar de todo, en vista de que era seguro que venía alguien, Bingley convenció a Jane de que le ahorrase el encierro a que les obligaría la visita inesperada, saliendo a dar un paseo con él por el jardín. Los dos se pusieron en camino, y las otras tres se quedaron con sus conjeturas, aunque poco satisfechas, hasta que se abrió la puerta y entró su visitante. Era lady Catherine de Bourgh.

Todas habían esperado llevarse alguna sorpresa, desde luego; pero su asombro fue muy superior a lo que esperaban; y el de la señora Bennet y Kitty, aunque no la conocían de nada, fue incluso inferior al que sintió Elizabeth.

Entró en la sala con un aire más descortés de lo habitual; no respondió al saludo de Elizabeth más que con una leve inclinación de cabeza y se sentó sin decir palabra. Elizabeth había dicho a su madre su nombre al entrar su señoría, aunque ésta no había pedido ser presentada.

La señora Bennet, llena de asombro, aunque halagada por tener una visita tan importante, la recibió con la máxima cortesía. Ella, tras quedarse un momento sentada en silencio, dijo a Elizabeth con voz muy envarada:

—Espero que esté usted bien, señorita Bennet. Supongo que esa señora es su madre.

Elizabeth respondió con mucha brevedad que sí lo era.

—Y supongo que ésa es una de sus hermanas.

—Sí, señora —dijo la señora Bennet, encantada de hablar con lady Catherine—. Es la penúltima de mis hijas. La menor de todas se ha casado recientemente, y la mayor está ahora paseando por la finca con un joven que creo que pronto formará parte de la familia.

—El parque que tienen aquí es muy pequeño —dijo lady Catherine tras un breve silencio.

—Supongo que no es nada comparado con el de Rosings, señoría; pero le aseguro que es mucho mayor que el de sir William Lucas.

—Esta sala debe de ser muy incómoda en las tardes de verano; todas las ventanas dan al oeste.

La señora Bennet le aseguró que no se sentaban allí nunca después de comer, y añadió:

—¿Puedo tomarme la libertad de preguntar a su señoría si dejó bien al señor y la señora Collins?

—Sí, muy bien. Los vi anteanoche.

Elizabeth esperaba que sacaría entonces una carta de Charlotte para ella, pues parecía el único motivo probable de su visita. Pero no apareció ninguna carta, y se quedó completamente desconcertada.

La señora Bennet suplicó a su señoría, con gran cortesía, que tomase algún refrigerio; pero lady Catherine rehusó tomar nada con mucha decisión y no con mucha corrección; y después, poniéndose de pie, dijo a Elizabeth:

—Señorita Bennet, me ha parecido que había una especie de bosquecillo más bien lindo a un lado del prado. Me gustaría darme una vuelta por él, si me brinda usted su compañía.

—Ve, querida —exclamó su madre—, y enseña a su señoría los paseos. Creo que le gustará la ermita.

Elizabeth obedeció y, tras correr a su cuarto a buscar su parasol, acompañó a su noble huésped hasta el piso de abajo. Cuando pasaban por el vestíbulo, lady Catherine abrió las puertas que daban al comedor y a la sala de estar y, tras un breve examen, dictaminó que las habitaciones tenían un aspecto decente y siguió caminando.

Su coche seguía ante la puerta, y Elizabeth vio que estaba en él su dama de compañía. Siguieron en silencio por el camino de grava que conducía al bosquecillo; Elizabeth estaba decidida a no esforzarse por entablar conversación con una mujer que estaba todavía más insolente y desagradable de lo habitual.

«¿Cómo pude llegar a pensar que era como su sobrino?», se dijo, mirándola a la cara.

En cuanto entraron en el bosquecillo, lady Catherine empezó a hablar de la manera siguiente:

—Señorita Bennet, usted habrá entendido bien la causa que me ha movido a viajar hasta aquí. Su corazón, su conciencia, deben decirle por qué he venido.

Elizabeth la miró con un asombro no fingido.

—En verdad que se equivoca, señora. No he podido explicarme de ningún modo a qué debo el honor de verla aquí.

—Señorita Bennet —replicó su señoría con tono airado—, debería usted saber que de mí no se burla nadie. Sin embargo, por muy insincera que quiera ser usted, verá que yo no lo soy. Siempre se ha alabado la sinceridad y franqueza de mi carácter, y desde luego que no voy a perderlas en una cuestión de tanto peso como ésta. Hace dos días me llegó una noticia muy alarmante. Me dijeron que no sólo su hermana estaba a punto de contraer un matrimonio muy ventajoso, sino que usted, que la señorita Elizabeth Bennet, se iba a unir con toda probabilidad poco tiempo más tarde con mi sobrino, con mi propio sobrino, el señor Darcy. Aunque sé que debe de tratarse de una falsedad escandalosa, aunque no voy a hacer a mi sobrino la injuria de suponer que pueda ser verdad, resolví al instante partir camino de este lugar para dar a conocer a usted mis sentimientos.

—Si lo creía imposible —dijo Elizabeth, ruborizándose de asombro y desdén—, me asombra que se haya tomado la molestia de venir hasta tan lejos. ¿Qué pretendía con ello su señoría?

—Exigir de una vez que se desmienta universalmente ese rumor.

—La venida de su señoría a Longbourn para vernos a mí y a mi familia tendería más bien a confirmar tal rumor —dijo Elizabeth con frialdad—, si es que tal noticia ha circulado.

—¡Sí! ¿Acaso pretende usted ignorarlo? ¿Acaso no lo han hecho circular ustedes mismos intencionadamente? ¿Acaso no sabe que tal rumor se ha difundido?

—No lo había oído nunca.

—¿Y puede declarar, del mismo modo, que no tiene fundamento?

—No pretendo estar dotada de tanta franqueza como su señoría. Puedo dejar de responder algunas de las preguntas que me hace.

—Esto no se puede tolerar, señorita Bennet; insisto en que me responda. ¿Le ha hecho él, mi sobrino, una propuesta de matrimonio?

—Su señoría ha afirmado que tal cosa es imposible.

—Así debería ser; así debe ser, mientras tenga uso de razón. Pero puede suceder que sus artimañas y sus seducciones le hayan hecho olvidar, en un momento de pasión, su deber hacia sí mismo y hacia toda su familia. Puede haberlo seducido.

—En tal caso, yo sería la última persona en confesarlo.

—Señorita Bennet, ¿sabe usted quién soy yo? No estoy acostumbrada a que me hablen de esta manera. Soy casi la pariente más próxima que tiene él en el mundo, y tengo derecho a enterarme de sus asuntos más íntimos.

—Pero no tiene derecho a enterarse de los míos; ni me inducirá jamás a que se los exponga con una conducta como ésta.

—Permítame que me explique. Este matrimonio al que tiene usted la presunción de aspirar no podrá tener lugar jamás. No, jamás. El señor Darcy está comprometido con mi hija. ¿Qué dice usted ahora?

—Sólo una cosa: que, si es así, su señoría no puede tener ningún motivo para suponer que me hará una propuesta de matrimonio.

Lady Catherine titubeó un instante y replicó después:

—El compromiso entre los dos es de un carácter peculiar. Han estado destinados el uno para el otro desde su infancia. Era el deseo más querido de su madre, así como de la de ella. Concertamos la unión cuando estaban en la cuna; y ahora, en el momento en que el matrimonio haría cumplirse los deseos de las dos hermanas, ¡que lo impida una joven de origen inferior, sin importancia social y sin ninguna relación con la familia! ¿No tiene usted en cuenta los deseos de los suyos? ¿Su compromiso tácito con la señorita de Bourgh? ¿Carece usted de todo sentimiento de decencia y delicadeza? ¿No me ha oído decir que estuvo destinado para su prima desde sus primeras horas de vida?

—Sí, y ya lo había oído antes. Pero ¿qué me importa eso a mí? Si no existiera ninguna otra objeción para que yo me casase con su sobrino, desde luego que no dejaría de hacerlo por saber que su madre y su tía querían que se casara con la señorita de Bourgh. Las dos han hecho todo lo que han podido para preparar ese matrimonio. Que se llevara a cabo o no dependía de otras personas. Si el señor Darcy no se une a su prima, ni por honor ni por inclinación, ¿por qué no ha de elegir a otra? Y si la elegida soy yo, ¿por qué no voy a aceptarlo?

—Porque lo impide el honor, el decoro, la prudencia... hasta el interés. Sí, señorita Bennet, el interés; pues no espere que, si usted se opone deliberadamente a las inclinaciones de la familia y los amigos de él, ellos le vayan a prestar atención jamás. Todos los que tienen alguna relación con él la censurarán, la insultarán y la despreciarán. Su matrimonio será una deshonra; su nombre no será pronunciado nunca por ninguno de nosotros.

—Son graves desventuras —repuso Elizabeth—. Sin embargo, la esposa del señor Darcy deberá gozar, en virtud de su estado, de unas causas de felicidad tan extraordinarias que podría ser que, en conjunto, no tuviera motivos para quejarse.

—¡Qué muchacha más terca y cabezota! ¡Me avergüenzo de usted! ¿Así me agradece las atenciones que tuve con usted la primavera pasada? ¿No me debe nada por ello? Sentémonos. Ha de entender usted, señorita Bennet, que he venido aquí con la firme resolución de salirme con mi propósito, y no voy a dejarme disuadir de él. No estoy acostumbrada a someterme a los caprichos de nadie. No tengo costumbre de quedar defraudada.

—Entonces, la situación presente de su señoría es más digna de lástima por ello; pero eso no ejercerá ningún efecto sobre mí.

—No consiento que se me interrumpa. Escúcheme en silencio. Mi hija y mi sobrino están hechos el uno para el otro. Descienden, por línea materna, de una misma noble estirpe; y, por parte de padre, de familias respetadas, honrosas y antiguas, aunque sin título. Ambos tienen espléndidas fortunas. Están destinados el uno al otro según el criterio de cada uno de los miembros de sus casas respectivas; y ¿qué los va a separar? Las pretensiones advenedizas de una joven sin familia, conocidos ni fortuna. ¿Se puede tolerar? Pero no puede ser, no será así. Si usted fuera consciente de lo que le conviene, no querría salir de la esfera en la que se ha criado.

—Creo que no saldría de esa esfera por casarme con su sobrino. Él es un caballero; yo soy hija de un caballero; hasta ahí somos iguales.

—Cierto. Usted es hija de un caballero. Pero ¿quién era su madre? ¿Quiénes son sus tíos y tías? No se imagine que ignoro su condición.

—Sea cual sea mi parentela, si su sobrino no le pone objeciones, no tiene por qué importarle nada a su señoría —dijo Elizabeth.

—Dígamelo de una vez: ¿está usted comprometida con él?

Aunque Elizabeth no habría contestado a esta pregunta sólo por obedecer a lady Catherine, no pudo menos de decir, tras un momento de deliberación:

—No lo estoy.

Lady Catherine pareció satisfecha.

—¿Y me promete que no contraerá jamás tal compromiso?

—No haré ninguna promesa semejante.

—¡Señorita Bennet, estoy escandalizada y atónita! Esperaba encontrarme a una joven más sensata. Pero no se engañe usted creyendo que voy a ceder. No me marcharé hasta que me haya dado la seguridad que exijo.

—Y yo no la daré jamás, desde luego que no. No me voy a dejar intimidar para hacer una cosa tan falta de razón. Su señoría quiere que el señor Darcy se case con su hija; pero ¿sería más probable este matrimonio por que yo hiciera a su señoría la promesa que desea? Suponiendo que él me quiera, ¿el que yo rechazara aceptar su mano podría servir para que él quisiera dársela a su prima? Permítame decirle, lady Catherine, que los argumentos con que ha apoyado usted esta petición extraordinaria han sido tan frívolos como irreflexiva es la solicitud misma. Si se ha creído que se me puede convencer con argumentos de esta especie, es que ha interpretado muy mal mi carácter. No sé hasta qué punto aprobará su sobrino la intromisión de su señoría en sus asuntos; pero lo que es seguro es que su señoría no tiene derecho a intervenir en los míos. Por tanto, he de suplicarle que no me importune más sobre este particular.

—Haga el favor de no correr tanto. No he acabado, ni mucho menos. Todavía me queda una objeción que añadir a todas las que he presentado ya. No ignoro los detalles de la fuga infame de su hermana menor. Lo sé todo; que el joven se casó con ella precipitadamente, sobornado por su padre y sus tíos. ¿Y ha de ser cuñada de mi sobrino una muchacha así? ¿Su marido, hijo del que fue administrador de su padre, ha de ser su cuñado? ¡En nombre de todo lo divino y humano! ¿En qué está pensando usted? ¿Han de profanarse de esta manera las sombras de Pemberley?

—No diga usted nada más —replicó Elizabeth, enfadada—. Ya me ha insultado de todas las maneras posibles. He de suplicarle que volvamos a la casa.

Y diciendo esto se levantó. Lady Catherine se levantó también, y volvieron. Su señoría estaba irritadísima. —¡No tiene usted, entonces, ninguna consideración a la honra y el buen nombre de mi sobrino! ¡Muchacha insensible y egoísta! ¿No tiene usted en cuenta que emparentar con usted lo deshonrará ante los ojos de todos?

—Lady Catherine, no tengo nada más que decir. Ya conoce usted mi opinión.

—¿Está resuelta a casarse con él, entonces?

—Yo no he dicho tal cosa. Sólo estoy resuelta a obrar del modo que conduzca a mi felicidad, según mi propia opinión, sin tener en cuenta la de usted ni la de ninguna otra persona tan completamente ajena a mí.

—Está bien. Se niega usted, por tanto, a complacerme. Se niega a obedecer las exigencias del deber, del honor y del agradecimiento. Está decidida a desacreditar a mi sobrino ante todos sus amigos y a hacer que lo desprecie todo el mundo.

—Ni el deber, ni el honor ni el agradecimiento pueden tener nada que exigirme en el caso presente —repuso Elizabeth—. Mi matrimonio con el señor Darcy no transgrediría ninguno de sus principios. Y en lo que se refiere al disgusto de su familia o a la indignación del mundo, yo no me preocuparía ni por un instante de suscitar el primero al casarme con él; y el mundo en general tendría demasiado buen sentido como para sumarse a tal desprecio.

—¡Y ésta es su verdadera opinión! ¡Es su última palabra! Muy bien. Ahora sé cómo he de obrar. No se imagine usted, señorita Bennet, que quedará satisfecha su ambición. He venido para probarla. Esperaba encontrarla razonable; pero me saldré con la mía, esté usted segura de ello.

Lady Catherine siguió hablando de esta manera hasta que llegaron a la portezuela del coche; allí se volvió precipitadamente y añadió:

—No me despido de usted, señorita Bennet. No le mando saludos para su madre. No se merece usted tales atenciones. Estoy disgustadísima.

Elizabeth no respondió; y, sin intentar convencer a su señoría de que volviera a entrar en la casa, volvió ella misma caminando con tranquilidad. Oyó partir el coche mientras subía la escalera. Su madre la esperaba impaciente en la puerta de su alcoba y le preguntó cómo no había entrado lady Catherine de nuevo para descansar.

—No quiso —dijo su hija—. Tenía que marcharse.

—¡Es una mujer de aspecto muy distinguido! ¡Y qué fineza tan maravillosa ha sido el visitarnos! Porque me imagino que sólo ha venido a decirnos que los Collins estaban bien. Me figuro que irá de camino a alguna parte y, al pasar por Meryton, habrá pensado que bien podía hacerte una visita. Supongo que no tendría que decirte nada especial, Lizzy, ¿verdad?

Aquí tuvo que soltar Elizabeth una mentirijilla, pues era imposible confesar el tema fundamental de la conversación que habían mantenido.

# Capítulo LVII

Aquella visita extraordinaria produjo a Elizabeth una inquietud de espíritu que le costó trabajo superar, y pasó muchas horas sin ser capaz de pensar incesantemente en ello. Al parecer, lady Catherine se había tomado la molestia de hacer aquel viaje desde Rosings con el único fin de romper el supuesto compromiso de ella con el señor Darcy. El proyecto era razonable, desde luego; pero Elizabeth no fue capaz de imaginarse de dónde podía haber salido la noticia de que estuvieran comprometidos, hasta que recordó que bastaba para suscitar la idea con que Darcy fuera amigo íntimo de Bingley y con que ella fuera hermana de Jane, en una época en que la inminencia de una boda hacía esperar otra a todos. A ella misma no se le había pasado por alto la idea de que la boda de su hermana los haría verse a ellos con más frecuencia. Y, en consecuencia, sus vecinos de Villa Lucas (por cuya comunicación con los Collins habría llegado la noticia a lady Catherine, según concluyó Elizabeth) no habían hecho más que dar por casi seguro e inmediato lo que ella sólo había esperado como cosa posible en alguna época futura.

Al repasar las palabras de lady Catherine, no obstante, no pudo evitar cierta intranquilidad sobre las consecuencias que podía tener que ella se empeñara en entrometerse. Por lo que había dicho acerca de su resolución de impedir el matrimonio, a Elizabeth se le ocurrió que debía de estar tramando apelar a su sobrino; y no se atrevía a juzgar cómo podía recibir éste una presentación como aquélla de los males que acarrearía el enlace con ella. No conocía la medida exacta del afecto que tenía a su tía ni hasta qué punto se fiaba de su buen juicio, pero era natural suponer que tuviera mucho mejor concepto de su señoría que el que podía tener Elizabeth. Lo que sí era seguro era que, al enumerar las desgracias de un matrimonio con una persona cuyos parientes próximos eran tan desiguales a los de él, su tía le tocaría el punto más flaco. Con el concepto que tenía Darcy de la dignidad, era probable que atribuyera mucho buen sentido y solidez a los mismos argumentos que a Elizabeth le habían parecido flojos y ridículos.

Si Darcy había vacilado antes sobre lo que debía hacer, lo cual había parecido probable en muchas ocasiones, los consejos y las amenazas de un pariente tan próximo podrían disipar todas sus dudas y decidirlo de una vez a ser todo lo feliz que pudiera manteniendo incólume su dignidad. Lady Catherine podía verlo al pasar por la capital; y él no cumpliría la promesa que había hecho a Bingley de volver otra vez a Netherfield.

«Por lo tanto, si de aquí a pocos días envía a su amigo un pretexto para no volver, sabré a qué atenerme —pensó Elizabeth—. Entonces renunciaré a toda esperanza, a todo deseo de firmeza por su parte. Si se conforma con acordarse de mí, cuando podría haber tenido mi amor y mi mano, yo dejaré pronto de acordarme de él en absoluto.»

\*\*\*

Los demás miembros de la familia se llevaron una sorpresa enorme al enterarse de quién había sido su visitante, pero tuvieron la bondad de explicarla con la misma suposición que había satisfecho la curiosidad de la señora Bennet y Elizabeth se ahorró así muchas preguntas sobre la cuestión.

A la mañana siguiente, cuando bajaba por la escalera, se encontró con su padre, que salía de la biblioteca con una carta en la mano.

—Salía a buscarte, Lizzy —dijo—; pasa a mi cuarto.

Ella lo siguió, y su curiosidad por saber qué tenía que decirle aumentó al suponer que tendría que ver de alguna manera con la carta que llevaba. Se le ocurrió de pronto que podría ser de lady Catherine y esperó con consternación tener que dar todas las explicaciones consiguientes.

Siguió a su padre hasta la chimenea y se sentaron los dos. Él dijo entonces:

—He recibido esta mañana una carta que me ha asombrado muchísimo. Como se refiere principalmente a ti, conviene que conozcas su contenido. No había sabido hasta ahora que tenía dos hijas a punto de casarse. Permíteme que te felicite por esta conquista tan notable.

A Elizabeth le subió el color a las mejillas al convencerse al instante de que la carta era del sobrino y no de la tía; y estaba dudando entre alegrarse porque éste le diera explicaciones u ofenderse porque no le hubiera dirigido la carta a ella, cuando su padre siguió diciendo:

—Parece que sabes algo. Las señoritas tenéis una gran intuición en asuntos como éste; pero creo que puedo poner a prueba tu sagacidad invitándote a descubrir el nombre de tu admirador. La carta es del señor Collins.

—¡Del señor Collins! Y ¿qué tiene que decirme?

—Algo muy oportuno, como es natural. Empieza felicitándome por la próxima boda de mi hija mayor, de la que le han informado, al parecer, algunos de los Lucas, tan bienintencionados y chismosos. No pienso jugar con tu impaciencia leyéndote lo que dice al respecto. Lo que se refiere a ti es lo siguiente:

«Después de haberle ofrecido las felicitaciones sinceras de la señora Collins y las mías sobre el feliz acontecimiento, me permitirá usted que le añada una breve indicación sobre otro, del que nos ha informado la misma fuente. Se cree que su hija Elizabeth no llevará mucho tiempo el apellido de Bennet después de que lo haya dejado su hermana mayor; y se puede esperar razonablemente que el compañero elegido para compartir sus destinos será uno de los personajes más ilustres de esta región».

—¿Adivinas a quién se refiere, Lizzy?

«El joven caballero está dotado de modo especial de todo lo que pueden desear los corazones de los mortales: propiedades espléndidas, alcurnia ilustre y gran influencia en la Iglesia. Sin embargo, a pesar de todas estas tentaciones, permítame usted que prevenga a mi prima Elizabeth y a usted mismo sobre los males que puede acarrear la aceptación precipitada de las propuestas de este caballero, las cuales, como es natural, ustedes tenderían a aceptar inmediatamente.»

—¿Tienes la menor idea de quién es este caballero, Lizzy? Pero ahora sale a relucir.

«El motivo de mi advertencia es el siguiente. Tenemos motivos para suponer que su tía, lady Catherine de Bourgh, no ve con buenos ojos el compromiso.»

—¡El hombre es el señor Darcy, como ves! Ahora creo que te he dado una sorpresa, Lizzy. ¿Acaso podían haber designado el señor Collins o los Lucas a algún hombre cuyo nombre pudiera desmentir mejor lo que han propalado? ¡El señor Darcy, que no mira jamás a una mujer si no es para verle tachas, y que seguramente no te habrá mirado en su vida! ¡Es extraordinario!

Elizabeth intentó sumarse a las bromas de su padre, pero sólo consiguió esbozar una sonrisa forzada. El señor Bennet no había lucido jamás su ingenio de una manera que le resultase menos agradable a ella.

—¿No te divierte?

—¡Oh, sí! Siga leyendo, se lo ruego.

«Cuando comenté anoche a su señoría la posibilidad de tal enlace, ésta me expresó al instante, con su condescendencia habitual, su opinión al respecto; entonces supe que, en virtud de ciertas objeciones hacia la familia de mi prima, su señoría no daría jamás su consentimiento a una unión que ella calificó de deshonrosa. Me pareció mi deber comunicárselo enseguida a mi prima, para que ésta y su noble admirador sean conscientes de lo que se traen entre manos y no se precipiten a contraer un matrimonio que no ha recibido la aprobación debida.» El señor Collins añade también: «Me congratulo de veras de que se haya echado tierra tan acertadamente al triste asunto de mi prima Lydia, y lo único que me preocupa es que haya cundido tanto la noticia de que vivieron juntos antes de casarse. Sin embargo, no debo descuidar los deberes propios de mi estado ni abstenerme de declarar mi asombro al enterarme de que recibió usted en su casa a la joven pareja en cuanto estuvieron casados. Eso fue alentar el vicio; y si yo hubiera sido rector de Longbourn, me habría opuesto a ello tajantemente. Como cristiano, tenía usted, ciertamente, el deber de perdonarlos; pero no debió nunca admitirlos en su presencia ni dejar que se pronuncien sus nombres ante usted». ¡He aquí su concepto del perdón cristiano! El resto de la carta no trata más que del estado de su querida Charlotte y de su esperanza de tener un retoño. Pero, Lizzy, parece que no te divierte. Supongo que no te pondrás remilgada, haciéndote la ofendida por un bulo tan vano. ¿Para qué vivimos, sino para hacer reír a nuestro prójimo y para reírnos de él a nuestra vez?

—¡Oh! Me divierte enormemente —exclamó Elizabeth—. Pero ¡qué cosa tan rara!

—Sí; por eso tiene gracia. Si se les hubiera ocurrido con algún otro hombre, la cosa no sería nada; pero la indiferencia absoluta de éste y la aversión marcada que sientes tú por él es lo que lo vuelven deliciosamente absurdo. Con todo lo que aborrezco escribir, no estaría dispuesto a perder el trato epistolar con el señor Collins por nada del mundo. En efecto, cuando leo una carta suya, no puedo evitar preferirlo hasta sobre el propio Wickham, con todo lo que aprecio la desvergüenza y la hipocresía de mi yerno. Y, dime, Lizzy, ¿qué dijo lady Catherine de esta noticia? ¿Vino a negar su consentimiento?

Su hija sólo respondió a esta pregunta con una carcajada; y, como se le había dirigido sin la menor sospecha, su padre no se molestó en repetirla. Elizabeth no se había encontrado jamás en tal aprieto por la necesidad de disimular sus sentimientos. Tenía que reírse cuando habría preferido llorar. Su padre la había mortificado cruelmente con lo que había dicho de la indiferencia del señor Darcy, y ella no podía hacer otra cosa que extrañarse ante tal falta de intuición de su padre, o temer que lo que pasaba no era que su padre hubiera visto demasiado poco, sino que ella se hubiera imaginado demasiado.

# Capítulo LVIII

El señor Bingley no recibió ninguna carta de disculpa de su amigo, tal como había temido en parte Elizabeth, sino que pudo traerse consigo a Darcy a Longbourn pocos días después de la visita de lady Catherine. Los caballeros se presentaron temprano; y antes de que la señora Bennet hubiera tenido tiempo de contarle que había visto a su tía, como temió por un momento su hija, Bingley, que quería estar a solas con Jane, propuso que salieran todos a darse un paseo. Se accedió a ello. La señora Bennet no tenía costumbre de pasearse; Mary no tenía nunca tiempo libre; pero los cinco restantes salieron juntos. Sin embargo, Bingley y Jane no tardaron en dejarse adelantar, y se quedaron atrás, dejando que Elizabeth, Kitty y Darcy se hicieran compañía unos a otros. Ninguno decía gran cosa; Kitty tenía demasiado miedo a Darcy para hablar; Elizabeth trazaba en secreto una determinación desesperada, y era posible que él estuviera haciendo otro tanto.

Caminaron hacia la casa de los Lucas, porque Kitty quería visitar a Maria; y como Elizabeth no veía motivos para que la visita fuera general, cuando Kitty los dejó siguió audazmente sola con Darcy. Era el momento de llevar a cabo su determinación, y, haciendo acopio de valor, le dijo al momento:

—Señor Darcy, soy un ser muy egoísta y no me importa poder herir sus sentimientos con tal de satisfacer los míos. No puedo pasar más tiempo sin agradecerle su generosidad ejemplar hacia mi pobre hermana. Desde que la supe, he deseado reconocerle a usted cuán agradecida me siento. Si el resto de mi familia lo supiera, no sería únicamente mi agradecimiento el que tendría que expresarle.

—Lo lamento, lamento enormemente que le hayan contado a usted algo que podría haberla intranquilizado si lo hubiera interpretado mal —respondió él con tono de sorpresa y emoción—. No creía que la señora Gardiner fuera tan poco discreta.

—No debe culpar usted a mi tía. Un descuido de Lydia fue lo primero que me hizo saber que usted había intervenido en el asunto; y, naturalmente, no tuve descanso hasta enterarme de los detalles. Permítame usted que le agradezca una y otra vez, en nombre de toda mi familia, esa compasión generosa que lo llevó a tomarse tantas molestias y a soportar tantas mortificaciones con el objeto de descubrir su paradero.

—Si quiere usted darme las gracias —repuso él—, que sea sólo en nombre de usted. No negaré que el deseo de darle una alegría pudo reforzar los otros incentivos que me movieron a actuar. Pero su familia no me debe nada. A pesar de todo el respeto que les tengo, me parece que sólo pensaba en usted.

Elizabeth estaba demasiado turbada para decir una palabra. Tras una breve pausa, su compañero siguió diciendo:

—Es usted demasiado generosa para jugar conmigo. Si sus sentimientos siguen siendo los que eran en el mes de abril pasado, dígamelo de una vez. Mi amor y mis deseos no han variado; pero una palabra suya me hará callar para siempre en este sentido.

Elizabeth, consciente de su situación difícil y angustiosa, se obligó a sí misma a hablar; y le dio a entender inmediatamente, aunque no con mucha soltura, que sus sentimientos habían sufrido un cambio tan significativo desde la fecha que había citado él que la llevaban a recibir con agradecimiento y gusto su declaración actual. Esta respuesta produjo a Darcy una felicidad superior, quizá, a cualquiera que hubiera sentido en su vida; y la expresó con todo el buen juicio y el calor que se pueden esperar en un hombre furiosamente enamorado. Si Elizabeth hubiera sido capaz de mirarlo a los ojos, habría visto lo bien que le sentaba a Darcy la expresión de dicha sincera que le invadía el rostro. Sin embargo, aunque no podía mirarlo,

sí podía escucharlo; y él le habló de unos sentimientos que, al demostrar cuánto valía ella para él, aquilataban su amor a cada instante.

Siguieron paseando sin saber hacia dónde. Tenían demasiado que pensar, que sentir y que decir para atender a nada más. Ella se enteró enseguida de que debían su buen entendimiento actual a los afanes de la tía de él, que lo había visitado, en efecto, al pasar por Londres, y le había contado entonces su viaje a Longbourn, el motivo de tal viaje y lo sustancial de su conversación con Elizabeth, y le había recalcado con mucho énfasis cada una de las expresiones de ésta que, según entendía su señoría, habían puesto de manifiesto especialmente su perversidad y su descaro, convencida de que tal relación debía favorecer su intento de arrancar a su sobrino la promesa que Elizabeth se había negado a hacerle a ella. Pero, por desgracia para su señoría, su efecto había sido exactamente el opuesto.

—Me hizo cobrar unas esperanzas que no me había atrevido a albergar hasta entonces —dijo Darcy—. Yo conocía lo suficiente de su carácter como para estar seguro de que, si su decisión de rechazarme hubiera sido firme, irrevocable, se la habría reconocido a lady Catherine de manera franca y abierta.

Elizabeth se sonrojó y respondió, riéndose:

—Sí, conocía usted mi franqueza bastante bien como para creerme capaz de eso. Después de insultarle a la cara de una manera tan abominable, no podía tener reparo en insultarle ante todos sus parientes.

—¿Y qué ha dicho usted de mí que yo no me mereciera? Porque, aunque sus acusaciones estuvieran mal fundadas, basadas en premisas erróneas, mi conducta con usted era merecedora de los reproches más severos. Fue imperdonable. No soy capaz de recordarla sin horror.

—No vamos a discutir sobre quién cometió culpas mayores aquella tarde —dijo Elizabeth—. Si se examina estrictamente la conducta de los dos, ninguno queda libre de reproche; pero creo que desde entonces los dos hemos ganado en cortesía.

—A mí no me resulta tan fácil reconciliarme conmigo mismo. El recuerdo de lo que dije entonces, de mi conducta, de mis modales, de mis expresiones en aquella ocasión, me resulta doloroso de una manera inexpresable, y lleva muchos meses resultándomelo. No olvidaré jamás su reproche, tan oportuno: «Si se hubiera comportado usted de una manera más caballerosa». Éstas fueron sus palabras. No sabe usted, apenas puede concebir, cuánto me han atormentado; aunque confieso que tardé algún tiempo en entrar en razón y reconocer cuán justas eran.

—Desde luego que yo estaba muy lejos de esperar que hubieran producido una impresión tan fuerte. No tenía la menor idea de que hubieran dado tanto que sentir.

—Bien lo puedo creer. Entonces me suponía usted exento de todo sentimiento elevado, estoy seguro. No olvidaré jamás su semblante cuando dijo que no podría haberme dirigido a usted de ninguna manera que hubiera podido inducirle a que me aceptase.

—¡Oh! No repita lo que dije entonces. Estos recuerdos no son convenientes en absoluto. Le aseguro que hace mucho tiempo que me avergüenzo de ello de corazón.

Darcy le habló de su carta.

—¿Tardó mucho tiempo en hacerle cobrar mejor concepto de mí? ¿Dio crédito a su contenido al leerla?

Ella le explicó el efecto que le había causado la carta y el modo paulatino en que había ido perdiendo sus prejuicios.

—Ya sabía yo que lo que había escrito debía causarle dolor, pero era necesario. Espero que haya destruido la carta. Había una parte, sobre todo el principio, que temo que pueda volver a leer. Recuerdo algunas expresiones que podrían hacer que me odiara usted con justicia.

—La carta se quemará, desde luego, si lo considera esencial para conservar mi afecto; pero, aunque ambos tenemos motivos para considerar que mis opiniones no eran inalterables del todo, espero que no hayan cambiado con tanta facilidad como quiere dar a entender.

—Cuando escribí esa carta, creía estar completamente tranquilo y frío —repuso Darcy—; pero después he llegado a la conclusión de que la escribí con una amargura de espíritu terrible.

—Es posible que la carta comenzara con amargura, pero no terminaba así. La despedida era la quintaesencia de la caridad. Pero no pensemos más en la carta. Los sentimientos de la persona que la escribió y de la persona que la recibió han variado tanto de lo que eran entonces que deben olvidarse todas las circunstancias desagradables que la rodean. Tendrá que aprender algo de mi filosofía. No recuerde del pasado más que lo que le sea grato.

—No puedo atribuirle a usted tal filosofía. Sus recuerdos deben de estar tan libres de reproches que la satisfacción que le producen no es la de la filosofía, sino la de la inocencia, que es mucho mejor. Esto no se cumple en mi caso. Me vienen unos recuerdos dolorosos que no puedo, que no debo rechazar. He sido durante toda mi vida un ser egoísta, en la práctica, aunque no por principio. De niño me enseñaron qué era lo correcto, pero no me enseñaron a corregir mi genio. Me dieron buenos principios, pero me permitieron aplicarlos con orgullo y vanidad. Siendo, por desgracia, hijo único (hijo único durante muchos años), mis padres me consintieron; a pesar de ser buenos ellos mismos (mi padre, sobre todo, era la benevolencia y la amabilidad personificadas), me permitieron, me animaron, casi me enseñaron a ser egoísta y dominante; a no preocuparme por nadie que fuera ajeno a mi propio círculo familiar; a pensar mal del resto del mundo; a querer, al menos, pensar mal de su buen sentido y de su valía comparados con los míos. Así fui yo de los ocho a los veintiocho años; ¡y así podría seguir siendo si no hubiera sido por usted, Elizabeth querida, amadísima! ¡Cuánto le debo! Me ha enseñado una lección; muy dura al principio, pero muy provechosa. Me humilló como me merecía. Me presenté ante usted sin dudar para nada de la acogida que me daría. Usted me enseñó cuán insuficientes eran mis pretensiones para complacer a una mujer que se merece ser complacida.

—¿Creía usted que le iba a aceptar?

—Desde luego que sí. ¿Qué le parece mi vanidad? Creía que usted deseaba y esperaba mi declaración.

—Mi actitud debió de resultar engañosa, aunque no de manera intencionada, se lo aseguro. Jamás quise engañarle; pero es muy posible que mi ánimo me engañe con frecuencia. ¡Cómo debió de odiarme desde aquella tarde!

—¡Odiarla! Al principio sentí ira, quizá, pero mi ira no tardó en tomar una orientación conveniente.

—Casi me da miedo preguntarle lo que pensó de mí cuando nos encontramos en Pemberley. ¿Me censuró por haber ido allí?

—Desde luego que no. Lo único que sentí fue sorpresa.

—Su sorpresa no pudo ser mayor que la mía al ver que usted me prestaba atención. Mi conciencia me decía que yo no me merecía ninguna amabilidad extraordinaria, y reconozco que no esperaba recibir más que la que me merecía.

—Lo que yo pretendía entonces —respondió Darcy— fue demostrarle, con todas las cortesías que pudiera, que no era tan ruin como para guardar resentimientos por el pasado; y confiaba en alcanzar su perdón, en reducir su mal concepto de mí, haciéndole ver que había tenido en cuenta sus reproches. No sé cuánto tardaron en surgir otros deseos, pero creo que fue cosa de media hora después de verla.

Le contó entonces cuán encantada había estado Georgiana de conocerla y la desilusión que se había llevado con su marcha repentina. De ahí pasó a hablar, como es natural, de la causa de dicha marcha, y Elizabeth se enteró enseguida de que Darcy se había decidido a salir de Derbyshire en busca de Lydia antes de salir de la posada, y que el aspecto serio y pensativo que había tenido allí se había debido a la lucha interior que le había producido ese propósito.

Elizabeth volvió a expresarle su agradecimiento; pero el asunto era demasiado doloroso para que ninguno de los dos quisiera insistir mucho en él.

Después de caminar tranquilamente varias millas, y demasiado abstraídos para darse cuenta, vieron por fin, consultando sus relojes, que ya era hora de volver a casa.

Se preguntaron dónde se habrían metido el señor Bingley y Jane, y pasaron de allí a hablar de ellos. El compromiso de ambos encantaba a Darcy; había sido su amigo quien se lo había comunicado inmediatamente.

—Debo preguntarte si le sorprendió —dijo Elizabeth.

—En absoluto. Cuando me marché de aquí, ya me parecía que ocurriría pronto.

—Dicho de otro modo, le había dado usted permiso. Ya me lo figuré.

Y aunque él protestó al oír estas palabras, Elizabeth descubrió que la cosa había sido así prácticamente.

—La tarde anterior a mi salida para Londres —refirió Darcy—, le confesé una cosa que creo que debía haberle confesado hace mucho tiempo. Le conté todo lo que había ocurrido que había vuelto absurda e impertinente mi anterior intromisión en sus asuntos. Se llevó una gran sorpresa. No había sospechado nada. Le dije, además, que creía haber cometido un error al suponer que Jane no le amaba; y que, como advertía claramente que él no había flaqueado en su amor por ella, no dudaba que serían felices juntos.

Elizabeth no pudo menos de sonreír ante la facilidad con que dirigía Darcy a su amigo.

—¿Se basó usted en sus propias observaciones cuando le dijo que mi hermana lo quería, o sólo en lo que le había dicho yo la primavera pasada? —le preguntó ella.

—En lo primero. En las dos últimas visitas que hice aquí la observé atentamente y me quedé convencida de su amor.

—Y supongo que, al asegurárselo usted, él se quedó convencido de ello inmediatamente.

—Así fue. Bingley tiene una modestia absolutamente sincera. Su timidez le había impedido fiarse de su propio juicio en un caso tan trascendente, pero su confianza en el mío lo facilitó todo. Me vi obligado a confesar una cosa que le ofendió durante cierto tiempo, no sin justicia. No pude ocultarle que su hermana había pasado tres meses en la capital en el invierno pasado; que yo lo había sabido y que se lo había ocultado a propósito. Se enfadó. Pero estoy convencido de que la ira sólo le duró mientras albergó alguna duda acerca de los sentimientos de su hermana. Ya me ha perdonado de todo corazón.

Elizabeth hubiera querido observar que el señor Bingley había sido un amigo encantador y precioso por la facilidad con que se dejaba llevar; pero se contuvo. Recordó que Darcy no estaba acostumbrado todavía a que le tomaran el pelo, y era más bien demasiado pronto para empezar. Darcy siguió, pues, hablando de la felicidad que esperaba a Bingley, que, naturalmente, sólo sería superada por la de él mismo, y así llegaron a la casa. Se separaron en el vestíbulo.

# Capítulo LIX

—Querida Lizzy, ¿hasta dónde habéis llegado paseando? —preguntó Jane a Elizabeth en cuanto entró en la habitación de ambas; y después, cuando se sentaron a comer, todos le hicieron la misma pregunta. Lo único que pudo decir como respuesta fue que habían andado hasta llegar a terrenos desconocidos para ella. Se sonrojó al hablar, pero ni esto ni ninguna otra cosa despertó cualquier sospecha de la verdad.

La velada transcurrió con tranquilidad, sin que pasara nada extraordinario. Los novios reconocidos charlaban y reían, los no reconocidos guardaban silencio. Darcy no tenía un carácter de ésos en que la felicidad se desborda en risas; y Elizabeth, agitada y confusa, más bien razonaba que sentía el hecho de ser feliz; pues, aparte de la vergüenza que tendría que pasar enseguida, tenía por delante otros males. Se figuraba lo que opinaría su familia cuando se conociera su situación; era consciente de que sólo Jane apreciaba a Darcy; y hasta temía que los demás sintieran hacia él una aversión que no pudiera superar ni siquiera su fortuna y su categoría social.

Por la noche se sinceró ante Jane. Aunque la señorita Bennet mayor estaba muy lejos de ser una desconfiada, en este caso estuvo francamente incrédula.

—¡Estás de broma, Lizzy! ¡Esto no puede ser! ¡Comprometida con el señor Darcy! No, no, no me engañas. Sé que es imposible.

—¡Qué mal comienzo es éste! Yo, que sólo me fiaba de ti... y ahora sé que, al no creerme tú, no me creerá nadie más. Pero, de verdad, lo digo en serio. No estoy diciendo más que la verdad. Todavía me quiere, y estamos prometidos.

Jane la miró con desconfianza.

—¡Ay, Lizzy! No puede ser. Sé lo poco que te gusta.

—Tú no sabes nada. Todo eso está olvidado. Es posible que no lo haya querido tanto como lo quiero ahora. Pero en casos como éste es imperdonable tener buena memoria. Ésta es la última vez que lo recordaré yo misma.

Jane seguía mirándola asombrada. Elizabeth volvió a asegurarle que decía la verdad, con la máxima seriedad.

—¡Cielo santo! ¡Será posible que sea verdad! Pero ahora debo creerte —exclamó Jane—. Lizzy, Lizzy querida, te felicitaría... Te felicito... Pero ¿estás segura? Perdona la pregunta... ¿Estás segura del todo de que puedes ser feliz con él?

—De eso no puede caber duda. Ya hemos acordado entre los dos que seremos la pareja más feliz del mundo. Pero ¿estás contenta, Jane? ¿Te gustará tener un cuñado así?

—Mucho, muchísimo. Nada podría darnos más placer a Bingley ni a mí. Aunque lo consideramos, hablábamos de ello como cosa imposible. ¿Y es verdad que lo amas lo suficiente? ¡Ay, Lizzy! Haz cualquier cosa antes de casarte sin amor. ¿Estás bien segura de que sientes lo que deberías sentir?

—¡Oh, sí! Cuando te lo cuente todo, opinarás que siento más de lo que debería sentir.

—¿Qué quieres decir?

—Vaya, tengo que reconocer que lo amo más que tú a Bingley. Me temo que te vayas a enfadar.

—Hermana queridísima, habla en serio. Quiero que hablemos muy en serio. Cuéntame sin pérdida de tiempo todo lo que yo tenga que saber. ¿Me quieres contar cuánto tiempo hace que lo amas?

—El amor me ha venido tan gradualmente que casi no sé cuándo empezó. Aunque creo que, si debo ponerle una fecha, debió de ser cuando vi sus hermosas fincas de Pemberley.

Después de que Jane le volviera a conminar a que hablara en serio, no obstante, lo consiguió, y pronto satisfizo a Jane asegurándole solemnemente su amor. Cuando la señorita Bennet mayor quedó convencida en este sentido, ya no le quedó nada más que desear.

—Ahora soy completamente feliz —dijo—, pues tú lo serás tanto como yo. Siempre lo he valorado. Aunque no fuera por el amor que te tiene, siempre lo habría estimado, pero ahora, como marido tuyo y amigo de Bingley, sólo a Bingley y a ti os querré más que a él. Aunque, Lizzy, has estado muy callada, muy reservada conmigo. ¡Qué poco me contaste de lo que pasó en Pemberley y en Lambton! Todo lo que sé lo sé por otro, no por ti.

Elizabeth le explicó los motivos de su secreto. No había querido hablar de Bingley; y la inseguridad de sus propios sentimientos la había llevado igualmente a evitar el nombre de su amigo. Sin embargo, ya no quería ocultarle más tiempo la parte que había tenido éste en el casamiento de Lydia. Todo se confesó, y las dos se pasaron la mitad de la noche conversando.

***

—¡Cielo santo! —exclamó la señora Bennet a la mañana siguiente, asomada a una ventana—. ¡Si es ese desagradable del señor Darcy, que viene otra vez con nuestro querido Bingley! ¿Qué pretenderá siendo tan pesado de venir aquí constantemente? Yo creía que se iría a cazar o hacer cualquier otra cosa, en lugar de molestarnos con su compañía. ¿Qué haremos con él? Lizzy, tendrás que darte otro paseo con él para que no estorbe a Bingley.

Elizabeth no pudo menos de reírse ante una propuesta que tan bien le venía; aunque le molestaba enormemente que su madre le dirigiera constantemente tales calificativos.

En cuanto entraron, Bingley la miró de una manera tan expresiva y le dio la mano con tal calor que no le quedó duda de que estaba bien enterado; y poco después dijo en voz alta:

—Señora Bennet, ¿no tienen ustedes por aquí más senderos por los que se pueda perder otra vez Lizzy hoy?

—Recomiendo al señor Darcy, a Lizzy y a Kitty que se den un paseo esta mañana hasta el monte de Oakham —dijo la señora Bennet—. Es un paseo muy largo y bonito, y el señor Darcy no ha contemplado nunca ese panorama.

—Puede que a los dos primeros les venga bien —repuso el señor Bingley—, pero estoy seguro de que sería un paseo demasiado largo para Kitty. ¿Verdad, Kitty?

Kitty confesó que prefería quedarse en casa. Darcy manifestó una gran curiosidad por contemplar el panorama desde el monte, y Elizabeth dio su consentimiento en silencio. Cuando ésta subió a arreglarse, la señora Bennet la siguió, diciendo:

—Siento muchísimo, Lizzy, que te veas obligada a quedarte tú sola con ese hombre tan desagradable. Pero espero que no te importe; es por Jane, bien lo sabes; y tampoco tienes que hablarle más que de vez en cuando. De modo que no te molestes.

Durante su paseo, resolvieron que pedirían el consentimiento del señor Bennet en el transcurso de la velada. Elizabeth se reservó la misión de pedírselo a su madre. No acababa de pensar cómo lo tomaría su madre; dudaba a veces si toda la riqueza y la importancia de Darcy bastarían para superar el aborrecimiento que le tenía ésta. En todo caso, ya se opusiera violentamente al matrimonio o ya le produjera éste un agrado violento, lo que resultaba seguro era que sus modales no dejarían en buen lugar su sentido común; y Elizabeth no estaba dispuesta a que el señor Darcy oyera sus primeros arrebatos de alegría o sus primeras expresiones vehementes de desaprobación.

Por la tarde, poco después de que el señor Bennet se retirara a la biblioteca, Elizabeth vio con agitación extrema que el señor Darcy se ponía de pie y lo seguía. No temía la oposición de su padre; pero éste se iba a llevar un disgusto, y la entristecía ser ella la que se lo daba..., que ella, su hija favorita, lo preocupase con su elección, lo llenase de temores y pesares al casarse; y se quedó apesadumbrada hasta que volvió a aparecer Darcy, que la miró y la alivió un poco con una sonrisa. Al cabo de unos minutos, Darcy se acercó a la mesa a la que estaba sentada Elizabeth con Kitty y, mientras hacía como que admiraba su labor, le susurró:

—Ve con tu padre; quiere verte en la biblioteca.

Ella salió al instante.

Su padre se paseaba por la estancia con aire serio y nervioso.

—Lizzy —le dijo—, ¿qué haces? ¿Has perdido el juicio para aceptar a este hombre? ¿Es que no lo has odiado siempre?

¡Cuánto deseó ella entonces que sus primeras opiniones hubieran sido más razonables, que sus expresiones hubieran sido más moderadas! Así se habría ahorrado unas explicaciones y afirmaciones que ahora le resultaba incomodísimo hacer; pero eran necesarias, y aseguró a su padre, con cierta confusión, su amor al señor Darcy.

—O, dicho de otro modo, que estás decidida a aceptarlo. Es rico, desde luego, y podrás tener más ropas finas y buenos carruajes que Jane. Pero ¿te harán feliz?

—¿Tiene usted alguna otra objeción, aparte de creer en mi indiferencia? —le preguntó Elizabeth.

—Ninguna más. Todos sabemos que es hombre orgulloso y desagradable; pero esto no significaría nada si lo quisieras de verdad.

—Lo quiero, lo quiero —respondió ella con lágrimas en los ojos—. Lo amo. La verdad es que no tiene ningún orgullo indebido. Es absolutamente amable. No sabe usted cómo es en realidad, de modo que le ruego que no me haga daño hablando de él de esa manera.

—Lizzy —dijo su padre—, le he dado mi consentimiento. En realidad, es hombre a quien yo no me atrevería a rehusar nada que se dignara pedirme. Si estás resuelta a casarte, te doy a ti también mi consentimiento. Pero déjame que te aconseje que te lo pienses mejor. Conozco tu carácter, Lizzy. Sé que no podrás ser feliz ni respetable si no estimas de verdad a tu marido; si no lo ves como a un superior. Tu vivo talento te haría correr un enorme peligro en un matrimonio desigual. Mal podrías evitar la deshonra y la desgracia. Hija mía, que no tenga el dolor de verte incapaz de respetar al compañero de tu vida. No sabes a lo que te expones.

Elizabeth, más afectada todavía, le respondió con gran vehemencia y sinceridad; y al cabo, a base de asegurarle repetidas veces que el señor Darcy era su verdadero elegido, de explicarle el cambio paulatino que había ido sufriendo el aprecio que le tenía, de referirle su certeza absoluta de que el amor de él no era cosa de un día, sino que había superado la prueba de una incertidumbre de muchos meses, y de enumerarle con energía todas sus buenas prendas, superó la incredulidad de su padre y lo reconcilió con la idea de aquel matrimonio.

—Bueno, querida —dijo él cuando terminó de hablar—, ya no tengo más que decir. Siendo así, te merece. Lizzy mía, yo no te habría entregado a otro que valiera menos.

Para completar la impresión favorable, Elizabeth le contó entonces lo que había hecho voluntariamente el señor Darcy por Lydia. Él la oyó con asombro.

—¡Ésta es una tarde de maravillas, en efecto! ¡De modo que Darcy lo hizo todo: arregló el casamiento, dio el dinero, pagó las deudas de ese sujeto y le consiguió el cargo de oficial! Tanto mejor. Así me ahorraré un mundo de problemas y de ahorros. Si hubiera sido obra de tu tío, tendría que haberle pagado y le habría pagado; pero estos jóvenes enamorados furiosos lo hacen todo a su manera. Mañana le ofreceré pagarle; él divagará y disertará sobre el amor que te tiene, y así quedará la cosa concluida.

El señor Bennet recordó entonces lo avergonzada que se había sentido Elizabeth pocos días atrás al leer la carta del señor Collins; y, tras reírse de ella un rato, la dejó marchar por fin, diciéndole cuando salía de la estancia:

—Si se presenta algún joven a pedir a Mary o a Kitty, que pase, pues no estoy ocupado.

Elizabeth se había quitado de encima un peso enorme, y, tras pasarse media hora reflexionando en silencio en su cuarto, pudo reunirse con los demás con compostura tolerable. Todo era demasiado reciente como para regocijarse, pero la velada transcurrió tranquilamente; ya no tenía nada material que temer, y el bienestar del reposo y de la familiaridad ya llegaría a su tiempo.

Cuando su madre subió por la noche a su alcoba, ella la siguió y le dio la importante noticia. Su efecto fue extraordinario; pues, al oírla, la señora Bennet se quedó completamente paralizada, incapaz de pronunciar palabra. Sólo al cabo de muchos minutos atinó a asimilar lo que había oído, a pesar de que no solía ser reacia a la hora de creer cosas ventajosas para su familia o a todo lo que significase un noviazgo para alguna de sus hijas. Al cabo, comenzó a recuperarse, a revolverse en su asiento, a levantarse, a sentarse de nuevo, a admirarse y a soltar jaculatorias.

—¡Cielo santo! ¡Dios bendito! ¡Qué cosa! ¡Ay de mí! ¡El señor Darcy! ¡Quién lo pensara! Y ¿es verdad? ¡Oh! ¡Lizzy, queridísima! ¡Qué rica e importante serás! ¡Cuánto dinero para ropa, qué joyas, qué carruajes tendrás! Lo de Jane no es nada, nada en absoluto. Estoy contentísima, felicísima. ¡Un hombre tan encantador! ¡Tan apuesto! ¡Tan buen mozo! ¡Ay, Lizzy querida! Te ruego me disculpes por no haberlo apreciado tanto hasta ahora. Espero que él lo pase por alto. Lizzy, Lizzy querida. ¡Casa en la capital! ¡De todo lo que se pueda desear! ¡Tres hijas casadas! ¡Diez mil libras al año! ¡Oh, Dios mío! ¿Qué va a ser de mí? ¡Voy a volverme loca!

Con aquello bastó para dejar bien sentada su aprobación; y Elizabeth, alegrándose de haber oído ella sola aquellas efusiones, no tardó en dejarla. Pero cuando apenas llevaba tres minutos en su cuarto, su madre entró tras ella.

—¡Hija queridísima! —exclamó—. ¡No puedo pensar en otra cosa! ¡Diez mil al año, y puede que más! ¡Es como ser duque! Y con licencia especial. Os deberéis casar con licencia especial. Pero, niña querida, ¡dime qué plato gusta más al señor Darcy, para que se lo ponga mañana!

Aquello era un mal presagio de la conducta que tendría su madre con dicho caballero, y Elizabeth descubrió que, aun estando absolutamente segura de poseer su amor más tierno y de la aprobación de los parientes de ella, todavía faltaba algo que desear. Sin embargo, el día siguiente transcurrió mucho mejor de lo que había esperado; pues, afortunadamente, la señora Bennet tenía tanto respeto a su futuro yerno que no se atrevía a hablarle si no era para ofrecerle alguna atención o para compartir su opinión.

Elizabeth tuvo la satisfacción de ver que su padre se esforzaba por tratarse con él; y el señor Bennet le aseguró poco después que cada vez lo estimaba más.

—Admiro muchísimo a mis tres yernos —dijo—. Wickham es mi preferido, quizá; pero creo que apreciaré a tu marido tanto como al de Jane.

# Capítulo LX

Elizabeth volvió a recuperar pronto el ánimo juguetón, y pidió al señor Darcy que le explicara cómo se había enamorado de ella.

—¿Cómo empezó todo? —le preguntó—. Entiendo que avanzases bien después de haberte puesto en camino, pero ¿qué fue lo que te hizo empezar?

—No soy capaz de determinar la hora, ni el lugar, ni la mirada ni las palabras que sentaron los cimientos. Hace demasiado tiempo. Antes de darme cuenta de que había comenzado, ya iba por la mitad.

—Mi belleza bien poco te conmovió al principio. En lo que se refiere a mis modales..., mi conducta para contigo casi lindaba siempre con lo descortés, y nunca te hablaba sin desear, más bien, producirte dolor. Ahora, dime con sinceridad: ¿me admirabas por mi impertinencia?

—Te admiraba por la vivacidad de tu carácter.

—Puedes llamarla impertinencia y acabar de una vez, pues era poco menos que eso. La verdad es que tú estabas harto de cortesías, de deferencias, de atenciones oficiosas. Te disgustaban las mujeres cuyas palabras, miradas y pensamientos iban dirigidos siempre a buscar tu aprobación. Yo te interesé y te atraje por lo distinta que era de ellas. Si no hubieras sido tan amable, me habrías odiado por ello; pero, a pesar de todo lo que te esforzaste por disimularlo, tus sentimientos siempre fueron nobles y justos; y despreciabas dentro de tu corazón a las personas que te hacían la corte con tanta asiduidad. Ya está: ya te he ahorrado el trabajo de explicarlo; y en realidad, teniéndolo todo en cuenta, me empieza a parecer perfectamente razonable. Es verdad que no sabías nada bueno de mí; pero nadie piensa en eso cuando se enamora.

—¿Acaso no hubo nada bueno en tu conducta afectuosa con Jane cuando estuvo enferma en Netherfield?

—¡La querida Jane! ¿Quién podría haber hecho menos por ella? Pero, si quieres ver una virtud en ello, adelante. Mis buenas cualidades están sometidas a tu protección, y tú has de exagerarlas cuanto puedas. A cambio, yo me encargaré de encontrar motivos para contrariarte y reñir contigo lo más posible; y empezaré ahora mismo preguntándote por qué no quisiste ir al grano de una vez. ¿Por qué estabas tan tímido en tu primera visita, y cuando viniste aquí a comer después? ¿Por qué tenías ese aspecto, en tus visitas, de no interesarte por mí?

—Porque tú estabas seria y callada y no me animabas.

—Pero ¡estaba azorada!

—Y yo también lo estaba.

—Podías haber hablado más conmigo cuando viniste a comer.

—Quizá pudiera haber hablado más un hombre que sintiera menos.

—¡Qué desgracia que puedas darme una respuesta razonable, y que yo sea tan razonable que la acepte! Pero me pregunto cuánto tiempo habrías seguido tú solo. ¡Me pregunto cuándo habrías hablado si yo no te lo hubiera pedido! Mi resolución de darte las gracias por tu bondad con Lydia surtió un gran efecto, por cierto. Demasiado, me temo; pues si nuestro consuelo surgió de la ruptura de una promesa, ¿qué moraleja debemos sacar de ello? Pues yo no debía haber mencionado el tema. Esto no está nada bien.

—No hace falta que te inquietes. La moraleja será perfectamente justa. Los esfuerzos injustificables de lady Catherine por separarnos fueron lo que disipó todas mis dudas. No debo mi felicidad actual a tu deseo de manifestarme tu agradecimiento. No estaba de humor para esperar a que me abordases. Lo que me había comunicado mi tía me había dado esperanzas y me decidí al momento a enterarme de todo.

—Lady Catherine nos ha resultado infinitamente útil, cosa que debería alegrarla, pues le encanta ser útil. Pero dime: ¿para qué viniste a Netherfield?

¿Fue simplemente para pasar ratos azarados en Longbourn? ¿O preveías alguna consecuencia más seria?

—Mi verdadero propósito era verte y juzgar, si me era posible, si podría abrigar alguna vez la esperanza de conseguir que me amases. El motivo que me reconocía a mí mismo era el de ver si tu hermana seguía apreciando a Bingley; y, en tal caso, confesar a éste lo que le confesé después, en efecto.

—¿Tendrás alguna vez el valor de anunciar a lady Catherine lo que le espera?

—Lo más probable es que esté más falto de tiempo que de valor, Elizabeth. Pero hay que hacerlo, y si me das un papel, lo haré ahora mismo.

—Y si no fuera porque yo también tengo que escribir una carta, podría sentarme a tu lado a admirar la regularidad de tu letra, como hizo en otra ocasión cierta señorita. Pero yo también tengo una tía a la que no conviene descuidar más tiempo.

Elizabeth no había dado respuesta todavía a la larga carta de la señora Gardiner, por su poca disposición a confesar que se había sobrevalorado su grado de intimidad con el señor Darcy; pero ahora que tenía que comunicar una noticia que ella sabía que sería muy bien recibida, casi le daba vergüenza recordar que sus tíos se habían perdido ya tres días de felicidad, y les escribió al momento lo que sigue:

> Te habría dado antes las gracias, mi querida tía, como era mi deber, por tu relación larga, bondadosa, satisfactoria y detallada de los hechos; pero, a decir verdad, estaba demasiado consternada como para escribirte. Te figurabas algo más de lo que había. Sin embargo, ahora puedes figurarte todo lo que quieras; da rienda suelta a tu fantasía; deja volar la imaginación hasta donde lo permita el asunto y no podrás equivocarte mucho, a no ser que te figures que ya estoy casada. Debes volver a escribir muy pronto y alabarlo mucho más que en tu última carta. Te doy las gracias una y otra vez por no haber ido a la región de los Lagos. ¿Cómo pude ser tan tonta de desearlo? Tu idea de los ponis es encantadora. Daremos la vuelta entera al parque todos los días. Soy la criatura

más feliz del mundo. Es posible que otras personas hayan dicho esto mismo en otras ocasiones, pero ninguna con tanta justicia como yo. Soy más feliz que Jane, incluso; ella sólo sonríe; yo me río a carcajadas. El señor Darcy te envía todo el cariño del mundo que le queda después del que me dedica a mí. Habéis de ir todos a Pemberley en Navidad.

Tuya, etcétera.

La carta que envió el señor Darcy a lady Catherine fue de otro estilo; y diferente de las dos fue también la que dirigió el señor Bennet al señor Collins en contestación a la última de éste.

Muy señor mío:

Debo pedirle albricias una vez más. Elizabeth se casará de aquí a poco tiempo con el señor Darcy. Consuele usted a lady Catherine lo mejor que pueda. Sin embargo, yo en el puesto de usted, tomaría el partido del sobrino; tiene más que dar.

Atentamente, etcétera.

Las felicitaciones que dio la señorita Bingley a su hermano por su próxima boda fueron muy afectuosas, pero nada sinceras. Hasta llegó a escribir a Jane con motivo de la ocasión, para manifestarle su agrado y repetirle sus anteriores expresiones de cariño. Jane no se dejó engañar, pero se conmovió; y, aunque no le parecía que pudiese fiarse de ella, no pudo menos de enviarle una contestación mucho más amable que la que sabía que se merecía.

La alegría que recibió la señorita Darcy al enterarse de la noticia fue tan sincera como la de su hermano al enviársela. Cuatro caras de papel no le bastaron para expresar todo su agrado y su deseo sincero de que su cuñada la quisiera.

Antes de que hubiera podido llegar la respuesta del señor Collins o las felicitaciones de la esposa de éste, la familia de Longbourn se enteró de que los Collins habían llegado en persona a Villa Lucas. Pronto salió a relucir el motivo de aquella mudanza repentina. Lady Catherine se había enfadado tan enormemente por el contenido de la carta de su sobrino que Charlotte, a quien agradaba de verdad el enlace, había querido retirarse hasta que pasara el temporal. La llegada de su amiga en aquel momento agradó sinceramente a Elizabeth, aunque en el transcurso de sus reuniones tuvo que pensar a veces que era un agrado que costaba muy caro, al ver al señor Darcy expuesto a la cortesía pomposa y obsequiosa de su marido. Sin embargo, Darcy lo soportaba con calma admirable. Hasta fue capaz de atender con buena compostura a sir William Lucas cuando éste le felicitó por llevarse la joya mas rutilante de la región y le manifestó su esperanza de que se vieran todos con frecuencia en el palacio de Saint James. Aunque se encogió de hombros, sólo fue cuando sir William ya se había perdido de vista.

La vulgaridad de la señora Phillips fue otra carga, mayor quizá, para su paciencia, y si bien el señor Phillips la respetaba demasiado, igual que su hermana, como para hablarle con la familiaridad que alentaba el buen humor de Bingley, era vulgar por necesidad siempre que hablaba. Tampoco la volvía más elegante el respeto que le tenía, aunque sí que la hacía callar algo más. Elizabeth hacía todo lo que estaba en su mano para proteger a Darcy de las atenciones frecuentes de los dos, y siempre estaba deseosa de reservárselo para ella sola, y para los miembros de su familia con los que podía hablar él sin mortificaciones; y si bien los sentimientos incómodos que brotaron de todo esto despojaron al noviazgo de buena parte de sus encantos, añadieron mayores esperanzas para el futuro; y ella aguardaba con agrado el momento en que quedarían libres de una compañía tan poco agradable para los dos, para disfrutar de la comodidad y la elegancia de su círculo familiar en Pemberley.

# Capítulo LXI

Dichoso para sus sentimientos maternales fue el día que la señora Bennet se quitó de encima a sus dos hijas más estimables. Bien se puede imaginar con cuánto orgullo y deleite visitaba más tarde a la señora Bingley y hablaba de la señora Darcy. Quisiera poder referir, por el bien de su familia, que el logro de sus caros anhelos al colocar a tantas de sus hijas tuvo el efecto feliz de volverla una mujer razonable, amable y cabal para el resto de su vida; aunque quizá para suerte de su marido, que no habría disfrutado de una felicidad doméstica tan insólita, siguió siendo algo nerviosa a veces y siempre mentecata.

El señor Bennet echaba muchísimo de menos a su hija segunda; el afecto que sentía por ella lo hacía salir de su casa más que ninguna otra cosa. Le encantaba ir a Pemberley, sobre todo cuando menos lo esperaban.

El señor Bingley y Jane sólo siguieron viviendo un año en la casa de Netherfield. Ni siquiera al temperamento apacible de él ni al corazón afectuoso de ella les parecía deseable estar tan cerca de la madre de ella. Entonces se cumplió el sueño dorado de las hermanas de Bingley: se compró una finca en un condado contiguo al de Derbyshire, y Jane y Elizabeth, además de todas sus otras causas de felicidad, vivieron a treinta millas una de otra.

Kitty pasaba todo el tiempo que podía con sus dos hermanas mayores, con gran provecho para ella. En una compañía tan superior a la que había conocido en general mejoró mucho. No tenía un temperamento tan insumiso como el de Lydia; y, libre de la influencia del ejemplo de ésta, llegó, con la dirección y la atención convenientes, a volverse menos irritable, menos ignorante y menos sosa. Como es natural, le impidieron que siguiera sufriendo la influencia desventajosa del trato de Lydia, y aunque la señora Wickham solía invitarla a que fuera a su casa, prometiéndole que habría bailes y jóvenes, su padre no consintió nunca que fuese.

Mary fue la única que siguió en casa, y tuvo que renunciar necesariamente a seguir instruyéndose debido a que la señora Bennet era absolutamente incapaz de quedarse sola. Mary se vio obligada a tratarse más con el mundo, aunque seguía permitiéndose reflexiones morales acerca de las visitas de cada mañana; y como ya no la mortificaban las comparaciones entre la belleza de sus hermanas y la suya, su padre sospechó que se adaptaba sin disgusto a la nueva situación.

En lo que se refiere a Wickham y Lydia, sus caracteres no sufrieron cambios radicales por el matrimonio de las hermanas de ésta. Wickham llevó con filosofía el conocimiento de que Elizabeth había de enterarse de todos los detalles acerca de su falsedad e ingratitud que no había llegado a conocer todavía. A pesar de todo, no perdía totalmente la esperanza de que se pudiera convencer a Darcy para que le ayudara a hacer fortuna. La carta de felicitación que recibió Elizabeth de Lydia con motivo de su matrimonio le hizo ver que, si no él, al menos su esposa abrigaba tales esperanzas. La carta decía así:

Mi querida Lizzy:

Recibe mi parabién. Serás muy feliz si quieres al señor Darcy la mitad de lo que yo quiero a mi querido Wickham. Me consuela mucho saber que vas a ser tan rica; y, cuando tengas un rato libre, confío en que te acuerdes de nosotros. Estoy segura de que a Wickham le encantaría tener un destino en la corte, y me parece que no vamos a tener dinero suficiente para vivir si no nos ayudan. Cualquier destino sería adecuado, de trescientas o cuatrocientas libras al año; pero no digas nada al señor Darcy si prefieres no decírselo.

Tuya, etcétera.

Como resultaba que Elizabeth prefería con mucho no decírselo, procuró poner fin en su contestación a todos los ruegos y expectativas ulteriores en ese sentido. Sin embargo, les enviaba con frecuencia algún socorro que podía permitirse a base de ahorrar, por llamarlo así, en sus gastos personales. Siempre le había parecido evidente que unos ingresos como los suyos, administrados por dos personas tan derrochadoras y tan despreocupadas por el día de mañana, habían de ser completamente insuficientes para mantenerlos; y siempre que cambiaban de lugar de residencia recurrían sin falta a Jane o a ella para que les ayudaran un poco a satisfacer a sus acreedores. Su modo de vivir, aun cuando se proclamó la paz y él dejó de estar acuartelado y tuvieron un hogar propio, fue extremadamente inestable. Se mudaban constantemente de un lugar a otro, buscando siempre una estancia más barata y gastando siempre más de lo que debían. El afecto de él se convirtió pronto en indiferencia; el de ella duró un poco más; y, a pesar de su juventud y sus modales, conservó todo el derecho a la buena reputación que se había ganado al contraer matrimonio.

Aunque Darcy no recibió jamás a Wickham en Pemberley, le ayudó a avanzar en su carrera por consideración a Elizabeth. Lydia los visitaba a veces, cuando su marido había ido a divertirse a Londres o a Bath; y pasaban temporadas tan largas con los Bingley que hasta el buen humor del señor Bingley acabó por gastarse y llegó hasta a hablar de insinuarles con indirectas que se marchasen.

El matrimonio de Darcy mortificó profundamente a la señorita Bingley; pero, como le parecía deseable conservar el derecho de ir de visita a Pemberley, dejó de lado todo su resentimiento. Siguió queriendo como siempre a Georgiana, siendo casi igual de atenta que antes con Darcy, y pagó a Elizabeth toda la cortesía atrasada que le debía.

Pemberley era ya la morada de Georgiana; y el afecto entre las dos cuñadas fue ni más ni menos que el que Darcy había esperado. Pudieron quererse tanto como deseaban ellas mismas. Georgiana tenía el mejor concepto del mundo de Elizabeth, aunque al principio oía con un asombro rayano en el espanto el modo vivaracho, bromista, con que hablaba a su hermano. Veía a éste, que siempre le había inspirado un respeto que casi superaba su afecto, convertido en blanco de francas bromas. Aprendió unas cosas que no había sabido nunca. Gracias a las enseñanzas de Elizabeth, empezó a comprender que una mujer puede tomarse con su marido unas libertades que un hermano no siempre consiente a una hermana suya más de diez años menor que él.

Lady Catherine se indignó muchísimo por el casamiento de su sobrino; y como en su contestación a la carta en la que éste le había anunciado su compromiso dio rienda suelta a toda la verdadera franqueza de su carácter, les dirigió unas palabras tan insultantes, sobre todo a Elizabeth, que cortaron toda relación durante algún tiempo. Pero, al final, a instancias de Elizabeth, Darcy se avino a pasar por alto la ofensa y a buscar una reconciliación; y tras alguna resistencia ulterior por parte de su tía, el resentimiento de ésta cedió, ya fuera por afecto hacia él o por la curiosidad de ver cómo se conducía su esposa. Hasta tuvo la condescendencia de visitarlos en Pemberley, a pesar de la profanación que habían sufrido sus bosques, no sólo por la presencia de una dueña como aquélla, sino por las visitas de sus tíos de la capital.

Mantuvieron siempre un trato muy íntimo con los Gardiner. Darcy los quería de verdad tanto como Elizabeth. Ambos recordaron siempre su agradecimiento caluroso hacia las personas que habían servido para unirlos al llevar a Elizabeth al condado de Derbyshire.